KB103068

루쉰의 인상

루쉰의 인상

초 판 1쇄 인쇄 · 2022. 12. 20.
초 판 1쇄 발행 · 2022. 12. 30.

지은이 마스다 와타루
옮긴이 조관희
발행인 이상용
발행처 청아출판사
출판등록 1979. 11. 13. 제9-84호
주소 경기도 파주시 회동길 363-15
대표전화 031-955-6031 팩스 031-955-6036
전자우편 chungabook@naver.com

ISBN 978-89-368-1222-5 93800

값은 뒤표지에 있습니다.
잘못된 책은 구입한 서점에서 바꾸어 드립니다.
본 도서에 대한 문의사항은 이메일을 통해 주십시오.

본 연구는 2021년도 상명대학교 교내연구비를 지원받아 수행하였음.
(This research was supported by a 2021 Research Grant from Sangmyung University.)

루쉰의 인상

마스다 와타루 지음
조관희 옮김

루쉰의 삶과 문장
일본의 중문학자 마스다 와타루가 바라본

청아출판사

일러두기

1. 이 책에 나오는 중국인들의 인명과 지명은 고대나 현대를 불문하고 모두 원음으로 표기하였다. 아울러 중국어의 한글 표기는 문화체육부 고시 제1995-8호 '외래어 표기법'에 의거하되, 여기에 부가된 일부 표기 세칙은 적용하지 않았다. 대표적인 것이 설면음 ji, qi, xi의 경우다. 이를테면, '浙江'과 '蔣介石'의 경우 '외래어 표기법'에 따르면 '저장', '장제스'로 표기해야 하지만, 나는 이게 부당하다고 여겨 원음 그대로인 '저쟝'과 '쟝졔스'로 표기하였다.

2. [ ] 표시를 한 부분은 독자의 이해를 돕기 위해 번역자가 임의로 추가한 것이다. 일본어 문장은 우리말과 달리 문장 자체가 길고 완곡하게 비틀어 쓰는 경우가 많다. 그래서 때에 따라서는 문장의 앞뒤를 바꾸거나 지나치게 긴 문장을 짧게 끊어 주고 정리할 필요가 있다. 같은 맥락에서 원문에는 없지만, 문맥상 필요에 따라 번역자가 임의로 추가한 경우도 있다.

옮긴이의 말

루쉰은 평생 여러 방면에 걸쳐 굵직한 족적을 남겼다. 그래서 사람들은 그를 다양한 모습으로 기억한다. 그는 소설가였고 번역가였고 사상가였고 투사였고 혁명가였다. 그러나 무엇보다 그의 이름을 역사에 뚜렷하게 각인시킨 것은 중국 고대 소설 연구였다. 그는 작가로 이름을 떨치기 전부터 중국 고대 소설 연구에 매진해 많은 1차 자료들을 수집 간행했으며, 그것을 바탕으로 대학에서 중국 소설사 강의를 진행했고, 그 결과물로 불후의 명저인 《중국소설사략》(이하 《사략》으로 약칭)을 펴냈다. 이 책은 중국 최초의 중국 소설사일 뿐만 아니라 간행된 지 1백 년이 지난 현재까지도 이것을 뛰어넘는 저작이 나오지 않았을 정도의 최고 수준을 자랑하고 있다.

《사략》의 성가는 당시 중국뿐 아니라 이웃 나라 일본에까지 널리 알려졌다. 일본에서는 일찍이 시오노야 온鹽谷溫이 《중국문학개론》이라는 종합적인 성격의 저작을 펴내면서, 그 가운데 한 장을 중국 고대 소설에 할애해 일종의 중국 소설사를 기술한 바 있다. 루쉰의 《사략》은 양과 질 모든 면에서 이를 뛰어넘는 희유의 저서로 중국 문학, 특히 중국 소설 연구에 뜻을 둔 많은 일본 학생들에게 큰 영향을 끼쳤다. 그 가운데 이 책의 저자인 마스다 와타루도 있었다.

마스다 와타루는 일본 시마네현島根縣 출신으로, 일찍이 유명한 작가 아쿠타가와 류노스케芥川龙之介와 사토 하루오佐藤春夫의 영향을 받아 중국 문학 연구에 경도되었다. 1929년 도쿄대학東京大學 문학부文學部 중국문학과中國文學科를 졸업했다. 재학 시절 시오노야 온의 지도로 중국 고대 소설에 대해 공부를 했는데, 그때 처음으로 《사략》을 접했다. 졸업 후 번역 일 등을 하던 마스다는 막연히 중국에 가고 싶다는 생각에 1931년 3월 사토 하루오의 소개장을 들고 상하이로 건너갔다. 그는 그곳에서 서점을 운영하고 있던 우치야마 간조를 통해 루쉰을 만나게 되어 그에게서 중국 소설사를 학습하는 한편, 《사략》의 번역에 착수했다. 두 사람의 만남은 우연히 이루어진 것이었지만, 그가 대학 시절 《사략》을 접하고 깊은 감명을 받았던 걸 생각하면 단순히 우연이라고 넘겨버릴 수 없는 인연의 끈이 작용했던 것이라는 생각이 든다.

아무튼 그해 3월부터 12월 말까지 이어진 두 사람의 만남은 《사략》에 대한 강독을 위주로 이루어지긴 했지만, 같이 전람회에도 가고 루쉰의 지인인 중국 문인들과도 만나는 등 다양한 방면에서 이루어졌다. 두 사람은 사제 관계를 넘어 인간적인 차원에서의 우의를 다져나갔다. 귀국 후에도 마스다는 번역 과정에서 부딪히는 여러 난제를 루쉰과 편지를 주고받으면서 해결했다. 그 결과 마스다는 루쉰과 만난 지 4년 만인 1935년에 《사략》의 일역본을 출판하였다. 그러나 다음 해 10월 루쉰이 세상을 떠났다. 이후 마스다는 사토 하루오와 함께 《루쉰선집》(1935년, 이와나미 서점岩波书店)을 펴내고, 가이조샤改造社판 《대루쉰전집大鲁迅全集》 등도 펴냈다.

이 책은 마스다가 젊은 시절 루쉰과 만났던 기억들을 되살려 말 그대로 루쉰에 대한 자신의 인상을 기술한 것이다. 마스다 말대로 이것은 한 사람의 주관적인 인상이라 루쉰의 실체를 모두 드러낸 것이라고 할 수 없을지도 모른다. 마스다가 루쉰과 실제로 만난 것은 1931년의 채 1년이 못 되는 기간이었고, 두 사람은 루쉰이 죽기 직전 마스다가 상하이를 방문한 것을 제외하고는 다시 만난 적이 없다. 그렇기 때문에 마스다가 기억하는 루쉰은 마스다의 기억 속에 머물러 있는 특정한 이미지일 확률이 높다. 그런데도 이 책에 기술되어 있는 마스다의 루쉰에 대한 인상은 나름의 가치가 있다. 그것은 역설적으로 마스다가 중국인이 아닌 일본인의 시각으로 당시 중국의 상황과 이에 대처해 살아갔던 루쉰의 삶을 바라보았기 때문이다. 마스다는 일본인이기에 당시 중국 시대 상황의 뿌리까지는 이해할 수 없었다. 루쉰의 처경과 그의 행위 역시도 마찬가지였다. 그것을 마스다 자신도 잘 알고 있었다. 그렇기에 마스다는 반성적 사고를 통해 루쉰의 실체를 이해하려고 노력했다. 어떻게 보면 이 책은 그런 사고의 반추를 통해 빚어진 루쉰에 대한 이해의 소산이라고 할 수 있다.

마지막으로 옮긴이의 부족한 일본어 실력 탓에 본의 아니게 주위 사람들의 많은 도움을 받아야 했다. 특히 상명대 일문과의 양동국, 이한정 두 교수의 도움이 없었다면 이 책의 번역은 애당초 불가능했을 것이다. 흔히 한국 사람들이 가진 편견 가운데 하나가 한국인에게 일본어는 다른 외국어에 비해 쉽다는 것이다. 하지만 이건 잘못된 오해다. 같은 외국어 전공자로서 옮긴이가 갖고 있는 지론은 모든 외국어는 어렵다는 것이다. 독특한 일본어투의 구어와 어떤 외국어를 번역하더라도 항상 부딪히는 인물과 상황에 대한 묘사는 참으로 난제 중의 난제이다. 이런 난제를 만날 때마다 옮긴이가 유일하게 기댈 수 있는 의지처가 되어 준 것이 앞서 언급한 두 교수였다. 그들의 도움으로 이 책의 번역도 무사히 끝낼 수 있었다. 이제 남는 것은 오롯이 옮긴이의 몫이다. 번역상의 오역 등은 모두 옮긴이의 부족한 일본어 실력 때문이다. 독자들의 많은 지적을 겸허한 마음으로 기대한다.

끝으로 이 책의 원서 서지사항은 다음과 같다.

마스다 와타루增田涉, 《루쉰의 인상魯迅の印象》, 가도카와 서점角川書店, 1970년.

2022년 봄 옮긴이

차례

서문

이번에 《루쉰의 인상》이 가도가와 선서에 들어 중판重版되었다. 《루쉰의 인상》이 처음 고단샤講談社에서 출판된 것은 쇼와 23년(1948)으로, 그전 해에 〈루쉰 잡기〉라는 제목으로 몇 개월 동안 《중국문학》 잡지에 연재되었던 것을 합쳐 책으로 만들면서 제목을 《루쉰의 인상》으로 바꿨다. 그리고 〈루쉰과 일본〉(1949년, 중일문화연구소 편 《루쉰 연구》에 수록)을 추가하고, 내가 루쉰으로부터 받은 편지를 정리해 덧붙였다.[1] 또한 부록으로 〈바진巴金의 일본 문학관〉(쇼와 22년, 《신중국》 잡지에 수록)을 추가한 뒤 우치야마 간조內山完造 씨의 발문을 함께 수록하였다. 그것은 우치야마 씨야말로 나를 루쉰에게 소개해 주었고,

1 루쉰과 마스다 와타루가 주고받은 편지들은 이미 한글판 《루쉰전집》 제16권(천진 역, 그린비출판사, 2018)에 우리말로 번역되어 실려 있기에 이 책에서는 싣지 않았다.

또 루쉰과 나 사이를 가장 잘 알고 있는 사람이었기 때문이었다.

그로부터 15년 뒤인 쇼와 37년(1962)에 《루쉰의 인상》이 같은 출판사의 밀리언북스 시리즈로 재판되었지만, 그때는 초판본에 들어 있던 〈바진巴金의 일본 문학관〉이 빠졌고, 대신 (원래 이와나미岩波[에서 발행하는 잡지인] 《도쇼圖書》에 실렸던) 〈루쉰의 죽음〉이 들어갔다. 다만 〈바진巴金의 일본 문학관〉에 흥미를 갖고 있는 사람도 있어서, 나중에 졸저 《중국문학사 연구》(1968년, 이와나미 서점岩波書店)에는 수록했다. 이 《루쉰의 인상》의 세 번째 출판에서는 읽기 어려운 문장에 약간의 수정을 가함과 동시에, 〈추기追記〉를 삽입했다. 또한 루쉰과 관계가 깊은 사람들이 추억의 말을 남긴 자료적인 책 몇 가지를 추가해 〈보기補記〉로 삼았다.

이번에 나오는 3판에서는 재판에 수록되었던 것 이외에도, 〈루쉰 잡기〉라는 타이틀 아래 근년에 신문, 잡지의 의뢰를 받아 쓴 루쉰에 관한 추억담과 에세이 종류를 넣었다. 그 밖에도 루쉰에 관해 쓴 것이 몇 가지 있다고 생각되지만, 지금 그 간행물들이 남아 있지 않아 이 정도로 그쳤다. 루쉰에 관해 쓴 것으로 지면이 좀 많은 〈루쉰의 생애〉와 〈루쉰의 잡감문과 그 배경〉이 있지만, 이 두 편은 앞서 말한 《중국문학사 연구》에 들어갔기에 여기서는 뺐다.

루쉰의 부인 쉬광핑許廣平 여사에 관해 쓴 것도 루쉰의 생활과 행동의 일부를 전해 주는 것으로 생각되어 함께 수록했다. 그 밖에도 루쉰과 동시대의 문학가로(나이는 루쉰보다 약간 어리지만), 루쉰과의 관계가 간단치 않은 마오둔茅盾과 궈모뤄郭沫若(궈모뤄는 루쉰과 직접적인 면식이 없지만, 문단에서는 대립적인 그룹의 사람이었다고 할 수 있기에 관계가 간단치 않다)에 관해 쓴 것도 어느 정도는 참고가 될 수 있을 것 같아 부록으로 추가했다.

루쉰에 관해서 중국에서는 말할 것도 없이 일본에서도 여러 사람의 연구가 나와 있다. 다만 나는 그와 접촉해 마음에 남은 인상을 이야기하고, 또 그것으로 얻을 수 있었던 약간의 고찰을 더한 것이다. 연구라고 할 만한 태도나 자세라는 측면에서 볼 때 [내게는] 그의 일상적인 이미지가 선행되어 들러붙어 있어서 루쉰을 객관적으로 추상화하여 포착하기에는 적임자가 아닌 듯하다. 그렇기 때문에 나로서는 그런 이미지를 버리고 루쉰에 관한 것을 해석해 보는 방법 말고는 달리 파악할 방법이 없다. 이 책이 루쉰의 생활과 주변사에 관해 연구자들에게 다소라도 실마리가 되는 자료를 제공한다면 다행이겠다.

쇼와 45년(1970) 7월

마스다 와타루增田涉

구판 서序

근래 중국 혹은 중국 문학에 관해 관심이 있는 사람들이 많아졌는지 졸저 《루쉰의 인상》이 이번에 밀리언북스의 한 권으로 재판되었다.

신중국이 탄생한 이래로 루쉰에 관한 관심이 높아져, 중국에서는 말할 것도 없고 일본에서도 연구자가 점점 늘어나는 듯하다. 마오쩌둥은 그의 《신민주주의론》에서 "루쉰은 가장 강직한 성품으로 노예근성이나 아첨하는 태도가 추호도 없었다. …… 루쉰의 방향이 곧 중국 민족 신문화의 방향"이라고 말한 바 있다. 열악한 환경과 맞서 싸우는 불굴의 정신, 환경에 억눌리지 않고 억압하는 힘에 끝까지 저항하고 되받아쳐 싸우는 정신의 완강함은 비할 데가 없었으니, 루쉰은 그 어떤 아첨도 타협도 없는 '지지 않는' 사람이었다.

다른 한편으로 루쉰은 겸손하고 온화하며 가까이 지낼만한 인품을 가졌다. 처음에는 루쉰과 《망원莽原》 잡지를 함께 냈으나 나중에는 결별했을 뿐만 아니라 루쉰을 공격하기까지 했던 청년 작가 가오창훙高長虹은 루쉰의 인상을 다음과 같이 말한 바 있다. “내가 처음 루쉰과 이야기했을 때의 인상은 전설 속의 루쉰과는 달랐을 뿐만 아니라 《외침吶喊》의 작가와도 어울리지 않게 …… 문장을 쓸 때의 태도는 고집스러웠지만, 친구들과 대화할 때는 아주 화기애애하고 겸손했다.” (《약간의 회고一點回憶》)

내가 받은 인상도 완전히 똑같다. 문장으로 보는 루쉰과 직접 이야기 나눌 때의 루쉰은 조금 다른 듯했다. 그는 심각해 보이는 얼굴과 말투가 전혀 없이 항상 가벼운 유머를 날리고 빙글빙글 웃는 스스럼없는 사람이었다. 나는 함께 마주하고 있는 동안 긴장감 등을 느낄 수 없었다. 루쉰의 문장에 보이는 야유나 독설은 그림자조차 없고 오히려 어린애 같은 천진한 인품이었다. 붓을 잡을 때의 그와 일상적인 담화를 나눌 때의 그는 왜 그렇게 달랐던 것일까? 밖으로 향할 때와 안으로 향할 때의 그가 다른 것을 어떻게 설명하면 좋을까? 한 장의 판자벽이라도 바깥쪽으로 향하고 있는 면은 비바람에 시달리고 마구 두들겨 맞아 거칠게 들뜨고 색깔이 검게 변하지만, 안쪽 면은 원래 판목 그대로 거칠어지지 않고 색깔이 밝다. 원래는 같은 성질이었지만 드러난 면이 달라서인데, 나는 이것이 그의 인품이 밖으로 향하든 안으로 향하든 그저 겸허하고 천진하다는 것을 말해 주는 것으로 생각한다. 바깥의 비바람을 가볍게 받아넘기면서, 비바람은 비바람대로 겸허하고 성실하게 받아들이며 방위하며 속임수를 용납하지 않는 그의 성격 때문에 바깥쪽 피부가 거칠고 부스스하게 일어나 거무스름한 색으로 변한 것이라고 생각한다. 본

바탕은 안이나 밖이나 성실함 한 가지였다.

바깥으로 향한 루쉰이 써서 남긴 문장은 많다. 그리고 많은 사람이 그것을 읽고 또 여러 가지로 해석한 바 있기에, 나는 일상적인 루쉰을 그의 인상의 범위로 한정해 보고 들은 것을 덧붙여 그의 인품의 일단을 소개하려고 했다. 그 결과물이 바로 《루쉰의 인상》이다.

내가 상하이에서 루쉰과 직접 만난 것은 쇼와 6년(1931) 3월부터 같은 해 12월 말까지다. 그 뒤 쇼와 11년(1936) 6월부터 7월에 걸쳐 그를 병문안하기 위해 상하이로 건너갔다. 앞뒤로 약 1년간 그의 얼굴을 보고 그의 목소리를 들었다. 하지만 쇼와 6년 말 귀국하고 난 뒤에도 그가 죽을 때까지 계속해서 대체로 매달 2회가량 편지를 주고받았기 때문에, 그 기간도 간접적으로는 그와 접촉했다고 말할 수 있다. 처음 열 달 동안은 매일 오후에 세 시간에서 네 시간 정도 그의 집에서 머물렀고, 저녁이 되면 자주 저녁 대접을 받았다.

지금 루쉰에 대해 말한다고는 하지만, 대부분 당시 견문이 중심을 이룬다. 또 그에 관해 생각하는 모든 경우 당시의 인상이 나의 의식을 지배하고 있는 것은 어쩔 수 없다고 생각한다. 물론 루쉰의 모든 것에 대해 말할 자신은 없다. 직접적인 인상을 바탕으로 그의 인간, 혹은 좁게는 인품의 일단을 전한다면, 어떤 시기의 루쉰으로 한정할 수밖에 없는데 이거야말로 내가 할 수 있는 것이라고 생각한다. 다만 이 경우에도 그의 문장, 그의 저서를 읽고 받았던 인상이 뒤섞여 작용한 것을 부정할 수 없다. 그의 저서 《중국소설사략》과 첫 번째 소설집 《외침》, 두 번째 소설집 《방황》은 거의 한 글자 한 구절씩 그에게 직접 강해를 들었고(매일 오후에 그의 집에 갔던 것은 이것 때문이었다), 회상 소품집 《아침 꽃 저녁에 줍다朝花夕拾》와 산문시 〈들풀野草〉, 혹은 단평 수필집 《열풍》, 《화개집華蓋集》 및 그 속편 《이이집而已集》 등에 관해서도 군데군데 자구를 질의하면서 그의 앞에서 읽었다. 지금은 당시의 강해에 관해 메모해 둔 게 약간 남은 것 말고는 대부분 잊어버렸다. 그러나 매일 그의 탁자에 나란히 앉아 그런 저서들을 읽어나가는 사이, 동시에 그의 풍모와 행동거지를 보고 그가 하는 말과 웃음소리를 듣고 있는 사이 차츰 '나의 루쉰'이 형성되었다.

하지만 이 모든 게 20여 년 전의 일이다. 오래된 견문인데도 세월에 지워지지 않고 인상에 남아 있는 것은 틀림없이 그때 내 마음을 울렸기 때문일 것이다. 그렇다고는 해도 결국 나 자신의 그릇이 문제다. 당시 아직 서른도 되지 않은, 학교를 갓 나온 미숙한 나는 생각도 얕고 지식도 부족했으며 원래부터 그릇이 작아 루쉰을 그대로 받아들이기에 어울리지 않았고 불가능했다는 것은 말할 필요도 없다. 하지만 루쉰이라는 희유의 인간을 만나 그때까지 경험해보지 못한 강한 인상을 받은 것은 사실이고, [그렇게 해서] 직접적인 인상이 만들어진 것일진대 그것만으로도 저서와는 별개로 뭔가를 전할 수 있을 거라고 생각한다.

《루쉰의 인상》을 8년 전 처음 펴냈을 무렵 친구 몇 명이 모인 자리에서 오노 시노부小野忍[2]가 "만약 루쉰이 괴테 정도로 훌륭한

2 오노 시노부小野忍(1906~1980)는 일본의 중국 문학자로, 도쿄 간다神田에서 태어났다. 도쿄제국대학 문학부 중국학과에 입학해 시오노야 온塩谷温에게 배웠다. 1929년 대학을 졸업한 뒤, 1934년 후잔보冨山房출판사에 들어가 백과사전 편찬에 종사했다. 중일전쟁 시기에 만철滿鉄 조사부원으로 상하이에 주재하면서, 민족연구소民

사람이라면 《괴테와의 대화》를 썼던 에커만[3]처럼 내 이름도 후세에 남을 것인데…….”라는 농담을 하자, 다케우치 요시미竹内好[4]가 “아

族研究所의 촉탁으로 내몽골의 서북연구소西北研究所에 파견 근무를 나가 현지에서 중국 무슬림 조사에 참여하기도 했다. 패전 뒤에는 고쿠가쿠인대학國學院大學에서 강사를 맡은 것을 시작으로 도쿄대학, 규슈대학, 교토대학 등에서 비상근강사를 전전하다가, 1952년 도쿄대학 동양문화연구소東洋文化研究所 전임강사가 되었다. 1955년에는 도쿄대학 문학부 조교수, 1958년에는 교수가 되었고, 같은 해에 도쿄대학에서 《중국현대문학의 연구中国現代文学の研究》로 박사학위를 받았다. 1967년 정년퇴임 후 명예교수가 되었다.

3 만년에 접어든 괴테의 조력자이자 동료이기도 했던 요한 페터 에커만Johann Peter Eckermann(1792~1854)은 1792년 독일 루에강변의 빈젠에서 출생했다. 어린 시절을 혹독한 가난 속에서 보냈고, 나폴레옹에 대항하는 북부 독일 해방전쟁에 참여하기도 했다. 문학에 대한 열정 때문에 법학 공부를 중도에 그만두었다. 괴테를 사숙하던 에커만은 1823년 〈시학 논고〉라는 원고를 괴테에게 보내 관심을 끌었고, 괴테의 초청으로 바이마르를 방문하게 된다. 그의 자질을 알아본 괴테는 자신의 전집 발간을 위해 에커만을 바이마르에 묶어 두었다. 1823년부터 1832년까지 10여 년 동안 에커만은 대략 1천 번가량 괴테와 만난다. 매번의 대화를 기록해 두었다가 후일 그것을 정리하여, 괴테의 사후인 1836년에 1부와 2부를, 그리고 1848년에 3부를 출간했다. 이것이 니체가 ‘현존하는 독일 최고의 양서’라고 평한 《괴테와의 대화》다.

4 다케우치 요시미竹内好(1910~1977)는 나가노長野현에서 태어났다. 도쿄제국대학 문학부 중국철학 중국문학과를 졸업했다. 1934년 ‘중국 문학연구회’를 결성하고, 기관지 《중국문학월보》를 창간했다. 1937년부터 2년간 베이징에서 유학했으며, 1943년에는 육군에 소집되어 중국에서 패전을 맞이했다. 전후에는 1953년 도쿄도립대학 인문학부 교수가 되었으나, 1960년 안보 조약 반대운동 중에 국회의 조약체결 강행에 항의해 사직했다. 1954년에는 ‘루쉰의 벗 모임’을 창립하고 기관지 《루쉰의 벗 모임 회보》를 발간했다. 1963년부터 1973년까지 ‘중국의 모임’을 조직해 잡지 《쥬고쿠中國》(총 110호)를 발행했다. 1977년 《루쉰문집》 번역에 매진하던 중 암으로 사망했다. 저서로는 《루쉰》, 《루쉰 잡기》, 《현대중국론》, 《일본 이데올로기》, 《일본과 아시아》, 《루쉰 입문》, 《국민문학론》, 《지식인의 과제》, 《불복종의 유산》, 《중국을 알기 위하여》, 《예견과 착오》, 《상황적》, 《일본과 중국 사이》, 《전형기》 등이 있으며, 1982년 《다케우치 요시미 전집》(17권)이 간행되었다. 역서로는 《루쉰 평론집》, 《루쉰 작품집》, 《루쉰문집》 등이 있다.

니야. 루쉰은 괴테에 못지 않으니 이것도 뒤에 남을 거야."라는 의미의 가벼운 반박을 덧붙였다. 일시적인 좌흥이었다 하더라도 나는 오랜 친구들이 이 책의 출판을 우정으로 인정한다는 마음을 전하고 있는 게 느껴져 고마웠다. 또 최초의 출판사에 관해서는 오쿠노 신타로奧野信太郎가 수고해 주었다는 것을 부기하면서 고마움을 표하고 싶다.

쇼와 31년(1956) 6월

마스다 와타루增田涉

루쉰의 인상

○

확실하게 몇 년 몇 월인지 기억나지 않지만, 내가 루쉰의 이름을 처음 알게 된 것은 구제舊制고등학교 학생 때다. 같은 반의 타이완 출신 홍洪 군이라는 친구가 중국의 잡지와 소설을 읽고 있었는데, 나는 그와 친하게 지내고 있어 그에게서 들었던 게 최초인 듯한 생각이 든다. 혹은 당시 교토대학京都大學 사람들이 펴내고 있던《시나가쿠支那學》라는 잡지를 보고 있었는데, 그 잡지에서 아오키 마사루青木正兒[1] 씨가 소개했던 〈후스胡適를 둘러싼 신문학운동〉이라는

1 아오키 마사루青木正兒(1887~1964)는 야마구치현山口県 시모노세키시下関市 출신으로 일본의 중국 문학 연구자이다. 1908년 창설된 교토제국대학 문과대학 중국문학과에 제1기생으로 입학했다. 1911년 교토대학 중국학의 창시자 가운데 한 사람인 가노 나오키狩野直喜의 지도하에 〈원곡의 연구元曲の研究〉를 졸업논문으로 제출했다. 졸업 후에는 잠시 다이니뽄부도쿠가이부도전문학교大日本武徳会武道専門学校 교수를 지내다가 1918년 사직하고 도시샤대학同志社大学 영문과 강사 및 헤

글에서 처음으로 알게 된 것으로도 생각된다. 그렇지만 당시의 일들은 확실하지 않다. 다이쇼大正(1912~1926) 시대 말년의 일이었으니 말이다.

루쉰의 소설을 직접 읽은 것은 대학에 들어간 이후로, 동급생인 가라시마 다케시辛島驍[2] 군이 여름방학을 이용해 중국을 여행하면서 베이징에서 루쉰을 만났는데, 그즈음 루쉰이 펴내고 있던 잡지《어사語絲》등을 받아서 귀경歸京하였다. 그 후 그는 우리 동급생들과 작당해 '현대중국문학연구회' 비슷한 것을 계획하고 첫 번째로

이안중학교平安中学校 강사를 겸임했다. 1919년에 도시샤대학 문학부 교수가 되었다. 이때《시나가쿠支那學》잡지를 창간했는데, 당시 후스胡適, 저우쭤런周作人, 루쉰魯迅 등과 교유하며 편지를 주고받기 시작했다. 1924년에는 도호쿠제국대학 조교수가 되었다. 1925년 문부성 재외연구원으로 중국에 유학했다가, 1926년 귀국한 뒤 도호쿠제국대학 문학부 중국학과의 제2강좌(중국 문학) 초대교수가 되었다. 1930년《중국근세희곡사支那近世戲曲史》로 교토제국대학에서 문학박사 학위를 받았고, 1935년《중국문학개설支那文学概説》을 출판했다. 1938년에는 스즈키 도라오鈴木虎雄의 후임으로 교토제국대학 문학부 중국 문학 강좌의 교수가 되었는데, 도호쿠제국대학 교수도 겸임했다. 1947년 교토제국대학에서 퇴직한 뒤 간사이가쿠인대학関西学院大学과 리츠메이칸대학立命館大学 강사가 되었다. 1949년에는 야마구치대학山口大学文 이학부 교수가 되었고, 1953년 일본 학사원 회원이 되었다. 1964년 리츠메이칸대학 대학원 강의를 마친 직후 심부전증으로 급사했다. 저서로《중국근세희곡사》(支那近世戲曲史),《중국문학사상사》(支那文學思想史) 등이 있다.

2 가라시마 다케시辛島驍(1903~1967)는 일본의 대표적인 중국 문학자 가운데 한 사람이다. 후쿠오카福岡시 하카다博多에서 태어났다. 1928년 도쿄대학 중국문학과를 졸업하고 경성제국대학 교수를 역임했으며, 1939년 박사논문인《〈중국 현대문학의 연구支那現代文学の研究》를 도쿄대학에 제출했지만, 전란 중이라 정식 박사학위는 1946년에 받았다. 이후 가마쿠라시도서관鎌倉市図書館 관장과 쇼와여자대학昭和女子大学, 사가미여자대학相模女子大学 등의 교수를 역임했다. 주요 저작으로《중국의 신극中国の新劇》,《당시 상해唐詩詳解》,《중국현대문학의 연구: 국공분열에서 상하이사변까지中国現代文学の研究 国共分裂から上海事変まで》등이 있다.

루쉰의 문학을 논평하자고 정했다. 그때 읽은 《고향》을 목가적인 서정성이라고 정리했던 기억이 난다. 어쨌든 당시는 루쉰의 문장을 제대로 읽지도 못해 몹시 어려운 것으로 여겼던 기억이 있기에, 틀림없이 제대로 이해하지 못한 채 도나캐나 지껄였을 것이다. 하지만 그 연구회는 단 1회로 중지되었다.

무엇보다도 루쉰이라는 이름이 잊을 수 없는 존재로 내 머릿속에 남아 있는 것은 그의 《중국소설사략》에 의해서다. 우리는 대학에서 시오노야 온鹽谷溫 선생의 중국 소설사 강의를 들었는데, 당시 중국의 소설사에 관해서는 시오노야 선생의 《중국문학개론강화中國文學概論講話》가 가장 상세하여 이 방면에서는 최고라고 평가되었다. 이후 루쉰의 《중국소설사략》이 나왔는데, 풍부한 자료를 갖춘 체계적이고도 정연한 저술이라는 사실에 놀랐으며 새로운 연구로 계시를 주는 바가 많았다. 이에 자극받은 시오노야 선생은 명의 소설 삼언三言(《유세명언喩世明言》, 《경세통언警世通言》, 《성세항언醒世恒言》)과 이박二拍(《박안경기拍案驚奇》, 《이각박안경기二刻拍案驚奇》)의 연구를 수행하고, 《금고기관今古奇觀》의 성립 계통을 밝혀냈다. 나도 나가자와 기쿠야長澤規矩也[3] 군, 가라시마 다케시 군과 함께 우에노도서관上野圖書館에서 《성세항언》을 조사하고, 삼언의 편자編者(펑멍룽馮夢龍)를 조사하는 등 [선생님을] 도와 쉽지 않은 연구를 수행하였다. 그것은 결국 《중국소설사략》을 길잡이로 삼아 진행한 조사였다. 그 과정에서

3 나가자와 기쿠야長沢規矩也(1902~1980)는 일본의 중국 문학자, 서지학자이다. 호는 세이안静盦이고, 가인歌人 나가자와 치즈가 그의 양녀이다.

《중국소설사략》은 중국 소설사의 획기적인 명저라는 감명을 받았다. 당시 나는 학교에 갓 입학한 처지였기에 《중국소설사략》의 저자는 이 분야의 뛰어난 학자라는 존경의 마음이 머릿속에 깊이 심어졌다. 나뿐만 아니라 동창 모두 그랬다.

나는 학교를 나온 뒤로(학교에 있을 때부터이긴 했지만) 잠시 사토 하루오佐藤春夫[4] 씨의 도움으로 중국 소설의 번역 등을 했는데, 천 매 가량의 긴 번역이 일단락되었을 때, 그것을 기회로 삼아 줄곧 중국에 가고 싶어 하던 마음을 확고히 하였다. 그것은 쇼와 5년(1930) 말이었는데, 배편 등으로 인해 다음 해 3월에야 상하이에 도착했다. 처음엔 한 달가량 여행을 할 생각이었다. 특별히 중국의 문단 사정에 관해 주의를 기울이지 않아 루쉰이 상하이에 있다는 것 등에 대해서 애당초 알지 못했기 때문이다. 다만 사토 하루오 씨가 우치야마 간조內山完造 씨 앞으로 써 준 소개장을 갖고 있었기에, 우치야마 서점을 방문했고 루쉰은 상하이에 있으며 매일 이 서점에 방문한다는 말을 들었다.

나는 굉장한 인물이 여기 있다고 여겨 그에게서 뭐라도 배워 보겠다고 생각했다. 내가 루쉰에 대해 오래전부터 품어 왔던 존경심은 앞서도 말했듯이 《중국소설사략》 때문이었다. 또한 루쉰이 작가

4 사토 하루오佐藤春夫(1892~1964)는 근대 일본의 시인이자 작가이다. 메이지明治 말기부터 쇼와昭和 시기에 걸쳐 문예평론과 수필, 동화, 희곡 등 다양한 방면에서 왕성하게 활동했다. 중국 문학에 관심을 가지고 마스다 와타루와 《루쉰선집》을 간행하고, 그 외 중국 고전소설과 시를 번역하는 등 중국 문학 번역 활동도 왕성했다. 다케우치 요시미竹內好 등에 영향을 주기도 했다.

로서도 중국 제1인자라는 사실도 알고 있었다. 그것은 상하이판《현대중국소설집》이라고 하는 책을 읽었고, 상하이에서 발행한 문학잡지인《소설월보小說月報》도 이따금 들여다봤기 때문이었다.

맨 처음 만났을 때 그의 인상이 어땠는지는 확실히 기억나지 않는다. 여행자로서 루쉰과 한두 번밖에 만나지 않았다면 지금도 선명하게 당시를 기억하고 있을지 모르겠지만, 그 뒤로 매일매일 열 달에 걸쳐 그와 접촉했기에 자연스럽게 첫 번째 인상이 지워져 버렸다.

아무튼 나는 그에 관해 공부하려는 마음으로 그가 나타나는 시간을 가늠해 매일 우치야마 서점에 갔다. 그에게 중국 문학을 공부하는 데 어떤 책부터 읽어야 좋을지 물어봤을 때, 그는 자기 어린 시절의 추억에 관해 쓴《아침 꽃 저녁에 줍다朝花夕拾》라는 책을 추천해 주었다. 나는 이 책을 하숙집에서 읽었는데, 확실하지 않은 자구나 내용에 관해서는 다음날 우치야마 서점에서 그에게 가르침을 받았다. 그런 일은 한동안 계속되었다.《아침 꽃 저녁에 줍다》는 유소년 시기(및 일본에서 유학했던 시절)의 그와 주변을 회억한 것으로, 중국의 생활 풍습과 그 안에서 성장했던 어린 시절의 꿈을 되돌아본 것이 주된 내용이다. 그것은 타국에서 온 나에게 그리고 중국을 공부하고자 하는 나에게 무엇보다 앞서 중국의 생활 풍습과 분위기를 알게 해주려는 의도에서였다고 생각한다.《아침 꽃 저녁에 줍다》는 2백 페이지가 안 되는 책으로, 1주일이 안 돼서 다 읽었다. 그다음은《들풀野草》이라는 산문시집을 받았다. 산문시라고 해도 서정적인 것은 아니고 격정적이고 노기 충만한 (정치적인 의미를 가진) 것을 기탁한 것이 많았다. 무슨 연유로 그런 것을 썼는지 구체적인 사정에 관해 아무런 지식도 없었던 나는 솔직히 납득이 안 갔지만, 이것을 통해 야위고 창백한 얼굴을 하고 있는 목전의 그가 끓어오르는 강렬한 분노의 감정을 가진 사람이라는 사실을 알게 되었다.

그다음으로 《중국소설사략》에 관한 질문을 시작했다. 이건 처음부터 번역할 생각이 있었기에(우치야마 간조 씨가 그렇게 하도록 추천했다), 거의 축자적으로 강해 받았다. 그즈음은 우치야마 서점이 아니라 루쉰의 집으로 가곤 했다. 우치야마 서점에서의 '만담漫談'(당시 그렇게 말했다)을 마치고 나면, 루쉰과 함께 그의 집에 갔다(우치야마 서점으로부터 그의 집까지는 2~3분 거리). 그러고 나서 테이블에 나란히 앉아 소설사의 원문을 축자적으로 일본어로 번역해 읽었다. 읽기 어려운 곳은 그의 가르침을 받았고, 자구나 내용 등 잘 모르는 곳은 철저하게 질문했다. 자구의 해석에 대한 답은 간단했지만, 내용에 이르면 여러 가지 설명해 주었기에 상당한 시간이 걸렸다. 대체로 오후 2시나 3시경부터 시작해 저녁 5시나 6시경까지 이어졌다. 어느 때는 잡담을 하고, 날마다 일어나는 시사에 대한 의견과 비평을 듣기도 하며 장단을 맞추는 일도 많았지만, 약 3개월은 그 책의 1권을 강독하는데 보냈다. 당시 그는 외부와 거의 교류가 없었기에 손님이 없었다. 넓은 서재 겸 응접실의 한쪽에서 부인인 쉬광핑 여사가 자기 일(책을 읽거나 원고를 베끼거나 뜨개질을 하거나)을 하고 있었다(아들인 하이잉海嬰은 보모 할멈이 데리고 나가 집에는 별로 없었다). 그래서 방해받을 일 없이 충분한 가르침을 받을 수 있었다. 쉬서우창許壽裳이 펴낸 《루쉰 연보》를 보면 아마 루쉰의 일기에 의한 것으로 생각되는데, 민국

20년(1931) 7월 조條에 "마스다 와타루를 위해 《중국소설사략》을 강해하고 전부를 마쳤다."라고 되어 있는데(나중에 출판된 《루쉰 일기》를 보면 7월 17일경 '오후에 마스다 군을 위한 《중국소설사략》 강해를 마쳤다'라고 되어 있다), 그것을 마쳤을 때는 나도 그렇지만 그도 한시름 놓았을 것으로 생각한다. 그 뒤로 《외침吶喊》과 《방황》 두 소설집의 강해를 마친 것은 그해 말이었다. 그 1년 봄, 여름, 가을, 겨울을 매일 같이 그의 서재에 드나들었던 것이다. 어느 날은 3시간가량 그의 개인 교수를 받을 때도 있었다. 쉬광핑 여사에게 매일 간식과 차를 대접받았고, 일주일에 두 번가량은 그의 식탁에서 저녁을 대접받았다. 루쉰은 싫은 기색도 없이, 잘 알아듣게 손바닥 들여다보듯 잘 가르쳐주었다. 지금까지도 뭐라 감사하단 말을 할 수 없을 정도로 그 은혜를 느끼고 있다.

[추기] 이상의 내용에 관해서는 루쉰 부인 쉬광핑 여사가 1956년 일본을 방문하고 돌아가서 쓴 〈일본에서의 루쉰〉(1956년 《문예월보》 10월호)에서 회고한 바 있다. 루쉰이 그를 특별하게 대했는지 여부를 사람들이 물었을 때, '루쉰은 그에게 가르침을 청했던 청년에게는 아는 사이든 모르는 사이든 관계없이 평등하게 대했다'라고 말했는데, '예를 들어'라고 말하면서 내 이름을 거명했다. "그(마스다)는 중국에 와서 우치야마 (간조) 선생의 소개로 몇 번인가 얼굴을 마주했다. 그리고 [루쉰은] 그의 부탁을 받아들여 거의 매일, 오후의 집필 시간을 할애해 그를 위한 《중국소설사략》을 강해하였다. 겉으로는 학생이라고 했지만, 실제로는 가까운 친구처럼 평등하게 대했다. 이야기가

활기를 띠면 집에서 식사를 하면서 밤까지 이어졌다. 때로는 같이 외출해 영화를 보기도 했다. ……"

○

지금까지도 나는 가끔 루쉰의 인상 또는 추억이라는 것을 쓰고 있다. 그렇지만 어떤 것을 썼는지는 분명하게 기억나지 않는다. 자신이 쓴 것을 보존하고 정리해 두는 성벽을 갖고 있지 않기에 몇 가지 쓴 것조차 다 흩어져버리고 말았다. 루쉰은 그런 면에서는 빈틈이 없었다. 자기가 쓴 것을 착실하게 남겨두었다가 상당한 분량이 되면, 한데 모아서 한 권의 책으로 세상에 내놓았다. 《열풍熱風》 이래로 《차개정잡문且介亭雜文》에 이르는 수많은 수필 잡감집은 짧은 문장과 단편적인 것을 모아서 연차적으로 편집한 것이다. 거기에 빠진 것을 다시 따로 모아서는 《집외집》으로 출판했다. 미루어 보건대, 루쉰은 무언가를 쓰고 쓴 것을 세간에 발표하는 것에 자신이 살아가는 의미를 두고 있었다고 할 수 있다. 무언가를 써서 발표하는 것이 생활의 전부였다고 생각된다. 그는 자기가 쓴 것 중에 선별해서 출판한 게 아니라 쓴 것 전부를, 자질구레한 것까지도 빠뜨리지 않고 그대로 세상에 내던져 보였다. 사후에 관계자가 전집을 내면서 모든 것을 수록하는 경우는 있지만, 생전에 자기 손으로 스스로 쓴 모든 것을 해마다 출판한 것은 집필 저작이 그의 생활 그 자체였다는 것을 증명한다고 할 수 있다. 이것과 연관해서 그가 내게 '언젠가 아무거라도 좋으니 상관 말고 쓰고, 설혹 틀리더라도 나이가 들어 수정하면 되고, 처음부터 정확한 것을 쓰려고 하지 말라'라는 의미의 말을 한 게 생각난다. 뭔가를 쓰는 것에 주저주저하는 나를 지도편달하려는 의미에서도 그랬겠지만, 이는 곧 그 자신이 집필하는, 나아가 살아가는 태도를 말한 것이었다고 생각한다.

○

그러나 루쉰은 결코 교훈이나 설교 등으로 두렵고 조심스러움을 느끼게 만드는 인간이 아니다. 그는 화기애애하고 가깝게 지낼만하고, 전폭적으로 신뢰할 수 있어서 탁 털어놓고 말할 수 있으며, 위엄 따위로 억누르는 듯한 것은 조금도 없는 사람이었다. 친구로서는 나이가 어지간히 차이가 나지만, 스승으로서도 두렵거나 경외스러운 것을 느낄 수는 없었다. 뭐가 됐든 신뢰하고 의지하고 싶은 기분이 드는 사람으로 여겨졌다. 한마디로 말하자면 무슨 말이라도 할 수 있고 어떤 말이라도 들어 주었던 사람이었다. 문장으로 보는 그는 약간 무서운 얼굴을 하고 그 자체로 위엄 같은 것을 갖추고 있어 두려운 존재로 존경받는 사람인 듯하지만, 실제로 일상에서 내가 접했던 그는 사람 좋은 아저씨로 유머러스한 애교를 갖추고 있었다. 깨끗하고 맑은 눈을 하고 있으며, 걷는 모습에는 어딘가 표표한 선골仙骨마저 띠고 있었다.

루쉰은 여름에 하얀색 중국옷을 입었는데, 가장 인상적으로 남아 있는 그(실내에서 눈에 익은 그의 모습)는 검은색 셔츠를 바지에 넣고 가죽 벨트를 한 채 보라색 털실로 짠 재킷을 입고, 두발과 수염은 텁수룩하게 길렀으며, 손에는 항상 담배 파이프를 들고 입을 일자로 다물었지만, 빙긋이 웃고 있었다. 이발소에 별로 가지 않고 옷차림도 신경을 쓰지 않았기에, 언젠가 영국인을 방문하러 [어떤] 빌딩 7층에 가려 했을 때 중국인 엘리베이터 보이로부터 수상쩍은 인물로 의심을 받아 '저쪽으로 가라'고 쫓겨나, 하릴없이 7층까지 걸어서 올라갔다는 일화도 있다. 그런데도 화내지 않고 웃어넘겼다고 하는데, 어쨌든 옷차림이나 얼굴 등에는 언제나 무심했다. 그 대신 담배는 손에서 떼지 않았다. 담배가 싸구려여서 그랬는지, 담뱃진으로 손가락 끝은 붉은 찻물 색깔로 물들어 있었다. 머리카락은 가끔 깎기는 했지만, 깎는 일이 극히 드물어 이발 후에는 인상이 달라진 듯이 깨끗하게 보였다. 나는 '퍄오량漂亮'(중국어로 아름답고 스마트하다는 의미)하다며 놀리곤 했다.

그의 코는 높지 않고 약간 조금 위를 향하고 있는 것 같다고 생각하는데, 이것에 관해 최근 루쉰의 조카([그의 아우] 저우젠런周建人의 딸)인 저우예周曄가(내가 출입하고 있을 때 젠런 씨는 부인과 아이들을 데리고 가끔 루쉰 집을 방문했기 때문에 저우예 양 역시 봤을 테지만, 지금은 어떻게 생겼는지 잊어먹었다) 큰아버지인 루쉰에 대한 추억을 쓰면서 다음과 같은 말을 했다.

그녀는 어렸을 때 백부와 아버지의 코를 비교하면서 큰아버지의 코가 아버지의 코와 달리 낮은 것을 보고, 큰아버지와 아버지의 얼굴은 많이 닮았지만 코만은 닮지 않았다고 의문을 품고 말했다. 그러자 루쉰이 "네가 몰라서 그런 건데, 어렸을 때는 큰아버지의 코도 아버지와 같았어. 그런데 큰아버지는 몇 차례 벽에 부딪쳐서 낮아진 것이란다."라고 대답했다고 한다. 그러면서 "큰아버지의 주위는 언제나 캄캄한 동굴이었어. 너무 어두워서 금방 벽에 부딪쳐 버렸던 게야."라고도 말했다고 한다.

주위가 항상 어두운 동굴이었고, 그 어두운 동굴을 코를 부딪쳐 가며 걸었다는 것은 그의 생애를 비유적으로 표현해 주는 것이라 생각한다. 사람들은 그의 문학의 어둠을 말하는데, 그것은 그의 주위가 어두운 동굴이었다는 사실을 말해 주는 것이다. 그렇기에 어두운 동굴을 빠져나가려 하지 않고, 벽에 코를 부딪쳐 가면서까지 동굴을 두드려 깨부수고 걸어간 것이 그의 생애였다고 말할 수 있다.

○

나는 당시 매일 3시간가량 그의 서재에서 테이블에 나란히 앉아 공부를 지도받았는데, 틀니를 하고 있던 그는 때로 발성이 불편해 입가에 거품을 내뿜어댔고, 때로는 사타구니 부근을 긁기도 했고, 혼자 키득키득 웃어가며 가르쳐 주었다. 그래서 일상생활을 통해 본 그는 그저 어디서나 [흔히] 볼 수 있는 사람에 지나지 않았다.

때로는 잡담이 섹스 문제까지 나아가는 바람에 적나라한 인간으로서의 면모까지 봐서 그런지 일상생활을 통해 보는 루쉰이라는 사람은 내가 의지할 수 있는 아저씨라는 생각이 가장 먼저 떠오른다. 대체로 일주일에 두 번은 그의 가족과 함께 식탁에 앉아 저녁을 먹었다. 식전에는 항상 소량의 술을 먹었는데, 그는 술을 먹으면 서글퍼진다고 해서 별로 마시지 않았다. 또 많이 마시면 난폭해진다고도 말했다. 젊었을 때 술을 마시고 식칼을 휘둘렀다고도 했다. 아무튼 그런 루쉰이 나에게는 시정의 보통 사람으로 비쳤다.

그러나 다른 한편으로는 비범한 사람이라는 생각이 들었다. 권력에 굴하지 않고, 권력의 압박이 있어도 결연히 싸우며 타협하지 않는 정신—거듭 싸우고 또 싸워 나가는 정신을 가진 사람이라는 점 때문이다. 그의 집에서 강해 받을 때였다. 아마 정부에서 그를 이용하려 했던 것일 텐데, 체포령이 내려져 은신하고 있는 그의 거처로 은밀히 심부름꾼이 찾아와 행정원장이 그를 만나고 싶다는 뜻을 전했다. 그는 면회를 거절했다. 행정원장의 면회 신청을 시정의 일개 문인으로서, 게다가 체포령이 내려진 상황에서 거절한다는 것은(행정원장은 일본의 총리대신에 해당하며, 아마 그 행정원장과 같이 일을 도모했다면 그의 구속은 당장 풀렸을 것이다) 권력에 굴하지 않는 그의 강인함을 떠올리게 해 인간으로서의 위대함을 느끼게 된다.

그것으로 알 수 있는 것은 루쉰이 평생 권력과 맞섰고, 권력과 타협하지 않는 강인함을 가졌으며, 항상 압박받는 자의 입장에 서서 전투적인 행동(겉보기에는 문필 활동이었지만)을 견지했다는 점이다. 그즈음 그는 어떤 아파트의 3층에 살고 있었는데, 체포령이 내려졌기 때문에 자신이 그곳에 있다는 것을 사람들이 알지 못하게 하려고 거리 쪽으로 난 하나뿐인 창 쪽으로는 얼씬거리지 않았다. 상하이의 여름은 무더워서, 나는 휴식 시간이 되면 창가에 의자를 두고 시원한 바람을 쐬었고 거리를 왕래하는 정경을 내려다보면서 피로를 풀었다. 하지만 그는 항상 창으로부터 세 자 정도 떨어진 안쪽에 머물면서 거리 아래쪽에서 올려다보이는 자기 모습을 사람들이 알아채는 것을 경계하였고 창가에는 절대로 다가가지 않았다. 뭐가 됐든 자유롭지 않은 생활이었다고 생각한다. 그런데도 루쉰은 가만히 감내하며 권력을 등에 업은 정치를 익명으로 풍자하고 공격하는 문장을 계속 써나갔다. 창가에 다가가지 않는 그 완고할 정도의 끈기는 대단한 것이었다고 생각한다. [당시 나는] 일본에서는 그런 사람이 있다는 것을 잘 모르는 듯하고, 그런 사람이 살고 있는 중국의 사정에 관해서도 잘 모르고 있다고 생각했다. 그래서 루쉰이 걸었던 족적을 더듬고, 근대 중국의 성장을 소개하기 위해 《가이조改造》라는 잡지에 〈루쉰전魯迅傳〉이라는 글을 썼다. 그러나 이것이 일본의 잡지에 나왔을 때는 익명의 평자가 '이웃집 보리밥은 맛있다'라는 식으로 정리해 주었다.

그즈음은 루쉰을 일반에서는 잘 알지 못했다. 심지어 나의 〈루쉰전〉이 소개된 잡지 광고를 보고 젊은 시절 중국에 간 적이 있는 나의 백부는 사촌 동생에게 '노魯가 성이고 신전迅傳이 이름'이라고 설명했다고 한다.

○

일상생활에서 그와 접했던 것은 앞에서 언급한 바와 같이, 쇼와 6년(1931) 3월부터 같은 해 12월 말까지다. 매일 점심 식사를 마치고 나면 그의 집으로 가 저녁때까지 그의 서재에서 지내는 일과 외에도 때로는 같이 영화를 보러 가고, 그림 전람회도 같이 가고, 비어홀에도 갔다. 또 나의 하숙에서 콘 비프 깡통을 따서 맥주를 마시기도 했다. 상하이를 떠나고 나서도 나는 한 달에 두 차례 정도 루쉰에게 편지를 썼고 그때마다 답장을 받았다. 그렇게 하는 게 쇼와 11년(1936) 그가 사거死去할 때까지 이어졌는데, 그가 죽기 4, 5일 전에 쓴 마지막 편지가 내 손에 건너온 것은 그의 부음을 라디오에서 들어 알고 난 며칠 뒤였다. 편지는 주로 《사략》에 관한 질의와 응답이었는데, 서로의 근황을 알려 주는 사진 한두 장도 반드시 첨부하는 것이 상례였다. 아들인 하이잉海嬰 군의 사진을 보내 준 것도 석 장이 있다. 또 나의 장남이 태어났을 때는 선물을 보내 주었다. 그래서인지 나는 루쉰이라면 일상생활의 면모가 가장 먼저 떠오른다. 문장 속의 그보다 직접 눈으로 보고 귀로 들었던 그의 모습과 목소리가 먼저 되살아나는 것이다. 그런 일상의 루쉰을 지금도 몸 가까이에서 느끼고 있는 내게는 문장 속의 그가 다른 사람이라고 생각되는 일조차 있다. 하지만 그의 진면목은 문장 속에서, 집필한 저작을 통해서 말하자면 공적 생활에서 찾아봐야만 한다. 그의 작품을 읽는 것이 진짜 루쉰을 아는 것이라는 것은 말할 필요가 없다. 내가 그에 관한 일상적인 추억이나 인상을 써 본들, 그를 진정으로 이해하는 데에는 어떤 것도 더해 줄 수 없을지 모른다. 하지만 딱 한 가지 내가 루쉰 연구자에게 주의를 환기해 두고 싶은 것은 자신은 스타일리스트이지만, 그것을 감지한 이가 아직 한 사람의 비평가밖에 없다고 그가 말했다는 사실이다. 그를 문필가로 볼 때 스타일리스트로서의 붓놀림에 현혹되어 중요한 것을 놓치지 않기를 바라기 때문이다. 그건 그렇고 개인적으로는 이제까지 접했던 어떤 사람—물론 일본인도 포함해서, 그 어떤 사람보다도 인간적으로 루쉰을 가장 존경하며 친밀감을 느끼고 있다. 이미 누차에 걸쳐 말했던 것이지만, 지금도 여전히 그렇게 생각하고 있다. 문필가로서 그를 의식해 그렇게 생각하는 게 아니라, 한 사람으로서 그와 친근하게 지내며 받았던 감명으로 말미암은 것이다. 왜 존경하는 마음이 각인되었는지를 돌이켜 생각해 보면, 나 자신을 위주로 한 주관적인 사고방식에서 나온 것이긴 하지만, 나에게 그는 어떤 말도 할 수 있고 어떤 것도 들어줄 수 있는 사람이었기 때문이다. 성실한 사람이었기 때문이다. 상당히 가깝게 지냈고 존경했고 신뢰했다(이렇게 말하는 것이 외람된 말인지도 모르겠지만)고 굳게 믿고 있지 않았다면 그 어떤 것도 말할 수 없을 것이다(어떤 것이라도 들어준다고 믿고 있지 않다면 아무것도 말할 수 없다). 그의 죽음을 듣는 순간, 내 마음의 의지처 일부가 빠져나간 것처럼 생각되었다. 그 정도로 그에게 의지했고 기댔던 것 같다. 이렇게까지 말하는 것은 중국에 관해 뭔가 이해하기 어려운 것이 나오면 루쉰에게 편지를 보내 묻는 등, 말하자면 늘 곁에 두고 보는 사전처럼 그를 의지했기 때문이다.

○

루쉰은 성격적으로 성실했는데, 다른 사람들이 착실한 것을 좋아했다. 언젠가 그가 성향이 아주 심하게 다른 젊은 작가와 공동으로 일하려고 해서 왜 저 사람과 함께하냐고 물으니, 다른 사람에 비하면 성실하다며 [그를 몹시] 신용하는 듯한 말투로 대답하였다. 그는 착실하고—성실한 것을 가장 사랑했다. 그와 동시에 아무것도 하지 않고 빈둥대는 것을 싫어했다. 그 자신도 항상 일을 했다. 잡지의 편집도 열심히 하면서, 부탁을 받으면 다른 사람의 번역 같은 것도 교정해 주었다. 그는 다음과 같이 말했다. "인간은 아무것도 하지 않고 있는 게 가장 좋지 않다. 설사 네로와 같은 폭군이라도 아무것도 하지 않는 인간보다 낫다. 이 세상에 태어나 무위라고 하는 게 가장 의미 없는 것이다." 그래서인지 그는 라오쯔老子의 '하지 않으나 하지 않는 것이 없다.'[5]라는 말은 사람을 기만하는 것으로 여겨 증오했다. 또한 그런 무위의 가르침을 설파하는 라오쯔를 좋아하지 않아 〈출관出關〉이라는 소설로 그를 희화화했다. 폭군 네로라도 좋으니 적극적으로 무슨 일이라도 하는 사람이 좋다고 하는 것은 아마 중국인 중에서도 유한 지식인 성격의 일면인 무위 사상(나는 이것이 고래로 자연의 폭력에 대한 인간 노력의 공허함이라는 인식에서 왔다고 생각하는데)에 대한 그의 항의를 말해 주는 것이라 생각한다. 그는 이 세상에서 일어

5 원문은 "도는 항상 작위 하지 않으나 하지 않는 일이 없다.道常無爲、而無不爲"이다.

나는 일은 어떻든 뻔하다며 대수롭지 않게 여기는 것이 중국을 애매하게 진보가 없는 나라로 만들어 왔다고 생각했다. 그래서 부지런히 노력할 것을 극력 제창했다. 뭔가에 몰두해서 고생스럽게 일을 해 나가는 것을 가장 귀중한 것으로 여겼다. 이를 중국인에게 강하게 요구했고, 그 자신도 그대로 실행했다고 생각한다. 내가 알고 지낼 무렵 그는 하루의 사분의 일 정도만을 한쪽에 제쳐두고 있다고 했는데, 대개 정오 전에 일어나 [다음 날] 동틀 무렵까지 독서하거나 집필하며 서재에 있었다. 언젠가 새벽 2시경에 그가 사는 아파트(2층 이상은 주거 공간이었다) 아래 거리를 지나간 적이 있다. 그 아파트의 다른 창은 모두 불이 꺼지고 잠들어 있었지만, 그의 집만은 훤하게 전등이 켜져 있었다. 나는 '선생이 아직 공부하고 있구나.'라고 감탄하며 그의 창에서 나오는 불빛을 올려다보았다. 50여 세 된 사람이 밤늦도록 공부하고 있는 것은 젊고 게으른 나를 강하게 자극했다.

그렇다고는 해도 그가 언제나 책상에 들러붙어 있는 경직된 모습을 장려하고 있다고는 생각되지 않았다. 아우인 젠런建人 씨가 이따금 들렀는데, [루쉰은] 곧잘 함께 영화관에 갔다. 아우는 직장인으로 종일 얽매여 살기에 가끔은 기분전환 삼아 놀아야 한다며 위로했다. 영화 보러 갈 때 대체로 나도 데려가 주었는데, 주로 실사영화實寫映畫나 기록영화, 또는 문학작품을 영화화한 것을 보았다. 가끔은 그림 전람회에도 갔었는데, 돌아올 때는 비어홀에 들렀다. 한번은 댄스홀을 구경하러 가보지 않겠냐고 나를 꼬드겨 쉬광핑 여사와 셋이서 간 적이 있다. 그냥 맥주를 마시며 구경하다가 십 분도 안 되어 바보 같은 짓이라고 말하고는 돌아왔던 것이 기억난다. 중국인이

하는 서양풍의 무용도 표를 받은 게 있다고 해서 함께 보러 간 적이 있는데, 이것도 막이 오르고 5분도 지나지 않아서 '천박하다肉麻'[6]라고 말하고는 돌아와 버렸다.

문학 이외에 그가 가장 좋아했던 것은 회화였다고 생각한다. 골동품에 대해서는 흥미가 없었던 듯했다. 당시 그의 집은 어떤 방(이라고는 해도 방 세 칸짜리에 부엌이 있는 정도)에도 장식품 같은 것은 하나도 없었다. 다만 액자에 들어 있는 판화가 덕지덕지 아무 방에나 걸려 있었다. 판화는 상당히 많이 수집했다. 외국 것은 상무인서관商務印書館에 부탁해 판원版元[7]으로부터 주문해 들여왔고, 해외의 친우들도 보내왔던 듯하다. 그로스George Grosz(1893~1959)[8]의 작품 등 대형

6 이것은 중국어 표현으로, "오싹해지다. 소름이 끼치다. 진저리나다. 징그럽다. 메스껍다. 낯간지럽다. 근지럽다." 등의 의미를 갖고 있다.

7 판화의 원래 제작자

8 게오르게 그로스George Grosz는 1893년 독일 베를린에서 태어났다. 1909년부터 1911년까지 드레스덴의 미술 아카데미에서 수학했으며, 이후 베를린의 응용미술학교에서 공부했다. 1914년 제1차 세계대전이 발발하자 군대에 자원입대했으나, 이듬해 건강상의 이유로 전역했다. 1916년 게오르크 에렌프리트 그로스Georg Ehrenfried Groß라는 자신의 이름을 게오르게 그로스George Grosz로 개명했다. 이는 당시 사회와 독일 민족주의에 대한 저항의 표시였다.
그로스는 전쟁이 끝나자 존 하트필드John Heartfield, 오토 딕스Otto Dix 등과 함께 '다다' 그룹을 결성했다. 베를린 다다는 정치적 진보성에 있어서 1916년에 출범한 취리히 다다운동과 비견될 만한 운동이었다. 그는 독일에 만연해 있는 군국주의 및 국수주의를 폭로하고, 바이마르 체제 아래 붕괴한 사회와 윤리를 예리하게 풍자한 펜과 잉크 드로잉 작품들을 출판했다. 특히 이 시기에 그는 사진이나 잡지에서 잘라낸 글자나 이미지를 물감과 함께 결합하여 코믹하고 무질서하며 충격적인 효과를 만들어내는 콜라주와 포토몽타주 작품을 다수 제작했다.
그로스는 1919년 독일 공산당에 가입했다. 그리고 1920년대에 딕스와 함께 '신즉물주의' 그룹을 결성했다. 불안정한 시대 배경 속에서 현실에 대한 철저한 해부를

의 넘버가 매우 빠른 판화집도 가지고 있었고, 콜비츠의 것도 직접 그녀가(혹은 콜비츠의 지인이었거나 루쉰의 지인이었는지는 정확히는 모르겠지만) 보내왔고, 소련의 판화도 영사관(?)의 알선으로 중국 종이와 교환하여 작가가 보내왔다고 들었다. 중국의 판화에도 애착을 가져 정전뒤鄭振鐸와 공동으로 《베이핑전보北平箋譜》를 수집해 출판하고(출판 후 내게도 보내주었다), 《십죽재전보十竹齋箋譜》도 복각했다(이것은 그의 생전에는 완성되지 못했는데, 그 견본쇄 2책을 나에게도 보내왔다).

○

날마다 접한 그의 언행에서 내가 받은 인상은 다른 무엇보다도 루쉰은 애국자라는 것이었다. 그는 협의의 애국자가 아니라 정상 범

목표로 하는 이 경향은 시대가 지닌 표정을 예리하고 정확하게 포착하기 위해 사실적 기법의 세밀 묘사를 주로 채택했다. 그로스는 가난하고 소외된 사람들과 실업자, 불구자, 빈민굴과 매음굴의 광경을 재현했으며, 사회의 탐욕과 부패, 인간 욕망의 추악성을 극적인 구성과 신랄한 풍자로 표현하였다.
그로스는 나치스가 히틀러의 지휘 아래 권력을 장악하기 한 해 전인 1932년에 독일을 떠나 미국으로 이주했다. 나치스는 독일의 미술관과 화랑들로부터 수천 점의 당대 회화 및 드로잉을 몰수했는데, 여기에는 그의 작품도 280여 점이 끼어 있었다. 그중 일부는 1937년 나치스가 주관한 퇴폐미술전에 전시되었다. 한편 그는 뉴욕의 아트 스튜던츠 리그에서 교수로 학생들을 지도했으며, 1938년 미국 시민권을 얻었다. 작풍도 점차 부드러워져서 과거의 냉소적이고 거친 느낌이 사라지고 부드러움과 따스함이 더해졌다. 그는 줄곧 미국에 거주하다가, 1959년 베를린으로 돌아왔다. 하지만 귀국한 지 얼마 지나지 않아 세상을 떠났다. (두산백과)

위를 넘어설 정도로 강하게 중국과 중국인을 사랑하는 애국자로 다분히 인격적이고 민족적인 휴머니즘을 가졌다고 생각되는데, 이것이 그의 모든 문장의 발원이라고 말할 수 있다. 그의 눈은 항상 중국과 중국인의 미래에 쏠려 있었고, 현실의 중국과 중국인이 어떻게 하면 합리적이고 행복한 미래로 나아갈 수 있을까를 생각했다. 나는 현실의 중국과 중국인에 대한 그의 신랄하면서 때로는 욕설로도 볼 수 있는 필봉이 자국민에 대해 끓어오르는 애정의 변형이었다고 생각한다. 그처럼 냉철하고 각박한 붓은 방관자라면 구사할 수 없는 것이다. 화기애애하고 친근하게 지낼 수 있고 항상 눈물에 젖은 듯한 눈빛은 그의 인간적인 차가움을 드러내지 않았고 오히려 그 반대였다. 뭔가에 들씌운 듯 애국(애민족愛民族)의 열정에 불타 있는 모습은 때로 귀기마저 띤 것이었다. 그는 말했다. "'무엇 때문에' 소설을 쓰냐에 대해 말하자면 나는 수십 년간의 '계몽주의'를 보듬으면서 반드시 '인생을 위해서'가 아니면 안 된다고 생각하고,또 그 인생을 개량하지 않으면 안 된다고 생각한다." 하지만 그것은 추상적인 인생이 아닌 현실의 구체적인 중국 사회와 중국인이라고 하는 안계眼界에 있어서였다는 사실을 알아야 한다. 청년 시대, 신해혁명의 풍조에 의해 양육되고 스스로 혁명운동에 몸을 던졌던 그는 결국 평생을 혁명가로 살았다. 공허한 인생론이나 이론을 위한 이론은 그에게는 무의미한 것이었다. 〈죽음〉이라는 유서 같은 소품에서 그가 아들에게 '공허한 문학가나 미술가가 되지 말라'고 훈계한 것은 반어법적인 풍자의 의미가 포함되어 있다고 생각하는데, 이를 통해 그가 실제의 인생에서 중국의 현실 개혁에 긍정적인 역할을 하지 않는 문학가나 예술가의 놀음을 경멸했다는 것을 알 수 있다.

○

그의 혁명가적 열정은 청년 시대의 신앙이었던 진화론과 결부되어 있다고 볼 수 있다. 그의 사상 근저에는 진화론에 대한 강한 믿음이 깔려있는데, 인류 사회보다는 중국 사회의 진보를 저해하는 모든 것과 싸우는 것이 그의 현실 행동을 지배했다고 볼 수 있다. [그가] 좌익적인 생각이 자기에게 들어올 때까지는 적어도 그랬었다고 나에게 말했던 것이 기억난다. 그래서 그가 말하는 인생은 극히 구체적이고 직접 그의 생활 속에 있으며, 생활의 주변에 있는 객관적인 중국 사회와 중국인을 가리키는 것이었고, 여기에 그의 모든 관심이 집중되어 있었다. 그 정도로 루쉰은 중국과 중국인을 사랑했다.

중국에서는 자의식의 과잉으로 인해 개인의 머릿속에서 두서없는 사고의 착종을 일으키는 아마추어에게 문학이나 평론을 떠맡기는 것은 청 말 이후 오늘날까지 거의 없었다고 해도 좋다. 객관적인 환경이 너무나 엄혹했기 때문이다. 말할 필요도 없이 그것은 (세계 속에) 중국이 처해 있는 환경과 관계있는 것이고, 이에 제약받는 중국 자체의 환경과도 관계가 있다. 이런 관계에 놓여 있는 환경을 타파하고 바꾸기 위해 청 말 이래로 중국의 뛰어난 두뇌(문학가도 물론이고)는 여러 형태로 싸우고 발버둥 치며 최대한 힘을 다해 살았다.

루쉰(그리고 그의 문학)을 고려할 경우도 이것을 빼놓고는 생각할 수가 없다.

○

가인歌人 야나기와라 뱌쿠렌柳原白蓮[9]이 상하이에 왔을 때 중국의 문학가와 만나고 싶다고 하여, 우치야마 간조 씨의 도움으로 루쉰과 위다푸郁達夫를 어떤 요릿집에서 만난 일이 있었다. 나도 배석했는데, 그때 루쉰은 분명하게 중국의 정치 경향에 대해 욕을 했다. 이에 뱌쿠렌이 루쉰에게 중국에서 사는 게 싫으냐고 묻자, 그는 "아니, 나는 다른 어떤 나라보다도 중국에서 사는 게 좋다고 생각한다."라고 대답했다. 그때 그의 눈이 촉촉해진 것을 보았다. 중국에 대해 그가 하는 욕은 부모가 자기 자식을 다른 사람 앞에서 '이놈은 바보라 골치'라고 말하는 것과 같은 것으로, 너무 사랑한 나머지 미워하는 말을 한 것을 그녀는 눈치채지 못했다. 또 중국의 정치가는 바보 짓만 하고 국민을 괴롭히지만, 다른 나라가 아무리 훌륭한 정치를

9 야나기와라 뱌쿠렌(1885~1967)은 다이쇼大正에서 쇼와昭和 시대에 걸쳐 활동했던 가인歌人이다. 본명은 미야자키 아키코宮崎燁子로 다이쇼 시대 삼대 미인 가운데 한 사람이다. 아버지는 야나기와라 사키미츠柳原前光 백작이고, 어머니는 사키미츠의 첩들 가운데 한 사람으로, 야나기바시柳橋의 예기藝妓였던 몰락한 사족의 딸이었다. 다이쇼 천황의 생모인 야나기와라 나루코柳原愛子의 조카로, 다이쇼 천황의 사촌 동생인 셈이다.

한다고 해도 그들의 지배를 받고 싶지는 않다고 했다. 이것은 자기 재산을 방탕한 자식이라도 자기 자식이 써버리는 것은 괜찮지만, 다른 사람이 써버리는 것은 불쾌한 것과 똑같다는 의미라고 덧붙였다. 그때 다시 그가 중국과 중국인을 얼마나 사랑하는지 알았다.

루쉰은 마음으로부터 중국과 중국인을 사랑했다. 그래서 언제나 중국과 중국인의 미래를 생각했다. 그런데도 미래에 관해서는 비관적인 견해를 갖고 있는 듯이 보였고, 현실의 중국과 중국인이 못마땅해 질타하는 채찍을 휘두를 수밖에 없었던 것으로 생각한다.

○

루쉰은 항상 먼 미래까지 생각했다. 내가 당시 평판이 나 있는 마오둔茅盾의 작품을 번역하려고 한다는 뜻을 알렸다. 그러자 그는 나에게 당장 성가가 있는 것을 번역하는 게 좋은지, 영구한 가치가 있는 작품을 번역하는 게 좋은지를 되물었다. 나는 그의 말을 그 작품이 비록 오늘 평판이 좋다고 해도 그것은 지금뿐이니, 미래까지 생명이 있는 작품에 노력을 기울이면 어떻겠냐는 권고로 알아들었다. 하지만 나 나름의 생각이 있었기에 쓸데없는 말을 늘어놓으면서 설사 오늘만 가치가 있는 것이라도 번역하고 싶다는 뜻을 분명하게 말했다. [말은 그렇게 했지만] 그때도 나 같은 소인배와 달리 그는 먼 미래를 위한 일에—항상 그것에 눈을 돌리고 노력을 기울였던 사람이었다는 것을 헤아릴 수 있었다.

루쉰은 미래에 대해 비상한 관심을 가지고는 "중국의 미래에서는 사막이 보인다."라고 개탄하듯이 말했다. 말 자체는 비유적인 표현이었어도, 그가 너무나도 기가 막히게 앞선 미래까지 관심을 두고 확실히 내다보려고 했다는 것이 잘 나타나 있었다. 또 "중국은 무엇보다 인간이 죽지 않으면(기근이나 살생으로) 평화가 오지 않을 것이다. 삼분의 일(혹은 십분의 일이었다고도 생각한다. 사막까지 보인다고 했기 때문에 십분의 일이었는지도 모른다) 정도의 인구가 되어야 한다."라고 말했다. 나는 이런 이야기가 너무 각박하고 상궤를 벗어날 정도로 걱정이 많은 그의 성향에서 야기한 것으로 생각했다. 하지만 그가 그 정도로 진지하게 먼 미래까지 생각했던 것은 현실에 대한 구원이라는 애절한 소망이 있었기 때문이라는 것을 알아야 한다.

위다푸郁達夫는 "우리가 일부분을 보고 있을 때 루쉰은 전체를 보았고, 우리가 현실을 부여잡고 초조해할 때 그는 과거와 현재, 미래를 파악했다."라고 말했는데, 그는 내가 아는 그 어떤 중국 작가와도 현격한 차이를 보이고 있었다고 생각한다. 그는 과거에 대한 깊이 있는 연구와 예리한 통찰이 있는 동시에(일례로 그가 〈위진 풍도·문장과 약·술의 관계魏晋風度及文章與药及酒之关系〉 중에서 우리에게 뒤집어 보여 주었던 '죽림칠현竹林七賢'에 관한 연구를 들 수 있다. 일찍이 누가 그렇게까지 주도면밀하고 예리한 시각으로 역사를 보았던가), 미래까지 담고 있는 안목으로 현실에 대한 통렬한 비판과 질책을 했던 것이다. 그는'중국의 오늘을 살아가는 것은 중국의 미래를, 영원을 살아가기 위해서'라는 것을 항상 마음에 두고 있었던 듯하다.

○

루쉰은 자기 생명에 대해서 신중하게 경계했는데, 때로는 지나치게 신경질적이라고 생각되었다. 그렇지만 그것은 내가 사정을 잘 몰랐기 때문일 수도 있다. 내가 그를 처음 만났을 때는 러우스柔石, 후예핀胡也頻 등 젊은 좌익 작가들이 체포되고 처형된 지 얼마 되지 않은 시점이었다. 그중 한 사람이 루쉰의 편지를 갖고 있었기 때문에 자기 신변에도 위험이 닥쳤다고 여긴 루쉰은 우치야마 간조 씨의 도움으로 일본인이 경영하는 하숙에 피신했다가, [상황이] 다소 풀렸다는 것을 알고 다시 원래의 거주지로 돌아갈 수 있었다. [그 뒤] 나는 우연히 그가 [그때] 한 달가량 피신했던 하숙집에 살게 되었고, 또 그가 부인과 아들 하이잉 그리고 보모 할멈을 데리고 살았던 바로 그 방에서 기거하게 되었다. 이 모든 것이 기연奇緣이었다.

언젠가 상하이 일본어 신문의 기자 모 군이 루쉰을 만나고 싶으니 소개해달라고 했다. 루쉰은 자기 집에서는 곤란하니 우치야마 서점에서 만나자고 했다. 그 신문기자는 루쉰이 그의 집에 들이지 않는 것에 불만을 가졌는데, 그는 신문사의 사람은 정치와 관계가 있어서 자신이 살고 있는 곳이 어떻든지 간에 외부에 누설할 수 있으므로 자기 집에서는 만나지 않는 것이라고 했다. 반면 일본의 모 이학자理學者가 그와 만나고 싶다고 해서 전하니, 이학자는 정치와 관계가 없을 것이기에 자기 집에서 만나도 좋다고 했다. 그림 전람회를 보고 돌아올 때였는지, 비어홀에 들렀다가 돌아올 때였는지 정확하게 모르겠지만 그와 함께 걷고 있었는데, 뒤에서 수상한 사람이 뒤따라오는 것 같았다. 그때 루쉰은 "자네는 먼저 돌아가게. 나는 내 집 근처에서 저 사람을 따돌릴 테니."라고 말했다. 그와 함께 걸으며 이런 일을 두세 번 정도 겪었던 것으로 기억한다.

그는 아들만은 정치와 무관한 일을 시키고 싶어 했다. "수학이든 뭐든 정치와 관계있는 일은 언제나 축축한 셔츠를 입고 있는 것처럼 기분이 나쁘다."라고 말했던 것도 기억하고 있다. 아무튼 정치적 압박에 상당히 시달리고 있었던 듯했다. 그러나 루쉰은 그것에 압도되지 않고 압박을 받으면 받을수록 점점 더 권력에 반발하는 기백을 날카롭게 벼렸다. 이것은 그의 문학을 연마하고 다듬어 나가는 방법이 되어 만년에는 필봉이 심오하고 독해졌다.

○

저우쭤런周作人이 쓴 글에는 루쉰은 청 말의 혁명당 당원이 된 적이 없다고 했다. 나도 확실한 것은 기억나지 않는데(하지만 [루쉰이] 내가 쓴 《루쉰전》이라는 원고를 훑어봤는데, 거기에는 그가 당원이었다고 씌어 있는 게 그대로 남아 있다), 설사 정식으로 입당하지는 않았어도 장타이옌章太炎과의 관계 때문에 광복회와 관계가 있었던 것은 논란의 여지가 없다. 그렇지만 입당했던 적은 없었다고 짐작하는 것은 그가 다음과 같은 사실을 이야기해 준 적이 있기 때문이다. 청 말에 혁명운동을 하고 있을 때 그는 상부로부터 어떤 요인을 암살하라는 명령을 받고 이를 실행하려고 했다. 그때 루쉰은 자신이 체포되거나 살해된다면 홀로 남겨질 어머니를 어떻게 해줄 것인지 확실히 해두고 싶다고 말했다고 한다. 그랬더니 뒷일이 마음에 남으면 할 수 없으니 그만두라는 명령이 돌아와서 바로 그만두었다고 한다. 어렸을 때 아버지를 여의고 어머니 손에 키워졌기에 어머니를 생각하는 것은 무리가 아니지만, 당에 들어간 이상 자객이 되라는 명령을 받는 것은 당연하다고 생각한다. 당 외의 인사에게 암살을 명하는 것은 생각할 수 없기 때문이다.

이 일 때문에 연상된 것인지도 모르겠지만, 그의 짧은 문장(수필) 어딘가에서 비수가 번득이는 듯한 지독스러움을 느낀다. 그 자신도 〈소품문의 위기〉 등에서 소품문은 비수나 투창이 되지 않으면 안 된다고 말했다. 지독스러움을 말하자면 그의 만년 소품에도 많다. 〈나는 사람을 속이려 한다〉(《차개정잡문 말편》 1936), 〈불, 왕도, 감옥〉[10], 〈깊은 밤에 쓰다〉(《차개정잡문 말편》 1936), 〈반하집半夏集〉(《차개정잡문 말편》 부집) 등에서 매서움이 느껴진다. 문장이 갖고 있는 정치적 전투성이 지독하다. 강고한 권력의 압박에 대한 비통한 외침, 겉으로 당당하게 말할 수 없는 무한한 함축이 그 안에 담겨 있다. 병적인 것처럼 느껴지는 지독스러움이다. 만년에 그의 폐가 병균에 완전히 손상되었을 때(엑스선 사진을 찍은 미국인 의사는 거의 손상된 그의 폐 상태를 보고 서양인이라면 5년 전에 죽었을 것이라고 말했다고 한다. 루쉰은 나에게 자기

10 현재 《루쉰전집》에서 〈불, 왕도, 감옥〉이라는 글을 찾을 수 없다.

엑스선 사진을 보여 주며 이 얘기를 했다. 그가 죽기 3개월 전의 일이다), 그에게서 육체적인 지독스러움이 드러나 있다는 인상을 받았는데, 이에 따라 문장도 험하고 통렬해져 갔다고 생각한다.

그때 루쉰이 자기 몸 안을 볼 수 있기에 엑스선 사진은 재미있다고 나에게 보여 주며 여러 가지를 설명했던 것이 생각났다. 조금 있다가 마오둔茅盾이 왔는데, 그에게도 그 엑스선 사진을 보여 주며 끊임없이 설명했다. 의사를 지망해 의학을 공부했던 그는 그런 것에 특별한 과학적인 흥미를 갖고 있는 듯했고, 냉정하면서도 학구적인 모습을 보였다.

○

마지막으로 루쉰을 만난 것은 소화 11년(1936) 7월이다. 소화 6년(1931)에 헤어진 뒤로 5년 만에 다시 만났는데, 그는 병상에 누워 있는 사람이 되었다. 풍모는 아주 험준하게 변했고 기상도 늠렬凜烈하였지만, 이상하리만치 전투적이어서 '상처 입은 늑대'처럼 애처로워 보였다. 나는 그것이 질병의 진행과 더불어 환경이 곤란해졌기 때문이라고 생각했다. 7월의 어느 날인지는 잊었지만, 점심 초대를 받아 함께 식탁에 앉았다. 그는 약간의 음식을 겨우 먹은 뒤 "피로해져서 위층(2층에는 침대가 있었고 식당은 그 아래층)에 올라가 쉴 터이니 천천히 드시구려."라고 말하고는 한편으로는 난간에 의지하고 한편으로는 쉬광핑 부인의 도움을 받으며 느릿느릿 무거운 발걸음으로 계단을 올라갔다. 그의 뒷모습을 보며 장미술(장미 꽃잎을 소주에 담근 것, 손에 넣기 어려운 것이기에 두고두고 혼자서 마시고 있다)을 마시면서 감상에 젖어 그를 전송했다. 동시에 마음속으로 '선생은 이제 희망이 없구나.'라는 생각을 했다.

그러나 그의 성실하고 온화한 심정은 과거와 다를 바가 없었다. 이삼일 후 나는 그다음 날 귀국해야 했기에 작별을 고하러 갔다. 그는 갖가지 선물을 준비해두었다. 본래는 쉬광핑 여사에게 포장을 부탁했는데, 그녀의 포장이 서투르다고 하면서 스스로 빼앗아서 다시 포장했다. 말할 수 없는 고마움과 따뜻한 심정을 느끼며 묵묵히 옆에서 그의 결코 능란하다고 할 수 없는 두 손의 동작을 지켜볼 뿐이었다.

○

루쉰이 쓴 글에는 때로 니힐리즘의 향이 나는 것이 있다. 아마도 그즈음 나는 《들풀》인지를 읽고 있었던 것 같다. 어떤 계기가 있어 그랬는지는 잘 생각나지 않지만, "모든 현명한 인간은 가슴 깊은 근저에 허무의 심연을 담고 있다."라는 말이 진실이라 생각한다고 루쉰에게 말한 적이 있다. 나는 이 문구를 고등학교 학생 때 어딘가에서 읽고 몹시 감탄했었다. 브란데스[11]의 《괴테론》(확실치 않다)에 있었던 것 같은데, 아무튼 그런 생각에 빠져 헤어나지 못하고 있었다. 루쉰은 자기 문장에 니힐리즘의 얼굴을 언뜻언뜻 내비치고 있는데도 불구하고 가끔 니힐리즘을 경멸하는 말을 했기에, 조금 마음이 불편해서 그런 말을 해 본 것이었다. 아무튼 나는 당시 서른 살이 되지 않아 젊음의 건방짐도 있었고, 무엇을 말하더라도 겸손이란 게 필요 없는 사람이라서 정색하고 대들었다기보다는 주장을 했다. 그는 찬성하지 않았으며 그렇게는 말할 수 없을 것이라는 태도를 보였다. 그러나 나는 니힐리스트는 경멸당할 수 있을지도 모르지만, 니힐리즘은 인간의 복잡한 정신 속에서 어찌 되었든 기저적基底的인 일부로 존재하고 있는 모든 사상의 베이스이여야 하며, 그렇지 않으면 살아 있는 인간의 사상이 될 수 없다고 깊이 믿고 있었다. 루쉰과 같은 사람이 찬성하지 않는 것이 오히려 의외였다. 그래서 그가 뭐라 해도 내 생각을 고집스럽게 주장했다. 마침내 그가 "그런지도 모르겠다."라고 내던지듯 말한 것이 기억난다. 귀찮아서 그런 대답을

11 게오르크 브란데스Georg Brandes(Morris Cohen)(1842~1927)는 덴마크의 문예 비평가다. 코펜하겐 출생으로 1864년 코펜하겐대학교를 졸업한 뒤 1865~1871년 유럽 여행 중 J. 르낭, H. 테인, J.S. 밀 등의 영향을 받아 덴마크를 문화적 고립과 지방적 편협성에서 벗어나게 하는 것이 자신의 사명이라고 여기게 되었다. 1871년 귀국하여 코펜하겐대학교에서 강의를 시작하였는데, 《19세기 문학의 주류》(6권, 1872~1890)를 출판하여 유명해졌다. 이것은 세계문학적 견지에서 서유럽 각국 문화의 교류와 상호 영향을 파악하고 작자의 개성을 선명하게 그려낸 뛰어난 문학 비평이다. 1880년대 후반에는 니체의 영향을 받아 귀족적 급진주의 철학을 발전시켰다. 주요 저서로는 《덴마크의 시인들》(1877), 《현대 약동기의 사람들》(1883), 《귀족적 급진주의》(1889), 《셰익스피어》(1895~1896), 《괴테》(1915) 등이 있다.

했었는지는 몰라도 아무튼 그는 굽혔고 소극적으로 타협했다. 젊은 나는 개가를 올린 기분이었다. 이제 와 생각해 보니 당시 기분이 좋기는 했지만, 공적으로는 적과 철저하게 논쟁하는 루쉰이 다른 면에서는 귀찮아지면 내던져버리는(상대에 따라 그런 것인지 모르지만), 결코 완고하기만 한 사람은 아니었다는 생각이 든다.

여전히 한 가지 기억나는 것이 있다. 그가 정전둬鄭振鐸와 공동으로 편집해서 출판한 《베이핑 전보北平箋譜》라는 판화집은 전체적으로는 훌륭하지만, 그중에는 조잡하고 변변찮은 것도 들어 있었다. 나는 루쉰의 명예 때문에 개탄했고, 어떤 그림은 실제로 변변치 않아 "당신은 저런 물건을 왜 넣었는가? 망쳐버리려고 그런 것 아닌가?"라는 비난을 쏟아냈다. 그러자 그것들이 보잘것없다는 사실은 인정하지만, 죽은 작가를 기리기 위해 집어넣은 것이라고 대답했다. 판화 자체로 말하자면 쓸모없을지라도 작업하는 중에 죽은 작가가 사라져간 모습을 후세에 남기려는 그의 인정에서 나온 것이었다. 여기서 그의 타협적인 성격을 보았다. 성격적으로 결벽하고 준엄하다고 말할 수 있는 루쉰의 다른 일면에는 인간적인 것에 굴복하는 온정이 꽤 많았다고 생각한다. 옹색한 인간으로만 생각하지 않는 게 좋을 듯하다.

○

그의 성격에 관해서 또 생각나는 게 있다. 루쉰은 단칼에 피를 내뿜는 비수처럼 날카롭게 번뜩이는 문장을 썼지만, 그의 필체는 결코 예리하거나 지독한 느낌을 드러내지는 않았다. 모나지 않고 원만한 필체가 따뜻하다기보다는 우스꽝스럽다는 느낌이 들기도 했다(그는 문자에 관해 상당한 연구를 해서 중국 자체 변천사를 쓰는 건 대수롭지 않은 일이라고 말했다). 루쉰의 필체는 장초章草[12]에서 왔고(그렇지만 그다지 잘 알지는 못한다) 그런 유파이기 때문이라고 생각하지만, 아무튼 예리함도 험악함도 없다. 오히려 촌스럽고 부드러운 필체다. 글자에는 그 사람이 드러난다고 말하는데(부분적으로는 그렇다고 생각하나 간단하게 그런 식으로 잘라 말하는 것은 의문이라고 생각한다), 필체로 보자면 그에게는 패기도 없거니와 재기도 없다. 게다가 냉엄하지는 않고 고지식한데다 촌스러운 치졸함이 엿보여, 그것 때문에 우스꽝스럽게 보이는 것이다. 그가 문장에서 첨예하고 치열했던 것은 역시 환경—그것도 정치적인 환경이 그렇게 만든 것으로 생각한다. 물론 그것이 전부 수동적인 결과라고 말할 수는 없다. 환경과 격렬하게 싸우는 강한 개성과 부여잡고 있는 사상의 소재를 등한히 할 수 없는 데다가 타고난 성실성이 비타협적으로 골수에 맺혔고, 이것이 열악한 환경과 상

12 장초는 예서隷書를 빨리 쓰기 위해서 자연적으로 발생한 서체이다. 원래 한례漢隷는 전한 중간에 완성되어 널리 쓰였지만, 시대의 흐름에 따라 점획을 붙여서 간소화되었다. 후한 초기에는 예서이면서 행초서行草書를 닮은 서체가 생겼다. 이것이 장초이며 쒀징索靖이 썼다고 전해지는 《월의장月儀章》, 《출사송出師頌》, 황샹皇象의 《급취장急就章》, 후한 장제章帝의 《천자문千字文》, 루지陸機의 《평복첩平復帖》 등이 있다. 둔황敦煌에서 목간이 발굴되면서 고담枯淡 주경馥勁한 장초의 진수를 엿볼 수 있게 되었다.

극을 이루어 점차 그런 사람됨을 형성했던 것이다. 그렇기에 본래의 성격은 그의 필체가 보여 주는 것이 아니겠느냐고 생각한다. 본래의 성격이 항상 사회와 민족에 대한 의식을 갖고 쓴 그의 문장에서는 거의 자취를 감추었지만, 그런 의식이 필요 없는 필체 같은 것에서 일부 엿보였던 것은 아닐까?

○

루쉰은 일본의 중국 연구가 중 다치바나 시라키橘樸[13] 씨를 칭찬하며 그 사람이 우리보다도 중국을 잘 알고 있다고 했다. 그러면

13 다치바나 시라키橘樸(1881~1945)는 오이타현大分県의 하급 사족士族 집안에서 장남으로 태어났다. 중학교 시절에는 각지를 전전하다 제5고등학교에서 퇴교 처분을 받았다. 와세다대학에서도 공부했지만 중퇴하였다. 그 뒤 1905년 홋카이도에서 《홋카이도 타임즈》의 기자로 일하다, 1906년 중국의 다롄大連으로 건너가 《랴오둥신보遼東新報》의 기자가 되었다. 그 뒤 《징진일일신문京津日日新聞》, 《지난일보濟南日報》 등의 신문과 《일화공론日華公論》, 《중국연구자료支那研究資料》, 《월간중국연구月刊支那研究》, 《조사시보調査時報》, 《만주평론滿州評論》 등의 잡지류에 관여하였다. 1918년 시베리아 출병 시, 종군기자로 일본군과 동행하여 치타까지 갔다가 귀로에 병으로 쓰러졌다. 1925년에는 남만주철도의 촉탁으로 일했다. 1920년대까지 다치바나는 중국의 민족주의에 대한 이해를 바탕으로 일본과 중국이 대등한 관계를 맺어야 한다고 주장했다. 특히 1922년부터 1923년 베이징과 톈진을 거점으로 삼았던 시기에는 일본의 교육가이자 목사였던 시미즈 야스조清水安三(1891~1988)의 협조로 천두슈陳独秀, 차이위안페이蔡元培, 후스胡適, 리다자오李大釗, 구훙밍辜鴻銘, 루쉰魯迅 등과 교류했다. 1931년 만주사변 이후에는 이시와라 간지石原莞爾 등과 교류하며 초국가주의, 신중농주의에 경도되어 중국에서의 합작사 운동에도 관여했다.

서 다치바나 시라키라는 이름부터가 중국인인지 일본인인지 알 수 없고, 혹은 중국인의 필명인지도 모른다고도 말했다. 우치야마 간조 씨는 그가 일본인이라고 말했다. 나는 그때까지 다치바나 시라키라는 이름은 잘 알지 못했다. 어렴풋이 본 듯한 이름이라는 정도였는데, 이후 그를 주목하게 되었다.

일본의 한시인漢詩人으로는 구보 덴즈이久保天隨[14](한시인이라는 것에 거의 흥미를 갖고 있지 않기에 기억이 확실하지 않다)가 괜찮다고도 말했다. 그러나 현대의 일본인이 한문을 쓰면서 한시를 짓는다는 것은 의미가 없다고 생각했던 듯하다. 중국의 옛 문장과 시를 지어 누구에게 보여 줄 것인지, 오늘날의 일본인에게 보여 준다는 것도 무의미하고 중국인에게 보여 주는 것은 더더욱 우습기 때문이다. 요컨대 장난에 지나지 않는다고 생각하고 있었고, 나 역시도 절대적으로 동감이었다.

《중국문학월보中國文學月報》의 편집자인 다케우치 요시미竹內好가 〈일본의 중국 문학 연구자에 대한 주문〉이라는 글을 잡지에 싣고 싶다고 해서 나를 통해 루쉰에게 써달라고 부탁하는 편지를 보낸

14 구보 덴즈이久保天隨(1875~1934)는 일본의 중국 문학자이다. 타이베이제국대학(현재의 타이완대학) 교수 등을 역임했고, 한시를 직접 짓기도 했다. 도쿄부東京府 사족 집안의 장남으로 태어났으며, 구제제2고등학교에서 공부한 뒤 《상지회잡지尚志会雑誌》에 관여했다. 열여덟 살 때부터 한시를 짓기 시작했고, 1899년에 도쿄제국대학 한문과를 졸업했다. 졸업 후 대학원에 진학해 《제국대학帝国文学》 등에 평론과 수필을 투고했다. 또한 한적漢籍을 평석評釈하고 한시를 역주하며 해설하는 등의 작업도 병행했다. 1928년 타이베이제국대학이 설립되자 그다음 해에 교수로 취임했다. 문학부 동양문학과에서 중국 문학 강좌를 담당하고 중국 문학사 등을 가르쳤다. 1934년 뇌내출혈로 쓰러져 59세의 나이로 급사했다.

적이 있다. 그랬더니 [루쉰은] "지금까지 일본의 중국 문학 연구에 관해서 생각해 본 적이 없어 지금에서야 생각해 봤는데, 어떤 것이든 시시콜콜한 것으로 아무것도 할 말이 없다."라고 답했다. 자국의 일로 가득해 그런 것까지 생각할 여유가 없다는 의미인지(당시 그는 바빴던 듯하다), 또는 《중국문학월보》에 모 군이 〈루쉰은 뱃속이 시커멓다〉라고 쓴 글이 마음에 안 들었는지 모르겠지만 아무튼 냉담한 답장이었다. 진짜로 그의 답장과 같은 이유로 글을 쓰지 않았을 수도 있다. 그러나 성실한 사람이었기에, 사정을 제대로 알지 못하는 타국의 청년에게 느닷없이 '뱃속이 시커멓다'라는 듣기 싫은 비평을 당하고는 언짢은 얼굴을 했다고 한다. 그렇지만 루쉰이 상하이에서 판매되는 《중국문학월보》를 가끔 사서 읽었고 나에게[그것에 대해] 이야기한 적이 있었기에, 다케우치 군에게 말해 직접 부탁하도록 도와주었다.

그것과 비슷한 일이 또 생각난다. 일본의 모 신문 상하이 지국장이 〈세계의 얼굴〉이라는 박스 기사의 중국 편에서 루쉰에 관한 내용을 썼는데, 그 가운데 그의 험담을 했던 듯하다. 루쉰은 자기 작품을 읽고 난 뒤의 욕이라면 상관없지만, 직접 읽지도 않고 험담을 한 것에 화가 나서 그 지국장에게 항의하였다. 그 지국장은 신문에 글을 기고하면 선물 같은 것을 보내곤 했는데, 루쉰은 그것을 되돌려 보내며 완강하게 거부했다. 언젠가 나와 함께 그림 전람회에 갔는데, 거기에서 그 지국장을 만났다. 그 지국장은 루쉰에게 함께 밥을 먹으러 가면 어떻겠느냐고 너스레를 떨었지만, 그는 외면하고 전혀 상대하지 않았다. 이런 경우 루쉰은 감정을 노골적으로 드러냈다.

언젠가 루쉰이 한번 아니라는 생각이 들면 머리에 각인되어 언제까지나 떠나지 않는다고 자기 성격에 대해 말한 적이 있는데, 이때 그 이야기가 떠올랐다. 그는 애증의 감정이 극심해서 소위 청탁을 불문하는 아량(?)이나 관용(?)을 갖고 있지 않은 듯했다. 구분을 분명히 하고 자기 기분을 대충 넘기지 않았고 이를 확실히 드러냈다. [그에게] 적이 많았던 것도 그 때문이라고 생각한다.

○

루쉰은 중국의 유교적인 '완전한 인간完人'이라는 사상을 증오했다. 이 사상은 사람에게 완전을 요구하고 억누르는 사고방식이어서 현실의 인간을 기성의 도덕으로 구속하고 규제하려고 하는 것이라고 했다. 그는 (자기는 일단 제쳐놓고 [사돈 남 말 하듯]) 인간에게 완전함을 요구하는 사고에서 나온 도덕인 체하는 얼굴을 혐오했는데, 이것은 중국을 해롭게 하는 것이라고 말했다. 그렇기에 완전한 인간이라는 사상을 무기로 내세우는 이른바 '정인군자'의 무리를 철저하게 공격했다. 사람을 다치게 하고는 그 사람의 보복을 막아내기 위해 '관용'을 말하는 상대와는 절대 가까이하지 말라고 루쉰의 유서라고 해도 좋을 〈죽음〉이라는 글에서도 훈계했다. 그는 '눈에는 눈, 이에는 이'라는 주의를 갖고 있었는데, 나도 남도 속이지 않는다는 결벽증적인 그의 성격에 바탕을 둔 것이었다. 다른 한편으로는 뭐든지 적당히(중국어로는 마마후후馬馬虎虎) 하지 않고 철저히 한다는 것으로, 루쉰은 이것이야말로 중국 민족을 구하는 하나의 길이라고 여겼다. 또한 그의 〈'페어플레이'는 아직 이르다〉라는 수필에서 '물에 빠진 개는 때리지 않는다'는 격언을 수정해 '물에 빠진 개도 때려야 한다'고 주장한 것으로도 알 수 있다. 제1차 민국혁명[1911년 신해혁명을 가리킴; 옮긴이]이 성공했을 때, 물에 빠진 개를 때리지 않고, 곧 반혁명분자들을 그대로 내버려 두었더니 제2차 혁명에서 그런 무리들이 위안스카이袁世凱를 도와 많은 혁명가를 죽였고 중국은 다시 하루하루 암흑의 세계로 빠져 들어갔던 괴로운 경험에서 나온 것이었다. 그의 언론, 그의 주장은 관념과 추상을 논하는 평론가의 평이 아니라 항상 현실의 경험적인 근거를 갖고 있었다. 그리고 언제나 그것을 민족과 민족의 미래를 위한 것과 결부시켜 언론에 발표하고 주장했다. 적어도 [그는] 그런 굳은 신념을 갖고 행동했다. 이것이 그의 필력의 원천이 되고, 그 자신을 강하게, 또 과감하게 할 수 있게 했다. 루쉰은 쉬광핑 여사에게 보내는 편지에서 나는 소와 마찬가지로 먹는 것은 풀이지만, 쥐어짜서 나오는 것은 우유고 피라고 말했다.[15] 루쉰

15 이 말은 루쉰이 쓴 글에는 나오지 않는다. 다만 루쉰 사후 쉬광핑이 쓴 헌사에 루쉰이 자신에게 한 말로 나온다(원재原載 1936년 11월 5일 《중류中流》 1권 5기). 나중에 쉬광핑의 회고록인 《위안의 기념欣慰的纪念》(1951. 07. 人民文学出版社)에도 실려 있다. 원래 문장은 다음과 같다. "슬프고 애달픈 분위기가 모든 것을 덮고 있습니다. 우리가 당신의 죽음에 대해 무슨 말을 할 수 있을까요! 당신은 언젠가 내게 말했었지요. '나는 소와 마찬가지로 먹는 것은 풀이지만, 쥐어짜는 것은 우유와 피'라고. 당신은 휴식이 뭔지도, 오락이 뭔지도 모르고 그저 일, 일뿐이었어요. 죽기 하루 전에도 집필했었지요. 지금은 …… 우리 대중이 끝까지 당신의 족적을 따르기를 희망합니다! 쉬광핑 삼가 10월 22일 아침"

은 항상 그런 자각을 갖고 국가와 민족 안에서 살았다. 그렇기 때문에 아무것도 두려워하지 않았고 어떤것도 기피하지 않았다. 그리고 철저하게 싸웠다. 그의 싸움을 지탱해 준 것은 결국 이런 자각이었다고 말할 수 있을 것이다.

○

루쉰은 집에 있을 때와 달리 바깥으로 한 발짝만 나가면 항상 어떤 자세—싸울 자세를 취했다. 이렇게 말하는 것은 내가 그와 가까이 있을 무렵의 태도다. 그 무렵 그는 정치적인 압박을 받고 있어서 경계심이 그런 식으로 드러났던 것이라 생각하는데, 아무튼 나에게는 '싸우고 있는 루쉰'이라는 인상이 강하다. 그중에서도 지금까지 확실히 남아 있는 인상이 있다. 한번은 그와 쉬광핑 여사와 셋이서 그림 전람회에 함께 갔다가 돌아오는 길에 정류장에서 버스를 기다리는데, 정류장 근처에 다가오는 한 남자가 있었다. 그 남자는 루쉰의 지인인 듯 뭔가 말을 했다. 그런데 그 남자는 험악한 인상인데다 말투도 거칠었다. 어느 사이엔가 루쉰의 주위를 그 남자와 한 패거리이거나 부하처럼 보이는, 역시 매서운 얼굴을 한 젊은이 몇몇이 둘러쌌다. 루쉰이 상대와 이야기를 주고받는데, 목소리가 점점 날카롭게 높아지고 분위기가 험악해져 갔다. 나는 어떻게 될지 내심 조마조마해 하며 옆에서 지켜보았다. 그때 루쉰의 모습이 지금도 눈앞에 선하다. 빠른 말투로 험하게 말을 내뱉더니 할 말은 다 했다는 듯이 갑자기 아무 말도 하지 않았다. 그러면서 가슴을 돌려 두 발을 벌린 채로 의연하게 다른 쪽을 향해 서서 상대를 무시하는 태도를 보였다. 버스가 오자 그 남자들은 모두 버스에 뛰어올라 가버렸다. 루쉰은 일부러 한동안 그곳에 있으면서 다음 버스를 기다리는 척했다. 그러나 버스 대신 전차를 탔고, 도중에 내려 비어홀에 함께 가서 시간을 길게 보냈다. 루쉰은 그 무리를 따돌리기 위해서였다며 "아까 그 남자는 정부가 나를 괴롭히는 것은 좋지 않다고 말했지만, 나는 정부 나름의 생각이 있기 때문에 어쩔 도리가 없는 것이라 대답했다."라고 했다. 루쉰은 그 남자는 정치 깡패로, 광둥廣東에 있을 때에는 소련에서 10만 위안을 받았고 지금은 우익이 되어 정부 쪽 일을 하고 있으며, 자기를 타진해 본 거 같다는 등의 이야기를 맥주를 마시며 나에게 했다. 그건 그렇다 하더라도 인상이 나쁜 몇 명에 둘러싸여서도 의연하게 막아서는 모습에서 루쉰이 보통의 소설가나 수필가가 아니라 넓은 의미에서의 정치적이고 현실적인 인간이라는 인상을 받았다. 그리고 싸우고 있는 루쉰이라는 인상이 깊어졌다.

그가 이어서 말했다. "체포령은 내려져 있지만, 정부나 국민당에는 오랜 친구들이 있어 좀처럼 나를 체포하지 않을 것이다. 하지만 지방의 성省 정부나 성 당부黨部 예하의 무리는 무슨 짓을 할지 모르기 때문에 경계하지 않으면 안 된다." 나는 루쉰처럼 민감한 중국 국내 정치 관계는 잘 알지 못했지만, 그에게 들었기 때문에 이에 기록해둔다.

○

루쉰과 쉬광핑 여사의 결혼, 혹은 연애에 관해 나에게 질문하는 사람이 왕왕 있다. 하지만 나는 [이에 대해] 잘 알지 못한다. 다만 내가 [직접 보고] 들은 바로는 연애 결혼으로 이해할 수 없는 무언가가 둘 사이에 있는 것 같았다. 마치 스승이 제자를 대하는 것처럼 애쓰고 있는 듯한 인상이 강했다. 루쉰에게 연애와 결혼에 관해 물어보았는데, 무슨 까닭에선지 모르지만 얼버무리는 바람에 흥미로운 대답을 듣지 못했기에 기억에 남아 있지 않는 것이다. 다만 그녀는 루쉰의 학생이었고, 진즉부터 여러 가지 문제에 관해 그의 의견을 구했던 듯했다. 민국 15년(1926)의 3.18 사건 때에는 두 사람 모두 베이징 정부로부터 쫓기는 몸이 되어 함께 남쪽으로 도망쳤다. 그랬더니만 몇몇 사람들은 루쉰이 쉬광핑을 데리고 도망갔다, 두 사람은 하나가 되었다고 하는 등 둘의 관계를 악의적으로 날조하고 헛소문을 퍼뜨렸다. 루쉰은 나에게 '그때까지는 아무 관계가 아니었지만, 그런 소문이 났기 때문에 성가셔져서 하나가 되었다'라고 말했던 것으로 기억한다. 예의 해학적인 말투로 대수롭지 않게 말했던 것도 생각난다. 어지간히 나이 차이가 나고 사제의 정으로 묶여 있었는데, 그 사건을 계기로 함께 도망치면서 자연스럽게 하나가 되었던 것이라고 이해한다. 하지만 결혼을 중대한 일로 생각하는 사람에게는 이 정도의 설명이 만족스러운 답이 되지는 않을 것이다. 그러나 나는 그 이상의 것은 모르고, 더 파고들 정도의 흥미도 갖고 있지 않았다. 나는 그때 이미 결혼한 상태였는데, 그것도 부모가 하라는 대로 간단하게 결혼했기에 이런 것에 많은 관심을 두고 있지 않았다. 하지만 부인은 루쉰을 늘 '선생님'이라 부르며 존경했다. 루쉰은 나 같은 사람에게 아내를 지칭할 때는 '미스 쉬'라고 불렀던 것으로 기억하는데, 여전히 제자를 대하듯 애지중지 돌보고 있는 듯한 인상이 강했다.

그런데 베이징에서는 본부인이 루쉰의 어머니와 함께 지내고 있다고 들었다. 루쉰은 매월 베이징에 생활비를 보냈는데, 그 본부인에 관해서는 '어머니가 받아주었기 때문에 어머니에게 드렸다'라고 말했다. 내가 "카이사르의 것은 카이사르에게."라고 농담을 하자, 그는 그렇다며 바로 고개를 끄덕이고 웃었다.

다만 그가 이런 말을 했던 게 기억난다. 루쉰이 베이징의 돤치루이段祺瑞 정부로부터 쫓겨 공사관 구역 내에서 몰로 연명하며 외국병원 등을 전전했을 때, 가끔 집에 들르려 하면 가족들은 자신들에게 해가 될까 봐 집에 들르지 못하게 했다고 한다. 그 이야기를 들었을 때 문득 이런 생각이 들었다. 물론 앞뒤의 말을 미루어 짐작한 것이기 하지만, 그때 그는 집을 버릴 결심, 나아가서는 아내를 버릴 결심을 했던 것은 아니었을까. 개인적인 추측일지도 모르지만, 비록 쫓기는 몸이긴 하나 정치범으로 자신이 옳다고 믿고 있는 그가 자기 집에서 받아들여지지 않아 도망치듯 떠나지 않으면 안 되었다는 사실과 당시 가족이 보여 준 태도가 그의 결심에 작용했던 것이었다는 생각이 들었다. 또 그 이야기를 할 때의 루쉰의 말투에서 내가 추측하는 게 무리는 아니라는 느낌을 받았던 것도 기억난다. 그렇지 않은데 받아들인 방식에 잘못이나 지나친 것이 있었는지도 모르겠지만, 그때는 그렇게밖에 받아들이지 못했다. 그렇기에 루쉰이 본부인을 버렸던 것, 버려도 좋다는 생각이 들었던 것은 이때부터라고 해석하고 쉬광핑 여사와의 결혼에 대한 나 나름의 이유를 댔던 것이다. 그렇지만 그에게서 직접 이야기로 들었던 것은 아니라는 사실도 부기해둔다.

○

동생인 저우쭤런周作人과의 불화에 대한 소문이 있는데, 나는 그가 직접 저우쭤런에 관해 비난하는 말을 한 번도 들은 적이 없다. 다만 저우쭤런 부인의 태도에 대해서는 호의적이지 않은 듯하다. 그녀를 비난하는 듯한 루쉰의 말투를 들었던 기억이 있다. 루쉰과 저우쭤런의 불화가 아니라 저우쭤런의 집(구체적으로는 저우쭤런 부인)과 유쾌하지 않은 게 있었던 것은 아닌가 생각한다. 그러나 그것도 격하게 증오하는 정도는 아니고, 태도에 대해 불쾌한 감정을 나타내는 것이 가끔 있었던 정도로 이해하고 있다. 명 말의 경릉竟陵과 공안파公安派가 제창되어 결과적으로 현실에 대한 정치적인 눈을 외면한 일부 문인의 취미적 경향을 공격했던 그가 공인으로서 그런 범주에 있는 동생에 대해 호감을 느끼지 않았을 수도 있다는 것에는 수긍이 간다. 그러나 그것은 나 혼자만의 생각으로, 사실 여부는 단정할 수 없다. 그러나 《중국문학월보》 제9호인가에 내가 《저우쭤런론》

을 써서 저우쭤런과 그를 둘러싼 일파를 비난했을 때 루쉰이 그것을 읽었다는 편지를 보냈다. 그의 편지는 분명하게 찬성도 반대도 하지 않았지만 대체적으로는 긍정하는 논조가 드러난 내용이었다고 기억한다. 이렇게 말하는 것은 그것이 당시 루쉰의 입장(〈소품문의 위기〉의 입장)에 서서 쓴 것이었기 때문이다. 아무튼 시간이 지남에 따라 공인으로서 루쉰과 저우쭤런이 결별했다는 것은 말할 필요가 없다.

○

루쉰은 어렸을 때 공부하지 않아서 할아버지로부터 야단을 맞았다고 했다. 《서유기》를 읽으면서부터 처음으로 재미있다는 생각이 들었고, 이후 책을 읽게 되었다고 했다. 할아버지는 진사로, 한림翰林이었다고 한 것으로 보아 최고의 국가시험에 급제한 만큼의 학문을 익힌 사람이었다. 그는 할아버지로부터 이런저런 잔소리를 들었다. 교육부의 관리가 된 루쉰은 같은 부서에 보관되어 있던 옛 진사 시험 답안을 볼 기회를 얻었는데, 그때 할아버지의 답안을 읽어보니 문장이 뛰어난 것은 아니었다고 했다. 듣고 있던 나는 왠지 모르게 그의 말투가 어렸을 때 미주알고주알 야단치던 할아버지에 대한 원수를 갚았다는 듯한 것으로 받아들여졌다. 여기서도 지지 않으려는 루쉰의 성격을 볼 수 있다.

그의 할아버지는 한림이었기에 상당히 높은 관리였을 것이다.

나는《루쉰전》의 원고에서 할아버지는 한림 출신의 대관이었다고 썼는데, [그가] 대관은 아니라고 해서 그 두 글자를 지웠던 게 기억난다. 아무튼 지사知事인지 뭔지를 했던 걸로 들었다. 할아버지의 친구로 '앙시천칠백이십구학재仰視千七百二十九鶴齋'라는 아주 긴 호를 가진 남자가 있었다며 직접 연필로 써서 보여 주었다. 나는 '아, 자오즈첸趙之謙'이라고 생각했다. 전부터 자오즈첸이 청 말뿐만 아니라 중국의 역사를 통틀어서 가장 존경할 만한 예술가(서, 화, 전각에 뛰어났다)라고 생각했기에, 자오즈첸에 관해 뭔가 일화 같은 것도 듣게 되지 않을까 기대해 여러 가지를 물어봤다. 그렇지만 루쉰은 이렇다 할 이야기를 하지 않았다. 그때 그가 자오즈첸 같은 문인에게는 별로 관심을 두고 있지 않은 것 같다고 생각했다.

루쉰의 친구 가운데 돈이 있으면 술 마시는 데에 써버리는 별난 남자가 있는데, 그 친구는 돈이 없으면 절에 들어가 얌전히 있다가 돈이 생기면 써버렸다고 한다. 니힐리스트라기보다 일종의 데카당스였다. 루쉰은 그 친구가 일본인인지 중국인인지 잘 모르겠지만 혼혈아라고 했다. 그때 나는 매우 흥미가 생겨 혼혈아라는 데카당스를 결부시켜 그럴듯한 감상에 빠지곤 했다. 루쉰에게 그 친구가 일본어를 할 줄 안다고 들었는데, 실력이 아주 훌륭해서 일본인과 별반 다르지 않을 정도였다고 한다. 사실은 [그가] 루쉰 등이 도쿄에서 하려고 했던《신생新生》이라는 잡지의 동인 가운데 한 사람이었다고 한다. 루쉰의 말을 듣고 추적해 보니 그는 쑤만수蘇曼殊[16]였다. 나는 전

16 쑤만수蘇曼殊(1884~1918)는 광둥廣東 샹산香山 사람으로 본명은 젠戩이고, 자는 쯔

에 쑤만수의 《영한삼매집英漢三昧集》을 읽은 적이 있었고, 사토 하루오佐藤春夫 씨로부터(혹은 고지로 다네스케神代種亮[17] 씨였는지도 모른다) 얼마간의 얘기를 들었기에 쑤만수가 루쉰의 친구였다는 것을 알고 조금 놀랐다. 그리고 쑤만수에 관해 여러 가지를 물어보았는데, 앞에서 언급했던 대로 그의 얽매이지 않은 생활과 장타이옌章太炎과의 관계 이외는 별로 듣지 못했다. 다만 그는 당시 류야쯔柳亞子가 펴낸 《쑤만수전집》 5권을 주면서 읽어 보라고 말했다. 《신생》에 대해서는 《외침吶喊》의 서문에 쓰여 있는데, 거기에 쑤만수에 대한 언급은 없었다. 또 그때까지 루쉰이 쑤만수에 관해 쓴 글을 본 적이 없었기에, 나는 쑤만수가 그의 친구라는 사실에 특별한 흥미를 느껴 《쑤만수전집》을 탐독했다. 나는 쑤만수의 기구한 신세에 흥미를 갖고 〈루쉰전〉을 쓴 뒤 〈만수전〉을 써서 《문예》 잡지에 보냈는데, 활자로 조판은 되었지만 어찌 된 일인지 잡지에는 실리지 않았다(《문예》(가이조샤改造社)의 편집을 하고 있던 다카스기 이치로高杉一郎가 그 교정의 게라쇄[18]를 훨씬

구子穀이며, 학명學名은 위안잉元瑛, 법명法名은 보징博經, 법호法號는 만수曼殊, 필명筆名은 인찬印禪, 쑤스蘇湜이다. 근대의 작가이자 시인이고 승려이자 번역가이다. 부친은 광둥의 차상茶商이었고 모친은 일본인이다. 시와 그림에 조예가 깊었고, 일어와 영어, 산스크리트어 등 외국어에 능통하였다. 다재다능하여 시와 소설 등에서 큰 성취를 이뤘다. 후인들이 그의 저작을 편집하여 《만수전집曼殊全集》 5권을 출간하였다.

17 고지로 다네스케神代種亮(1883~1935)는 일본의 교정가校正家이다. '교정의 신'으로 불렸다. 호를 소요산진帚葉山人이라 한 것은 오자를 찾아내 제거하는 것이 마치 빗자루로 낙엽을 쓸어내는 것과 같다는 의미에서 그렇게 정한 것이다.

18 원문은 'ゲラ刷り'이다. 인쇄 용어로 영어인 'galley proof'의 일본식 표기이다. 일종의 교정쇄를 가리킨다.

나중에 보고, 앞으로 그런 것이 있으면 《가이조改造》와 관계있는 자신에게 보내라고 말했다).

○

내 기억으로 처음 일본에 소개된 루쉰의 소설은 〈고향〉이 아닌가 한다. 무샤노고지武者小路[19] 씨가 이끄는 《다이쵸와大調和》에 나왔던 걸로 생각한다. 지금 그 잡지가 수중에 없어 확실하게 확인할 수는 없지만, 내가 학생 때였으니까 쇼와 초기 무렵이었다고 생각한다. 그러나 〈오리의 희극〉이 일찍 번역되었다는 것은 눈치채지 못했다. 그것은 나중에 번역자인 야마카미 마사요시山上正義[20] 군으로부

19 전체 이름은 무샤노고지 사네아츠武者小路実篤(1885~1976)로 일본의 소설가이자 시인, 극작가, 화가이다. 귀족원 칙선의원貴族院勅選議員이기도 하다. 그의 성은 원래 무샤노고지라 읽었는데, 나중에 무샤고지로 줄여 읽었다. 많은 업적을 남겨 문화훈장을 받기도 했고, 일본 예술원회원으로 죽은 뒤에 종3위의 작위를 받기도 했다.

20 야마카미 마사요시山上正義(1896~1938)는 필명이 하야시 모리히토林守仁로 쇼와 시대의 저널리즘 사회운동가였다. 가고시마시鹿児島市 출생으로 가고시마고등농림학교를 졸업하고 가고시마현 농림기사로 일할 무렵 기독교에 입문했다. 나중에 도쿄에 갔다가 1921년 코민테른의 자금 지원으로 반전 전단을 뿌리다 많은 사람이 검거되었던 교민공산당暁民共産党 사건에 연루되어 투옥되었고, 1923년 석방되었다. 이후 1925년 상하이로 건너가 일본어 신문인 〈상하이일보〉에서 근무했다. 뒤에 상하이를 중심으로 하여 문화인으로 폭넓은 활동을 했다. 중국의 진보적인 문학가들과 교류하는 한편 루쉰을 인터뷰한 르포를 잡지에 발표하기도 했다. 1927년 광둥 코뮌 때 일본인 기자로는 유일하게 사건을 보도한 바 있다.

터 들었는데, 신조사新潮社에서 나온 《문장구락부》라는 잡지에 실렸다고 한다. 그렇게 들은 뒤에야 생각났긴 하지만, 오래된 《신조新潮》의 광고 중에서 확실히 본 기억이 있다. 또한 야마카미 군은 〈아큐정전〉을 가장 먼저 번역하였다(책으로 나온 것은 마츠우라 게이조松浦圭三 씨의 것이 조금 빠르다). 내가 상하이에 있을 때에는 야마카미 군이 그곳에 없었는데, 그의 번역 원고를 교열했었다는 이야기를 루쉰에게서 들었다. 야마카미 군은 루쉰이 광둥에 있을 무렵, 도메이통신同盟通信의 특파원으로 그곳에 있었던 듯하다. 그는 광저우廣州의 중산대학에서 쫓겨나 그곳의 한 모퉁이에서 불안한 은거를 이어 갈 무렵의 루쉰을 알고 있었기에, 그에게서 그 이야기를 들었던 적이 있다. 내가 상하이에 갔을 때는 《아사히신문》의 오자키 호츠미尾崎秀實[21] 군만이 있었다. 아직 중국 평론가로서 그의 명성은 유명하지 않

1931년 하야시 모리히토라는 필명으로, 〈아큐정전〉을 번역 출판했다. 1933년 상하이 지국장 대리에서 베이징 지국장 대리로 전임되었다가, 1933년 도메이통신同盟通信의 본사 외무부 차장에 취임하기 위해 귀국한 뒤 중국 평론가로 활동했다. 1938년 모스크바 지국장에 임명되어 취임을 준비하던 중 급사했다.

21 오자키 호츠미尾崎秀実(1901~1944)는 일본의 평론가이자 저널리스트이며 공산주의자로 소련의 스파이였다. 아사히신문 기자, 내각의 촉탁, 만철 조사부 촉탁으로 근무한 바 있다. 오자키는 지금의 기후현 시라카와에서 태어나, 어렸을 때 타이완으로 이주하여 거기에서 성장하였다. 1922년 일본에 돌아와서 도쿄제국대학 법학과에 입학하였다. 그러나 1925년 일본 공산당의 활동에 참여하였고, 졸업하지는 못했다. 1926년에 마이니치 신문사에 입사하여 소련의 정치지도자 블라디미르 레닌과 이오시프 스탈린에 대한 글을 썼다. 그다음 해에는 오사카 마이니치신문으로 전직하였다. 1928년 11월부터 오자키는 중국 상하이로 특파되어 중국 공산당의 당원, 그리고 상해에 있던 코민테른의 지도자들과 접촉하였다. 그는 3년 동안 상하이에 머물렀는데, 그때 리하르트 조르게에게 소개되었다. 1934년 일본 도쿄로 돌아왔다. 1937년 고토 류노스케에게 소개받아 고노에 후미마로 수상이

아서, 당시에는 오자키의 이름을 들은 적이 없다. 다만 독일어를 잘 하는 오자키라는 신문기자가 있고, 지식도 넓고 사람도 야무지다는 말을 루쉰이 자주 했기에 오자키의 이름을 기억하고 있었다. 오자키 호츠미의 이름이 신문 잡지에 나오게 된 것은 그로부터 몇 년 뒤로, 그때 루쉰은 이미 사망하였다. 나는 그 무렵 잡지 기자로, 오자키의 원고를 자주 읽고 교정했다. 그러나 한 번도 만난 적은 없었다. 그의 이름을 보았을 때 왠지 반가운 마음이 들어, 오자키와 교류가 있는 동료 모 군에게 상하이에 있을 무렵 루쉰으로부터 이름을 자주 들었다고 전해달라고 부탁했다. 그랬더니 모 군은 오자키도 똑같이 루쉰에게서 나에 대한 말을 들었다는 답을 가져왔다.

야마카미 군이 번역한 〈아큐정전〉을 후예핀胡也頻, 러우스柔石, 짜이핑완載平萬, 펑경馮鏗의 단편과 소전小傳을 추가해 한 권의 책으로 모았는데(짜이를 제외하고 전부 당시 학살되었던 좌익의 작가였다), 이 책의 권두에는 시라카와 지로白川次郎라는 사람이 쓴 〈중국 좌익 문예 전선의 현재 상황을 말한다〉라는 긴 보고서가 실렸다. 다들 시라카와 지로가 오자키 호츠미의 필명이라고 했다. 그들은 현지 저널리스트로서 활동하며 새로운 중국에 강한 관심을 가졌고 루쉰과도 가깝게

설립한 씽크 탱크인 쇼와 겐큐카이에 들어갔다. 1938년부터 그는 고노에 수상으로부터 자신의 내부 조직인 '조찬 클럽'에 들어올 것을 초대받았다. 그는 1941년 10월 6일 열려, 미국과의 전쟁을 피할 수 없다고 결론을 내린 어전회의를 비판하였다. 1941년 10월 15일 리하르트 조르게 사건과 관련하여 체포되었고, 조사 중에 그가 조르게와 함께 일하였으며, 일본에 돌아온 후 고노에 수상, 일본의 거물 정치인들과의 친분을 이용하여 정보 및 비밀문서를 전달하였다는 것이 드러났다. 그는 1944년 11월 7일 처형되었다.

지냈다. 지금은 야마카미와 오자키 두 사람 모두 고인이 되었다. 사형당한 오자키 군은 사람들이 알고 있지만, 당시 도메이 지국장으로 상하이에 있었던 야마카미 군은 전쟁[중일전쟁을 말한다; 옮긴이]이 시작되자마자 그곳의 일본 군부가 몹시 싫어하는 언동을 해서 쫓겨났다고 들었다. 그리고 일본에 돌아간 지 얼마 안 되어 병사했다.

○

루쉰의 글을 읽으면서, 또 그와 일상에서 나눈 대화에서 노예라는 말이 가끔 나왔던 게 생각난다. 당시 일본은 독립적이고 자주적인 사회를 형성하는 중이라 경제적으로나 정치적으로 지배층과 피지배층이 있었다. 나는 피지배층에 속한 인간이라는 의식이 있었다. 그렇지만 노예라는 말을 나 자신이나 주위에 있는 누군가에게 적용하거나 노예에 대한 절실한 실감을 느꼈던 적은 없었다. 단순한 언어로, 그 언어의 의미를 개념적으로 받아들이는데 지나지 않았던 것이다. 내가 자란 일본이 어쨌든 봉건사회로부터 해방되었고, 인권의 자유라는 것을 어느 정도는 인정하는 세계였기 때문일까? 그렇지만 루쉰을 키워낸 중국 사회, 그보다는 그가 살았던 그 당시는 이민족의 전제 지배하에 있었다. 그렇기에 철이 들었을 때, 루쉰은 대내적으로 이민족의 전제 지배하에 있는 자신과 민족을 목도할 수밖에 없었고, 극히 보수적이고 봉건적인 전통에 얽매인 사회에서 벗어나지 못하는 것도 인정해야만 했다. 대외적으로는 외국 세력의 강한 제약을 받는, 이른바 반식민지 상태의 중국이었다. 루쉰이 중국 국민에 관해 여러 차례 노예라고 썼을 때, 그는 그것을 절실한 육체에서 무심코 튀어나오는 말로 받아들였다. 처음에 별생각 없이 듣고 읽었을 때는 내가 갖고 있는 노예라는 말의 개념과 그의 절실함이 넘치는 사이에서 묘한 차이가 느껴져 약간 당혹스러웠다. 그러나 그것이 서로 나고 자란 환경의 차이에서 오는 것이고, 말을 받아들이는 방식 사이에서 벌어진 차이라는 것을 차츰 깨닫게 되었다. 나는 생활과 경험, 곧 환경이 말이나 글의 개념을 결정한다는 의미에서 무섭다는 사실을 알게 되었다.

루쉰이 노예라고 말한 것은 그 안에 중국이 이민족에 의한 전제 봉건사회로부터 해방되기를 희구하는 것이 포함된 저주였고, 동시에 이른바 반식민지 중국에서 자행되고 있는 강력한 외국 세력의 억압으로부터의 해방을 희구하는 것이 포함되어 있는 이중 삼중의 저주였다는 것을 알게 되었다. 주인과 노예는 단순히 대립적인 두 개의 개념이 아니라, 루쉰이 처한 현실이 그의 생존 가운데에 있고 항상 그의 열정을 불러일으키고 그의 모든 사고와 연관되어 있다는 사실에서 접근해야 한다. 그렇기에 나는 루쉰이 갖고 있는 그 자신과 자기 민족의 노예적인 지위에 대한 자각은 그의 인간적인 자각과 그대로 결부되어 있으며, 동시에 거기에 그의 생애를 결정하는 계기가 있다는 것을 알아야 한다고 생각한다.

루쉰을 알기 위해서는 그런 환경 속에서 나고 자란 그와 그런 자각으로부터 파생된 인간에 관한 그의 인식을 먼저 이해해야 한다.

그렇지 않으면 그의 모든 말은 단지 공허한 목소리로만 파악하는 위험성이 있다. 그의 분노, 비탄, 열정적인 매도, 냉소, 풍자, 비웃음, 혹은 그가 자주 언급한 적막, 이 모든 것은 역사적이고 민족적인 성격을 띠며, 깊고 넓은 근저에 이어져 있는 그의 육체의 호흡이자 뿌리내린 의지였다는 것을 이해하고 나가야 한다.

일본의 학자 두세 명이 중국을 여행하던 중, 상하이에서 루쉰과 만났던 인상을 귀국 후 일본의 신문 잡지에 발표했다. 그것을 읽은 루쉰은 자신이 말한 것이 일본의 문학자들에게는 잘 통하지 않는다는 편지를 나에게 보낸 적이 있다. 그는 일본의 작가와 중국의 작가는 당분간 의사소통이 어려우리라고 생각하는데, 무엇보다 그들이 처한 상황과 생활이 다르기 때문이라고 했다. 사실 그들이 처한 상황과 생활이 다른 것을 우리도 보고 듣고 해서 다소나마 알고 있다고는 생각했다. 하지만 그것은 자신의 절박한 처지나 생활과 엮여 있는 문제가 아니어서 강 건너 불을 보는 듯이 구경하는 입장을 면할 수 없다. 그가 말하고 있는, 그 자신이 안고 있는 고통과 저주의 절박함과 그의 글을 읽은 중국 독자들이 느끼는 고통과 저주의 절박함은 타국인인 우리가 결코 실감할 수 없는 것이었다. 그러나 인제 와서 그런 한계를 민감하게 받아들인다면 타국인은 아무것도 말할 수 없다. 그렇기에 한계는 한계로서 인정해야 한다. 어쨌거나 루쉰은 환경과 생활이 다른 사람에게는 반향이 없지만, 반대로 처지가 같은 사람들, 곧 같은 국토, 같은 사회에 살고 있고 또 살아가려는 사람들에게는 절박하게 울림이 있는 민족적인 작가였다는 것을 알아야 한다.

○

루쉰은 달과 아이를 좋아했던 듯하다. 그의 문학에는 이 두 가지가 자주 나온다. 그것은 사토 하루오 씨가 나와 루쉰에 관해 이야기할 때 언급한 것인데, 시인인 사토 씨의 예민한 감수성이 루쉰의 예술 정신을 직절하게 잡아내어 요약한 것으로 생각한다. 루쉰이 뛰어난 예술가였는지에 대한 평가는 차치하고라도, 루쉰 자신과 그의 예술의 출발점을 파고들어 가보면 달빛과 소년으로 상징되는 것 같다는 생각이 든다. 달빛과 소년. 명징하지만 비애가 어린 한 줄기 달빛 속에서 그는 민족의 미래를 바라보았다. 여기에 때 묻지 않은 소년을 그려냄으로써 구원받았고 혹은 구원받을 것을 소망했다. 약간 잰 체하는 말투인지 모르겠지만, 루쉰의 예술과 인간에 대한 순수한 모습은 따로따로 흩어지지 않고 연결된 이 두 가지로 상징된다고 생각한다.

루쉰이 주치의인 스토須藤 선생에게(이 사람은 나도 알고 있는데, 루쉰이 마지막으로 살았던 상하이 다루신춘大陸新村의 집에 진료하러 왔다가 루쉰과 독일 문학, 일본 문학에 관해 잡담을 나누는 것을 옆에서 들었던 적이 있다) "제일 싫어하는 것은 거짓말과 매연이고, 가장 좋아하는 것은 정직과 달빛"이라고 말했던 게 생각난다. 정직이라는 것은 세상 물정을 모르는 아이들에게 기대되는 것이기에, 그가 가장 좋아하는 것이 아이와 달빛이라고 바꿔 말해도 그대로 성립될 것이다.

대수롭지 않은 추억담을 덧붙여보겠다. 루쉰은 정오 전에 일어나 밤늦도록 자지 않고 공부했는데(물론 내가 알고 있을 무렵의 그에 관해 말하는 것이다), 조용한 밤이 공부하거나 일하는 데 적당했기 때문이었을 것이다. 언젠가 새벽 두 시경 그가 사는 아파트 아래를 지나가는데, 그의 방에만 불이 켜져 있었다는 것은 앞에서도 언급한 바 있다. 그것은 파란 불빛이었다. 전기스탠드의 파란색 갓을 통해 새어 나온 파란 불빛이 어두운 한밤중에 창 하나에서만 훤히 밝혀져 있었다. 달빛은 아니었지만, 그때는 루쉰이 달빛 속에 있는 것처럼 느껴졌다.

아이에 대해 생각나는 것이 또 있다. 루쉰이 신변의 위험을 느끼고 일본인이 운영하는 호텔(하숙집에 가까운)로 피신했는데, 그가 그곳을 떠난 뒤 우연히 내가 숙박하게 되었다는 것도 앞에서 말한 바 있다. 그 하숙집의 한구석에 피신하고 있을 때 방이 아주 협소해서(방 한 칸뿐이었다), 루쉰은 낮에 주로 복도에 나와 있었다고 한다. 그 복도에는 누구라도 아무 때나 쉴 수 있게 허름하고 긴 의자가 놓여 있었는데, 루쉰은 그 의자에 앉아 자주 귤을 까먹었고, 그곳에 머무는 일본인 어린애가 지나가면 귤을 나누어 주었다고 한다. 하지만 새로 온 낯선 이방인의 무람한 태도에 아이들은 두려움을 느꼈는지 아무도 받으려 하지 않았다는 이야기를 나중에 다른 사람을 통해 들었다. 루쉰이 떠나고 난 뒤 거기에 머물 당시 그에 관한 이야기를 물어봤을 때, 하숙집 보이이거나 동숙자 가운데 한 사람에게서 들었던 것이다. 같은 하숙에 있는 일본인은 대부분 아무개 양행의 점원들이라서 루쉰이라는 사람의 존재조차 몰랐다. 또한 체류를 비밀로 하고 있었기 때문에 그 중국인이 누구라는 것을 제대로 알 턱이 없었다. 그렇지만 쫓기는 신분의 그와 귤을 주려고 해도 받지 않았던 아이의 이야기를 듣고 난 후, 아이를 사랑하는 루쉰의 마음과 그가 자주 말했던 '적막'이라는 단어가 그대로 내 가슴에 치밀어 올라왔다.

그것과 연관해 루쉰이 말해 준 한 가지 이야기가 생각난다. 그가 베이징에서 저우쭤런과 같이 살 때 가끔 저우쭤런의 아이들에게(그 무렵 그에게는 아이가 없었다) 과자를 사다 주면, 저우쭤런의 부인이 그것을 받지 말고 버리게 했다고 한다. 루쉰은 감개 어린 말투로, 가난한 사람이 산 것은 더럽다고 생각했던 듯하다고 말했다. 그 이야기를 들었을 때도 그가 자주 했던 '적막'이라는 말이 떠올랐다. 아무튼 그는 아이들을 어지간히 좋아했던 것 같았고, 이런 말을 들었을 때 항상 [그게] 떠올랐던 게 지금도 인상에 남아 있다.

아이에 관해 하나 더 생각나는 것이 있다. 큰아들이 태어났을 때 나는 일본에 돌아와 있었다. 루쉰에게 아들의 사진을 보냈더니, '이런 말을 하면 좋지 않지만, 이녁의 아들 사진은 아비보다 훌륭하여 인류는 진보한다는 걸 증명하고 있다'라는 흰소리를 해댔다. 갓 태어난 아이의 얼굴(사진의)을 봤을 뿐인데 나보다(내 얼굴을 마음에 그리고 비교한 것이겠지만) 훌륭하다고 하고, 그뿐 아니라 인류가 진보하고 있다는 증거로 삼으려는 것은 도대체 무엇을 근거로 한 것일까. 어이없고 미심쩍어서 받아들일 수도 없었다. 나에게만 그런 게 아니라 루쉰과 내가 같이 알고 있는 야마모토 하츠에山本初枝 부인(원래 상하이에 있었던)에게 보낸 편지에서도 그와 같은 것을 언급하며, "아비보다도 훌륭하다는 답장을 보냅니다만, 제1세대에게는 조금 실례라고 생각합니다. 그러나 그것은 사실입니다."라고 했다. 무엇이 사실인지 나는 이해하기 어려웠다. 인간의 얼굴에 보이는 생물 진화론적인 설명이 있어서 그랬던 건지 모르겠지만, 사실 그는 아이를 무조건 좋아하고 아이들은 부모보다 훌륭하게 된다는 것을 믿는 터라 관념적으로 인류는 진보한다는 것을 확신했다고 생각한다. 그렇다고 하더라도 지금 열다섯 살이 된 큰아들은 부모인 나보다 게으르고 공부도 못하고 몸도 부실하니 지금으로서는 인류 진보의 본보기가 될 것 같지는 않다.

○

처음에는 《신보申報》의 〈자유담自由談〉의 편집자였다가 나중에 잡지 《중류中流》의 편집자가 되었던 리례원黎烈文이 쓴 글에서 루쉰은 원고를 부탁해도 잘 써 주지 않았지만, 반대로 자신이 관여하는 잡지 등에는 다 실을 수 없을 정도로 보내 항상 게재되지 못한 원고가 쌓여 있었다는 것을 읽은 기억이 있다. 루쉰은 주위 사물로부터 쉽게 느낌을 받았고, 이에 대한 자기 견해를 서술해 세간에 발표하지 않으면 견디지 못했던 것 같다. 결코 신중하게 천천히 글을 쓰는 사람은 아니었고, 반사적으로 그 즉시 써 내려간 사람인 듯했다. 그래서 그렇게 많은 잡감 수필이 남아 있는 것이라고 생각한다. 그는 80여 개 정도의 필명을 바꿔 가며 촌철살인의 단문을 썼다. 그것에 관해 생각나는 게 있다.

큰딸아이 사진을 그에게 보냈다. 두 번째인가 세 번째로 보낸 사진이었는데, 다음과 같은 답장을 받았다. "이전의 사진과 비교하면 꽤 컸고 예뻐졌다고 생각합니다. 그런 까닭에 세월의 빠름을 각별히 느끼면서 얼른 뭔가 써야겠다고 생각합니다." 무엇을 어떻게 쓴다는 것인지는 모르겠지만, 이런 것까지도 그에게는 자극이 되고 자극을 받으면 바로 짧은 글을 쓰는 충동에 사로잡혔던 것 같다. 내 큰딸아이의 사진이 그의 통렬한, 어쩌면 뭔가를 향해 공격하는 글의 동인이 되었다는 것, 의외의 곳에 중일 문화교류의 비밀이 숨겨져 있다는 것을 생각하면서 쓴웃음을 짓게 된다.

○

《루쉰 비판》을 쓴 리창즈李長之는 루쉰의 작품은 대체로 마지막이 '죽음'과 관계된다고 말하면서, 그의 소설과 소품에 나오는 인물은 동물과 함께 등장하고 결말에는 '죽음'에 이른다는 것을 연구한 바 있다. 그리고 다음과 같이 덧붙였다.

"이 모든 것은 우연적인 것이 아니다. 이것은 루쉰 사상의 중심을 말해 주는 것으로, 몇 차례 전변에서 하나의 변하지 않는 소재, 혹은 한 걸음 더 나아가 그의 자아 발전의 배후에 있는 유일한 동력이라고도 말할 수 있다. 어쩌면 이것이 그의 생물학적 인생관으로, 결국 사람은 생존해야만 한다는 것이다."

이런 생물학적 인생관, 리창즈가 말한 사람은 생존해야만 한다는 것이 루쉰 인생관의 근저에 있고, 그것이 그의 다양한 사유와 행위의 중핵을 이루고 있다는 것은 어찌 되었든 동감한다.

루쉰은 '청년은 어떤 목표를 향해 나아갈 것인가'에 관해 "1. 생존해야 한다, 2. 먹고 입어야 한다(원문은 '溫飽'), 3. 발전해야 한다. 이 세 가지를 방해하려는 것이 있으면, 그것이 누구든지 간에 우리는 반항하고 박멸해야 한다!"라고 말했다. 청년이 나아가야 할 목표를 말하고 있지만 너무나 생물학적이고 생명의 기초적인 것과 연관된 발언이기에(3의 발전이라는 말속에 약간의 인간적인 것도 포함되어 있다고 보일 뿐이다), 이걸 읽을 때 약간 당혹스러웠다. 보통이라면 훌륭해 보이는 도덕이나 이상주의, 인류애 등 인간 사회와 연관된 분별 있는 말을 했을 것이다. 그런데 어째서 생존과 먹고 입는 것에 '발전'이라는 막연한 진행형을 덧붙여 설명하고 있는 것일까? 지나치게 생명의 근본에 집착하고 있어 실감이 나지 않는 아쉬움에 당혹스러웠다. 그러나 인제 와서 그의 이 말이 사무친다. 생존한다는 것, 곧 먹고 입는 것이 얼마나 어렵고 힘들고 게다가 근본적인 것인가에 대해 날마다 더욱더 심각하게 통감하게 되었다. 그리고 루쉰이 말한 것을 이해하기 위해서는 그가 살아왔던 중국과 그 현실을 알지 못하면 공허한 소리를 듣는 것과 진배없다는 사실을 다시 한번 돌이켜 생각하게 된다. 동시에 그가 항상 모든 사물을 근본의 근본이라 사고하고 파악했던 사람이라는 것을 생각해 보게 된다.

그렇다면 어디서부터 루쉰과 리창즈의 생물학적 인생관, 곧 사람은 생존해야 한다는 중핵적인 사상이 형성되었던 것일까? 그가 생물학을 배웠기 때문일까? 생물학을 기계적이고 교과서적으로 배운 경우는 얼마든지 있을 것이다. 하지만 그 배움이 자기 생명이나 생활에 대한 인식과 직접 결부된 것이 아니라면 사유나 행위로 유기적인 연결이 이루어지지는 않았을 것이다. 가만히 생각해 보면 그것은 그가 자주 '죽음'과 직면했던 경험에 따르고 있는 것이리라. 관념적인 죽음이 아니라 현실에서 육체의 소멸이라는 경험(혹은 경험의 일보 직전)과 여러 차례 직면했기 때문이다. 그리고 그렇게 직면한 죽음이 자연사처럼 뜻하지 않은 상해로 인한 사망이 아니라, 정치적인 사정에 기인한 살육, 말하자면 '정치적 죽음'이라는 것에 그에게 중핵이 되는 사상으로(이것이 사상이라고 말해야 할 것으로) 심어졌던 것은 아닐까? 그뿐 아니라 정치적 죽음에 대한 반항이 강한 '생존'을 요구하게 만들었고, 인간의 근저에서 부글부글 끓어오르는 열정으로 불타올라 사회적인 항의로 확대 발전되었던 것은 아닐까? 그렇다면 리창즈가 말한 생물학적 인생관이라는 것이 추상화된 생물학 지식으로서의 인식이 아닌 정치적인 죽음을 그 뿌리에 가지고 있는, 이를테면 정치적인 죽음이 지양되는 생물학적인 생존 요구라고 말할 수 있는 것에서 루쉰의 사고가 출발한 것은 아니었을까? 그렇지 않다면 그의 사유나 행동, 불요불굴의 혁명가로서의 모습을 이해할 수 없다고 생각한다.

언젠가 루쉰의 집에서 저녁을 대접받았을 때, 술을 약간 마셔 기분이 풀린 그가 식탁 위에 늘어선 대여섯 종의 그릇을 둘러보며 말했다.

"나도 이런 프티 부르주아 같은 생활을 하고 있지만, 나 자신은 결코 재미없네. 이런 생활을 하는 나 자신을 생각하면 한심스럽다는 생각이 든다네."

그러면서 청 왕조에 대한 혁명운동을 하고 있을 때, 산적과 왕래하며 거친 생활을 했다며 다음과 같이 말했다.

"나를 공격한 비평가들이 말했지. "루쉰은 진정한 혁명가가 아니다. 진정한 혁명가라면 이미 오래전에 살해되었을 것이다. 아직 살아남아 이러쿵저러쿵하고 있는 것이야말로 진정한 혁명가가 아니라는 증거다." 이건 사실이라네. 나도 그런 지적은 받아들이지. 우리가 청 왕조에 대한 혁명운동을 하겠다고 나선 이래로 내 친구들은 대부분 살해되었고 살아남은 건 몇 안 되니까."

청 왕조에 대한 혁명운동 때만이 아니라, 베이징의 3.18 사건 때에는 남쪽으로 도망쳤고, 또 상하이의 조계에서도 숨어 지내던 루쉰은 '사람은 생존해야 한다'라는 것을 늘 몸으로 실천했다.

3.18 사건 이후 쉬광핑 여사와 함께 베이징에서 남하하는 도중에 난징의 숙소에서 쑨취안팡孫傳芳 휘하의 군인들에게 검문받고 짐을 수색당했다. 짐 가운데 하나에 쉬광핑 여사의 국민당원 장章이 들어 있었는데, 운 나쁘게도 그 장이 들어 있는 짐이 열렸다. "그때는 이미 틀렸구나…… 하고 각오했었다." 루쉰이 언젠가 나에게 말

했다. 그러면서 말을 이어 갔다. "하지만 군인들은 짐 아래쪽만 뒤집고 맨 위에 아무렇지도 않게 놓아두었던 당원 장은 눈치채지 못했어. 그게 발견됐으면 살해됐을까? 아마 살해됐을 거야. 그 무렵 국민당원이라면 발견하는 대로 죽였으니까."

루쉰이 광저우廣州의 중산대학中山大學에 부임하고 얼마 되지 않아 소위 청당淸黨이라 칭하는 쿠데타[22]가 일어났는데, 급진적인 경향의 교수로 지목된 그는 칩거 생활을 이어 갈 수밖에 없었다. 당시 루쉰의 사상을 염탐하기 위해 그의 집을 방문한 사람에게 그는 짐짓 여러 가지 말을 지껄여댔다. 안드레예프[23]론이나 도스토옙스키론 같은 의론을 마구 떠들어대서 지혜롭지 않은 염탐꾼에게 연막을 쳤던 것이었다. 염탐꾼은 상관에게 보고해야 할 요점을 파악할 수 없었다. 이에 대해 린위탕林語堂이 글로 쓴 적이 있는데, 나는 루쉰에게 이것을 물어본 적이 있다. "그런 일도 있었지. 사실 그들은 염탐꾼이 될 만한 자격도 없는 바보들이었어." "그 염탐꾼은 학생이었습니까?" "학생이었지. 하지만 아무것도 몰랐어. 뭐가 됐든 반동파의 앞잡이가 되어버린 녀석이라 그랬던 게야. 학생이라면 또 이상한 놈이 있었지. 내가 아직 학교에 나가고 있을 때인데, 혼자 숙직을 하면 나 말고는 아무도 없으니까 가끔 협박하러 왔어. 하지만 나는

22 1927년 4월 12일 장제스蔣介石와 국민당 일파가 일으킨 이른바 '4.12 쿠데타'를 가리킨다. 이때 수많은 공산당원과 좌익 계열 작가들이 살해당했다.

23 레오니트 니콜라예비치 안드레예프Leonid Nikolaevich Andreev(1871~1919)는 혁명 전야의 러시아 소설가, 극작가이다. 주저로는 소설 〈붉은 웃음〉이 있는데, 상징주의적 수법에 의한 염세적인 단편소설이다.

협박을 두려워하지는 않았어. 그런 거라면 이골이 났었거든. 어떤 때는 완력을 사용했는데, 한때는 건달이었던 내가 그 학생을 후려갈겨 주었지. 그러자 도망쳐버렸다네. 하하하!"

위에서 그가 한 말은 예전에 상하이에서 썼던《루쉰전》의 초고를 그대로 옮겨 적은 것이다.《루쉰전》은 당시 루쉰에게서 들었던 이야기를 기초로 엮어 완성한 후 그에게 검토받은 것이다. 그리고 "그 무렵 나는 언제나 베갯머리에 권총을 놓아두었었지."라는 그의 말도 원고에 덧붙였는데, 내가 펜으로 쓴 그 내용을 루쉰이 연필로 지웠다. 발표될 것을 예상하고 지웠던 것이리라. 하지만 그에게서 언젠가 들었던 것을 쓴 것이기에, 전혀 근거 없는 것을 즉흥적으로 멋대로 썼을 가능성은 없다. 루쉰으로서는 발표하고 싶지 않은 내용이었지만, 그가 생존권 방위를 위해 어떻게 싸웠는가를 알 수 있는 하나의 에피소드로 이제 발표한다.

루쉰이가 자기 생명뿐 아니라 다른 사람의 생명까지도 얼마나 애석하게 생각했는가에 관해 그에게서 들은 이야기를 한 가지 덧붙인다.

내가 상하이에 있을 무렵, 공산당의 근거지는 루이진瑞金이었고, 루이진에 대한 국민당 정부군의 포위 토벌圍剿 공격이 자주 행해졌다고 들었다. 당시의 말단적인 분쟁 사건에 관한 것이었는지 모르겠지만, 루쉰이 한번은 나에게 공산당이 부근의 농민들을 죽였다는 소문에 관해 이야기하였다. 소문에 불과했는지는 모르겠지만, 농민을 죽였다는 것은 그 어떤 경우라도 좋은 일은 아니기에 사람을 시켜 조사하고, 만약 사실이라면 공산당에 죽여서는 안 된다고 충고할 것을 결심했다고 말했다. 그는 중국 공산당에 가입하지는 않았지만, 스스로 동조자이자 동반자 작가라고 생각하고 있었다. 그렇기에 사람을 죽이는 것에 대해 들은 이상 그 어떤 이유에서라도 묵과할 수 없었다. 조사한 뒤 사실이라면 충고하겠다고 결연한 태도로 말했던 것으로 비춰볼 때 휴머니스트라고 할 수 있는 그의 진면목을 보았다고 생각한다.

"지금 중국의 소아병적인 청년들은 죽는 것을 조금도 두려워하지 않을 뿐만 아니라 심지어 죽고 싶어 하는 것 같다. 하지만 그것은 좋지 않은 것이라 말한다. 쉽게 죽고 싶다는 인간은 진정한 운동을 할 수 없다." 이런 말도 했다. 그것은 당시 이른바 혁명 청년을 비판하는 말이었는데, 그의 생명 존중—사람은 생존해야 한다는 것을 역설적으로 말한 것이리라.

뒤집어 생각해 볼 수 있는 것은 청 말 혁명 이후 루쉰은 너무나 자주 죽고 싶어 하는 혁명 로맨티스트를 봐서, 사람은 생존해야 한다고 통감했던 것인지도 모른다. 신해혁명 전야에 죽은 동향의 츄진秋瑾 여사의 죽음에 관해 말할 때도 세평과는 달리 나는 그가 비판적이나 사리 분별이 없는 것처럼 보고 있다고 이해했다.

○

물론 루쉰은 말할 필요도 없이 뭐가 됐든 괜찮으니 생존만 이어가면 좋은 것이고, 생존하는 것만으로 인간이 할 수 있는 일은 충분하다고 생각한 것은 아니었다. '청년은 어떤 목표를 향해 나아갈 것인가' 중 '3. 발전해야 한다'에서 언급했듯이, 생존은 '발전'을 위한 것이 아니면 안 된다는 것을 자기 행동으로 설명하고 있다. 이것은 다음과 같은 그의 문장에서도 엿보인다.

> "사람은 물론 생존해야 한다. 하지만 그것은 진화하기 위해서다. 고통을 감내하는 것도 괜찮긴 하지만, 그것은 미구에 닥칠 모든 고통을 없애기 위해서다. 그뿐 아니라 싸움도 해야 하는데, 그것은 개혁을 위해서이다. …… 만약 암흑의 주력에 대해 한마디 말도 못 하고 화살 한 개도 쏘지 않으면서 단지 '약자'에 대해서만 시끄럽게 떠벌릴 뿐이라면, 설사 제아무리 핑계를 댄다고 해도 나는 말하지 않을 수 없다. 나는 정말 참을 수 없다. 사실 그는 살인자의 공범에 지나지 않는다고."

이 글은 상하이에 살았던 친리자이秦理齋라는 사람의 아내가 세 아이와 동반 자살한 사건에 관해 사자死者들을 비난하는 여론이 많았을 때 등장했다. 그녀가 자살할 수밖에 없었던 환경에 주의해야 한다면서, 그 일에 더 일반적인 문제, 요컨대 '암흑의 주력'을 공격해야 한다는 식으로 [기왕의 여론과는 다른] 방향을 지시하는 의론의 한 대목이었다. 그것은 '만약 암흑의 주력에 대해'부터 결말까지의 전문에 스스로 방점을 찍는 것[이 글의 원문에는 실제로 방점이 찍혀 있다; 옮긴이]으로 그의 진정한 목표가 어디에 있는지 알 수 있다고 생각한다.

아무튼 생존을 저지하는 암흑의 주력에 대해 공격은 하지 않고 단지 자연 그대로 생존만 하면 된다는 것은 절대 아니다.

루쉰은 그 자신의 생존을 매우 아꼈는데 그것은 진화를 위한 것으로, 암흑의 주력에 대해 천만 개의 이야기를 풀고 천만 개의 화살을 쏘기 위해서였다. 그는 온갖 괴로움을 당하고도 꿋꿋이 굴하지 않았다. 장래의 모든 고통을 해방시키기 위해서였다. 그뿐 아니라 매우 결연히 싸워나갔는데, 그것은 모든 '개혁'을 위해서였다. 그는 이런 사실을 스스로 말했다고 생각한다. 이와 함께 강자의 입장에서 약자를 향해 내뱉는 그럴듯한 수다들을 정말 참을 수 없었다. 그의 일생을 꿰뚫는 발언의 동기가 강자인 체하는 얼굴을 참을 수 없었던 데 있었던 것은 아닐까? 그런 심리에서 출발한 인간적인 정신은 루쉰의 모든 언동에 적용된다고 생각한다. 그것은 극히 소박한 것이라고도 말할 수 있다. 그러나 이를 행위로 일관했다는 것은 지극히 고귀한 것이라고 말해야 할 것이다.

루쉰은 1928년과 1929년경 '혁명문학'이 드높이 제창되었을 때 혁명문학가들을 야유했기에 [그들로부터] 반동이라는 소리를 들었다. 이것 역시 그 '강자'의 얼굴—'나는 혁명가이고 너희들은 모두 반동'이라고 말하는 듯하며 자신이 자못 우월한 듯이 행동하는 얼굴로 인해 정말로 참을 수 없었기 때문이었을 것이다.

그는 〈상하이 문예계의 일별—8월 12일 사회과학연구회에서의 강연〉이라는 글에서 당시 대표적인 혁명문학가들을 비판하면서 다음과 같이 말했다. "일반 사람들에게 혁명을 매우 무서운 것으로 알게 만들었으며, 극좌의 흉악한 얼굴로 혁명이 한번 찾아오면 모든 비혁명분자는 전부 죽임을 당해야 할 것처럼 선동하여 혁명에 대한 공포만을 갖게 했다." 그는 그런 혁명문학가의 면모에 대해 참을 수 없었던 것이다. 그래서 루쉰은 "사실 혁명은 결코 사람을 죽이는 것이 아니다. 사람을 살리는 것이다. 이렇게 사람들에게 혁명의 무서움을 알게 하면서 자신은 통쾌해하는 태도는 재자才子+건달에 중독된 것이다."라고 말했다. 신랄한 말인데, 바로 여기에 그의 참을 수 없는 기분이 드러나 있다고 생각한다.

○

"그때 나는 루쉰 집의 식당에서 노주老酒[24]를 마시면서 저녁을 먹었다. 루쉰은 평소에 가벼운 마음으로 빈정대거나 유머를 날리며 험담했는데, [그날은] 어딘지 모르게 냉정했고 얼굴은 창백했으며 감정이 바닥에 가라앉아 있는 듯이 보였다. 노주를 두세 잔 마시면 얼굴에 약간 붉은 기가 돌고 기분이 달아오르는 듯했다."

나는 《루쉰전》의 초고에 이렇게 썼다. 그 원고를 그에게 보여줬는데, 이 대목을 읽으면서 "내가 그렇게 보였나? 감정이 가라앉은 듯이?"라며 내 쪽을 돌아보고 물었다. "보였나?"라고 말하고는 "그

24 문자 그대로의 뜻은 오래된 술이나, 대체로 루쉰의 고향 술인 사오싱주紹興酒를 가리킨다.

런가?"라고 변함없이 미소를 짓더니 그대로 계속 읽어 나갔다. 그리고는 노주를 두세 잔 마시며 식탁에서 잡담을 나누었는데, 그가 이렇게 말했다. "성장할 때 몹시 가난했는데, 입을 옷이 없어 추위를 막기 위해 고추를 자주 먹었지. 그렇게 하면 먹는 것을 조금만 먹어도 된다네. 고추가 위를 자극하기에 만복감을 느끼는 게야. 요놈이 내 위를 아주 망쳐 놓았지."

루쉰은 위가 나빠진 까닭을 이렇게 설명했다. 하지만 그 무렵에도 식사할 때 작고 파란 고추를 두세 개 먹었다. 나도 권유를 받아 먹어보기도 하였다. 이 이야기를 듣고는 고추를 먹는 것으로 부족한 옷과 먹을 것을 때우는 삶을 산 그가 '사람은 생존해야 한다'는 것을 첫 번째 고려 사항으로 삼았다는 것에 수긍이 갔다.

또한 그의 말을 인용해 등장한 식탁에서의 잡담 가운데 하나를 《루쉰전》의 초고에 인용하였다.

> "청조에 대한 혁명운동이 성행했을 무렵 혁명적인 산적과 자주 왕래했는데, 산적은 고기도 큰놈을 전부 다 먹지 않으면 화를 냈다네. 자기한테 반대하는 것으로 생각해서……"

여기에서 지운 곳이 있다. 그것은 "산적을 선동해 폭동을 일으키는 관계로"라는 부분이었다. 루쉰은 주의해서 지운 듯 연필로 선을 그어 놓았다. 그렇게 한 까닭은 산적과 왕래했다고 말했기 때문이리라. 내가 멋대로 추측해서 쓴 것인지, 그에게 그렇게 들었던 것을 쓴 것인지 지금은 확실히 기억나지 않는다. 루쉰을 잘 알고 있는 야마모토 하츠에山本初枝 부인의 말로는 그가 "나는 산적이 되었던 적이 있고, 산적이라면 잘 알고 있다."라고 말했다고 한다. 어느 정도는 농담으로 말했다고 생각하는데, 그 무렵 루쉰이 그들을 혁명의 한 세력으로 삼기 위해 연락을 취했던 것 같다. 그러다가 그들의 내부로 다소 깊게 들어갔던 것은 아니었을까? 이에 대한 사정은 그의 연보에도 공백으로 남아 있지만, 루쉰의 생애를 고찰할 때 그런 행동은 결코 공백이 될 수 없다고 생각한다.

○

루쉰은 독서가로 여러 가지 책을 읽어 놀랄 정도로 박식했다. 하루는 내 하숙집의 응접실에서 함께 쉬면서 한담을 나누었다. 응접실 벽에는 고블랭[25] 직물로 된 태피스트리가 있었다. 디자인은 서양 남자와 여자가 거리에서 만나고 있는 장면이었다. 나는 그러려니 하고 봐 왔던 것인데, 루쉰은 성큼성큼 그 앞으로 가서 보고는 단테가 베아트리체를 처음 만나는 장면이라고 말했다. 내가 이 일을 기억하고 있는 것은 그의 박식함 때문이었다. 그는 이렇게 여러 가지를 알고 있었다. 하나하나의 사례를 지금은 잊었지만, 이집트에서는 이렇고 폴란드에서는 저렇다는 식의 폭넓은 지식을 갖고 있었다. 루쉰이

25 고블랭Gobelins은 색실로 인물, 풍경 등을 짜낸 프랑스제 직물이다.

키르케고르 등을 읽은 건 1901년으로, 열일곱 살의 그는 당시 니체에게 감탄했다고 한다.

일본에 대해서도 세세한 데까지 잘 알고 있었다. 이를테면 일본에서 "꽃밭을 망친 것은 누구인가"[26]라며 프롤레타리아 문학을 질타하는 이가 있었는데, 그런 말투가 왠지 어색하다고 히죽대며 웃었다. 오사라기 지로大佛次郎[27]의 《드레퓌스 사건》 등을 읽고는 잘 쓴 작품이라서 흥미를 갖게 한다고 칭찬했다. 또 《프롤레타리아 문학》이라는 잡지를 읽으며 《문예전선》보다는 더 극렬하다고 평가하고는 역시 극렬한 쪽이 재미있다고 웃으며 말했다.

○

루쉰의 《중국소설사략》은 이른바 고문(문언문)으로 씌어졌는데,

26 이것은 일본의 문예평론가 나카무라 무라오中村武羅夫(1886~1949)가 1928년 자신이 편집하던 《신조新潮》 잡지에 발표한 글이다. 그는 일관되게 순문학의 입장에서 프로문학과 대립했다. 이글에서 나카무라는 순문학을 지칭하는 꽃밭의 문학 순수성이 정치성을 띤 프로문학에 의해 황폐해져 가는 위기감을 드러냈다. 원래 제목은 《누구인가? 꽃밭을 망친 자는!誰だ？花園を荒す者は！》이다.

27 오사라기 지로大佛次郎(1897~1973)는 일본의 소설가이자 작가로, 가나가와현 출신이다. 본명은 노지리 기요히코野尻清彦이다. 《구라마 텐구鞍馬天狗》 시리즈 등의 대중문학 작가로 유명하다. 그 외에 역사소설, 현대소설, 논픽션, 신작 가부키와 동화까지 폭넓게 관여했다. 작가 노지리 호에이(마사후사)野尻抱影(正英)가 그의 형이다.

백화(구어문) 작가로 등단하여 성공한 그가 고문으로 작품을 썼다는 것이 아무래도 미심쩍어서 왜 고문을 선택했냐고 물어본 적이 있다. 그랬더니 요즘의 작가는 고문을 쓸 수 없기 때문에 백화로 쓰는 것뿐이라고 욕을 하는 이가 있기에, [요즘의 작가도] 고문을 쓸 수 있다는 것을 보여 주기 위해 쓴 것이며, 게다가 고문으로는 간결하게 쓸 수 있다고 말했다. 잘 모르긴 하지만 내가 보기에 그의 고문은 조예가 깊은 것이었는데, 루쉰의 입장에서는 청 말에 진사에 급제한 할아버지도 문장으로서는 대단한 것이 아니었다. 그러나 명대의 문장은 완곡한 글쓰기를 하고 있어서 이해하기 어렵다고 말했다. 명대의 산문을 주로 모아 평판을 얻은《진본총서珍本叢書》는 구두를 끊는 방법이 틀리긴 했지만, 요즘 사람들은 이조차도 잘 읽어낼 수 없다고 했다.

○

나는 그에게서《중국소설사략》의 강해를 받았다. 본문은 그 자신이 쓴 것이라 해석이 성가신 건 아니지만, 본문 안의 많은 인용문에 대한 해석을 일일이 물어보았을 때도 루쉰은 즉시 답을 주었다. 어쩌다 한 번《강희자전》을 찾아봤을 뿐이다. 그때 루쉰은 사전으로는《강희자전》만을 이용한다고 했다. 그것은 많은 학자들이 오랜 기간에 걸쳐 만든 것으로 비교적 믿을 만하다고도 했다.《사원辭源》은 보지 않았다고 했다. 당시《사해辭海》가 예약 발매된다는 광고를 하고 있어서 그에게 물어보았더니, 편찬자의 면면을 봐도 대단한 사람은 없다며 살만한 수준은 아니라는 투로 대답해 주었다(하지만 이 사전에는 출전이 제시되어 편리하다는 것을 나중에 구입한 후 알게 되었다).

루쉰은 소설사를 쓰기까지 거의 20년간 혼자서 꾸준하게 공부했다고 한다. 우연히 아우인 저우쭤런周作人이 베이징대학에서 중국소설사 강의를 배정받았는데, 진즉부터 이 방면의 연구를 하고 있었던 루쉰을 자기 대신 추천했다. 이로써 20년간의 연구가 처음으로 세상에 나오게 되었다. 그는 소설사 연구의 준비 단계로 소설 원문을 필사하여 텍스트로 만들어 제본해 갖고 있었다. 옛 간본은 오탈자가 많았기에, 그 자신이 여러 간본을 비교하고 교정하여 믿을 수 있는 텍스트를 만들었던 것이다. 내가 질문하면 언제나 자기가 만든 교정 필사본으로 설명했다. 그의 《고소설구침古小說鉤沉》과 《당송전기집唐宋傳奇集》은 그것을 활자화한 것이다. 또한 예로부터 내려오는 소설 작품과 작자에 관해 쓴 기록을 여러 사람들의 수필 가운데서 발췌하고 교정한 뒤 자신만의 판본으로 구비하였다. 그것이 《소설구문초小說舊聞鈔》와 《당송전기집唐宋傳奇集》 권말의 〈패변소철稗邊小綴〉이다. 이런 준비와 노력은 말 그대로 '머리를 꼬라박고 일에 매진한埋頭苦幹' 것으로, 관료로서의 생활이 보장되었다고 해도 시간을 허비하지 않고 꾸준하게 일을 이어 간 그의 의지를 대변해 주는 것이다.

중국에는 옛날부터 많은 소설 작품이 있었지만, 소설사는 정리된 것이 없었다. 이를 루쉰이 처음으로 하려고 시도하였다. 최초의 시도이기에 다년간에 걸친 노력이 필요했다. 루쉰이 이렇게 대단하고 훌륭한 일을 해낸 이후, 아직 그것을 능가하기는커녕 비견할 만한 연구나 정리가 나오지 않은 것으로 보아 그의 고심참담한 노력이 예사롭지 않은 것이었음을 알 수 있다.

○

루쉰은 역사를 쓰는 것은 어려운 일이라고 말했다. 당시 정전둬鄭振鐸의 문학사에 대한 평판이 자못 높았는데, 그는 정 군은 역사를 쓸 역량이 없다고 평가했다.

그도 문학사를 쓰고자 하는 의지가 있었다. 생전에는 중국의 역사를 도저히 다 쓸 수 없기 때문에 당대唐代까지만 쓸 작정이라 했다. 송대 이후는 읽어야 할 책이 많아서 안 될 것 같고, 당대까지는 비교적 양이 적어서 가능할 것 같다고 했다. 문학사를 쓸 준비로 그 무렵(1931) 상무인서관商務印書館에서 예약 판매했던 백납본百衲本[28] 《24사》를 구입했던 것으로 기억한다. 그가 죽기 3개월 전(1936), 병상에 누워 있는 그에게서 "문학사는 아직입니다."라는 말을 듣고 나는 구상이 어떤 것인지 묻지 않은 채 골조만 필기해서 돌아왔다. 루쉰

28 백납본百衲本은 서적 출판 용어로, 배본配本이라고도 한다. 여기서 납衲은 원래 중이 옷을 지을 때 여러 가지 천을 덕지덕지 모아 붙여 만드는 것을 말한다. '백납百衲'이란 이런 식으로 여기저기 흩어져 있는 서로 다른 판본을 모아 하나의 완전한 판본으로 만드는 것을 가리킨다.

은 제1장 문자로부터 문장까지, 제2장 사무사思無邪(시경), 제3장 제자諸子, 제4장 이소離騷에서 반이소(한漢)까지, 제5장 술·약·여자·부처(육조六朝), 제7장 낭묘廊廟[29](당唐), 그 뒤로는 도저히 살아 있는 동안 쓸 수 없을 것 같아서 이 정도만 쓰고 싶다는 말을 침상 위에서 했다.

문학사를 쓰기 위해 백납본《24사》를 샀을 때 일종의 의욕이라고도 할 수 있는 약간 긴장된 그의 마음가짐을 알고 있기에, 루쉰이 끝내 문학사를 쓰지 못한 것은 애석한 일이라 생각한다. 그럴 여유가 없었기 때문이라고는 생각하지만, 만년이 되어 시작한 고골의 번역 등은 러시아 문학 전문가에 맡겨 두고 차라리 자국의 문학사를 당대까지만이라도 집필하는 쪽이 좀 더 의미가 있었을 것 같아 아쉬운 마음이 든다.

〈위진 풍도·문장과 약·술의 관계魏晋風度及文章與药及酒之关系〉라는 강연이 그가 의도했던 문학사의 일부라고 할 수 있는데, 그 강연이 무척 재미있었다는 것을 고려하여 그가 문학사를 그런 견지에서 서술했다면 좋았을 것이라는 생각이 든다. 루쉰처럼 학식과 경험을 갖추고 중국의 사회와 역사에 대해 깊은 통찰력을 가진 사람이 만년에 단지 붓 한 자루에 의지해 생활해야만 했고 그것을 위해 노력해야만 했다는 것은 개인적인 입장에서 안타까울 따름이다. 사회적인 지위가 있으면서도 반정부적이었고, 성실한 성격에 청결한 행동을 한결같이 유지했던 까닭에 수입은 인세와 원고료뿐이었다. 이른바 정치적인 행동은 취하지 않았고, 그런 쪽에서 들어온 수입도

29 조정이나 조정의 대정大政을 보살피는 전사殿舍를 가리킨다.

없었다. 당시 중국에서 인세와 원고료만으로 생활한다는 것은 극히 어려운 일이었다. 그것도 그가 지명도 있는 문필가였기에 가능했던 것이지 대부분의 문학가는 교수나 편집자라는 고정된 직업을 갖고 있지 않으면 생활이 불가능했다. 그런데 그의 수입은 내가 아는 한 인세뿐이었다. 원고료는 그 정도의 지위라도 천자에 겨우 2위안을 받을 수 있었는데, 짧은 글을 주로 쓴데다 그나마 받은 원고료는 잡지사에 중개하는 청년이 중간에서 가져가서 루쉰에게는 한 푼도 들어오지 않았다고 했다. 그런데도 그가 자주 썼던 짧은 글이 '꽃테花邊'(당시 1위안짜리 은화)를 위해 쓴 것이라고 욕을 하는 자가 있다고 분개했다. 루쉰은 아이러니하게도 이 단어를 이용해 당시 나온 수필집 제목을 《꽃테문학》이라고 했다. 그의 수입은 이전에 나온 책, 주로 《외침》과 《방황》이 계속 중판되면서 나오는 인세에 의지했다. 인세는 25퍼센트로, 당시 중국에서는 최고 수준이라고 들었다. 한 달간 그가 소요하는 경비는 4백 위안(1931년 당시 1백 엔이 2백4, 5십 위안 정도였다) 정도라고 했다. 생활비로 2백 위안, 책 사는 데 1백 위안, 어머니에게 송금하는 게 1백 위안—저우쭤런이 베이징에 있었지만, 어머니를 돌보지 않아서 자신이 보내 주어야 한다고 했다. 어머니가 본처와 함께 살고 있는 것이 [그가] 송금하는 이유가 되기는 하지만, 같은 베이징에 사는 동생이 어머니 생활을 조금도 돌아보지 않는다는 것은 말이 안 되는 일이다. 게다가 저우쭤런은 네 곳의 대학에 근무해서 수입이 많았고, 저작도 충분히 낸 상태였다. 반면 루쉰은 압박받는 수배자의 답답한 처지로 붓 한 자루에 의지해 말 그대로 악전고투를 이어 가고 있었다. 창가에 나갈 수 없는 그의 일상을 감안할 때 루쉰이 매월 어머니에게 송금하고 있다는 말을 듣는 순간 저우쭤런이라는 사람에게 호의를 가질 수 없었다. 아무리 좋은 수필을 잘 쓰며 좋은 이야기를 한다고 하더라도 인간적으로는 정말 좋아할 수가 없었다. 혹 여기에는 저우쭤런 부인(하부토 노부코羽太信子)이 개재되어 있는지도 모른다.[30]그런데 저우쭤런 부인이 일본에서 왔을 무렵에는 루쉰이 그녀의 친정에도 생활비를 보내주었고, 이 내용은 《루쉰 일기》에 보인다.

○

루쉰의 문장은 함축이 많고 넌지시 빗대서 말하는 경우가 적지 않다. 그는 자신이 상쾌하고 술술 읽히는 문장을 쓰는 체질은 아니라는 것을 아는 듯 스스로 자기 문장을 밀어낸다느니 쥐어짠다느니 하는 투로 말했다. 어떤 관념을 문장으로 표현하는 과정에서 한 번 비틀거나 혹은 저항감을 의식해 쓰는 식의 조작이 가해지는 듯한데, 넌지시 빗대서 말하는 것 대부분은 그렇게[문장 속에] 들어오게 된다. 일상 대화에서는 대부분 직절하고 간단하게 잘라 정리하는데,

30 루쉰은 이에 앞서 아우인 저우쭤런과 결별했는데, 그때 하부토 노부코가 결정적인 역할을 했다는 게 정설이다. 그래서 루쉰은 죽을 때까지 하부토 노부코를 미워했다.

문장으로 표현하면 그렇게는 안 되는 듯하다. 직절한 것은 사라지고 직절하게 보이는 것도 실제로는 저항을 의식한 직절인 경우가 많다. 그래서 대부분의 경우 언외에 넌지시 빗대는 것인 듯했다. 언론이 자유롭지 못한 환경에서 정치적인 의견이나 비평을 내포해야 했기 때문일 것이다. 그런 경우가 아니더라도 넌지시 빗대는 문장에 포함된 의미가 언외를 내비치고 있는 경우가 적지 않은 듯했다.

그런 까닭에 루쉰의 문장을 문자 그대로 읽으면 안 된다. 누군가를 존경하는 듯이 읽히거나 존경까지는 아니더라도 호의를 갖고 있는 듯이 보이는 경우에도 야유와 경멸을 내포할 때가 많다. 우리처럼 다른 사회, 다른 세계에서 성장한 이들이 그런 식의 글쓰기나 그런 것을 받아들이는 요령을 잘 이해하지 못하는 데 따른 것일지도 모른다.

그런 사례의 하나로 지금도 기억나는 것이 있다. 루쉰의 《소설사략》 정정판의 〈제기題記〉 가운데 이런 말이 있다.

> "중국에 일찍이 한 논자가 있어 조대朝代로 구분한 소설사가 있어야 한다고 말한 것은 거의 천박한 의론은 아니다."(혹은 '거의'에 호응해 '아닐 것이다'라고 번역할 수 있다.)[31]

31 우리말 번역본의 번역문은 다음과 같다. "중국에 한 논자가 있어 일찍이 조대별朝代別로 쓴 소설사가 있어야 한다고 했던 것 역시 천박한 말은 아닐 것이다." [루쉰(조관희 역), 〈제기題記〉, 《중국 소설사》, 소명출판, 2004, 20쪽.]

이 〈제기〉의 원고는 지금도 내 손에 있는데, 원문은 약간 다르다. "중국에 일찍이 한 논자가 있어"에 명확하게 "정전둬鄭振鐸 교수가 말했다."라고 쓰여 있다. 그러나 인쇄될 때 정전둬 교수가 자기 이름이 나온 것을 알고 빼달라고 부탁하여 교정하면서 "일찍이 한 논자가 있어"라고 고친 것이다. 얼핏 보면 루쉰이 정전둬의 견해에 동감하고 있는 것 같이 읽혀서 정전둬 교수는 자기 이름을 내세우고 싶어 하지 않았는지를 물어보았다. 루쉰은 나에게 "'거의 천박한 의론은 아니다'라는 것은 실제로는 '천박한 의론이다'가 되기에 정전둬 본인이 싫어했던 것이다."라고 설명하였다. 나는 여우에 홀린 기분이었다. 하지만 '거의'[32]라는 글자는 긍정하는 것도 부정하는 것도 아닌 애매함을 드러내는 것이기에 이 설명을 듣고는 그럴 수도 있겠다는 정도로만 생각했다. 사실 '거의'라는 글자에 관해서만 따지고 볼 때 그런 것이다. '거의'가 있든 없든 똑같이 문장에서는 긍정형이지만, 심리적으로는 부정형으로 작용한다. 원문을 자세히 보면 '거의'라는 글자는 나중에 삽입되어 있다(처음에는 '원래부터'로 되어 있었는데, 나중에 검게 칠하고 '거의'를 넣었다). 그래서'거의'가 없어도 '천박한 의론'이라고 전하려고 문자로는 '천박한 의론은 아니다'라고 썼던 것이다. 문법을 아무것도 아니게 만들면서 '천박하지 않다'는 말이 '천박하다'는 의미가 되게 하는 것, 우리에게는 그런 언외의 함축은 아무래도 이해할 수 없으며 이에 대해 왈가왈부해봤자 부질없는

32 참고로 중국어 원문은 "亦殆"이다. 우리말 번역본에서는 "亦"에 중점을 두어 '역시'로 옮겼고, 마스다의 일역본에서는 '殆'에 주목해 '거의殆ど'로 옮겼다.

일이 될 것이다. 아무튼 그가 함축이 많은 문장을 썼다는 것을 보여 주는 약간은 극단적인 예라 생각한다.

말 나온 김에 《소설사》 가운데 예를 하나 더 들겠다. 그것은 《홍루몽》에서 위안메이袁枚가 《홍루몽》은 차오쉐친曹雪芹이 지은 것이라고 언급한 부분이다. 루쉰은 《수원시화隨園詩話》를 인용하면서 "위안메이가 기록한 것은 그가 보고 들은 것"이라 하고는 "그러나 세간에서 이것을 믿는 사람이 특히 적었다."라고 말하면서 곧바로 다음과 같이 말을 이어 갔다.

> "왕궈웨이王國維는 또 이와 같은 주장을 힐난하면서 다음과 같이 말했다. "이른바 '직접 보고 들었다'라는 것 역시 방관자의 입으로도 말할 수 있으니, 아직까지는 반드시 작자 자신이 극 중의 인물일 필요는 없다."[33]

33 이해를 돕기 위해 루쉰의 《소설사략》의 해당 부분의 우리말 번역문을 아래와 같이 인용한다. "가경嘉慶 초에 위안메이(袁枚; 《수원시화隨園詩話》)는 다음과 같이 말했다. "강희康熙년간에 차오렌팅曹練亭은 쟝닝江寧의 직조織造였고,……. …… 그의 아들 쉐친雪芹은 《홍루몽紅樓夢》이라는 책을 지었는데, 당시의 풍류가 극히 번화했던 사실을 빠짐없이 기술하였다. 그 가운데 이른바 대관원大觀園이라는 것은 바로 나의 수원隨園이다." 끝의 두 구절은 과장인 듯하며, 나머지 부분도 약간 잘못된 곳이 있다[이를테면 롄楝을 롄練이라 하고, 손자를 아들이라고 한 것]. 하지만 차오쉐친曹雪芹의 작품에 기록된 것은 그가 보고 들은 것이라는 사실을 분명히 밝혀 놓고 있다. 그러나 세간에서 이것을 믿는 사람이 특히 적었으니, 왕궈웨이王國維(《정암문집靜庵文集》)도 역시 이와 같은 주장을 힐난하면서 다음과 같이 말했다. "이른바 '직접 보고 들었다'는 것 역시 옆에서 본 사람의 입으로도 말할 수 있는 것이니, 꼭 작자 자신이 극 중의 인물일 필요는 없다." 후스胡適가 고증을 하고 나서야 이 문제가 비교적 분명해져 다음과 같은 사실을 알게 되었다. 즉 차오쉐친은 실제로는 영화로운 가정에서 태어나 영락한 신세로 생을 마쳤으니 반평생의 경력이 '돌

전후 관계를 고려할 때 왕궈웨이가 이런 말을 했다는 정도의 말을 넣을 필요가 없는 것처럼 생각되었고, 그렇게 넣은 왕의 말 자체도 뜬금이 없었다. 아무튼 나는 그 의미를 이해하기 어려워서 루쉰에게 물어보았다. 그랬더니 그는 왕궈웨이의 비평 방식을 비난하고 있는 것이라고 말했다. 그러나 [그런 의도를 모르는 상태에서] 갑자기 읽으면 비난하는 것보다 뜬금없는 대목이라고 느껴진다. 대체적으로는 루쉰이 왕궈웨이의 우회적이고 주정적이면서도 독선적인 비평을 좋아하지 않는다는 게 말하는 중에 나타났을 뿐이다. 그래서 《홍루몽》 비평가로서 알려진 그를 잠깐 등장시켰다가 이내 내쳐버렸을 뿐이다. 그러나 문장만 놓고 보면 비난은 전혀 하지 않고 그가 이렇게 말했다는 것만을 인용하고 있을 뿐이다. 우리가 이런 사실을 모르는 것은 어쩔 수가 없지만, 루쉰의 문장에는 언외의 함축이 상당히 포함되어 있다. 그러니 앞의 예에서 보듯이 문법적으로 정반대의 의미를 갖는 문장까지 썼다는 것을 알아두는 게 좋지 않을까 생각한다. 글자 뜻에만 머물러 있는 훈고학자라는 것은 이런 예로도 알 수 있는데, 일반적으로 어딘가 미덥지 않은 게 사실이다.

○

멩이石頭'의 말과 아주 흡사했고, [베이징의] 서쪽 교외西郊에서 책을 썼으나 미처 완성하지 못하고 죽었는데, 뒤에 나온 전서全書는 가오어高鶚가 속작續作하여 완성된 것이라는 것이다." [루쉰(조관희 역), 《중국소설사》, 소명출판, 2004, 600~601쪽.]

현대의 중국에 관해 조금이라도 관심이 있는 사람이라면 민국을 탄생시킨 아버지로서 쑨원孫文의 존재가 떠오를 것이다. 나도 그러했는데, 루쉰이 쑨원에 대해 해 준 말이 있었다. 어떤 말을 들었는지 지금은 대부분 잊어버렸지만, 쑨원이 '쑨대포大砲'라 불렸다고 말했던 건 기억난다. 발음만으로는 알 수 없어서 되물었더니만 '대포'라는 글자를 써 보여 주었기 때문이다. 그리고 허풍쟁이라는 의미라고 덧붙인 다음 빙긋이 웃었다. 이어서 '쑨원이 해외에서 돌아오는 길에 도쿄에 머물렀는데, 유학생들이 대대적인 환영회를 열었고 당시 도쿄에 있던 나도 갔었다, 뭔지 알 수 없는 연설을 하면서 되는 대로 말하더니 여기서 끝'이라는 투로 말했다고도 이야기해 주었다. 루쉰은 뼛속 깊이 문학가였기에 현실의 정치가를 우상으로 추종하거나 그에 경도되지 않았다. 호의는 갖고 있을지언정 문학가답게 냉정하면서도 인간적으로 보았던 것이다. 삼민주의에 관해서도 물었는데, 루쉰은 읽지 않았다고 했다. 린위탕林語堂도 삼민주의는 통독한 적이 없다고 했다. 오히려 일본인이 더 많이 삼민주의를 읽고 연구한 것 같다.

전반적으로 루쉰은 우리가 갖고 있는 중국에 대한 관념, 대단한 듯이 생각하고 있는 중국의 과거와 현재에 대한 기성의 관념을 한 방에 파괴하려는 것처럼 여겨지는 행동을 종종 했다. 실제로 기성의 생각을 버리고 자기 눈으로 중국을 보지 않으면 안 된다고 말했던 적도 있다. 내게만 그런 것이 아니라 일본에서 루쉰을 찾아왔던 손님에게도 그런 태도로 대했다. 중국, 중국의 과거와 현재의 중요한 인물 등에 대해 호되게 욕을 했다. 그래서 때로는 "당신은 중국을 싫어합니까? 중국에서 태어난 것을 불행이라고 생각합니까?"라는 질문도 받았다. 그런 질문을 들으면 그는 앞에서 언급한 바와 같이 "나 자신은 다른 어떤 나라에서 태어난 것보다 중국에서 태어난 것을 행복하게 생각한다."라고 대답했다. 그러면 왜 거리낌 없이 욕을 했던 것일까? 그는 [중국을 진정으로] 사랑해서 대충대충 할 수 없었다. 그렇기에 나는 그가 결국 문학자였다고 말할 수밖에 없다.

○

루쉰은 어렸을 때 리허李賀의 시를 좋아했다고 한다. 나는 여기에 그의 문학을 이해하는 하나의 열쇠가 있다고 생각한다. 자신은 스타일리스트라고 했던 것도 리허를 좋아하는 그를 알고 나면 짐작이 가지 않는가? 또 그의 문장—표현 방법 중에 리허풍의 문학과 연결되는 것이 생각나지 않는가? 농염하고 치열한 감정 가운데서도 그늘지고 어두운 색조를 담아내며 약간 기이하고 도드라진奇聳 아름다움—물론 리허가 그대로 현재의 루쉰에게 옮겨 왔다는 것은 아니지만, 그가 리허를 좋아하는 성정이 문제라고 생각한다. 그 성정을 이해하려고 다른 것을 빌려 와 시험 삼아 루쉰이 좋아하는 리허의 문학을 본다면 뭔가 추측할 수 있는 게 있지 않을까? 나는 원래 구체적으로 그 관계를 연구했던 것은 아니다. 다만 루쉰을 알기 위해 그가 좋아하는 리허를 고찰하는 게 하나의 과제가 되었던 것으로 생각한다.

여기 비슷하게 연관이 있는 사례가 하나 더 있다. 사토 하루오가 언젠가 루쉰을 두푸杜甫에 비유한 적이 있는데, 루쉰에게 보내는 편지 가운데서 그 사실을 언급했다. 그러자 루쉰은 답장에서 두푸라면 나쁘지 않다고 썼다. 크게 개의치 않고 그렇게 말한 것일 뿐이라고 생각했는데, 나는 루쉰이 만년이 되어 가면서 점차 두푸가 되었다고 생각한다. 그는 리허에서 두푸로 변해 갔다. 이렇게 말하는 것은 일종의 비유이긴 하지만, 나는 리허는 물론이고 두푸에 관해서도 상세하게 공부했던 적이 없었기에 나의 주관적인 느낌으로 말한 것에 지나지 않는다. 이런 견해도 가능하지 않겠느냐는 정도로 말이다.

○

그렇지만 루쉰이 변했는지 아닌지의 진실은 확실한 것은 아닐지도 모른다. 만약 변했더라도 그것은 스물일곱에 죽은 리허가 갖고 있는 표현상의 기벽함과 문자의 편벽함이 나이가 들어가는 루쉰의 몸에 점점 붙지 않게 되었다는 것일 수도 있다. 나이와 경험의 관계 때문에 조금씩 폭이 넓어져 두푸와 같은 슬픔과 강개慷慨를 토로하게 되었는지도 모른다.

리허에 관해서는 잘 모르지만, 리허의 시를 전주箋注한 천번리

陳本禮의 《만기漫記》 등을 보면 '뇌락磊落하고 울적한 불평의 기운'을 씀으로써 '분격憤激한 아픈 마음'을 드러낸 것이 많고, '당시의 국정國政을 통절한 느낌으로 목격하고는 마음 상한' 것을 드러내놓고 왈가왈부할 수 없었기 때문에 '모두 심상尋常한 사물을 영탄詠物하고 경치의 묘사寫景에 기탁해 쉽게 그 의미를 알 수 없게 했다'라고 나와 있다. 또 야오원세姚文燮(《만기》에 인용)는 리허의 "명의命意[의도 또는 취지]나 명제命題[내세운 제목]는 전부 당시의 폐단을 깊숙이 찌른 것으로, 절실하게 그 은미한 곳에 이르렀다."라고 했다. 그것은 일반적으로 일컬어지는 리허와는 전혀 다른 견해인데, 만약 이런 견해가 정말이라면 루쉰이 [그를] 좋아했다는 게 이해된다. 그리고 루쉰 역시 평생 변함없이 그런 식으로 말했던 것을 미루어볼 때, 그가 리허의 그런 면으로부터 벗어났다고는 말할 수 없으므로 [나중에] 변했다는 것은 [그것은] 표현 위주였을 것이다.

○

루쉰은 젊었을 때 니체를 좋아해서 그의 책상에는 항상 《자라투스트라는 이렇게 말했다》를 놓아두었다고 했다. 그의 초기 수필에는 니체와 같은 면모가 상당히 엿보이고 있다. 만년에도 니체주의는 약간 남아 있는 듯하다. 그가 쓴 글 가운데도 흔적이 남아 있지만, 그와 대담할 때는 더더욱 그것이 느껴진다. 걸핏하면 고고하게 버텨내려고 했지만, 그 태도는 벗어나기 어려운 듯이 보였다. 그러나 그가 죽기 3개월 전, 몇 년 만에 그의 집을 방문했을 때 그의 서재에는 신품의 하이네 전집 원서가 놓여 있었다. 내가 "하이네 전집이네요."라며 의미를 구하는 듯이 말하자, 루쉰은 지금부터 다시 하이네를 읽어 볼까 생각하고 있다고 대답했다. 그때까지 일본어 번역본이나 단행본으로 읽기는 했는데, 전집은 아직 읽지 않았다고도 말했다. 하이네 전집이 죽 늘어서 있는 모습에서 작정하고 읽어 나가려는 듯한 기색이 보였다. 그때 나눈 자세한 대화는 잊었지만, 그런 생각이 들었던 것은 기억난다. 그의 말투에서 의욕 같은 것을 감지했던 것도 함께 기억난다. 그 무렵에 니체에서 하이네로 취향이 변했던 것은 아니었겠냐는 생각이 든다. 취향이라기보다는 인간 혹은 문학가로서 본연의 모습이 니체적이라기보다 하이네적이 되었던 것으로 생각한다. 나는 니체와 하이네를 상세하게 읽은 적이 없지만, 이에 대해 추상적으로 말하자면 관념적인 고고함에서 내려와 현실사회로 깊게 접근했던 것은 아니었을까? 그것은 리허에서 두푸로의 변화 방식과 같은 변화 방식이었던 것일까? 그렇다고는 해도 리허와 니체가 사라졌다고는 말할 수 없다. 또 초기에도 두푸적이거나 하이네적인 것이 없었다고 말하는 것은 아니기에, 좀 더 두푸적이고 하이네적인 방향으로 변했다고 하는 것이다. 그런 식으로 그의 변화(또는 발전)를 생각하는 것이 인간 혹은 문학가로서의 변화(또는 발전)를 이해하기 쉬우리라 생각한다.

그렇지만 나는 젊었을 때 리허를 사랑하고 니체를 좋아했던 게 그의 본성과 밀접하게 연결되어 있다고 느낀다. 그것은 루쉰이 안드레예프를 읽었다든가, 고골을 모방했다든가, 나쓰메 소세키夏目漱石의 영향을 받았다고 하는 애착이나 영향과는 다르게 문학적인 표현 방법보다는 좀 더 근본적으로 인간과 통하는 것을 배운 것과 관계있는 것이 아닐까 하는 생각이 든다. 성정이랄까 기질이랄까, 그의 육체가 내켜 달려들지 않을 수 없었던 게 리허였고 니체였다고 생각한다. 내가 보기에는 만년이 되어 감에 따라 환경과 경험으로 인해 좀 더 짙은 색채의 두푸적이고 하이네적인 것이 나왔지만, 여전히 리허와 니체에서 벗어나지는 않았다. 그 정도로 리허와 니체가 루쉰의 성정과 기질에 뿌리를 내리고 있었던 것이다. 이것은 상세한 연구가 요구되지만, 내가 직접 만난 루쉰이라는 인간에게서 얻은 감상에 바탕을 두고 그렇게 생각한 것이다(루쉰과 니체의 관계에 관해서는 취츄바이瞿秋白를 필두로 여러 사람이 논했는데, 뤄스원洛蝕文의 《루쉰과 니체》가 어느 정도 정리된 논고라 말할 수 있다).

○

"길은 까마득히 아득하고 먼데 나는 오르내리며 찾아 구하고자 하네."

루쉰은 《방황》의 표지 뒷면에 이렇게 기록했다. 오르내리며 찾아 구하고자 했던 까마득히 아득하고 먼 길의 여정은 그의 속마음으로 내적인 정신과 분리해서 생각할 수 없다. 외부적으로 포착되는 그만으로는 충분치 않다. 하지만 그런 루쉰을 포착하는 것은 어지간히 어려운 일이다. 아마도 그것은 그와 같이 역사와 현실에 상처 입고, 그로 인해 소리치고 늘 이리 같은 음험한 눈길을 온몸에 받아 두려워하며 싸움을 이어갈 수 있었던 사람으로서—무리와 함께 있으면서도 정신의 고결함을 지킬 수 있는 사람이라야 비로소 가능할 것이다.

덧붙이자면 '길은 까마득히~'의 구절은 《이소離騷》에서 가져온 것인데, 루쉰에게서 받은 《방황》의 표지에서 그것을 보았을 때 마음이 끌리는 것을 느껴 그에게 그 구절을 풀이해 달라고 부탁했다. 그는 자의대로 풀이해 주었는데, 평소 가벼운 농담만 늘어놓던 그의 속마음 일부를 들여다보는 듯한 기분이 들었다.

○

루쉰에 관해 쓴 글을 여럿 보았다. 해석하는 사람의 주관적인 이해에 의해 묘사된 루쉰이어서 그답지 않은 부분이 많았다. 그럴 때 해석하는 방법과 의미 부여에 흥미가 생기긴 했지만, 해석하는 사람에 대한 흥미가 많은 것일 뿐이고 루쉰은 다른 곳에 있다는 생각이 들었다. 그렇지만 무엇을 본다는 것, 어떤 것을 이야기하는 것도 결국은 보는 사람, 말하는 사람에 의해 해석되는 것이므로, 그렇게 보거나 해석하는 데에서 살아 있는 루쉰의 숨소리가 들리는 듯하고 육성이 울려 퍼지는 듯하면 그가 그립고 진짜 만난 것 같은 기분이 든다. 이것은 루쉰이라는 인간을 있는 그대로 포착할 수 있기 때문일 것이다. 있는 그대로 포착하는 것이 어떻게 하면 가능한지 생각해 보면, 결국 그와 같거나 상통하는 삶의 방식을 하고 있기 때문이라 할 수 있다.

수없이 보았던 루쉰을 쓴 글 가운데 인상에 남는 것은 두세 개다. 그중 살아 있는 루쉰의 육성을 접하는 듯 생생한 인상을 받은 것은 그의 〈깊은 밤에 쓰다〉에 나오는 청년 목판화가 차오바이曹白[34](루나차르스키[35]의 상을 새겼다는 이유로 감옥에 들어갔다)가 쓴 〈영원을 기념하는 가운데 기록하다〉[36]라는 추도의 글이다. 감옥에서 나온 뒤 루쉰과 교류한 것을 쓴 것인데, 죽기 열흘 전의 루쉰과 목각 전람회에서 만났을 때를 기록한 대목은 루쉰의 풍모, 말투, 비평의 글투, 그리고 청년을 대하는 태도가 극히 인상적이어서 그를 눈앞에서 보는 듯한 기분이 들었다. 이 글을 읽으면서 거기에 진정한 루쉰이 있다고 생각했다. [그것은] 필자인 차오바이가 아마 영혼의 공감이라고

34 차오바이曹白(1914~2007)는 쟝쑤성江苏省 우진無進 사람으로, 원래 이름은 류핑뤄刘平若이다. 무링 목각사木鈴木刻社의 발기인 가운데 한 사람이다. 1933년 10월 항저우국립예술전문학교에서 목판화에 종사하다 국민당 당국에 체포되어 수감되어 다음 해 연말에 출옥했다. 당시 상하이신아중학新亞中學의 교사였다.

35 루나차르스키(1875~1933)는 소련 문예평론가, 작가, 정치가로, 소련 교육인민위원을 역임하였다. 루쉰은 1930년을 전후하여 그의 《예술론》을 번역한 바 있으며(1929년 6월 상하이 대강서포大江書鋪 출판), 희곡 《해방된 돈키호테》(1922)에도 각별한 관심을 표명한 바 있다.

36 원래 제목은 〈写在永恒的纪念中〉이다.

도 말할 수 있는 무언가를 루쉰에게서 느꼈기 때문일 것이다. 차오바이는 그 문장 속에서 루쉰을 알고 나서 처음으로 인간의 '사랑'이라는 것을 느낄 수 있었다고 말했다.

또 그는 루쉰의 편지를 함께 적었다.

> "나는 이따금 만나 뭔가 말을 하는 청년들에게 거의 실망하는 것은 없는데, 다만 구호와 이론을 주절대는 작가의 경우 대체로 [그들이] 바보라고 생각한다."

편지에서 루쉰은 이렇게 말했다. 그는 구호와 이론만을 크게 떠들어대는 청년을 좋아하지 않았지만, 착실하게 일을 하는 자를 길러내고자 했던 의도가 여기에서도 보인다.

이것 때문에 생각나는 것이 또 있다. 그는 언젠가 나에게 이론을 아무리 지껄여대도 작가는 역시 예술(예술화된 기술의 의미이리라)을 잘하지 못하면 어쩔 수 없다고 말했다. 그렇게 말한 것으로 볼 때 그야말로 작품을 근본으로 여기는 문학가라고 생각한다. 작품을 근본으로 여기지 않는 문학가는 없을 테지만, 추상적인 이론보다도 구체적인 일의 여하를 먼저 문제 삼는—요컨대 그는 작가적인 정신을 끝까지 계속 견지했던 사람이었다. 그래서 루쉰이 만년에 작품을 쓰지 않은 것은 어쩌면 쓸 수 없었던 것이라는 생각이 들기도 한다. 말하자면 생활이(혹은 생활상의 경험이) 관념(혹은 이론)에 부합되지 않게 되었던 것이다. 그 무렵 관념적이고 이론적인 면에서 중국의 문학이(그 자신을 포함해서) 구체적인 혁명의 일정을 지향하고 그 방향으로 지나치게 나아갔기에, 종래 생활의 경험이 그것을 따라가지 못했다(루쉰은 프롤레타리아적인 생활이 없으면 훌륭한 프롤레타리아적인 문학은 나오지 않는다고 말했다).

다른 한편으로 당시 사회가 문학 작품보다는 정치적인 단평을 요구했기 때문에 루쉰이 그런 에세이 형식의 글쓰기를 했다고 볼 수도 있다. 하지만 뭐가 되었든 그는 문학에 관심을 가졌고 후진에 대해서도 일종의 패트론적인 지위를 자각했다고 생각한다. 나는 언젠가 그에게 이런 이야기를 들었다. "나 자신의 처소에 돈을 받으러 오는 청년이 가끔 있는데, 문학을 하는 곤란한 청년에게는 선배로서 돈을 내어 주어야 한다고 생각해 그렇게 하였다, 그러나 문학 이외의 것을 하는 경우에는 내줄 의무를 느끼지 않았다, 돈이 있는 것으로 치자면 실업계 등에서 더 많은 돈을 가진 사람이 많으므로 거기에 가서 받으라고 말했다." 그런 식으로 루쉰은 문학의 패트론을 자처했고, 선배로서 같은 방면의 일을 하는 사람에게 도움을 주는 것을 의무로 생각했다. 그것은 곧 그가 마음속으로 품고 있는 문학에 대한 애정이 예사롭지 않게 드러난 것이라고 볼 수 있다.

○

루쉰이 의심이 많고 걸핏하면 화를 낸다고 비판했던 이가 있었다. 그 사람이 루쉰에 대해 악의를 품고 말한 것은 아니냐고 생각하지만, 나는 호의적인 입장에서도 그가 의심이 많고 화를 잘 낸다는 것을 인정하고 싶다.

루쉰이 《어사》[37]에 기고한 〈양수다 군의 습격을 기록하다记"杨树达"君的袭来〉라는 신변잡기 풍의 글을 보면 그가 얼마나 의심이 많은지 알 수 있다. 양수다 군이라는 학생이 불쑥 방문했는데, 무례한 행동을 하고 뭔지 영문을 알 수 없는 응답을 하는 바람에 루쉰이 당황해 화를 내고 말았다. 그 학생을 히죽히죽 웃는 미치광이라 단정했으며, 글의 말미에 그 일류의 필봉으로 [자신이] 히죽히죽 웃는 학생을 무기 삼아 반대파가 자신을 해치우려고 한 것이라는 의심을 표현했다. 원래 불쾌한 중국 사회지만 그렇게까지 불쾌한 것은 예상하지 못했기 때문이라고도 했다. 그 학생을 틀림없는 반대파의 스파이라고 생각했던 것이다. 그런데 나중에 양수다 군이 정말 미치광이였다는 것을 알고는 자신이 썼던 기사에 관해 '신경과민의 추단을 취소해야 하지 않을 수 없다."라는 내용으로 〈양 군 습격 사건에 대한 정정〉을 써서 그다음 호에 발표했다.

나는 이 사건이 의심 많고 화를 잘 내는 그의 성정을 보여 주는 좋은 실례라고 생각한다. 하지만 동시에 이 사건의 후일담만큼 루쉰의 고지식한 인품을 보여 주는 것도 없다고 생각한다. 그는 정정문을 발표하고 스스로 신경과민적인 추단을 취소했던 정도로는 아직 양 군에 대해 미안하다는 심리적인 응어리가 불식되지 않았다고 여겼다. 그래서 《어사》의 편집자인 쑨푸위안孫伏園에게 따로 편지를 써서

37 1924년 11월 24일 《어사》 주간 제2기

"스스로 너무 쉽게 의심하고 분노한다는 것을 느꼈다."라며 자신이 의심 많고 화를 잘 내는 것을 반성했다. 그러면서 "양군에 대한 오해를 한시라도 빨리 풀고 싶은데, 정정문만으로는 충분하지 않기에 이미 편집이 끝난 다음 호《어사》에 이 편지도 함께 추가해 두 페이지만 증편해 주었으면 한다, 그것 때문에 잡지 가격은 올리지 않았으면 하고 그만큼의 비용은 자신이 부담하겠다."라고 요청하면서, "내가 만든 시어버린 술은 당연히 나 자신이 마셔야 한다."라고 첨언했다.

나는 이 사건으로 루쉰의 기질과 인품의 본보기를 볼 수 있다고 생각한다. 그래서 나는 언젠가 이 두 글(《양수다 군의 습격을 기록하다 记"杨树达"君的袭来〉와 〈양 군 습격 사건에 대한 정정〉)을 (편집자인 쑨푸위안에게 이것에 관해 보낸 편지도 함께) 번역하려고 했던 적이 있다. 하지만 발표할 수 있는 지면이 아무 곳도 없다는 것을 깨닫고 중도에 그만두었다. 이미 몇 년 전의 일이다.

○

다른 한편으로 의심이 많다는 것은 상상력이 풍부한 것이기도 하다. 소심증에서 나온 것이든 뭐든 간에 사물과 현상을 있는 그대로 편안하게 보아 넘기지 못하는 기질적인 측면도 있다. 아울러 루쉰에게는 그것이 개인적인 관계로부터 확장이 되어 민족적이고 사회적인 것까지로 발전했다. 그의 극단적으로 보이는 우국적인 심정은 의심 많은 기질에서 나온 것으로, 그런 까닭에서 뼛속 깊게 육체적이었다고도 말할 수 있다. 그의 〈아큐정전〉 중에도 그런 게 드러나지만, 수필 소품 가운데 어떤 것을 읽어도 밑바닥에 부글부글 맥박치고 있는 그의 기질적인 정열을 느낄 수 있다.

루쉰이 화를 잘 내는 것도 기질적인데, 이 또한 의심 많은 것과 이어져 있으며 단순히 개인적인 관계에만 머물지 않고 민족적인 것에까지 발전했다. 의심 많은 것이 의심 많은 것으로 끝나지 않고 화를 잘 내는 것으로 연결된 것이 그의 특징이다. 또한 관계가 개인적이거나 인간적인 관계로 끝나지 않고, 민족적이거나 역사적이거나 사회적인 관계로까지 발전해 간 것이 한층 더 루쉰적인 특징이라고 나는 생각한다.

○

그러나 의심 많고 화를 잘 내는 기질이 루쉰을 제대로 된 소설작가(혹은 장편작가)가 되지 못하게 한 이유가 아니었겠냐는 생각이 든다. 의심이 많은 것은 다른 한편으로는 상상력이 왕성하다는 것으로, 그것뿐이라면 소설가로서 하나의 유력한 자질이 될 수 있었는지도 모른다. 하지만 그는 이것과 직접적으로 연결되어 있는 화를 잘 내는 감정의 고양으로 말미암아, 풍자작가라면 몰라도 소설의 객관적인 형상화라는 측면에서 볼 때 장편소설을 쓰기에는 적합하지 않았다고 할 수 있다. 하지만 그런 기질로 인해 정치 비평적인 면에서 깊이 있고 통렬하기 그지없는 문장을 쓸 수 있었으므로, 이것이야말로 루쉰이 독특한 문학가가 될 수 있게 만든 요인이라고도 할 수 있다.

결국 루쉰이 소설작가로서 시종했어야 했는가?(소설을 쓰지 않게 되었다는 사실이나 쓰지 않게 되어버린 그를 애석하게 여겨야 하는가?) 또는 소설의 붓을 꺾고 이른바 잡감이라는 에세이를 쓰게 된 만년의 행보가 좋았는가?(그를 한층 더 진정으로 살렸는가?) 등등의 질문은 사실 우리에게는 의미가 없다. 우리는 그저 그가 그렇게 살았고, 그렇게 살아가지 않으면 안 되었다는 사실을 있는 그대로 받아들이면 될 뿐이다. 하지만 그가 현재나 미래의 루쉰일 수 있었던 것은 〈아큐정전〉의 작자였다는 것과 그런 잡감의 에세이를 썼다는 것, 이 두 가지가 그를 역사적인 존재로서 자리매김하게 했기 때문이라 생각한다. 〈아큐정전〉과 마찬가지로 그의 잡감 에세이는 영원히 살아남을 작품이다.

○

"루쉰이 단순히 소설작가로서뿐만 아니라 넓게는 중국 문화계의 숙성宿星[38]으로서 빛나고, 무게를 지녔던 까닭은 그가 지

38 점성술 등에서 인간 한 사람 한 사람의 운명과 근원적인 성질을 관장하는 별.

치지 않고 잡지와 신문에 발표한 사회 단평적인 수필 소품문에 의한 것이었다. 그의 급진 개혁적이고 감히 해 나가는 침통한 정신의 작열은 오히려 초기의 소설보다도 중년과 만년의 수필 속에 좀 더 높게, 좀 더 두드러지게 표현되어 있다고 말할 수 있다. 그의 일관된 인도적 사회 개혁의 투쟁 의식이 청년기보다는 중년과 만년에 환경의 정치적 핍박과 어우러져 소설이라는 형식보다 가깝고 직접적인 수필의 형식을 통해, 시시각각 일어나는 사회의 구체적인 현상들을 낱낱이 감지하는 민첩한 안광으로 해부하거나 풍자하고 타격하는 것을 중대사로 깨닫게 한 것임에 틀림없다. 혁명과 혼란이 청 말부터 오늘날까지 이어져 오는 근본적인 성격인 이상, 당시의 정치 권력이 모든 개혁적인 활동을 폭력적으로 제압했던 것은 말할 나위도 없다. 그리고 그 자체로 자유를 욕망했던 진보적인 분야라 할 문화계에 대해서는 특히 잔혹했고 때로는 암흑의 공포수단조차도 사용했다. 이러한 환경하에서 압박이 늘 신변을 위협함에도, 강권에 굴복하는 것을 당당하지 않다고 여기며 끝까지 싸우는 것을 임무로 삼았던 그에게는 항상 신문이나 잡지에 투고한 수필 잡감문이 자기표현의 수단과 형식으로서 가장 적당했던 것이리라. '야수의 젖으로 키워지고, 봉건 종법 사회의 반항아였으며, 신사계급의 이신弍臣[39]인 동시에 또 로맨틱한 혁명가에게

39 이신二臣으로도 쓴다. 두 가지 설이 있는데, 하나는 춘추시대 초楚나라의 난신乱臣인 페이우지費無極와 옌쟝스鄢將師를 가리키는 것이고, 다른 하나는 황제黃帝의 신

솔직하게 고언을 했던 친구諍友였다.'[40] (허닝何凝, 《루쉰잡감선집》 서문) 그런데 그의 진면목은 가장 단적으로 단평의 수필 잡감문에서 약동하고 있다. 사회의 구체적인 현상을 보다 직접 반사적으로 감지하는 신성한 증오와 풍자 비수의 무시무시함은 어쩌면 고왕금래古往今來의 중국에 있어서도 확실히 하나의 장관을 잃지 않았다.
특히 만년에 이르러서는 온 힘을 다해서 단평적인 잡감문에 마음의 혼을 드러낸 듯한 느낌이 있다. 처경의 절박함과 어우러진 심리에는 강개와 반역의 열정이 점점 더 타올랐고, 게다가 나이가 들어감에 따라 필봉은 첨예하고 치열함을 감추면서도 점차 심후深厚하고 웅심雄深한 취향이 더해져 생각하게 하는 것이 많다."

이것은 쇼와 12년(루쉰이 작고한 그다음 해인 1937년)에 가이조사改造社[41]판 《대루쉰전집大魯迅全集》을 낼 때, 내가 쓴 내용 견본의 한 대

하인 펑허우風后와 리무力牧를 가리키는 것이다.

40 해당 인용문의 중국어 원문과 번역은 다음과 같다. "그렇다. 루쉰은 레무스(로물루스와 함께 로마를 건국했다는 전설상의 인물; 옮긴이)다. 야수의 젖으로 키워지고, 봉건 종법 사회의 반항아였으며, 신사계급의 이신弍臣인 동시에 로맨틱한 혁명가에게 솔직하게 고언을 했던 친구諍友였다.是的，鲁迅是莱谟斯，是野兽的奶法所喂养大的，是封建宗法社会的逆子，是绅士阶级的贰臣，而同时也是一些浪漫谛克的革命家的诤友!"

41 가이조사改造社는 일본의 서점으로 다이쇼기부터 쇼와 중기의 출판사로, 종합잡지 《가이조改造》와 엔뽄円本[쇼와 초기에 유행한 정가가 한 권에 1엔 균일인 전집, 총서본; 전하여, 싸구려 책을 가리킨다; 옮긴이] 문학전집 《현대일본 문학전집》을 발행했다. 1919년 4월에 야마모토 사네히코山本実彦(1885~1952)가 창업했다. 《가이조》를 창간하고는

목으로 딱딱한 표현이라 지금은 읽기 어렵다. 그러나 여기에서 말하고 있는 바를 나는 지금도 그렇다고 생각하고 있다. 루쉰과 루쉰의 문학에 관해 말할 때 소설만 언급해서는 안 된다. 오히려 소품문 쪽이 좀 더 중요한지도 모른다.

○

버트런드 러셀, 마거릿 생거, 알베르트 아인슈타인을 차례로 일본에 초청해 화제를 모았다. 당시 교토1중京都一中의 중학생이었던 유가와 히데키湯川秀樹는 그때 아인슈타인의 강연을 듣고 물리학으로 진로를 정했다고 한다. 1926년부터 한 권에 1엔짜리 전집본《현대일본 문학전집》(전63권)의 간행을 시작해 쇼와 초기의 이른바 '엔뽄円本붐'을 일으켰다. 이와나미 서점岩波書店의 이와나미 문고(1927년 창간)에 대항해 1929년 문고본 '가이조 문고改造文庫'를 발행했다. 《마르크스·엥겔스 전집》(최종적으로 전 27권 30책)의 간행을 두고 이와나미 서점 등과 경합했는데, 실제로 간행할 수 있었던 것은 가이조샤뿐이었다. 1944년 군부의 압력으로 해산되었다. 1944년 7월 10일, 정보국은 쥬오고론샤中央公論社와 가이조샤에 자발적 폐업을 지시해 양사는 그달 말에 해산했다.
전후 가이조샤는 재건되었는데, 잡지 《가이조》는 복간되었지만 '가이조문고'는 다시 일어서지 못했다. 다만 가이조 문고로 출판되었던 책들을 중심으로 B6 판형의 '가이조총서'를 간행했다. 창업자 야마모토 사네히코는 정치가로 활동하다 1952년 사망했다. 1955년 노동쟁의로 인해 잡지 《가이조》가 휴간되었다. 1955년 1월 22일 편집국 전원이 해고되었다. 같은 날 몇몇 작가들이 '가이조샤 불집필동맹改造不執筆同盟'을 결성하고 2월 18일에는 '가이조를 지키는 모임'으로 발전해 문제 해결을 위해 노력했다. 《가이조改造》는 2월호로 폐간되었다. 이런 일련의 사태는 미국식 경영의 도입을 표방한 사장에 의해 주도되었는데, 이에 따라 회사는 큰 혼란에 빠져 출판사로서 쇠퇴하게 되었다. 현재는 가이조샤 서점改造社書店, 가이조도서출판판매주식회사로 도쿄 긴자에 본사를 두고 간토 지방과 중부 지방에 복수의 서점과 판매업 등을 하고 있으며 서적의 편집과 출판은 더 이상 하지 않고 있다.

루쉰이 죽기 바로 전해에 내 친척 노인이 그에게 글씨를 써달라는 부탁을 했다. 그 김에 나에게도 써달라고 했더니, 내게는 정쒀난鄭所南[42]의 〈금전여소錦錢余笑〉의 하나를 한 폭에 써서 보내 주었다. 그것은 다음과 같은 문구였다.

生來好苦吟, 與天爭意氣.
自謂李杜生, 當趣下風避.
而今吾老矣, 無力收鼻涕.
非惟不成文, 抑且錯寫字.

타고나기를 고심하며 시 짓기를 좋아했느니, 하늘과도 의기를 다툴 정도였네.
스스로 리바이李白와 두푸杜甫가 태어난 것이라 자부했거늘, 마땅히 아랫자리로 피해 가야 하리라.
그러나 이제 나는 늙어버려, 흐르는 콧물을 닦을 힘도 없네.
글을 이룰 수도 없을 뿐 아니라, 하물며 글자마저 틀리게 쓰누나.

42 정쓰샤오郑思肖(1241~1318)는 송말의 시인이자 화가로, 쒀난所南은 그의 호이다. 롄장连江(지금의 푸젠성福建省 푸저우시福州市 롄장현连江县) 사람이다. 원래 이름은 즈인之因이었는데, 송이 망한 뒤 쓰샤오로 개명했다. 여기서 '샤오肖'는 송 왕조의 나라 성인 '조赵'의 일부이다. 자는 이웡忆翁인데, 고국을 잊지 않겠다는 것을 뜻한다. 일찍이 태학太学의 상사생上舍生으로 박학홍사시博学鸿词试에 응했다. 원나라 군대가 남침했을 때 조정에 방어책을 올렸으나 받아들여지지 않았다. 난을 잘 그렸는데, 꽃잎은 시들하고 뿌리와 흙을 그리지 않았다. 이것은 남송이 국토를 잃었다는 것을 빗댄 것이다. 시집으로 《심사心史》와 《정쒀난선생문집郑所南先生文集》 등이 있다.

루쉰이 지은 것은 아니지만, 당시 자기 심경의 일부를 여기에 기탁한 것이라고 할 수 있다. 유머가 있는 가운데 약간의 신산辛酸한 느낌이 있다. 육체적으로 늙고 병들었기 때문인지 모르겠지만, 흐르는 콧물을 닦아낼 힘조차 없는 그의 심상心象의 일부가 느껴진다. 나는 이것을 보고 문득 아쿠타가와 류노스케芥川龍之介의 "콧물이구나. 코끝에만 땅거미 지누나.水洟や鼻の先だけ暮てのこる."라는 하이쿠가 연상되었다. 착상이 유사한 데가 있고, 의경意境도 상통하는 바가 있는 듯하다. 두 사람 모두 일견 강한 콧대를 갖고 있다. 하지만 그 콧대에도 때로는 콧물이 방울지는 것을 스스로 의식해서 자조하는 마음의 그늘이 찾아온다고 하는 인간적인 일면이 있다고 생각한다. 강하다는 것은 외부에 대한 자세로, 그런 자세를 가진 자신을 돌아볼 수 있었던 것은 그들 모두가 문학가였고 날카로운 지성을 갖고 있었기 때문이라고 사료된다. 그리고 그런 자조自嘲하는 심리적인 그늘에는 정신적으로 '동양적인 아나키'라고도 할 수 있는 검은 잿빛의 동굴의 입구가 엿보이는 느낌이 든다. 루쉰이 죽기 3개월 전 그를 만났을 때, 아쿠타가와의 만년의 글을 중국에 소개하려고 한다고 말했던 게 생각난다. 나는 그때 루쉰이 자기 내부를 물어뜯고 가는 문학의 방법을 중국에도 소개하고 싶어 했던 것이었다고 생각했다. 자기 바깥쪽만의 문제에 지나치게 조급해하는 당시의 중국 문학을 너무 많이 봤기 때문이다. 그러나 이것은 단순히 나의 추측으로 그에게는 어떤 설명도 듣지 못했기에, 어쩌면 나 혼자 찧고 까부는 감상感傷인지도 모른다. 아무튼 그의 콧물과 함께 때때로 육체의 내강內腔에서(이것은 민족의 육체라고 말할 수 있을지도 모르지만) 치밀어 오르

는 한 줄기 시큼한 것 역시 알아두지 않으면 안 될 것이다. 또한 루쉰은 그것을 묘한 지적 서정시로 삼고 여기에서 낮게 배회하고 있지 않았다는 것도 알아야 한다. 개인적이거나 인간적인 차원에서 감상感傷에 젖거나 배회하며 소망하지 않고, 일반적이고 사회적인 수준에서 발전 해소해버리는 정신의 자극으로 삼았다고 할 수 있다. 왜 곧바로 일반적이고 사회적인 수준에서 반발적으로 발전 해소하지 않으면 안 되었냐를 생각해 보니, 민족적인 정신 전통의 함정에 대한 반발이자 하나의 놀이이고 도저히 빠져나올 수 없는 수렁이라는 것을 잘 알고 있었기 때문이다.

대체로 루쉰을 포함해서 중국 근대의 사상지도자라고 볼 수 있는 사람들은 내적인 자기를 구하는 것보다 외적인 다수를 구하는 것을 먼저 생각했다. 반대로 외적인 다수를 구하려는 가운데 내적인 자기를 구하는 길을 발견했던 것이라고도 할 수도 있다. 일찍이 선배인 량치차오梁啓超는 자기 일과 행동을 비판적으로 회고하면서 "자기를 구하지 않고 먼저 다른 사람을 구하려고 했다."라고 말했다. 그리고 "이것이 보살의 발원이오."라고도 했는데, 그것이 중국 근대 사상가 전체에 들어맞는 게 아닌가 생각한다. 그렇게 말하는 것은 너무나도 열악한 환경에서 정치적이고 현실적인 질문과 저항을 먼저 한 것과 다르지 않다고 생각한다. 그런데 타인을 구하는 것을 주로 하는 것은 대승불교의 정신이고 자기를 구하는 것을 먼저 하는 하는 것이 소승불교인데, 나는 중국에서는 고래로 소승이 받아들여지지 않고 대승이 번영했다고 하는 사실에서 중국인의 일반적인 정신 기반을 고려해야 하는 건 아닌가라는 생각이 든다. 중국의 문학에서는 자기 추구가 없기에 지성이 결여되어 있다는 말한다고 해도 이러한 정신 기반이었다면 어쩔 수 없는 것이라서 [애써 그런 것을] 찾는 게 무리라고 말하지 않을 수 없다.

○

중국에서 새로운 목판화를 제창하고 지도하고 오늘날의 독특한 목판 예술을 발전시킨 것은 루쉰의 공적이다. 이것은 중국 미술사에서 대서특필해야 할 것으로, 루쉰의 이름은 미술사에 영구히 남을 것이다. 그런데 나는 모 씨로부터 치켜든 주먹을 머리보다 크게 그리는 것을 프롤레타리아 예술이라고 생각하는 소아병을 경계하고 소묘와 리얼리즘의 수법을 존중할 것을 설파했던 루쉰이 한편으로는 비어즐리[43]나 후키야 고우지蕗谷虹兒[44]의 화집을 복제해서 내놓은 것은 대체 어찌 된 소견이냐는 질문을 받았다. 사실은 나도 일

43 오브리 빈센트 비어즐리Aubrey Vincent Beardsley(1872~1898)는 영국의 삽화가 겸 저자다. 그의 흑색 잉크 드로잉은 일본의 목판화 양식에서 영향받았고 그로테스크, 퇴폐, 에로틱에 중점을 두었다. 오스카 와일드, 제임스 A. 맥닐 위슬러가 참여한 유미주의 운동의 핵심적 인물로서, 브리즐리는 폐결핵으로 인한 짧은 생애에도 불구하고 아르 누보 및 포스터 양식의 개발에 중대한 공헌을 했다.

44 후키야 고우지蕗谷虹児(1898~1979)는 삽화가이자 시인이며 애니메이션 감독이었다. 서정화抒情画라는 말을 창안해냈다. 〈혼혈아와 그 부모混血児とその父母〉(1926) 등의 작품이 있다.

찍이 그것을 의아하게 생각했기에, 비어즐리는 그렇다고 치고 후키야 고우지의 소녀 취향의 달콤한 그림을 왜 복제했냐고 그에게 물어보았던 적이 있다.

그러자 루쉰은 말했다. 중국에서 그 무렵 예링펑葉靈鳳(루쉰은 그 사람을 싫어했다) 등이 비어즐리나 후키야 고우지를 흉내 낸 그림을 하나의 장기로 그리고 있었다(예링펑 등이 의지하고 있던 《환주幻州》라는 잡지 등에 보인다). [루쉰은] 사실 그것들이 모방이고 모조품으로, 원래 것을 복제하는 상하이 '예술가'들의 짓거리를 사람들에게 알리려 했다고 말했다. 나는 이것을 싫어하는 상대의 득의양양한 낯짝을 벗겨 주기 위해서라는 것으로 받아들였다. 루쉰의 진심이 어떤지는 모르지만, 장난이라고 하기에는 너무 공을 많이 들인 게 아니었을까? 그는 그런 공들인 장난도 상대가 마음에 들지 않지 않으면 하지 않는 사람이었는데, 《비어즐리화선畵選》, 《후키야고우지화선》뿐만 아니라 《근대목각선집》1, 2와 《소비에트화선》까지 내놓았다. 같은 시리즈 가운데 두 개는 뭔가 어울리지 않기에 약간 어색하다.

그런데 그 무렵의 루쉰은 리얼리즘적 색채를 띤 중국의 새로운 목각화를 지도하려는 확고한 의지를 갖지는 않았다고 보는 게 맞다. 그는 전부터 이어 온 회화 일반에 여전히 흥미를 느꼈고, 자신이 갖고 있는 흥미에 따라 복제화를 냈던 것이라고 말할 수 있지 않을까? 나는 루쉰이 중국의 목각화에 대해 정신적으로나 기법상으로 확고하게 리얼리즘을 존중하는 지도 방법을 확립한 것은 케테 콜비츠와의 교류(편지였긴 하지만)가 있었던 뒤라고 생각한다. 그는 카를 메페르트의 《시멘트 그림》[45]의 삽화를 복제했다(상하이에서 만난 직후에 내게도 그 복제본을 주었다). 그것에 관해 콜비츠는 '메페르트는 자기 재주에 너무 의지하고 있는데, 그것만으로는 부족하니 좀 더 노력하여 리얼하게 사물을 추구하지 않으면 안 된다'라는 의미의 편지를 루쉰에게 보냈다(이 편지를 나에게 보여 주었는데, 자세한 것은 잊었지만 그런 의향의 비평이었다고 기억한다). 또 루쉰의 친구이자 청년 문학가인 러우스柔石 등이 살해되었을 때 이를 기념하기 위한 화상을 조각해 달라고 부탁했는데 콜비츠는 거절했다. 자신은 그들을 알지 못하고 본 적도 없으며, 또한 일반적인 중국의 문물에 관해 아는 것도 없기에 제작할 수는 없는 노릇이라고 했다. 그런 엄격한 예술가로서의 태도에 루쉰은 몹시 감탄하였고, 중국의 청년 목각가들에게 그런 거짓 없이 진실을 숭상하는 정신을 본보기로 삼아야 한다고 설파했다는 것이 차오바이曹白라는 청년 목각가의 루쉰 추도문 가운데서도 보인다. 아무튼 그는 콜비츠를 존경했고, 당시 독일에 유학했던 친우를 통해 그녀의 화집과 편지를 받았다. 루쉰은 그녀가 보내 준 독일 농민전쟁의 에칭(이라고 생각했다)을 참 좋다고 감탄하면서 보여 주었고, 그것을 복제하려 일본에도 보내겠느냐며 기쁜 듯이 떠들어댔던 모습도 생각난다. 나는 콜비츠의 작품과 의견이 그의 중국 목각화 지

45 루쉰이 1930년 9월에 삼한서옥三閑書屋에서 자비로 출판한 《메페르트 목각 시멘트 그림梅斐爾德木刻士敏土之圖》을 말한다. 독일의 현대 판화가인 카를 메페르트가 사회주의 국가 소련의 건국을 다룬 소련 작가인 글라드코프F. Gladkov(1883~1958)의 장편소설 《시멘트Zement》 내용에 맞추어 제작한 판화 형식의 삽화로, 모두 10장으로 구성되어 있다. [주정(문성재 역), 《루쉰의 사람들》, 선, 543쪽]

도에 아주 크게 영향을 주었다고 생각한다. 루쉰은 원래부터 완전한 사람은 아니었다. 처음부터 완성된 사람은 아니었고 변화하고 진보한 사람이었다. 문학이나 미술 어느 쪽이든 간에 비록 비어즐리나 후키야 고우지를 복제한 일이 있다 해도 끊임없이 변화하는 그를 생각하면 이해가 된다.

이와 관련해 또 생각나는 것이 있다. 내가 드나들었을 무렵 루쉰의 서재 겸 응접실 겸 거실이었던 넓은 방에는 흑백의 목각화 액자 외에 유화는 한 점만이 걸려 있었다. 그 그림은 어릿광대 비슷한 것을 야릇하게 그린 것으로, 허리를 앞쪽으로 기우뚱하게 기울이고 한 발로 선 채 다른 쪽 다리는 직각으로 뒤로 뻗고 양손을 수평으로 펼치고 머리에 그릇을 대여섯 개 얹은 붉은 옷을 입은 남자가 그려진 초현실파의 기이하고 발랄한 그림으로, 우루카와 반宇留川潘이라는 일본 청년 화가가 그린 것이었다. 프랑스로 가는 도중에 우루카와 반이 상하이에 체재하면서 여비를 마련하기 위해 전람회를 했을 때 절반 정도는(또는 거의) 의리로(우치야마 씨가 도움을 주었다고 들었던 듯하다) 산 것이다. 아무튼 루쉰은 거실 벽의 장식이라고 여겼는지 오랫동안 그릇을 대여섯 개 머리에 얹고 한쪽 발로 서 있는 어릿광대 같은 남자 그림을 걸어두었다. 그것이 프롤레타리아 리얼리즘과 무슨 관계가 있냐고 할 만큼 촌스러운 이야기였다. 어쨌든 루쉰은 그림을 좋아해서 색다른 그림도 보고 사기도 했다. 그러나 중국의 목각화를 지도한다는 것은 그것과는 또 다른 차원에 속하는 것이다.

중국 목각화와는 거의 관계가 없고 목각화의 지도에 본격적으로 뛰어들기 전의 속하는 것이긴 하지만, 그는 서양의 근대 대가라

할 만한 사람들에 대해서 연구하고 일단은(복제이긴 했지만) 보았고, 일본의 우키요에도 자주 봤다. 고갱에 흥미가 있는 듯 보이기도 했는데, 그의 《노아노아》[46] 독일어 번역본을 도쿄에서 찾아달라고 몇 번이나 나를 채근했던 것은 목각가를 지도하기 시작하고도 상당히 지난 뒤의 일이었다. 루쉰은 오늘날과 같은 중국 목각화를 키웠는데, 그의 회화적인 교양의 배경에는 훨씬 넓은 동서양 회화의 세계가 펼쳐져 있었다는 것을 알아야 한다. 내가 언젠가 앙리 루소[47]와

46 《노아노아Noanoa》는 타히티어로 '향기로운'이라는 뜻이다. Noa Noa라고 띄어 쓰는 경우도 있지만, 타히티어로는 단일 낱말이다. 프랑스 화가 폴 고갱이 제도와 규범에 얽매인 도시 문명을 비판하며 타히티의 정경과 원시의 자유를 강렬한 색으로 표현한 작품으로 인상주의 미술을 넘어서 현대미술의 새로운 지평을 열었다. 《노아노아》는 고갱의 타히티 체험을 바탕으로 쓴 사랑과 자유에 관한 이야기이다. 또한 문명과 원시성에 관한 날카로운 성찰을 담은 '문명비판', 타히티의 '자연과 신화', 관념과 제도의 구속을 벗어나는 '마음 여행의 지도', 순수한 원색 감정을 일깨우는 '야성'이 들어 있다. 《노아노아》에서 고갱은 이렇게 말했다. "모든 타히티 여인에게 사랑은 정말 핏속에 있다. 득이 되든 아니든 항상 그렇게 사랑한다." 타히티 여인들은 순백색 티아레Tiare꽃을 머리(귀)에 꽂는다. 향이 진한 티아레꽃처럼 고갱의 《노아노아》는 그 누구도 구속하지 않으며 자연의 순백색 향기를 전하는 책으로 이미 세계인의 고전이 되었다.

47 앙리 루소Henri Rousseau(1844~1910)는 프랑스의 화가이다. 가난한 배관공의 자제로, 프랑스 마옌 데파르트망 라발에서 태어났다. 전문적인 미술 교육 없이 파리 세관에서 세관원으로 근무하며 틈틈이 그림을 그리기 시작했다. 언제부터 어떤 계기로 그림을 그리기 시작했는지 명확하지 않으나, 30대 중반에 이미 환상과 전설, 원시성이 어려 있는 이미지의 세계를 보여 주었다. 독학으로 주말마다 그림을 그렸기에 '일요화가'의 대명사로도 널리 알려져 있다. 그가 미술을 시작한 시기에 르 두아니에Le Douanier(세관원)란 애칭을 얻게 되었다. 1885년 살롱 드 샹젤리제에 두 점의 작품을 출품하였고, 1886년 이후는 앙데팡당전과 살롱 도톤에 출품하였다. 그의 작품은 초기에는 그가 독학으로 미술을 시작했다는 점과 어색한 인체 비례, 환상과 사실의 색다른 조합 등의 이유로 조소와 비난의 대상이 되었지만, 사후에 〈경악驚愕(숲속의 폭풍)〉(1891), 〈잠자는 집시〉(1897), 〈뱀을 부리는 여인〉(1907), 〈시인의 영감〉(1909)과 같은 그림이 참신성과 원시적인 자연스러움을 근거로 높

마리 로랑생[48]의 그림에 관해 아마추어적인 흥미를 토로했던 바, 루쉰은 지체 없이 그들에 관한 것이 들어 있는 《근대화가평전》이라는 독일어판 소형 총서를 두세 권 빌려주었다(이 총서의 정확한 제목을 지금은 잊었는데, 컬러 도판도 들어 있었다). 그 가운데 한 권은 최근의 화가를 수록한 것으로, 피카소와 샤갈의 그림이 들어 있었던 것으로 기억난다.

그의 판화는 단지 프롤레타리아 예술 풍의 것만 아니라 기교적으로 아름다운 프랑스 것도 있어, [내가] "참 아름답습니다."라고 말했던 것이 생각난다. 일본의 우키요에도 호쿠사이北齋[49], 샤라쿠寫

이 평가되었다. 그의 원시림과 같은 원초적인 세계에 대한 동경과 환상성, 강렬한 색채는 현대예술의 거장 피카소, 아폴리네르 등에 영향을 크게 미쳤다고 알려져 있다.

48 '미라보 다리 아래 센강은 흐르고'로 시작되는 천재 시인 기욤 아폴리네르의 명시 〈미라보 다리〉의 실제 주인공인 마리 로랑생(1883~1956)은 프랑스를 대표하는 여성 화가이다. 19세기 말 프랑스에서 태어난 마리 로랑생은 제1, 2차 세계대전의 소용돌이 한가운데에 살았다. 무자비하게 몰려드는 전란의 시기에도 그녀가 품은 절대 가치는 사랑이었다. 시인 기욤 아폴리네르로부터 뜨거운 애정의 헌사를 받았으며 피카소와 샤넬, 장 콕도, 카뮈 등과 예술적, 지적 영감을 교류했다. 그녀는 무엇보다 색채에 대한 자신만의 매혹적인 감각으로 사람들을 매료시켰다. 그 무엇과도 비교할 수 없는 황홀한 핑크와 옅은 블루, 청록, 우수가 감도는 회색 등은 마리 로랑생의 작품을 보면 누구나 한 번에 알 수 있도록 만들어 주었다. 마리 로랑생의 그림에는 한 여성의 내면에 있는 여리고 앳된 소녀와 열정을 앓았던 처녀, 삶을 관조하는 중년 시기 등 시간대별 이미지들이 중첩돼 있다. 마리는 부드럽게 어루만져주고 감싸 안아 주는 여성을 그려 자신의 고통이 치유되는 느낌을 받았다. 죽음이 도처에 있고 고통이 세상을 잠식하는 것을 지켜보면서 마리의 내면은 평화와 생명의 세상을 간절히 바랐을지 모른다.

49 가쓰시카 호쿠사이葛飾北斎(1760?~1849)은 에도 시대의 일본에서 활약했던 우키요에 화가이다.

樂[50], 히로시게廣重[51], 우타마로歌麿[52](호쿠사이를 중국에 소개했다고 했다)를 공부했고, 중국의 판화는 정전둬鄭振鐸와 함께 자금을 대서《베이핑전보北平箋譜》,《십죽재전보十竹齋箋譜》를 간행했다는 것은 세간에 알려진 대로다. 끝내 세상에 빛을 보지 못한 한대漢代의 석각화 연구도 있는데, 그 자료는 여행 짐 보따리의 몇 배나 수집되어 있었다. 그 가운데 한 보따리를 열어 보여주었는데 탁본이 가득 차 있었다.《한화상고漢畵象攷》의 출판은 루쉰이 샤먼대학厦門大學에 부임할 때의 조건 가운데 하나였는데, 그가 그곳에서 쫓겨나다시피 떠나는 바람에 세상에 빛을 보지 못했다. 일본에서 유럽에 유학했던 미술사 연구가가 상하이에 들렀을 때 루쉰이 자기 수집품을 보여 준 적이 있었다. 그 연구가는 한대로부터 육조까지의 미술사의 흐름을 잘 몰랐는데, 이것으로 확실하게 알게 되었다고 말했다고 한다. 나는 귀중한 자료라고 생각해 반드시 세상에 내보내고 싶었다. 비용 때문에 중국에서는 출판이 어렵다고 들어서 중국에도 출판하는 도쿄 분규

50 도슈사이 샤라쿠東洲斎写楽(생몰년 불상)는 에도 시대 중기의 우키요에 화가이다. 약 10개월이라는 짧은 기간 동안 배우 그림과 기타 작품들을 판행版行한 뒤, 홀연히 그림 작업을 접고 모습을 감춘 수수께끼의 화가로 알려져 있다. 출신이나 경력에 대해서는 다양한 연구가 이루어져 왔으나, 현재는 아와 도쿠시마阿波德島 번주 하치스카蜂須賀 가문에 고용된 노能 배우인 사이토 쥬로베斎藤十郎兵衛(1763~1820)라는 설이 유력하다.

51 우타가와 히로시게歌川広重(1797~1858)은 에도 시대의 우키요에 화가이다. 근세의 소방 조직의 하나로, 주로 무사 저택의 소화를 맡았던 죠히케시定火消し 집안에서 태어나 가업을 이었다. 그뒤 우키요에 화가가 되었다. 풍경을 묘사한 목판화로 큰 인기를 끌었으며, 고흐와 모네 등 서양화가들에도 영향을 주었다.

52 기타가와 우타마로喜多川歌麿(1753?~1806)는 에도 시대의 일본에서 활약했던 우키요에 화가이다.

도文求堂 [서점]의 다나카 게이타로田中慶太郎[53] 씨에게 편지를 보내 출판을 의뢰해 보았으나 실현되지 못한 것은 지금까지 아쉬운 것 가운데 하나다. 나중에 일본에 돌아와서 궈모뤄郭沫若 씨를 만났을 때, 루쉰이 《한화상고》를 분규도에서 내고 싶다고 말한 것을 들었다고 했다. 그렇지만 따로 루쉰이 요청했던 것은 아니고, 내가 끼어들어서 분규도에 말해 보았을 뿐이다.

[추기] 루쉰이 새로운 목판화를 위해 어떤 노력을 기울였는지에 관해 연구한 것으로는 천옌챠오陳烟橋(루쉰에게 지도받았던 목판화가)의 《루쉰과 목각》(1949년 베이징 개명서점開明書店)이 있다.

○

루쉰은 넓은 흥미와 연구심을 갖고 있었는데, 그것은 목각화의 문제만이 아니라 문학이나 문학적 정치 평론, 곧 잡문을 고려하는 경우에도 들어맞는다. 만년의 좌익적인 경향만이 그의 전부라고 미루어 짐작해서는 안 된다. 만년에도 플로베르의 전집을 손에 들고 있었고 셰스토프[54]의 전집이 서가에 있었다. 루쉰이 세상을 향

53 다나카 게이타로(1880~1951)는 교토 출생으로, 분규도 서점을 운영했다.

54 레프 셰스토프Lev Isakovich Shestov(1866~1938)는 러시아의 평론가이자 철학자로,

해 강조점을 좀 더 두었던 만큼 진정한 [의미에서의] 그는 없었다. 적어도 그것이 그의 전부라고는 말할 수 없다. 루쉰의 대부분이 세상을 향해 있었던 것은 확실하지만, 겉으로 드러나지 않은 그의 심층부가 있다는 것을 알아야 한다. 그는 세상을 향해 강조해야 할 것과 그렇지 않은 것을 확실하게 옳고 그름으로 구분했으며, 제창하고 강조하지 않으면 안 된다고 생각한 것은 정색하고 저돌적으로 외쳐 강조하였다. 거기에 반하는 것을 통렬히 공격했다. 옳고 그름이 나뉘는 지점은 일반적으로 중국의 오늘과 미래에 유익하다고 생각한 경우와 그렇지 않은 경우와의 차이에 있었다(물론 완전한 사람이 아니어서 개인적인 기벽嗜癖과 감정에 약간은 얽매이기는 하지만, 전체적으로 볼 때는 극히 작은 문제라고 생각한다). 그렇다면 또 무엇을 말하는 것인가? 그는 그렇게 전체적으로 통일되지 않은 간극을 어떻게 처리하려고 했는가? 이런 식으로 생각하려는 것은 [나 자신의] 일본인다운 결벽이기도 하

본명은 쉬바르츠맨Lev Isakovich Shvartsman이다. 키이우 출생으로 풍족한 유대인 집안에서 태어나 키이우대학, 모스크바대학, 베를린대학에서 법률을 공부하고 변호사를 지망하였으나, 점차 문예사상과 철학으로 관심을 돌려 1898년 셰익스피어에 관한 저서로 문필가 활동을 시작하였다. 그 후 《도스토옙스키와 니체—비극의 철학》(1903), 체호프론인 《허무로부터의 창조》(1908) 등을 집필하였다. 러시아 혁명 후에는 파리로 망명하여 소르본대학 러시아 연구소 교수로 있으면서, 문필 생활을 계속하였다. 그리스 철학자 플로티노스와 유사한 신비 사상에서 출발하여, 온갖 형태의 합리주의에 반대하면서 허무와 불안의 경험을 통해서 본래의 현실을 추구했다는 점에서 그는 도스토옙스키와 니체로부터 결정적인 영향을 받았다고 볼 수 있다. 그러한 면에서 현대 실존철학의 선구자의 한 사람으로 간주되며, 만년의 사상은 가톨릭에 가까웠다. 그의 사상은 니힐리즘과 비합리주의에 일관된 불안과 절망의 구현이었고, 나중에는 '허무로부터의 창조'에까지 도달했다. 저서로 《셰익스피어》(1898), 《톨스토이와 니체》(1900), 《도스토옙스키와 니체-비극의 철학》(1903), 《허무로부터의 창조》(1908) 등이 있다.

지만, 무엇보다도 루쉰이라는 인간은 과도기에 출현한 계몽가였다고 하는 것이 문제를 해석하는 열쇠라고 여겨진다.

루쉰은 전제 봉건제 사회에서 태어나 오랜 전통을 체득했고 혁명 시대를 만났으며 스스로 그것을 추진하기 위한 운동의 일익에 참가했다. 그리고 다시 혁명의 내용이 변화한 다음 단계로 발을 내디뎠다. 그 같은 시대에 즈음해 그의 태도와 일 처리—그러한 과도기의 계몽가로 루쉰이 존재했다는 점이 그를 이해해야만 할 때 가장 중요한 부분이 된다고 생각한다. 그에게는 모순이 있어 관념과 실생활, 이성과 감정이 통일되지 못한 부분도 있었다. 백화문학의 혁혁한 제1인자이면서 문학사(《소설사략》이긴 하지만)를 집필할 때는 반대파와 마찬가지로 구 문체인 고문으로 구식의 역사 기술법에 준거해서 썼고, 프롤레타리아 리얼리즘을 강조하면서 명 말의 섬세한 기교를 다한 판화의 복제에 열심이었다. 좌익작가연맹의 리더 노릇을 하면서도《자본론》을 읽은 적이 없고(그가 나에게 말했다), 고고한 니체주의도 남아 있었다. 그런데도 폭넓은 대중의 지지를 받고 거대한 존재로 추앙되었다. 소설 만능의 문학주의와 도식적인 정치주의만으로는 존재의 의미와 높은 성망을 이해하기 어렵다. 그러나 그것은 루쉰이 살았던 중국의 역사 자체가 과도기의 모순이 많았고 혼란스러웠다는 점과 그런 사회에 처한 계몽가로 무엇보다도 애국적인 휴머니즘으로 불타올라 강자(전통의 도덕적 권위와 현실의 정치적 권력)에 끝까지 저항하고 새로운 역사를 만들기 위해 싸웠던 정열과 의지가 그의 존재를 이렇게까지 두드러지게 만든 것이라고 할 수 있지 않을까?

○

루쉰은 확실히 성실한 노력파인 동시에 뛰어난 재능의 소유자였다. 《중국소설사략》 저자로서의 학자 루쉰은 그 방면에 새로운 분야를 개척한 것으로 영원히 남을 것이다. 새로운 목각화 지도자로서의 루쉰도 중국 미술사에서 영원히 남을 것이다. 〈아큐정전〉의 작가로서도 중국 문학사에 영원히 남을 것이다. 또 신랄하게 뼈를 찌르는 사회 비평적인 에세이스트로서도 틀림없이 영원히 남을 것이다. 이렇게 생각해 보면 그는 위대한 문화지도자로서, 그가 손을 댄 분야에서는 큰 족적을 남기고 가치 높은 것을 개척했다. 그를 거인이라고 말하지 않을 수 없다. 그는 국가와 민족을 초월해서 세계 문화에 직접적으로 영향을 끼쳤다고 할 만한 사람은 아니나 중국에서, 특히 문화 영역에서 그가 한 일과 영향이 매우 커 무엇과도 바꿀 수 없는 아주 소중한 인물이 되었다. 그를 거인으로 만든 것은 이재異材였고, 그 이재를 발휘하도록 한 것은 무엇보다 그의 내부에서 불타올랐던 민족적 휴머니즘, 거기에서 나온 새로운 역사를 열겠다는 정열, 그것을 부단히 관통하는 가공할 만한 의지, 그 무엇에도 굴하지 않는 전투력이었다. 그것이 루쉰을 루쉰답게 하는 기본이라고 생각한다.

루쉰의 인상 보기補記

루쉰의 삶의 태도, 사상, 문학에 관해 여러 각도와 입장에서 연구하고 평론한 저작은 많다. 그의 일상생활을 가까이서 접하고 관찰해 인상을 말하거나 감상感傷 혹은 논평을 엮어서 기술한 것도 몇 가지 있다. 나의 《루쉰의 인상》 또한 그런 부류에 속한다. 그러나 이것은 그의 만년에 극히 제한적인 기간의 인상과 관찰을 바탕을 둔 것이다. 더더욱 그의 청년기나 중년기, 또는 최만년기 및 모두 통틀은 그의 인생 전체를 접촉했던 사람들에 의한 저작들도 여러 가지 있다. 지금 내 눈에 띄는 것 몇 가지를 들어보고 싶다.

다만 이 몇 가지는 모두 나의 《루쉰의 인상》보다 나중에 출판되었기에, 당시에 이용할 수 없었다. 이 몇 가지가 좀 더 일찍 출판되었다면 아마 나의 《루쉰의 인상》도 여러 가지 면에서 다양한 시사를 받고 촉발되는 바가 있어 한층 내용이 풍부해질 수 있지 않았을까

한다. 그런 의미에서 내 눈에 들어온 같은 유형의 여러 책들을 순서대로 메모해 두어 루쉰에 관심을 가진 사람들에게 참고 자료로 제공하고자 한다.

◎ 저우샤서우周遐壽, 《루쉰의 옛집魯迅的故家》, 상하이출판공사上海出版公司, 1952년

◎ 자우샤서우周遐壽, 《루쉰 소설 속의 인물魯迅小說裏的人物》, 상하이출판공사上海出版公司, 1954년

◎ 저우치밍周啓明, 《루쉰의 청년 시대魯迅的青年時代》, 베이징중국청년출판사北京中國青年出版社, 1957년

이상의 세 가지 책은 둘째 동생인 저우쭤런周作人이 루쉰이 죽은 뒤에 발표한 것이다. 루쉰의 청소년기와 중년기에 생활을 같이했던 동생의 기술이어서, 대체로 직접적이기보다는 같은 시기의 견문과 경험에 의한 내용이 주다. 그래서 단순한 인상기가 아닌 루쉰의 생활에 근거한 구체적인 기술이고, 전기 자료로 가장 주요한 것을 제공하고 있다.

이 중 《루쉰의 옛집魯迅的故家》은 같은 제목으로 마쓰에다 시게오松枝茂夫, 이마무라 요시오今村與志雄가 일본어로 번역했다(지쿠마쇼보筑摩書房, 1955).

《루쉰의 옛집》은 4편으로 구분되어 있다. 1편은 〈백초원百草園〉으로, 루쉰의 생가의 후원이었던 '백초원'을 중심으로 가정과 가족관계 속에서의 루쉰에 대해 94개 항목으로 나누어 기술했다. 2편은

〈정원의 안팎〉으로, 루쉰이 태어났던 마을을 배경으로 그곳에서 그와 관계있는 사항들과 항저우杭州, 베이징北京에서의 교우 관계 등을 33개 항목으로 나누어 기술했다. 3편은 〈도쿄에서의 루쉰〉으로, 그의 도쿄 생활과 행동에 관해 여러 가지 면에서 35개 항목으로 나누어 기술했다. 4편은 〈부수수우補樹書屋의 옛일들〉로, 그가 베이징에 살 때 지냈던 '부수수우'의 생활상에 관해 15개 항목으로 나누어 기술했다.

《루쉰 소설 속의 인물》은 첫 번째 부분에서 《외침》 속에 나오는 인물, 사실과 루쉰의 관계가 91개 항목으로 나뉘어 기술되어 있다. 두 번째 부분에서는 《방황》과 《아침 꽃 저녁에 줍다》에 나오는 인물과 사실들이 45개 항목으로 나뉘어 기술되어 있다. 그 밖에 〈부록〉이 2편 있는데, 하나에는 〈옛 일기 속에서의 루쉰〉이 25개 항목으로 나뉘어 기술되어 있고, 다른 하나에는 그의 〈학교생활〉에 관해 24개 항목으로 나뉘어 기술되어 있다.

《루쉰의 청년 시대》는 1의 〈이름과 별호別號〉부터 12의 〈다시 도쿄에서〉까지 12개 항목으로 나누어 기술한 것 외에 별도로 〈루쉰의 국학과 양학〉, 〈루쉰과 중국학의 지식〉, 〈루쉰의 문학 수양〉, 〈루쉰의 고서 읽기〉, 〈루쉰과 가요〉, 〈루쉰과 청 말 문단〉, 〈루쉰과 판아이눙范愛農〉, 〈루쉰과 '형제'〉, 〈루쉰과 '룬투閏土'〉, 〈난징南京학당에서의 루쉰〉, 〈루쉰의 웃음〉, 〈백부 루쉰의 추억〉(저우징쯔周靜子), 〈아큐정전 속의 무(채소인 무를 가리킨다; 옮긴이)〉의 13편과 부록으로 〈아큐정전에 관하여〉, 〈루쉰에 관하여〉, 〈루쉰에 관하여 2〉의 세 편이 수록되었다. 모두 저자가 그때그때 신문과 잡지에 쓴 짧은 글들을 모은 것이다.

◎ 챠오펑喬峰, 《루쉰의 사정에 관해 간략하게 말하다略講關于魯迅的事情》, 베이징인민문학출판사北京人民文學出版社, 1954년

이것은 루쉰의 막내아우 저우젠런周建人이 지은 것인데, 저자가 신문과 잡지에 쓴 11편의 짧은 글을 모은 것이다. 이것도 단순한 인상기가 아니고 다년간에 걸쳐 직접 보고 들은 것이나 같은 시기의 경험을 바탕으로 한 회상이 많다. 루쉰이 상하이에 살았을 때 젠런런은 상무인서관商務印書館(출판사)에서 근무했었고, 나는 그가 가족과 함께 루쉰의 집을 자주 방문했던(젠런은 매주 토요일에 방문했다고 말했다) 것을 본 적이 있다. 당시 [루쉰은] 서적의 구입 등 외부의 자질구레한 용무를 대체로 젠런에게 부탁했던 듯하다.

이 책의 내용은 〈루쉰 선생의 어린 시절〉, 〈루쉰은 방과 후에 집에 와서 무엇을 했는가〉, 〈루쉰에 관한 일을 간략히 말한다〉 등 루쉰의 유소년 시절에 관해 쓴 것이 많고, 상하이에서의 루쉰의 추억담 등도 있다. 모두 짧은 글들로 인민문학출판사 편집부가 편집했다.

◎ 쉬광핑, 《위안의 기념欣慰的紀念》, 베이징인민문학출판사北京人民文學出版社, 1951년

◎ 쉬광핑, 《루쉰의 생활에 관하여關于魯迅的生活》, 베이징인민문학출판사北京人民文學出版社, 1954년

◎ 쉬광핑, 《루쉰 회억록魯迅回憶錄》, 베이징작가출판사北京作家

出版社, 1961년

이 세 권의 책은 원래 루쉰의 제자(베이징여자사범대학)였다가 나중에 부인이 된 쉬광핑이 지은 것으로, 직접 보고 듣고 관찰한 것을 추억하며 기록한 것이다. 특히 루쉰의 만년, 국민당 정부의 파시즘 압박을 받으며 함께 생활했던 그녀의 경험은 압박한 이들에 반항하는 자세 속에서의 루쉰을 포착하고 관찰한 것이다.

이 가운데 《루쉰 회억록》은 《루쉰 회상록》이라는 제목으로 마츠이 히로미츠松井博光가 일본어로 번역했다(츠쿠바쇼보筑摩書房, 1968).

《위안의 기념》은 루쉰 사후인 1936년부터 1949년에 이르는 13년간에 쉬광핑이 신문과 잡지에 기고한 회상적인 단문으로, 〈루쉰 선생의 일기〉, 〈루쉰 선생의 필명을 간략히 말한다〉, 〈루쉰 선생과 여사대 사건〉, 〈루쉰과 청년들〉, 〈루쉰 선생의 집필 생활〉, 〈루쉰 선생의 일상생활〉, 〈루쉰 선생의 오락〉, 〈루쉰 선생의 담배〉, 〈루쉰 선생의 학습 정신〉, 〈루쉰 선생과 가정〉, 〈어머니〉, 〈루쉰 선생과 하이잉海嬰(루쉰의 아들; 옮긴이)〉 등 15편을 선별해 편집하였다. 편집자(왕스징王士菁)의 후기에 의하면 루쉰 작품의 주석에 관한 것과 루쉰의 전기와 연보를 만든 자료에 관한 것을 모았다고 했다.

《루쉰의 생활에 관하여》는 쉬광핑이 신문과 잡지에 발표한 회상적인 단문인 〈루쉰의 생활〉, 〈루쉰 선생의 병중 일기와 쑹칭링宋慶齡 선생의 편지에 관하여〉, 〈루쉰과 중국 목각 운동〉 등으로, 《위안의 기념》에 수록되지 않았으며 1939년부터 1951년에 이르는 [시기에 쓴] 11편을 인민문학출판사 편집부가 편집한 것이다.

《루쉰 회억록》은 앞의 두 권의 책을 기초로 하여《루쉰 일기》와 루쉰의 저작 및 다른 사람이 쓴 회상기 등을 읽고 새롭게 기고한 것으로, 쉬광핑의 유일한 저작이라 할 수 있다. 1. 〈5·4 전후〉, 2. 〈여사대의 소동과 3·18 사건〉, 3. 〈루쉰의 강연과 수업〉 으로부터 13. 〈혁명문화사업을 위한 분투〉까지 13편으로 나누어 기술되어 있다. 이 중에는 루쉰과 관계가 깊은 저우쭤런周作人, 우치야마 간조內山完造, 취추바이瞿秋白 등에 관해 쓴 것도 있다.

◎ 쉬서우창許壽裳,《내가 아는 루쉰我所認識的魯迅》, 베이징인민문학출판사北京人民文學出版社, 1952년.

◎ 쉬서우창許壽裳,《망우 루쉰 인상기亡友魯迅印象記》, 베이징인민문학출판사北京人民文學出版社, 1953년.

쉬서우창은 루쉰과 동향 출신으로 청년 시대에 함께 일본에 유학했던 고분학원弘文學院 동창인데, 귀국 후에는 루쉰과 함께 항저우사범학당杭州師範學堂의 교원을 지냈고(선임인 쉬서우창이 루쉰을 불렀다고 한다), 신해혁명 후에는 난징에 세워진 중앙정부의 교육부에서 같이 근무했다(총장인 차이위안페이蔡元培의 뜻을 받들어 선임이었던 쉬서우창이 루쉰에게 초청장을 보냈다고 한다). 정부가 베이징으로 옮겨가자 그들도 베이징으로 이주해 함께 사오싱회관紹興會館에서 살았다. 베이징여자사범대학에서도 함께 교편을 잡았다. 남방에 간 뒤로도 중산대학에서 동료 교원으로 지냈다. 루쉰이 상하이에서 정착했고 교육부에서 재직했던 쉬서우창은 난징과 베이징 등에서 살았기에, 그는 가끔 상하이의 루쉰을 방문했다(나도 한번 그가 루쉰을 방문하러 온 날에 동석했다). 편지를 자주 주고받으며 30여 년간 이어 온 둘의 우정은 두터웠다. 루쉰의 장례 때는 장례위원의 한 사람으로 이름을 올릴 만큼 그는 루쉰의 오랜 친구였다(쉬서우창은 1948년 타이완에서 암살됐다).

전자는 쉬서우창이 루쉰의 사후에 신문 잡지에 쓴 회상적인 단문으로, 〈내가 아는 루쉰〉, 〈망우 루쉰을 그리며〉, 〈루쉰을 추억하며〉, 〈회고〉 등 1936년부터 1946년에 기고한 13편이 모아져 있다. 편집자(왕스징王士菁)의 후기에 의하면 쉬광핑의 《위안의 기념》의 경우처럼 루쉰 작품의 주석과 루쉰의 전기, 연보를 만드는 데 참고가 되는 글들을 모았다고 했다. 그런데 이 책은 저자인 쉬어우창이 타이완에서 암살된 뒤 출판되었다.

후자는 상하이의 아미출판사峨嵋出版社에서 간행한 것을 1947년 다시 찍어낸 것이다. 내용은 다음과 같다. 1. 〈변발을 자르다翦辮〉, 2. 〈취위안屈原과 루쉰〉, 3. 〈잡담의 명인〉, 4. 〈절강조浙江潮에의 기고〉, 5. 〈센다이에서 의학을 배우다〉, 6. 〈잡지를 계획하고 소설을 번역하다〉, 7. 〈장章 선생에게 배우다〉, 8. 〈니시가타쵸西片町의 주거〉, 9. 〈귀국해 항저우에서 가르치다〉, 10. 〈입경入京과 북상〉, 11. 〈미술을 제창하다〉, 12. 〈고적古籍과 고비古碑 정리〉, 13. 〈불경을 읽다〉, 14. 〈루쉰의 필명〉, 15. 〈저작에 대한 잡담〉, 16. 〈번역에 대한 잡담〉, 17. 〈시싼탸오西三條 후통의 주거〉, 18. 〈여사대 소동〉, 19. 〈3·18 참안慘案〉, 20. 〈광저우에서의 동거〉, 21. 〈상하이의 생활—전5년(1927~1931)〉, 22. 〈상하이의 생활—후5년(1932~1936)〉, 23. 〈나와의 교의交誼〉, 24. 〈일상생활〉, 25. 〈병사病死〉. 이처럼 루쉰의 생애를 각각의 시기로 나누고, 루쉰과의 관계(대화나 편지도 포함해서)를 회상하고 엮어 썼다. 쉬광핑은 말미에 〈독후기讀後記〉를 썼다.

◎ 펑쉐펑馮雪峰, 《루쉰을 추억하며回憶魯迅》, 베이징인민문학출판사北京人民文學出版社, 1952년

이 책은 《루쉰회상魯迅回想》이라는 제목으로 가지 와타루鹿地亘[55]와 우치랑吳七郎에 의해 일본어로 번역되었다(하토쇼보ハト書房, 1953)고 하는데 찾을 수가 없다.

펑쉐펑은 문학평론가로 1928년 말 러우스柔石가 주선해 루쉰을 방문한 이래로 상하이에서 루쉰의 집 가까이에 살았으며, 어느 시기에는 루쉰의 측근으로 있던 사람이라고 할 수 있다. 그는 공산당원으로 지하 공작원이었는데, 비당원이지만 동반자적 지위에 있던 루쉰과 당을 연결하는 역할을 했다고 생각된다. 1931년 취츄바이瞿秋白(전 중국공산당 서기장)를 루쉰에게 소개했던 것도 그였고, 1932년 장제스蔣介石 토벌군과의 전투에서 부상을 입고 치료를 위해 상하이에 잠입했던 공산군 지휘자 천경陳賡(상하이에서 체포되었다가 나중에 탈출해 루이진瑞金홍군학교 교장, 공산군 제1군단 사단장, 8로군 여단장 등을 역임하였다)을 루쉰에게 소개한 것도 그였다. 루쉰은 장제스군에 의해 포위되어

55 가지 와타루鹿地亘(1903~1982)는 일본의 소설가로, 본명은 세구치 미츠기瀨口貢이다. 오이타大分県 출신으로 도쿄제국대학 국문과를 졸업하고 같은 대학 박사과정을 수료했다.

토벌 공격圍剿을 당했던 공산군의 공작을 듣기 위해 어느 날 저녁 천경을 집으로 초대했다고 한다(《신관찰新觀察》 1956년 제20기에 실린 장자린張佳鄰의 〈천경 장군과 루쉰 선생의 1차 회견〉).

나는 루쉰의 집에서 펑쉐펑과 그의 가족을 자주 만났는데, 그가 당 관계자였다는 것은 전혀 몰랐다(펑쉐펑은 루쉰도 처음에는 몰랐다고 썼다). 그가 문학평론가 화스畫室(필명)라는 것을 루쉰에게서 들었을 뿐이다. 당시 상하이에서 읽은 리허린李何林 편 《루쉰론》 가운데 〈혁명과 지식계급〉이라는 글이 있었는데, 창조사로부터 공격당한 루쉰을 변호한 내용이었다. 거기에 화스라는 서명이 있어서 이에 관해 루쉰에게 물어보자, 화스가 집에 자주 왔던 어떤 청년이라고 대답했다. 화스가 펑쉐펑이었다는 것을 알게 된 것은 한참 뒤의 일이다.

《루쉰을 추억하며》는 펑쉐펑이 1928년부터 1936년 1월까지 루쉰과 접촉하며 관찰한 것을 회상한 글이다. 그는 1934년 상하이를 떠나 당시 소비에트 정부가 있던 루이진瑞金에 들어갔다가 산베이陝北로의 장정에 참여한 뒤 1936년에 상하이에 돌아왔기에, 그사이 2년간은 상하이를 비운 셈이다. 그리고 1936년, 곧 루쉰이 죽은 해 4월에 상하이에 돌아온 뒤 다시 루쉰과 접촉을 이어 가 루쉰이 병으로 죽을 때[10월]까지 교류했다.

펑쉐펑은 정치 활동가이면서 당원 평론가였던 관계로, 당시 정치 상황 속에서의 루쉰을 포착하고 그의 사상이나 자세를 이른바 '발전'의 방향으로 분석하고 평론한 것이 많다. 다만 당 입장(이지만 그것도 당시는 복잡해서 대략 말하자면 마오쩌둥 노선과 왕밍王明 노선의 대립적으로 뒤얽혀 있었다. 이에 대해서는 별도의 항목인 〈루쉰 미망인에게 '저우양周揚 문제'를 듣다〉를 참고할 것)의 제약 때문에 루쉰의 개인적인 언동까지 모두 당 정책과 연결해 '발전'을 보려 했고, 양쪽을 세우려는 딜레마에 봉착한 추측적인 해석론이 들어가 깔끔하게 정리가 되지 않는 부분이 있었다. 하지만 루쉰과의 대화 가운데서 그의 사고방식과 기분을 전하는 부분 등은 만년의 루쉰 내면을 아는 데 유력한 실마리가 되는 것이 적지 않다.

이 책의 내용은 〈1929년〉, 〈좌련 시기〉, 〈1936년〉의 3편으로 구분되어 있다. 〈1929년〉은 1. 나는 어떻게 루쉰 선생을 만나러 갔는가?, 2. 그와 접촉해 나눈 대화의 단편, 3. 그와 접촉해 나눈 대화의 단편 2, 4. 그의 사상 방법과 천재적인 특징에 대한 나의 이해를 한두 가지로 나누어 기술했다. 〈좌련 시기〉는 1. 좌련에 대한 루쉰 선생의 태도, 2. 이 시기에 표현된 사상 의지, 3. 이 시기에 표현된 사상 의지 2, 4. 그와 대중의 관계에 관하여, 5. 민족적 감정과 계급적 감정, 6. 그와 취츄바이 동지의 우의에 관하여로 나누어 기술했고, 〈1936년〉는 1. 병중 및 새로운 정치 정세하의 그의 정서, 2. 병중 및 새로운 정치 정세하의 그의 정서 2, 3. 사상적으로 새로운 발전의 상징, 4. 사상적으로 새로운 발전의 상징 2, 5. 서거로 나누어 기술했다.

◎ 샤가이쭌夏丐尊 외 26인, 《루쉰을 추억하며憶魯迅》, 베이징인민문학출판사北京人民文學出版社, 1956년

루쉰과 접촉하고 교류한 적이 있는 27인이 루쉰에 대한 갖가지 추억을 기술한 짧은 글 27편을 인민문학출판사 편집부가 모은 것이

다. 이 가운데 두 편은 루쉰이 죽기 전에 쓴 것이고, 13편은 루쉰이 죽었을 때, 8편은 그 후 기념 주년에, 그 밖의 4편은 추억 문집 출판에 맞춰 쓴 것이다.

루쉰과 항저우사범학당 동료였던 샤가이쭌, 도쿄 유학 이래로 친구였고 함께 《신청년》의 동인이었던 선인모沈尹默를 필두로 하여 쑨푸위안孫伏園, 상웨尙鉞, 쉬친원許欽文, 정전둬鄭振鐸, 리지예李霽野, 루옌魯彦, 천쉐자오陳學昭, 마줴馬珏, 뤄창페이羅常培, 마오둔茅盾, 정보치鄭伯奇, 촨다오川島, 딩링丁玲, 리란李蘭, 아이우艾蕪, 아레이阿累, 이췬以群, 루완메이陸萬美, 바진巴金, 탕타오唐弢, 황위안黃源, 리니麗尼, 바이웨이白危, 차오바이曹白, 샤오훙肖紅 등이 쓴 회상기로, 단편적이긴 하지만 각 방면에서의 루쉰 인품과 생활을 전하고 있다.

《루쉰을 추억하며》 가운데서 두 사람의 회상 글을 소개한다.

아이우(젊은 작가)의 〈루쉰 선생을 추도하며〉는 단지 편지로만 질문했을 뿐 한 번도 만난 적이 없는 아이우를 위해 루쉰이 친구로부터 그에 관한 이야기만을 듣고 몰래 50위안을 내주었던 것이 기술되어 있다. 아이우가 국민당 특무(사상) 경찰에 체포되어 '국가 위해죄'로 기소되었을 때, 변호사를 선임하는 비용이 필요하자 그의 친구가 루쉰에게 도움을 청했을 때의 일인데, 아이우는 나중에 그것을 알았다고 했다.

아레이의 〈일면〉에서는 그가 면식이 없었던 루쉰에게서 책을 받은 이야기를 썼다. 그가 버스 차장을 하고 있을 때였는데, 우연히 들어간 우치야마 서점(그 부근이 버스 종점)에서 눈에 띈 파데예프의 《궤멸》[《훼멸》의 번역본(루쉰 역)]이 사고 싶다는 생각은 들었다고 한다.

그렇지만 정가가 1위안 4마오로 너무 비싸 아레이는 선뜻 사기를 주저하며 우물쭈물하였다. 마침 옆에 있던 '떠돌이 노동자 같은' 사람이 "살 거면 이쪽이 좋다."라면서 책장에서 같은 장정으로 된 세라피모비치의 《철의 흐름》[56](중국어 번역본은 차오징화曹靖華 역《철의 흐름鐵流》)을 꺼내 주었다. 하지만 그 책의 정가는 1위안 8마오여서 아레이는 돈이 부족해 살 수 없다고 말했다. 그러자 그가 "자네 1위안은 있나?"라고 물었다. 아레이가 "있다."라고 하자, 그 사람은 "그러면 이 두 권을 1위안에 자네에게 팔겠네."라고 하더니 "원래 돈을 안 받아도 되는데 이건 차오 선생(징화)의 책이라 본전인 1위안만 내고, 내 책은 자네에게 그냥 주겠네."라고 했다. 아레이는 그제야 그 사람이 루쉰이었다는 것을 깨달았다고 했다. (《훼멸》과 《철의 흐름》은 루쉰이 출판해서 우치야마 서점에 판매를 위탁한 것이다. 루쉰이 나에게도 보내주었는데,

56 구소련의 소설가 알렉산드르 세라피모비치(1863~1949)의 작품이다. 그는 코사크 출생으로 본명은 포포프Popov이다. 페테르부르크대학 재학 중 알렉산드르 3세의 암살미수에 관한 격문을 써서 북쪽의 아르한겔스크주로 3년간 유형 되었다. 북극 땅에서 집필한 단편 〈빙원에서〉(1889)로 문학 활동을 시작하였다. 〈차량 연결수〉(1903)와 톨스토이의 격찬을 받은 〈백사장〉 등의 단편에서 노동자와 농민이 절망적인 상황의 부정에서 혁명의 각성으로 이르게 되는 과정을 드러내 보여주었고, 장편 〈스텝의 마을〉(1912)에서는 자본주의의 발전과 프롤레타리아의 성장을 묘사하였다.
1924년에 제2의 장편 《철의 흐름》이 발표되었는데, 이것은 혁명 당시 캅카스 지방에서 이루어진 빨치산 투쟁을 주제로 한 서사시적 산문으로 초기 소련 문학의 사회주의 리얼리즘의 대표작이다. 그는 막심 고리키를 만나고 난 뒤 '수요회'에 가담했던 신사실주의의 기수였다. 대표작인 《철의 흐름》은 무지한 군중이 거듭되는 내전의 전투를 거쳐 철의 흐름과도 같은 강력한 집단으로 변한다는 내용의 장편소설로, 프롤레타리아문학의 고전이다. 고리키와 함께 혁명 전부터 문학 활동을 개시하여 많은 단편을 쓰고 러시아 노동자 계급의 생활을 탁월한 수법으로 형상화한 소련의 대표적 작가이다. 스탈린상을 수상했다.

전자는 정가가 1위안 2마오이고 후자의 정가는 1위안 4마오였다. 정가에 대해서는 아레이의 기억이 잘못된 것이다.)

◎ 선인모沈尹默 외 29인,《위대한 루쉰을 추억하며回憶偉大的魯迅》, 상하이신문예출판사上海新文藝出版社, 1958년.

이 책도 앞의 책과 마찬가지로 루쉰과 접촉하고 교류했던 30인이 여러 가지 루쉰의 추억을 이야기한 단문 35편(한 사람이 두 편에서 세 편을 쓴 것도 있다)을 신문과 잡지에서 모은 것이다. 집필자는 선인모沈尹默, 정뎬鄭奠, 장쟈린張佳鄰, 촨다오川島, 친원欽文, 웨이젠궁魏建功, 쓰투챠오司徒喬, 민즈敏之, 위디兪荻, 천둔런陳敦仁, 예츄冶秋, 바진巴金, 쑨푸위안孫伏園, 진이靳以, 위링于伶, 자오쟈비趙家璧, 위하이于海, 류셴劉峴, 쉬광핑, 웨이진즈魏金枝, 쩌우루펑鄒魯風, 한퉈푸韓托夫, 우랑시吳朗西, 왕바오량(수)王寶良(述), 천광陳廣, 천옌챠오陳烟橋, 장왕張望, 우치야마 간조內山完造, 나가오 게이와長尾景和, 우치야마 가키치內山嘉吉 등으로, 이 회고문으로 루쉰의 일면을 다양하게 전했다.

이 가운데 두세 편을 소개하고자 한다.

선인모가 쓴 〈루쉰 생활 중의 일절〉에서의 선은 당시 베이징대학에 재직하면서《신청년》잡지의 동인 가운데 한 사람이었다. 동인이 돌아가며 편집을 맡았던[57]《신청년》을 어떤 기회를 잡아서(류푸

57 제1호 천두슈, 제2호 첸셴퉁, 제3호 가오이한, 제4호 후스, 제5호 리다자오, 제6호 선인모이다.《신청년》은 매달 한 호씩 발행하고 여섯 호를 묶어 한 권으로 출판

劉復가 '왕징쉬안王敬軒'이라는 가명으로 문장을 써서 쳰셴퉁錢玄同과 미리 짜고 하는 논쟁을 벌였을 때[58] 후스胡適 혼자 편집하겠다고 했을 때 루쉰의 반대로 그것을 저지했다는 이야기가 나와 있다.

앞에서 언급한 것으로, 공산군 지휘자로 전선에서 부상 당해 치료차 상하이에 잠입했던 천경陳賡을 루쉰이 어느 날 저녁 자택으로 초대했다는 이야기를 쓴 장자린의 〈천경 장군과 루쉰 선생의 1차 회견〉도 이 문집에 수록되어 있다.

베이징대학에서 루쉰의 강의를 들었던 웨이젠궁魏建功이 쓴 〈30년대의 루쉰 선생〉에는 루쉰이 노벨상 후보자로 추천된 것을 거부했던 일과 추천의 경위가 기록되어 있다. 스웨덴의 지리학자이자 탐험가로 알려진 스벤 헤딘이 루쉰의 청원자였다고 한다. 헤딘은 몽골과 신장 일대를 단독으로 여행했던 적이 있는데, 1926년에서

했다. 《신청년》 제6권은 1919년 제1~6호까지이다. [이보경, 〈1919년 중국의 문단〉, 《개념과 소통》 제23호, 2019년 6월]

58 《신청년》의 영향을 확대하기 위해 쳰셴퉁과 류반눙劉半農(곧 류푸)이 전혀 다른 관점에서 문장을 써서 신문화운동을 반대하는 수구파를 비판한 사건을 말한다. 쳰셴퉁은 왕징쉬안王敬軒이라는 이름으로 《신청년》에 〈문학혁명의 반향〉이라는 글을 실어 신문화운동의 여러 죄상을 나열하고, 당시 동성파 고문가인 린수林紓를 찬양했다. 그러자 류반눙은 〈왕징쉬안에게 답하는 글〉을 써서 이른바 '왕징쉬안'이 제기한 모든 관점을 반박했다. 린수가 번역한 명저는 비록 많지만 아무런 가치도 없다고도 했다. 이런 식의 논전이 벌어지는 가운데 청 말 '동성파'의 주요 대표 인물인 린수가 논전에 휘말렸다. 린수는 당시 베이징대학 총장인 차이위안페이에게 편지를 써서 못된 작풍을 바로잡을 것을 요구하고, 다른 한편으로 자신이 직접 소설을 써 신문화운동을 벌인 사람들을 매도했다. 이에 차이위안페이는 사상의 자유를 들어 린수의 요구를 거부했다. 린수와 차이위안페이는 당시 유명인사였으므로 이들의 논쟁은 자연스럽게 사람들의 이목을 끌었고, 쳰셴퉁과 류반눙의 이른바 '짜고 치는 연극雙簧信'은 커다란 광고 효과를 누리게 되었다.

1927년경 스웨덴 공사를 통해 베이징 정부에 몽골과 신장의 사막 지구를 조사 여행하는 것에 대해 교섭을 진행했다. 그의 요구는 보류되었지만, 조사 여행에 중국 학자가 참가하는 조건으로 '서북과학 조사단'이 성립되었다. 중국 참가단의 대표이자 헤딘과의 의논 책임자로 베이징대학의 류푸劉復(반눙半農) 교수가 낙점되었다. 그때 헤딘은 류푸의 비위를 맞추기 위해(라고 웨이젠궁은 말했다) 노벨상 이야기를 들고 나와 수상자 추천을 의뢰했다. 류푸는 루쉰을 추천했고, 당시 광저우에 있던 루쉰에게 수락할 의향이 있는지를 확인해달라고 타이징눙臺靜農(루쉰의 학생으로 루쉰 밑에서 미명사未名社 동인 노릇을 했고, 1926년 《루쉰과 그의 저작에 관하여关于鲁迅及其著作》를 편집했다)에게 부탁했다. 필자인 웨이젠궁도 마침 그 자리에 있었다고 했다. 자신은 그럴 만한 자격이 없기에 거부한다며 루쉰이 타이징눙에게 보낸 답장 편지는 쉬광핑이 엮은 《루쉰서간》(베이징인민문학출판사, 1953)에 실려 있다. 하지만 《루쉰전집》 제10권(베이징인민문학출판사, 1958)의 엉성하기 짝이 없는 〈서간〉집에는 이 편지가 빠져 있다.

◎ 《루쉰 선생 기념집》, 루쉰기념위원회 편인魯迅紀念委員會 編印, 1937년.

루쉰 서거 직후에 성립된 '루쉰 기념 위원회'(이 위원회는 같은 해에 《루쉰전집》 20권을 편집 출판했다)가 편집한 것으로, 사후 1주년을 맞은 10월 19일에 출판됐다. 이 책은 《루쉰의 인상》을 쓸 때 이미 출판되었지만, 무슨 일 때문인지 참고해 쓴 기억이 없다. 그전에 대충 훑어

보아서 내가 갖고 있는 루쉰에 대한 인상의 일부로 흡수할 것은 흡수했던 것일까?

내용은 〈자전自傳〉, 〈연보〉(쉬서우창 편), 〈역저 서목〉 부 〈필명〉(모두 쉬광핑 집輯), 〈서거 경과기〉, 〈서거 보도 적요〉, 〈추도문〉(제1집부터 제4집까지), 〈조문 조전〉, 〈만장〉, 〈통신〉(하바롭스크, 소련, 샤먼, 윈난, 톈진, 베이핑), 〈부록〉(장례식장 서명자 집계 등 6개 항목)으로 이루어져 있다. 이 가운데 〈추도문〉은 4집으로 분류되어 있는데, 루쉰이 죽었을 때 신문과 잡지에 게재되었던 기명 무기명의 사람들에 의한 문장을 선별해 수록한 것이다. 편자의 부기에 의하면 그 밖에도 여럿 있었지만 지면과 인력의 제약으로 수록할 수 없었다고 한다. 여기에 수록된 공개 추도문만도 141편에 이르러 루쉰의 죽음이 여러 방면에 주었던 충격의 폭이 넓었다는 것을 말해 준다. 대체로 여러 개인의 추도 감상과 논평인데, 그중에는 신문과 잡지의 사설 투의 추도문과 단체로 서명한 것도 있다.

이 141편의 추도의 감상 논문(신체시도 서너 편 있다)은 추도와 함께 여러 각도에서 포착한 루쉰의 상을 보여 주는 수필로, 앞서 들었던 《루쉰을 추억하며》와 《위대한 루쉰을 추억하며》에 수록되어 중복된 것도 있다. 앞의 두 책에 보이지 않는 것으로는 차이위안페이蔡元培, 궈모뤄郭沫若, 위다푸郁達夫 등의 글과 일본인 스토 이오조須藤五百三[59](병중의 루쉰 주치의), 오쿠다 교카奧田杏花[60](상하이의 치과의사로 루쉰의 데스마스크의 틀을 떴다)의 글 등도 있다. 유별난 것으로 한때 중국 공산당의 지도자로 당 간부였던 천사오위陳紹禹(왕밍王明)와 미국의 저널리스트로 중국 문제에 정통한 에드거 스노의 글이 보인다.

천사오위가 루쉰의 죽음을 《프라우다》에서 알았다고 하는 것으로 보아, 그는 그 무렵 소련에 갔던 것 같다. 그는 루쉰이 공산군의 '장정'에 참가했던 수십 명과 만나 자료를 모아 '장정'을 작품화하려고 했다고 말했다. [루쉰이] 병마에 시달리느라 그 뜻을 이루지 못했는데, 만약 성사되었다면《철의 흐름》이상으로 재미있는 책이 되었을 거라고도 했다.

에드거 스노는 루쉰을 프랑스의 볼테르에 비교하며 양자의 유사점을 논했다. 루쉰이 〈유서〉 가운데서 "다른 사람의 이빨과 눈을 손상하고서 오히려 보복에 반대하고 관용을 주장하는 사람과는 절대로 가까이하지 말라"고 한 것을 들면서 오늘날 중국에서 필요한 것은 관용이 아니라 대담한 비판이며 이것은 루쉰 필생의 중대한 임무였다고 했다. 볼테르가《캉디드》를 쓴 동기는 숙명론자의 그릇된 학설인 영원한 '관용'을 타파하기 위해서였다. 루쉰도 아큐의 인생관을 빌어 중국인의 '빈곤'과 '학정虐政' 등 일부 좋지 못한 환경에 대한 '숙명론'을 풍자했다. 볼테르는 '반항'을 부르짖고 '관용'을 증오했으며, 그렇게 해서 프랑스 혁명의 불을 붙였다. 루쉰은 마찬가지로 노력해서 중국 대중의 정서를 격발시켰고, 정신적으로나 물질적으로나 견디기 어려운 모든 고통에 반항했다. 루쉰을 볼테르에 비

59 스토 이오조는 오카야마의학부의 전신인 제3고등학교 의학부를 1897년에 졸업했다. 그뒤 육군 군의관으로 베이징과 타이베이에서 근무했다. 약 20년 뒤 상하이에서 개업했다.

60 루쉰의 데스마스크는 루쉰이 사망한 당일 오쿠다 교카가 직접 제작한 것이다. 상하이 루쉰기념관의 일급 문물로 복제품이 따로 있다.

유한 것은 매우 타당하다. 봉건제도에 대한 도전에 있어 그들은 다른 나라 땅에 있었지만, 똑같이 한 명의 용맹한 장수였다고 했다.

누가 말한 것인지 모르겠지만 루쉰을 중국의 고리키라고 비유한 것은 그가 죽기 전부터 일컬어졌고, 그의 추도문에도 자주 보이는 약간은 식상한 비유인데, 이에 반해 볼테르에 비유한 것은 스노가 처음이었다.

(1970년 7월 추기)

루쉰과 일본

1

1901년 스물한 살 때 루쉰은 난징의 로광학당路鑛學堂[실제로는 '광로학당鑛路學堂'이 맞다; 옮긴이]을 졸업하고, 성省의 유학생으로 다음 해 2월 일본으로 건너가 도쿄의 고분학원弘文學院에 들어갔다. 학원은 우시고메牛込의 니시고켄쵸西五軒町[61]에 있었고, 도쿄고등사범학교 교장인 가노 지고로嘉納治五郎[62] 씨가 원장을 겸했다. 여기서는

61 현재의 신주쿠구新宿区 니시고켄쵸西五軒町로, 1872~1911년까지는 우시고메라 불렸다.

62 가노 지고로嘉納治五郎(1860~1938)는 일본의 유도 선수이자 교육자로, 효고현兵庫県 출신이다. 고도칸講道館 유도의 창시자로, 유도와 스포츠, 교육 분야의 발전과 일본의 올림픽 참가에 힘을 다했다. 일본 유도의 아버지, 일본 교육의 아버지라 불린다. 가노는 교육자로서 1882년 가쿠슈인學習院 교두教頭, 1893년부터 통산 25년간 도쿄고등사범학교(도쿄교육대학을 거친 뒤 현재의 츠쿠바대학筑波大學)에서 근무했다. 1882년 영어학교인 고분칸弘文館을 창립했고, 1896년에는 청나라로부터 중국인 유학생을 받아들이는 데 힘써 유학생을 위해 1899년 우시고메에 고분학원弘文学院을 열었다.

보통학과 일본어를 가르쳤으며, 청나라 유학생을 위해 특별히 설치한 예비학교여서 졸업하면 일본의 고등전문학교에 진학할 수 있었다. 루쉰은 이 학원을 졸업하고 스물네 살이 되던 해 8월에 센다이仙臺의 의학전문학교에 들어갔다. 1학년은 수료했지만 2학년을 중도에 퇴학하고 도쿄로 갔다. 그다음 해 6월에 결혼 때문에 귀국했지만, 같은 달 다시 단신으로 일본에 되돌아간 후 도쿄에 살면서 오로지 문학 연구에 매진해 문학운동을 일으키려 했다. 그리고 1907년 《신생》이라는 문학 잡지의 발간을 동지들과 계획했으나 실현에 이르지 못하고 끝이 났고, 혁명파가 주재하는 《하남河南》이라는 잡지에 글을 발표했다. 그 무렵의 루쉰은 독일협회학교를 통해 센다이의전 이래로 습득했던 독일어 공부를 계속했다. 또 《신생》이 실패한 뒤의 문학운동으로, 외국 소설의 번역서 출판에 뜻을 세우고 1909년 스물아홉이 되던 해에 아우인 저우쭤런과 공동으로 《역외소설집域外小說集》 2집을 간행했다. 하지만 반향은 없었다. 문학운동의 꿈도 무너지자 그해에 다시 귀국했다. 그것은 가족에 대한 경제적인 도움에 쪼들렸기 때문으로 예전에 그가 나에게 말했다. 그 후 1936년 쉰여섯에 죽을 때까지 루쉰은 일본 땅을 밟아 보지 못했다. 결혼 때문에 한 번 귀국했던 얼마 안 되는 기간(한 달이 채 못 되는)을 제외하면 전후로 8년간 일본에 머물렀던 것이다(나는 그에게서 직접 아홉 해 동안 있었다고 들었지만, 아우인 저우쭤런, 저우젠런과 학생 시절부터 친구인 쉬서우창, 쉬광핑 여사가 공동으로 펴낸 연보에 따랐다).

루쉰은 다감한 청년 시대를 일본에서 보냈는데, 당시 도쿄에는 반청 혁명의 망명 정객들이 많이 모여 있어서 젊은 날의 그도 자연스럽게 혁명의 거친 공기를 호흡하고 장래에 해 나갈 일의 기초가 되는 공부와 방향을 익혔다고 할 수 있다. 이것은 직접 일본에서 터득한 것이 있다고 말하는 게 아니라 일본이라는 땅을 하나의 계기로 삼았다는 의미이다. 그런데도 루쉰을 생각할 경우, 어떻든 간에 일본과의 관계는 빼놓을 수 없고 아주 깊은 무언가가 있었다고 말하지 않을 수 없다.

루쉰이 일본에서 공부한 것은 일본어와 독일어 그리고 의학(그것과 관련 있는 생물학과 화학 등도)이었다. 또 의학을 통해 과학 일반에 대한 지식을 흡수하고 과학적인 고찰 방법을 배운 것도 중요하다(이것은 중국의 전통적인 사회에서 태어나 성장한 그에게 특히 의미가 크다고 할 수 있다). 그렇게 습득한 일본어와 독일어를 통해 세계 문학과 접촉할 수 있었다. 곧 모리 오가이森鷗外[63]나 후타바테이二葉亭[64]의 번역과 레

63 모리 오가이森鷗外(1862~1922)는 일본의 소설가, 평론가, 번역가이자 육군 군의관이다. 본명은 모리 린타로森林太郎이며, 옛 이와미노구니石見国 쓰와노津和野번(현재의 시마네현島根県 쓰와노초津和野町) 출신이다. 도쿄대학 의학부를 졸업한 뒤 육군 군의가 되었다. 육군성 파견 유학생으로 독일에서 4년을 지냈다. 귀국한 뒤 소설과 번역 작품을 발표하는 등 활발한 문필 활동도 병행했다. 만년에는 제실박물관帝室博物館(현재의 도쿄국립박물관, 나라국립박물관, 교토국립박물관 등) 총장과 제국미술원(현재의 일본예술원) 초대 원장 등을 역임했다.

64 후타바테이는 메이지 시대의 소설가 하세가와 다쓰노스케長谷川辰之助(1864~1909)의 호이다. 일본의 소설가, 번역가로 에도 출생이다. 자필 이력서에 의하면 1883년부터 1885년까지 당시의 센슈학교専修学校(현재의 센슈대학専修大学)에서 공부했다고 한다. 또 도쿄외국어학교(현재의 도쿄외국어대학) 러시아어과에 입학한 뒤 같은 과가 개조되어 생긴 도쿄상업학교(현재의 히도쓰바시대학一橋大学) 제3부 러시아어과를 1886년 중퇴했다. 당시 유명한 소설가였던 쓰보우치 쇼요坪内逍遥(1859~1935)와 교류하면서 그의 권유로 평론인 《소설총론小説総論》을 발표하였고, 1887년부터 1891년 사이에 사실주의 소설 《부운浮雲》을 언문일치의 필체로 집필해 일본의 근

클람Reclam[65]본을 애독했던 것이다(물론 그에 앞서 린수林紓의 번역소설을 애독했는데, 일본어와 독일어를 통해 외국 문학에 대한 지식을 넓히고 관심을 심화했다).

그런 기초적인 공부 외에 루쉰을 문학가가 되게 이끌고 의학에서 문학으로 전향하게 만든 중대한 계기 역시 일본(센다이의학전문학교)에서 얻었다. 이것 이상으로 루쉰의 생애에서 중대하다고 생각되는 것은 일본에서 반청 혁명의 정치운동에 입문했다는 것이다. 1903년 스물세 살 되던 해이자 도쿄에 온 그다음 해에 친구인 쉬서우창에게 준 사진에 '나의 뜨거운 피 내 조국에 바치리라'[66]라는 시를 첨부했다. 여기서 '헌원軒轅'은 중국 민족의 문화 시조로 여겨지는 황제黃帝를 가리키는데, 민족적인 혁명운동에 투신하기로 결심한 것은 그 무렵 이미 자리 잡고 있었던 듯하다. 당시의 혁명 운동가들은 자국에 있을 수 없어서 모두 해외로 망명했던 까닭에, 특히 일본에는 혁명운동 각파의 지도자들이 있었다. 루쉰이 그런 지도자 가운데 한 사람이었던 장빙린章炳麟을 찾아가 '광복회'라는 혁명당에 들어간 것도 일본에서였다. 이것은 여러 가지 의미에서 루쉰의 차

대 소설의 개조가 되었다. 또 러시아 문학 작품의 번역도 많이 했다.

65 독일의 슈투트가르트에 있는 출판사로, 1828년에 A.P. 레클람(1807~1896)이 라이프치히에서 창설했다. '레클람 문고' 등을 출간했는데, 이것은 영국의 '펭귄 문고', 프랑스의 '라루스 문고' 등과 함께 세계적으로 널리 알려져 있다.

66 시의 원문은 "我以我血薦軒轅"이다. 여기서 '헌원軒轅'은 전설 속의 삼황오제 가운데 하나인 황제黃帝를 가리키며 중국 문명을 개창한 시조로 추앙되기에 일반적으로 중국이라는 나라를 상징한다. 번역문은 김영문, 《루쉰 시를 쓰다》(역락, 2010. 45쪽)를 참고했다.

후 향방에 많은 작용을 했다고 생각한다. 그가 민국 성립과 함께 곧바로 신정부에 들어가고 제2차, 제3차 혁명 소요(혁명인지 반혁명인지는 보는 시각에 따라 해석이 달라지는데, 일반적으로는 그렇게 말한다)를 겪은 경험, 그가 온몸으로 맞닥뜨렸던 청 말의 반청 혁명의 여파는 여러 가지 형태로 이후 역사의 움직임을 혼란스럽게 만들었다. 그런 경험들이 루쉰의 인간관과 사회관, 사회비평의 입장에 직접적인 작용을 했기 때문이다. 그것은 민족적 혁명운동에 순진한 열정과 기대를 걸었던 청년 시대의 루쉰을 고려하지 않고서는 생각할 수 없는 것이다.

또 장빙린과의 관계로부터 부수적으로 발생한 것으로 루쉰의 중국 고전에 대한 관심과 공부, 특히 위진魏晉 시대 문학과 사회에 대한 연구가 있다. 위진의 문학을 이끌었던 장빙린의 영향이 그의 고전에 대한 지식을 심화하는 중요한 계시가 되었다고 생각되기 때문이다. 이것은 그와 나눈 대화에서 내가 감지했던 것이다(다만 장빙린은 위진 중 위를 우위에 두었지만, 루쉰은 오히려 진에 정통했다).

루쉰이 일본에 머물렀던 것은 8년간이었지만, [그때] 일본어를 배워둔 덕에 일본 책을 통해(혹은 일본어로 번역한 것 등에 의해) 죽을 때까지 일본과의 연결이 있었다고 할 수 있다. 개인적인 관계에서도 우치야마 간조 씨 같은 경우는 만년의 그와 가장 친밀했던 우인友人이었고, 정치적인 압박을 받는 그를 보호하고 숨겨주는 거처를 마련하는 등은 전적으로 우치야마 씨의 우의와 의협적인 정리에 의한 것이었다. 만약 우치야마 간조 씨가 그와 친구가 되지 않았다면, 내 생각에는 만년 루쉰의 활동은(그의 신변의 위험 때문에) 그만큼 대담할 수 없었을지도 모른다.

2

루쉰이 의학 공부를 지망했던 것은 소년 시절 아버지를 진료했던 중국 구식 의사의 처치가 아주 비과학적이었던 것에 대한 불만에서 촉발되었다. 그의 집은 조부가 관리(진사 급제자)로 상당한 지위에 있었지만, 어떤 뇌물 사건[정확하게는 과거 시험 부정; 옮긴이]의 혐의로 옥에 갇히게 되자 순식간에 가세가 기울었고, 아버지마저 중병에 걸려 죽어버리는 불행을 맞았다. 이에 다감한 소년의 마음은 심한 자극을 받았다. 루쉰은 《어사》 잡지에 기고한 〈자전〉에 다음과 같이 썼다.

"내가 열세 살이 되었을 때 우리 집은 순식간에 큰 변고(그의 조부가 투옥된)를 당해 거의 아무것도 남아나지 않았다. 나는 어떤 친척 집에 맡겨졌는데, 때로는 거지라 불리기도 했다. 그래서 집으로 돌아가기로 결심했다. 하지만 아버지는 중병에 걸렸다. 3년 이상을 앓다가 돌아가셨다."

또한 최초의 소설집 《외침》의 〈자서〉에서는 그 무렵의 비참한 가정 형편과 아버지의 병에 관해 이렇게 기술했다.

"일찍이 나는 4년 이상을 거의 매일 전당포와 약방을 다녔다. 언제인지는 잊어버렸는데, 약국의 점대는 나와 똑같은 높이였고, 전당포의 그것은 내 키보다 배는 높았다. 나는 갑절이나 높은 점대에 옷가지나 머리 장식을 올리고는 멸시를 받으며 돈을 받았다. 그 길로 곧바로 내 키와 똑같은 높이의 점대(약방 점대를 말한다)로 오랫동안 병치레를 하던 아버지를 위해 약을 사러 갔다. 집으로 돌아온 뒤에는 또 다른 일로 바빴다. 왜냐하면 단골 의사가 유명했기에 처방의 배합약도 유별나서 한겨울의 갈대 뿌리라든가, 3년 서리 맞은 사탕수수라든가, 일부일처주의를 고수하는 귀뚜라미라든가, 열매 맺은 평지목平地木이라든가…… 대체로 쉽사리 손에 넣기 어려운 물건을 마련해야 했었다. 그런데 아버지는 하루하루 위중해져서 돌아가셨다."

아버지의 병을 진료한 의사는 마지막에 신령술을 치료에 도입하려고 했다. 이것에 관해서는 〈아버지의 병〉[67]이라는 회상기에도

67 《아침 꽃 저녁에 줍다》에 수록되어 있다.

셨는데, 그 의사는 "의사는 병은 치료할 수 있지만, 명은 치료할 수 없다고들 합니다. 그래서 이것은 어쩌면 전생의 일이……" 등등의 말을 하고는 "혀는 곧 마음의 영험한 곳"이라며 혀끝에 단丹을 실어 악마를 퇴치할 것을 권했다. 하지만 명을 치료할 수 없다는 의사의 말대로 그의 아버지는 끝내 죽고 말았다. 아버지의 병과 죽음, 그리고 루쉰이 받은 상심과 치료에 임하는 의사의 태도는 자연스럽게 의술에 대한 그의 관심을 심화시켰다. 얼마 안 되어 난징의 광로학당에서 진화론 학설(옌푸嚴復가 번역한 헉슬리의 《천연론天演論》에 의한 것)을 접했고, 자연과학적 지식에의 지향과 연관해 《전체신론全體新論》이라든가 《화학위생론化學衛生論》 같은 서양 의학 관련 서적들을 탐독했으며, 해부, 생리, 위생에 관한 지식을 차츰 갖게 되었다. 그리고 그것은 아버지를 진료했던 의사, 곧 중국의 구식 의술에 대한 불신이 되어 새로운 의학에 대한 그의 열망이 되었다.

> "이제까지의 의사 의론과 처방약을 현재 알고 있는 것과 비교해 보니 차츰 중국의 의사는 의식적이거나 무의식적인 사기라는 것을 알게 되었다. 동시에 속은 병자와 그 가족들에 대해 동정심을 갖게 되었다. 또한 번역된 역사를 통해 일본의 유신은 대부분 서양 의학에서 발단했다는 사실을 알게 되었다."(〈자서〉 《외침》)

3

아버지의 약값 때문에, 또 처방의 배합 약을 구하느라 불운하고 빈곤한 집안의 장남이었던 루쉰은 4년 이상 괴로웠다. 아버지는 죽었지만, 아버지의 생명은 결국 무지한 의사에 속았다고 생각했기에 속아 넘어간 병자와 그 가족에 대한 동정이 일었다. 그때 이미 그런 자신의 불행을 타인의 불행에 치환하거나 발전시켜 자기 처지를 바로잡는 길(일반적이거나 사회적인 문제에까지 넓혀 생각함으로써 국가와 민족을 구하는 것)에 자신을 던지려 한 휴머니즘이 루쉰 삶의 방식을 주도했다는 것이 드러나 있다. 그것을 소년의 로맨틱한 꿈으로만 볼 수는 없을 것이다. 설사 꿈이라고 해도 그런 꿈을 그는 한평생 견지했다. 집요하게 견지하고 또 견지한 것에 의해 현실과 싸웠다. 루쉰은 훌륭한 의사가 되어 불행한 자기 나라 사람을 구하겠다고 생각했는데, 그 꿈은 더 큰 꿈과도 통했다. 그것이 그가 쓰고 있는 것처럼 유신,

곧 혁명과도 통한다고 생각했기 때문이다. 당시 시대 상황에 약간이라도 눈을 뜬 청소년이라면 누구라도 생각했던 것이지만, 외국으로부터 계속해서 압박받아 극히 쇠약해진 중국을 어떻게든 구해 바로잡지 않으면 안 된다는 애국적인 열망이야말로 그것을 궁극적으로 만족시키는 것이었기 때문이다. 이웃 나라인 작은 일본이 날마다 융성해 가는 것은 메이지유신의 단행에 의한 것이었고, 그 메이지유신은 난학蘭學[68]에서 발단한 과학적 지식의 도입과 관련 있는 것으로 생각했던 까닭이다. 장기간의 인습에 얽매여 있는 구태의연한 중국은 과학적 지식의 흡수를 통해 구하지 않으면 안 되는데, 이와 연관해 실제적인 인간 생활이나 생명과 관련 있는 의학과 의술로 계몽하고, 점차 구국으로의 혁명을 실현하겠다는 꿈을 그렸다.

"이 유치한 지식에 의해 나중에 나의 학적은 일본에 있는 한 지방의 의학전문학교에 두게 되었다. 나의 꿈은 아주 아름답고 만족스러웠다. 졸업하고 귀국하면 나의 아버지같이 그르친 병자의 질고를 치료할 것이고, 전쟁이 나면 군의관이 될 것이고, 한

68 '난학'은 일본 에도 시대에 네덜란드에서 전래된 지식을 연구한 학문이다. 일본 에도 시대에 서양의 의학과 과학지식이 보급되었고, 이것은 하나의 학문영역으로 정립되었다. 당시 일본은 도쿠가와 막부가 지배하고 있었다. 초기에는 서양에 대해 개방 정책을 폈으나, 그리스도교가 확산되자 통상수교 거부 정책으로 전환했다. 따라서 유일하게 선교 활동을 하지 않았던 네덜란드만 제한적인 교역이 허용되었고, 이를 통해 서양의 과학기술이 유입되었다. 일본에서 새로운 세력으로 부상한 상인층을 중심으로 네덜란드와의 교역을 통해 보급된 서양의 기술 서적을 연구하는 학문 활동이 활발히 일어났고, 이들을 난학자라고 하였다. 일본의 근대화에 대한 각성은 이들 난학자에 의해 싹트기 시작했다.

편으로는 중국인에게 유신으로의 신앙을 촉진할 것이고……”

(〈자서〉《외침》)

4

그런 꿈을 갖고 루쉰은 센다이의 의학전문학교에서 공부했다. 1학년 시험의 결과가 발표되었을 때 그는 일본 학생들 틈에서 중위권 성적이었다. 그런데 일부 학생들이 "중국은 약소국이라 중국인은 당연히 저능아일 것"(《후지노 선생》)이라 생각해서, 그가 그런 성적을 거둔 것은 후지노라는 해부학 교사가 시험문제를 누설했기 때문이라고 의심했다. 학급 대표는 노트를 검사하기 위해 루쉰의 방에 들어왔다. 나중에 이것은 일부 학생들의 오해에 지나지 않는다는 사실이 증명되었지만, 루쉰은 그런 모욕을 받았기 때문에 학교를 재미없다고 생각하게 되었다. 그리고 2학년에는 센다이를 떠나야만 했다. 그의 꿈을 완전히 깨버리는 사건을 만났기 때문이다.

"현재는 미생물학을 가르치는 방법으로 어떤 진보적인 방법이 있는지 모르겠지만, 그 무렵은 영화를 이용해 미생물의 형상을 가르쳤다. 그 때문에 때때로 강의가 일단락되고 시간이 남아 있을 때, 교사는 풍경이나 시사적인 필름을 학생들에게 보여 주며 남은 시간을 보냈다. 당시는 러일전쟁 때였기에 전쟁에 관한 필름이 비교적 많았다. 나는 그럴 때 교실에서 언제나 내 학우들의 박수와 갈채에 따라야 했다." (〈자서〉《외침》)

그 필름 가운데에서 그때까지 안고 있던 그의 꿈을 근본부터 뒤집어버리고, 이후 삶의 방향을 결정짓게 되는 장면과 마주했다.

"한번은 화면 속에서 생각지도 않게 오랫동안 헤어져 있던 수많은 중국인과 만났다. 한 사람이 한복판에 묶여 있고, 많은 이가 좌우에 서 있었다. 너나 할 것 없이 건장한 체격을 갖고 있었다. 그리고 흐리멍덩했다. 해설에 의하면 묶여 있는 이는 러시아를 위해 군사軍事상의 스파이 노릇을 했던 자로, 일본군에 의해 머리가 잘려 본보기가 될 것이었다. 그리고 둘러싼 이들은 그 본보기의 성대한 모습을 감상하는 자들이었다." (〈자서〉《외침》)

루쉰은 이 장면을 만나고 의학으로 중국인들을 구하겠다는 꿈에서 완전히 깨어났다. 의학 이전에 중요한 문제가 있다는 것을 알았기 때문이다.

"그 학년이 아직 끝나지 않았지만, 나는 곧바로 도쿄로 갔다. 그 필름을 본 이래로 느꼈다. 의학은 절대 긴요하지 않다. 무릇 우매하고 나약한 국민은 체격이 아무리 건장하고 우람해도 무의미한 본보기의 재료나 구경꾼이 될 수밖에 없고, 병으로 죽어가는 이가 많고 적은 게 반드시 불행이라고 할 수도 없다. 그래서 첫 번째로 해야 할 긴요한 일은 그들의 정신을 개조하는 일이다. 나는 당시 정신을 개조하는 데 좋은 것으로 문예를 밀고 나가지 않으면 안 된다고 생각했다. 그래서 문예 운동을 제창하려고 했다." (〈자서〉《외침》)

필름에서 그런 장면을 조우하고 의학에서 문학으로의 전향을 순간적으로 결심한 것인지에 대한 여부는 차치하고, 설사 그것이 결심하게 만든 크나큰 충격이었어도 그의 생각 속에서 문학으로의 지향이 배양되고 움직이고 있었던 것은 틀림없는 일이다. 연보에 의하면 루쉰은 일본에 처음 왔던 해인 1902년 무렵에 이미 "학과 공부 이외에 기꺼운 마음으로 철학과 문예 서적을 읽고 특히 인성과 국민성의 문제에 주의를 기울였다."라고 했다. [이것으로] 의학의 무력함을 알고 좀 더 유력한 문학으로 전향할 결심을 했다는 것, 문학에서 의학에 기댔던 지향을 한층 더 효과적이고 의미 있게 할 수 있는 것을 찾으려 했다는 것에서 우리는 그의 삶의 태도를 이끌고 나아가 그가 뜻을 세웠던 문학이 어떤 것이었는지를 확실히 파악할 수 있다. 그가 말했듯이 루쉰은 "정신을 개조"하기 위한 문학, 바꿔 말하자면 계몽을 위한 문학을 지향했던 것이다. 이것은 그가 처했던 사회, 그가 살았던 중국 사회의 역사적인 특질과 결부되어 있기 때문에 이를 뛰어넘어 그와 그의 문학을 생각할 수는 없다. 잠깐만 생각해 봐도 그다지 의미 없는 일이다.

그런 루쉰이 처음 일본에 왔던 해인 1902년은 량치차오梁啓超가 주재하는 《신소설》이라는 잡지가 일본(요코하마)에서 창간된 해였다. 루쉰이 이 잡지를 애독했다는 사실은 저우쭤런의 〈루쉰에 관하여〉로 알 수 있다. 곧 루쉰이 옌푸嚴復와 린수林紓의 번역서를 즐겨 읽고 영향을 받은 것을 다음과 같이 기술했다.

> "마지막으로 량런궁梁任公 (치차오啓超)이 편간編刊한 《신소설》이다. 《청의보清议报》와 《신민총보新民丛报》(모두 량치차오가 편간한 것) 등 어느 것이든 읽고 큰 영향을 받았지만, 《신소설》의 영향이 그것보다 훨씬 컸다. 당시 량런궁의 〈소설과 정치의 관계를 논함〉을 읽고 확실히 큰 영향을 받았다."

이 〈소설과 정치의 관계를 논함〉은 소설이 국민성에 미치는 영향이 크다는 것을 논하면서 "한 나라의 인민을 새롭게 하려면 먼저 소설을 새롭게 해야 한다."라는 것을 주지主旨로 삼아 '새로운 소설'을 제창하였다. 루쉰이 의학에서 문학으로 돌아섬으로써 국민의 정신을 개조하려는 생각을 갖게 된 것에 관해서는 이전에 이미 량치차오의 '신소설'론 등에 의해 문예의 계몽적 의의를 생각하였고 확고하게 믿고 있었다고 해야 할 것이다. 그런 루쉰의 사고방식이 의학을 지향하면서도 자신을 지배하고 있는 필름의 충격으로부터 의학 이전의 문제로 되돌아와 "의학은 중요한 것이 아니"라는 생각을 하게 만든 것이다. 말하자면 그가 의학을 하겠다는 지향과 문학을 하겠다는 지향은 똑같은 정신, 요컨대 국민을 구하겠다는 정신으로부터 나온 것으로, 그것은 단지 방법과 수단이 다른 것에 지나지 않는다. 휴머니즘에 의해 떠받히는 민족적 계몽이 그의 근저에 깔려 있었던 것이다.

그렇다 하더라도 센다이의학전문학교의 환등기 사건은 문학가로서의 그의 일생을 결정짓는 계기가 되었다.

5

센다이에서의 또 다른 중대한 일로, 평생 루쉰의 감격적인 추억이 되고 어떤 경우에는 그를 고무하고 격려하는 힘이 된 것은 그 당시 의학전문학교의 교사였던 후지노 겐쿠로藤野嚴九郎 선생이 그에게 보여 주었던 온정이었다.

루쉰의 '추억담'이라 부를 만한 소품집 《아침 꽃 저녁에 줍다》의 〈후지노 선생〉이라는 글 한 편에 후지노 선생에 대한 그의 추억이 실려 있다.

후지노 선생은 해부학 선생이었는데, "검고 야윈 얼굴에 팔자수염을 기르고 안경을 썼고" 억양이 있는 목소리로 강의했다. 이 선생은 특별히(라고 루쉰은 생각했는데, 후지노 선생은 어떤 것도 특별하게 대할 생각이 없었다고 한다) 혼자뿐인 타국 청년 루쉰을 친절하게 지도했다. 강의가 시작되고 1주일이 지났을 때 후지노 선생은 조수를 보내 루쉰을 연구실로 불렀다. 그리고 물었다. "내 강의를 필기할 수 있습니까?" 루쉰이 "그럭저럭할만합니다."라고 대답하자, "그것 좀 가져와 보게나."라고 말했다. 강의 노트를 전하자 후지노 선생은 [이삼일 뒤에] 일일이 빨간색으로 정정하여 고쳐 주고는 매주 한 번씩 제출하라고 했다. 루쉰은 그때 상황을 다음과 같이 썼다.

"나는 그것을 갖고 돌아와 펼쳐 보고 깜짝 놀랐다. 동시에 일종의 불안감과 감격을 느꼈다. 왜냐하면 나의 노트는 처음부터 끝까지 모두 빨간색으로 고쳐져 있었고, 미처 받아 적지 못한 많은 부분이 추가되어 있었을 뿐만 아니라 문법적인 오류까지 일일이 교정되어 있었기 때문이다. 이렇게 하는 것이 선생이 맡은 과목인 골학과 혈관학 및 신경학 강의가 끝날 때까지 줄곧 계속되었다."

후지노 선생이 루쉰을 친절하게 지도하는 것을 본 동급생 중 어떤 이들은 '루쉰이 학년말 시험에서 평균 60점 이상을 얻어 학급에서 중간의 성적을 거둔 것은 후지노 선생이 그에게 문제를 유출했기 때문'이라고 의심하기에 이르렀다. 그래서 "그대, 회개할지어다."라는 말로 시작되는 익명의 편지를 보내왔다. 이것은 얼마 뒤 일부 동급생들의 오해로 판명되었는데, 그 정도로 후지노 선생은 육친같이 루쉰을 지도했다. 그가 교실의 필름 속에서 러시아 스파이 노릇을 했다는 이유로 머리가 잘릴 중국인과 그것을 멍청히 구경하고 있는 건장한 체격의 동포를 본 이후 의학을 포기할 결심을 하고, 후지노 선생에게 말했을 때 "선생의 얼굴에는 어쩐지 비애가 어리고 뭔가 말하려는 듯했으나 아무 말도 하지 않았다."

> "센다이를 떠나기 며칠 전 선생은 나를 자기 집으로 불러 사진 한 장을 주었다. 뒷면에는 '석별惜別'이라는 두 글자가 쓰여 있었다. 내 사진도 받기를 희망한다고 하였다. 하지만 그때 사진을 찍어둔 게 없었다. 그러자 선생은 언젠가 찍어서 보내달라고 하시면서 가끔 연락해 향후의 모습을 알게 해달라고 하셨다."

그러나 이후 루쉰은 "몇 년간 사진을 찍은 적이 없었고 상황도 여의찮았다는 것을 말하면 선생이 실망할 것 같았기에 편지 쓸 마음이 들지 않았다." 그래서 "선생 쪽에서 말하자면 나는 일단 떠나고 난 뒤 마지막에는 소식이 묘연해져 버린" 상태가 되었다.

"그렇지만 왜 그런지 모르겠으나 나는 때때로 선생을 생각한다." 그리고 "내가 스승으로 떠받드는 사람들 가운데 선생은 나를 가장 감격하게 하고 고무 격려해 준 유일한 사람이었다." [루쉰은] 이렇게 [그를] 그리워했다. 루쉰은 후지노 선생의 그에 대한 애정을 해석하면서 선생의 중국에 대한 열의를 보고 과학자로서 학문에 충실했던 인격에 감격했다.

> "때로 생각나는데, 나에 대한 선생의 열렬한 기대와 지치지 않는 가르침은 작게는 중국을 위해, 곧 중국이 새로운 의학을 갖게 되기를 희망하는 것이고, 크게는 학술을 위해, 곧 새로운 의

학이 중국에 전해지기를 기대하는 것이었다. 선생의 이름은 결코 많은 사람에게 알려지지 않았지만, 그의 인격은 나의 심목 중에서는 위대한 존재였다."

후지노 선생의 국경을 초월한 애정은 그 뒤 루쉰의 마음속에 길게 자리 잡고 그를 고무하고 용기를 불어넣어 주었다. 그 강의 노트는 영원한 기념으로 세 권의 두꺼운 책으로 장정 되어 소중하게 간직했지만, 이사할 때 다른 짐들과 함께 잃어버린 것을 안타까워했다.

"선생의 사진만은 지금도 베이징의 우거寓居의 동쪽 벽 탁자 맞은편에 걸려 있다. 밤에 피곤해서 나른하니 졸음에 겨울 때 문득 고개를 들면 등불 속에서 선생의 검고 야윈 얼굴을 보게 된다. 방금이라도 억양의 변화가 있는 어조로 말을 하려는 듯하다. 그러면 나는 금세 양심의 가책이 들고 동시에 용기가 배가 되어, 담배를 한 대 붙여 물고 또다시 '정인군자'의 무리에게 크게 미움받을 글을 써 내려가게 된다."(〈후지노 선생〉)

루쉰 속의 일본, 그립고 좋은 쪽으로의 일본은 어떤 의미에서는 후지노 선생이 떠받쳐 주고 있다고 생각한다. 그의 일과 학문에 대한 열정과 근면한 점 때문에 루쉰은 누차에 걸쳐 일본인에 관해 "우리의 모범으로 삼아야 한다."라고 썼는데, 우치야마 씨에 의하면 항일 시기에도 여전히 "일본의 전부를 배척하더라도 그 성실함이라는 약만큼은 사야 한다."라고 말했고 한다. 루쉰에게 이런 일본을 심어

준 사고의 근저에 의식적이든 무의식적이든 은사인 후지노 선생의 면모가 새겨져 있었기 때문이고, 진지하고 성실한 인격에 대한 애정이 결부되어 있기 때문이다.

일찍이 사토 하루오 씨와 공동으로 내가 이와나미 문고를 위해 《루쉰선집》을 번역할 때 어떤 작품을 넣기를 희망하는지 루쉰에게 물어보았더니, 마음대로 골라도 좋은데 〈후지노 선생〉만큼은 꼭 넣어달라는 답장을 보내왔다. 그것은 [루쉰이 생각하기에] 일본에서 루쉰의 작품을 소개할 경우, 이 〈후지노 선생〉을 넣게 되면 단절된 지 오래된 선생의 근황을 아는 데 도움이 되지 않을까 싶어서였다. 하지만 《루쉰선집》이 출판된 뒤에도 후지노 선생의 소식에 관해서는 아무런 반향도 없었다. 루쉰이 죽기 삼 개월 전에 병상에 누워 있는 그를 방문했을 때도(《루쉰선집》이 나오고 일 년 뒤였다) 그는 "선생의 소식이 없는 것을 보면 이미 돌아가셨는지도 모르겠다."라고 했다.

하지만 후지노 선생은 루쉰이 죽은 뒤에도 여전히 건재했다는 사실이 밝혀졌다. 루쉰의 죽음이 일본에서도 크게 전해졌는데, 후지노 선생의 일에 흥미를 갖고 열심이었던 신문사와 연관된 사람들이 선생이 은퇴하여 고향인 후쿠이福井현의 가타이나카片田舍에 진료소를 열었다는 사실을 찾아냈기 때문이다.[69] 하지만 루쉰 자신은 '석별' 이래로 후지노 선생의 소식을 전혀 듣지 못하고 죽었다.

69 실제로 후지노는 1915년에 고향에 돌아가서 진료소를 설립하고 의사가 되었다. 루쉰 서거 후에 그는 〈삼가 저우수런 군을 회고함〉이라는 글을 썼다(일본의 《문학지남文學指南》 1937년 3월호에 게재되었다).

센다이의학전문학교 시절의 루쉰(당시는 저우수런周樹人)에 관해서 동창이었던 고바야시 다케오小林武雄라는 사람이 가이조사改造社《대루쉰전집》의 부록판인 《월보月報》에 다음과 같이 그의 학과 성적을 소개했다.

해부 59.3

생리 63.3

독일어 60

화학 60

조직 72.7

윤리 82

물리 60

평균 65.5

(142명 중 68등)

고바야시 씨는 은사인 후지노 선생에게 (루쉰이 죽은 뒤) 편지를 보내 루쉰에 관한 것을 여러 가지를 물은 다음 그 답장을 공개했는데, 고바야시 앞으로 보낸 후지노 선생의 편지는 다음과 같다.

"나는 소년 시절 사카이 번교酒井藩校를 나와서 노사카野坂라는 선생에게 한문을 배웠기에 중국의 성현을 존경하는 동시에 그 나라 사람들을 소중히 여기는 마음이 들었습니다.(중략) 저우周 군이 도둑이든 학자든 또는 군자든 간에 그런 것에는 괘념치 않았고 전무후무하게도 이방인 유학생은 저우 군이 유일했습니다. 그래서 하숙집을 주선하고 일본어 화법에 이르기까지 미흡하나마 편의를 봐준 것이 사실입니다."

또 당시 루쉰의 인상에 관해 고바야시 씨 자신은 다음과 같이 썼다.

"당시의 루쉰은 키가 그리 크지 않고, 병약한 체질 쪽에 속해 얼굴은 갸름하고 창백했으며, 이지적인 코와 꾹 다문 입매의 소유자였다. 별로 말이 없는 편으로 시종 조용하게 명상에 잠기는 데가 있었다."

6

센다이를 떠나 도쿄에 되돌아온 루쉰은 문예 운동을 일으키기 위해 먼저 잡지를 출판하려고 했다. 그러나 도쿄의 유학생들 가운데에는 법학이나 정치, 물리, 화학, 경찰, 공업 같은 것을 공부하는 사람이 많았고, 문학이나 미술을 하는 사람은 거의 없었다. 그런데도 유학생 중에서 몇 명인가 동지를 찾았고, 자금을 조달할 몇 사람을 모아 상의하여 잡지를 내는 쪽으로 이야기가 진행되었다. 그 무렵은 반만反滿(반정부)적인 민족혁명의 풍조가 청년들 사이에 성행했는데, 루쉰 역시도 혁명당원이었다. 그러는 한편 독일협회학교에서 독일어를 계속 공부하였고 혁명을 위한 여러 가지 실제적인 활동에도 참가했다. 미야자키 도텐宮崎滔天[70]의 거처 등에도 출입했다(이것은

70 미야자키 도텐宮崎滔天(1871~1922)은 구마모토현熊本県 출생으로, 1887년 기독교

내가 그에게서 직접 들은 것이다). 그리고 당시의 혁명이 복고적인 풍조와 밀접하게 연관이 있었기 때문에(이것은 만주족 청 왕조의 정치 지배를 타도하고 한족이 지배하는 중국으로 만들겠다는 의미에서 청 왕조에 앞선 한족의 명 왕조에 대한 사모가 주조를 이루었다. 그들이 일본에 남아 있는 명 말의 반청적인 문헌을 우에노上野의 도서관 등에서 복사해다가 출판한 것으로도 알 수 있다), 잡지의 출판 역시 문예 운동이자 동시에 멸만흥한滅滿興漢을 지향한 당시의 혁명 운동의 일익으로서 생각하지 않을 수 없었다. 미리 정해두었던 잡지의 제명 《신생》에 관해서도 루쉰은 나중에 이렇게 말했다.

> "새로운 생명이라는 의미로 이 잡지를 《신생》이라고 했는데, 사실 《신생》이라는 문자 자체는 지나치게 복고적인 문자였다." "《신생》의 출판기일이 임박했지만, 약간의 글을 쓰겠다고 한 사람들은 나타나지 않았고, 자본을 댈 사람도 도망가 버렸다. 그 결과 한 푼도 없는 세 사람이 남았다. 시작할 때부터 이미 시

에 입신하였으나 2년 만에 종교에 대한 신념을 버리고 아시아 근대 혁명의 실천에 가담하여 혁명가의 길을 걸었다. 1891년 중국 상하이로 건너가 결혼하였다. 이후 샴(지금의 태국) 식민 개척 사업에 착수하였지만 뜻을 이루지 못하고 귀국하여, 외무성의 명으로 중국 비밀결사의 정세 파악에 나서 중국 혁명당원과 교류하며 친분을 맺었다. 1897년 쑨원孫文과의 만남 이후 중국 대륙의 혁명운동을 지원하였다. 도쿄에서 망명 생활을 하던 쑨원과 장제스蔣介石를 지원하기도 했으며, 1900년 후이저우惠州 봉기 실패 이후 쑨원의 혁명 정신을 일본에 소개하였다. 1905년 쑨원 등과 도쿄에서 중국 국민당의 모체인 중국동맹회中国同盟会를 결성하여 신해혁명 이후에도 중국 혁명파를 지원하였다. 유럽에 침략당한 아시아를 구하기 위해서는 아시아 문명의 중심지인 중국의 근대화와 민중의 해방, 자유가 선결되어야 하며, 이러한 활동이 세계평화에 기여한다는 신념을 가지고 있었다. 1922년 51세로 병사하였는데, 상하이에서도 쑨원 등의 주최로 추도회가 열렸다.

대를 등지고 있었으니 실패해도 호소하러 갈 곳이 없었다. 그 뒤 이 세 사람조차도 각자의 운명에 의해 뿔뿔이 흩어져 한 자리에서 장래의 아름다운 꿈을 마음껏 이야기할 수도 없었다. 이것이 태어나지 못한 우리《신생》의 결말이었다."

잡지 내는 일에 실패한 다음에는 외국 소설을 번역 소개해서 중국에 새로운 문예를 일으켜 세우는 길잡이로 삼고자 했다. 그것이 아우인 저우쭤런과 공동으로 펴낸《역외소설집》1집과 2집이다. 그러나 이것도 거의 돌아볼 게 없었다. 그때《역외소설집》을 내고자 했던 주지에 관해서는 11년 뒤 재판의 새로운 서문 속에서 다음과 같이 밝혔다.

"우리는 일본에서 유학하고 있을 때 일종의 막연한 희망을 품었는데, 문예가 사람의 성격을 바꾸고 사회를 개조할 수 있다고 생각했다. 그런 생각으로부터 자연스럽게 외국 문학의 소개라는 것에 마음이 갔다."

그러나 이것을 처음 출판했을 때는 아무런 반향이 없어 그의 희망은 허무하게 무너져버렸다. 일찍이 루쉰은 그것에 관해 나에게 보낸 편지에서 다음과 같이 말했다.

"《역외소설집》의 발행은 1907년인가 8년으로(연보에 의하면 1909년 출판되어 있는데, 이쪽이 맞는 것 같다) 나와 저우쭤런이 일본 도쿄에 있을 때였지요. 그때 지나(원문 그대로)에는 린친난林琴南 씨가 고문古文으로 번역한 외국 소설이 유행하고 있었는데, 문장은 좋았지만 오역이 아주 많았기에 우리는 이점에 불만을 느껴 교정하고 싶다는 생각이 들어 출판했던 것입니다. 그러나 크게 실패했었지요. 제1집(1천 권을 인쇄했습니다)을 팔았는데, 반년이 지나서 어쨌든 20권이 팔렸습니다. 제2책(제2집이라고 해야 한다)을 인쇄할 때는 최소 500권인가 인쇄했지만, 이것도 결국 20권밖에 팔리지 않았습니다. 어쨌든 그해(1907년 혹은 1908년) 시작해서 그해에 끝났기에 얇은 2집뿐이었습니다. 남은 책(거의 전부인 남은 책)이 상하이에서 서점과 함께 소실되어 버렸고, 그래서 지금 있는 것은 진본珍本입니다. 아무도 진귀하게 여기지 않아도 말입니다. 내용을 말하자면, 모두 단편으로 미국의 앨런 포, 러시아의 가르신, 안드레예프, 폴란드의 시엔키에비치, 프랑스의 모파상, 영국의 와일드 등의 작품이며 번역문은 매우 어렵습니다(라는 의미는 구어가 아니라 문어로 번역했기 때문이다)."

《역외소설집》의 반향도 그랬고, 루쉰이 갖고 있던 문학운동의 열정이 식어버렸다. 사회의 무관심(또는 자신의 무력함)에 실망한 상태가 되었다. 그러는 와중에도 독일협회학교에 다니거나 독일 부인에게 독일어를 공부하였다. 문학운동에 실패한 후 독일로 건너가려고 계획했으나(그에게서 직접 들은 말) 이것도 실패로 끝났다. 독일로 건너가려고 했던 목적은 듣지 못했지만, 독일어를 매개로 하여 유럽의 문화를 접하고 싶다는 정도, 말하자면 젊은[이로 가졌을 법한] 동경이었을 거라고 생각한다(확실한 목적이 내 기억에 남아 있지 않은 것을 보면 그런 막연한 것이었다고 생각한다). 그러는 사이 고향의 가족 생활을 도와야 할 필요가 급박해졌고 고향으로부터의 귀국 재촉이 왔기에 결국 1909년 6월에 귀국했다. 일본에서는 의학, 문학 어느 쪽도 어중간한 정도의 수업이었다. 그러나 일본 유학 중에 투신했던 혁명 사업의 길은 귀국 후 교사를 하면서도 이어 갔다. 루쉰은 산적(그의 말에 의하면)과 왕래하고 연락하며 그들을 혁명 세력으로 이용하려는 일을 맡았던 듯하다. 하지만 귀국 후 그의 동정은 〈루쉰과 일본〉의 관계로서는 직접적인 것이 아니기 때문에 전기적으로 본 그와 일본의 연결은 1909년의 귀국과 함께 마침표를 찍고 말았다. 다만 일본에서 배운 일본어와 독일어는 그 뒤 오래도록 지식 흡수의 수단으로 그에게 적지 않게 도움이 되었다고 할 수 있다.

루쉰은 내가 그의 집에 드나들 무렵에도(그것은 1931년이긴 하지만) 매월 1백 위안가량의 일본 책을 우치야마 서점에서 사들였고, 독일 책을 판매하는 다른 서점에도 가끔 갔다. 그가 번역한 무샤코지 사네아츠武者小路實篤의 《어떤 청년의 꿈》, 구리야가와 하쿠손廚川白村[71]의 《고민의 상징》은 독서계에서 비상한 환영을 받았고, 만년의 병중에도 온 힘을 기울여 고골의 《죽은 혼》을 독일어로부터 중역했다. 이런 걸로 봐도 일찍이 일본에서 공부한 일본어, 독일어와 그의 관계는 얕지 않은 것이었다고 말할 수 있다.

71 구리야가와 하쿠손廚川白村(1880~1923)은 일본의 영문학자이자 문예평론가이다. 《근대의 연애관》이 베스트셀러가 되어 다이쇼 시대의 연애론 붐을 일으키기도 했다. 나쓰메 소세키夏目漱石의 소설 《우미인초虞美人草》의 작중 인물인 오노小野의 모델이라는 이야기도 있다.

7

루쉰을 생각할 때 문학가로 그를 떠올리는 사람은 일본 문학과의 관계에 대해 상상하게 된다. 그는 일본의 문학가인 오가이鷗外와 소세키漱石를 읽었다고 말했다. 또 후타바테이二葉亭도, 돗뽀獨步[72] 도 읽었다고 했다. 오가이(후타바테이 역시)의 경우는 [루쉰이] 그의 번역을 통해 외국 문학을 흡수했다. 소세키의 경우는 저우쭤런이 《나는 고양이로소이다》[73]의 해학적인 필치가 〈아큐정전〉에 영향을 주

72 구니키다 돗뽀国木田独步(1871~1908)는 일본의 소설가, 시인, 저널리스트, 편집자이다. 지바현千葉県에서 태어나 히로시마시와 야마구치현에서 성장했다. 아명은 가메기치亀吉이고 나중에 데츠오哲夫로 개명했다. 처음에는 시와 소설을 병행하다 나중에는 소설에 전념했다. 아울러 현재도 나오고 있는 잡지 《부인화보婦人畵報》의 창간자이자 편집자이기도 하다.

73 나쓰메 소세키의 대표작 중 하나로, 제목 그대로 해설 역 겸 화자가 고양이다. 1905년 1월에 단편소설로 하이쿠 잡지 《호토토기스ホトトギス》에 발표했는데, 반

었다고 말한 바 있다. 저우쭤런은 〈루쉰에 관하여〉(2)라는 글에서 일본 유학 시절의 루쉰과 일본 문학의 관계를 다음과 같이 기술했다.

"일본의 문학에 대해서는 당시 별로 주의를 기울이지 않았다. 모리 오가이森鷗外, 우에다 빈上田敏[74], 하세가와 후타바테이長谷川二葉亭 등의 사람들은 그들의 비평이나 번역문만을 중시했다. 다만 나쓰메 소세키가 해학적인 소설《나는 고양이로소이다》를 지어 유명했는데, 위차이豫才(루쉰의 자)는 인쇄본이 나오자마자 즉시 사서 읽었다. 매일《아사히신문》에 연재된 〈우미인초虞美人草〉도 열심히 읽었다. 시마자키 도손島崎藤村[75] 등의 작품에 관해서는 언제든 문제 삼지 않았다. 자연주의가 유행할

응이 좋아 다음 해 8월까지 11회분을 연재했다. 2편 도입부에서는 주인공인 고양이가 자신이 다소 유명해져 주인장 집에 팬레터가 오게 되었다고 말한다. 어딘가에서 태어났는지 모르는 버려진 새끼 고양이가 인근 학교의 영어 교사인 진노 구샤미의 집에 들어가 빌붙은 후, 자신이 고양이로서 겪는 일과 구샤미 선생의 생활, 그리고 그의 친구들과 주변 인물들에 대해 이야기하는 소설이다. 사회 풍자 성향이 강하며, 고양이와 인간 사회를 동시에 묘사한다. 고양이의 시선에서 인간을 바라보는 시니컬하면서도 제법 위트 있는 어투가 특징으로, 1982년에 애니메이션으로도 만들어졌다.

74 우에다 빈上田敏(1874~1916)은 일본의 평론가, 시인, 번역가이다. 교토제국대학 교수로, 시즈오카현의 사족士族 출신이다. 류손柳村이라는 호를 써서 우에다 류손이라는 필명으로도 집필활동을 했다.

75 시마자키 도손島崎藤村(1872~1943)은 일본의 시인, 소설가이다. 본명은 시마자키 하루키島崎春樹이다. 기후현에서 태어났고,《문화계》에 참가했다.

때, 다야마 가타이田山花袋[76]의 《후톤蒲團》[77]과 사토 고로쿠佐藤紅綠[78]의 《오리鴨》를 일독했을 뿐인데, 별다른 흥미는 느끼지 못했다. 위차이가 나중에 쓴 소설은 소세키의 작풍과 비슷하지 않지만, 그러나 조롱하는 가운데의 경쾌한 필치는 사실상 소세키의 영향을 받은 것이다. 하지만 심각하고 침중한 것은 고골과 시엔키에비치로부터 온 것이다."

유학 중일 때만이 아니라 몇 년 뒤에도 루쉰은 일본 문학과 관

76 다야마 가타이田山花袋(1872~1930)는 일본의 소설가이다. 본명은 로쿠야録彌이며 군마현群馬県 출생이다. 오자키 고요尾崎紅葉 수하에서 수련했는데, 나중에 구니키다 돗뽀, 야나기다 구니오柳田國男 등과 교류했다. 자연주의파의 작품을 주로 발표했으며, 기행문도 뛰어난 것들이 있다.

77 《후톤蒲団》은 다야마 가타이의 중편소설로, 일본 자연주의문학을 대표하는 작품 가운데 하나이며 사소설의 출발점에 위치한 작품이기도 하다. 《신소설》 1907년 9월호에 게재되었다. 뒤에 에키후샤易風社에서 간행된 《가타이집花袋集》(1908)에 수록되었다. 말미에 주인공이 여제자가 사용하던 이불 냄새를 맡는 장면 등 성을 노골적으로 그려낸 내용이 당시 문단과 저널리즘에 큰 반향을 일으켰다.

78 사토 고로쿠佐藤紅緑(1874~1949)는 일본의 극작가이자, 소설가, 배우이다. 본인의 의사에 반하여 집필하게 된 소년소설 분야에서 쇼와 초기 압도적인 지지를 받고, 소년소설의 일인자로 알려지게 되었다. 작사가이자 시인인 사토 하치로, 소설가인 사토 아이코佐藤愛子, 각본가이자 극작가인 오가키 하지메大垣肇의 아버지로, 셋 다 어머니는 다르다. 하지메는 애인의 자녀로 같이 살지는 않았다. 제자로 사토 소노스케佐藤惣之助와 독자적인 일본문화론을 제창한 후쿠시 고지로福士幸次郎 등 두 명의 시인이 있다. 후쿠시는 고로쿠의 식객으로, 고로쿠의 집안에 사건이 일어날 때마다 그 수습에 분주했다. 만년의 고로쿠는 소년들에게 이상을 설파하는 소설을 계속 썼지만, 아이러니하게도 별거하고 있던 하지메 이외의 장남 하치로를 비롯한 4명의 아들들은 모두 불량 청소년이 되었다. 하치로는 시인으로 성공했지만 다른 세 명은 난잡한 생활을 이어가다가 파멸적인 죽음을 맞았다. 고로쿠는 평생 그들이 진 빚의 뒤치다꺼리를 계속해야만 했다. 그 모습이 딸 아이코의 소설 〈혈맥〉에 그려져 있다.

계가 있었지만 그다지 밀접하지는 않았다. 저우쭤런이 말한 대로 소세키의 필치를 다소 본보기 삼았다 하더라도 그의 문학의 근저라고 말할 수 있는 것은 소세키와 달랐다고 생각된다. 그는 해학 속에서도 침통하고 깊은 어둠의 그림자가 잠복해 있었고, 역사와 사회로부터 태어날 때 받았으며 혁명적인 행동으로부터 반추해 왔던 국민적인 깊은 상처와 절규를 자기 안에 품었다. 이런 것에 그의 문학의 근저가 있었다. 그래서 소세키와는 다르고, 혹 영향을 받았다고 해도 필치 같은 것과 연관한 표현 기교 상의 문제였다고 말하는 게 좋을 것이다.

루쉰은 무샤코지 사네아츠의《어떤 청년의 꿈》과 구리야가와 하쿠손의《고민의 상징》을 번역했다. 어떤 저작을 자국어로 번역한다는 것은 역자가 그 원저에 대해서 갖고 있는 일반적인 사회적 의미 또는 특수한 개인적인 흥미를 토대로 한 것임이 틀림없긴 하지만, 루쉰이 개척하고 수립한 문학(소설과 소품 수필도 포함해서)을 평정심을 갖고 보면 무샤코지와 구리야가와를 포함해서(그 일부분을 참고로 한 경우에는 약간의 자양분이 되지 않았다고 할 수는 없다 하더라도) 당시 일본 문학이 [이에 대해서] 특별하거나 중요한 작용은 하지 못한 것 같다. 무샤코지, 구리야가와의 번역에 관해 생각해 보아도 문학에 담겨 있는 인도주의적인 주장이라 할 수 있는 사고방식, 곧 문학이 단지 위안거리가 아니라 그 근저에 고민을 담고 있다는 사고방식 정도가 루쉰의 견해와 통하는 정도라고 생각된다. 그렇기 때문에 작용했던 흔적이 약간 있다고 해도 그것은 저우쭤런의 말처럼 일부 필치에 소세키의《고양이》같은 것이 인정되는 정도일 뿐, 그의 혈육에 파고

들 만큼의 영향은커녕 피하까지도 통하는 것이 없다고 보인다. 일본 문학을 낳은 정신적이기보다는 역사적인 기반이 루쉰으로 대표되고 루쉰을 선구로 하는 중국 문학 태동의 정신적이기보다는 역사 사회적 기반과 아주 동떨어져 있었기 때문이라는 점이 중요한 문제라고 생각한다. 이것은 그가 가장 많은 영향을 받았다고 말할 수 있는 고골과 안드레예프, 시엔키에비치를 배태한 나라와 시대의 정신적 기반이나 역사 사회적인 기반을 감안해서 본다면 한층 더 확실하지 않을까.

만년에 상하이에 있던 루쉰을 두세 명의 일본 문학가들이 방문했는데, 그 회견의 인상기를 일본에 돌아간 뒤 발표했다. 그것을 읽은 루쉰이 자신이 한 말의 뉘앙스가 그대로 상대방에게 통하지 않은 것에 관해 나에게 보낸 편지에서 "나는 일본 작가와 중국 작가의 의견은 당분간 소통하는 게 어렵겠다는 생각이오. 우선 처지와 생활이 모두 다릅니다."라고 한 적이 있다. 처지와 생활이 다른 작가(또는 그 작품)는 오늘날에는 어찌 됐든 간에 당시에는 아주 분명했다고 생각한다. 그의 문학의 주안점이 처지와 생활의 차이 및 그것에 작용하여 개혁하는 것에 있었다면, 일본 문학으로부터 얻은 게 있다고 해도 그것은 앞서 말한 바와 같이 약간의 표현 기교적인 면이거나 추상적인 이론 지식이었다는 것은 이해가 된다. 그러나 그것은 일본 문학에서 직접 온 것이 아니라 세계적인 문학론을 가져온 뒤 일본인이 해설하고 논의한 것에 지나지 않는다. 나중에 루쉰이 프롤레타리아문학을 지향하는 데 일본인의 저작과 번역서가 도움을 주었다는 사실도 무시할 수 없다.

이를테면 루쉰은 가타가미 노보루片上伸[79]의 《현대 신흥문학의 제 문제》를 번역했는데, 그 밖에도 가타가미 노보루와 아오노 스에키치青野季吉[80]의 평론을 여러 개 번역했다. 루나찰스키의 《예술론》을 노보리 쇼무昇曙夢[81]의 일본어 번역으로부터, 루나찰스키의 《문예와 비평》을 가네다 죠사부로金田常三郎[82], 스기모토 료기치杉本良吉[83], 시게모리 타다시茂森唯士[84], 구라하라 고레히토藏原惟人[85] 등의 일본어 번역으로부터 중역하고 편집했다. 또 소련 공산당 중앙위원회의 당 문예 정책에 관한 토론 기록인 《문예 정책》을 구라하라

79 가타가미 노보루片上伸(1884~1928)는 일본의 문예평론가이자 러시아 문학가이다. 초기에는 덴켄天弦이라는 호로 집필활동을 해서 가타가미 덴켄이라는 이름으로도 알려졌다.

80 아오노 스에키치青野季吉(1890~1961)는 일본의 문예평론가이다.

81 노보리 쇼무昇曙夢(1878~1958)는 러시아 문학가이자 정교회 신도로, 일본에 정교회를 전도한 니깔라이 까싸트낀의 문하생 중 한 사람으로 알려져 있다. 만년에는 아마미奄美 군도의 본토 복귀 운동에 진력했다.

82 가네다 죠사부로金田常三郎(1890~1961)

83 스기모토 료키치杉本良吉(1907~1939)는 일본의 연출가로 여배우이자 아나운서였던 오카다 요시코岡田嘉子와 함께 소련으로 망명했으나, 스파이로 몰려 총살되었다.

84 시게모리 다다시茂森唯士(1895~1973)는 일본의 저널리스트이자 평론가이다. 구마모토熊本 출생으로 도쿄외국어학교를 졸업했다. 처음에는 좌익이었다가 전시에 전향했고, 전후에는 반공의 논전을 벌여 나갔다. 산케이신문産経新聞 논설위원, 세계동태연구소 소장, 인권옹호조사회 상임이사 등을 역임했다.

85 구라하라 고레히토藏原惟人(1902~1991)는 일본의 평론가이다. 필명은 후루카와 소이치로古川荘一郎이다. 도쿄시 출신으로 도쿄외국어학교에 진학해 러시아어를 배웠다. 졸업 후 1925년 《미야코신문都新聞》 특파원으로 러시아에 유학했다. 1926년 귀국 후에는 《키네마순보キネマ旬報》에 기고하며 당시 일본에는 수입이 허가되지 않았던 작품들을 소개했다. 같은 해 프롤레타리아 예술동맹에 가입했다. 이후 일본의 좌익문예를 대표하는 인물이 되어 수많은 저작을 남겼다.

고레히토와 소토무라 시로外村史郎[86]의 일본어 번역으로부터 중역했고, 플레하노프의 《예술론》도 소토무라 시로의 일본어 번역으로부터 중역했다.

86 소토무라 시로外村史郎(1890~1951)는 러시아 문학가이다. 후쿠시마현福島県 출신으로 본명은 바바 데츠야馬場哲哉다. 러시아 문학가였던 에가와 다쿠江川卓의 아버지로, 와세다대학에서 러시아 문학을 공부했다. 초기에는 본명으로 러시아 문학을 번역했는데, 뒤에 소토무라 시로라는 이름으로 사회주의문학과 예술이론 등을 번역했다. 와세다대학, 도쿄외국어학교의 강사를 지내다 외무성 촉탁으로 1941년 만주로 건너갔으나, 패전 후 시베리아에 억류되어 그대로 객사했다.

8

루쉰과 특별한 관계를 맺었던 일본인을 생각해 보면 후지노 선생 외에도 아우인 저우쭤런의 처 하부토 노부코羽太信子라는 부인과 상하이에서 우치야마 서점을 경영했던 우치야마 간조 씨가 먼저 떠오른다. 하부토 노부코는 오히려 루쉰의 생애에 있어서 마이너스 역할을 했으나, 그의 마음속에서 마이너스가 됐든 뭐가 됐든 어느 정도의 그림자를 드리우고 영향을 준 사람으로 [허투루] 보아 넘길 수는 없는 존재였다. 훗날 아우인 저우쭤런와 루쉰의 불화에 하부토 노부코가 큰 원인을 제공했다고 생각되기 때문이다.

하부토 노부코는 일본 유학 중에 도쿄에서 루쉰과 저우쭤런이 하숙했던 집 딸이었다. 루쉰의 도쿄 시절의 친구였던 사오밍즈邵明之에게 직접 들은 이야기가 쉬광핑 여사의 《쉬서우창許壽裳 선생과 루쉰 선생》에 다음과 같이 기록되어 있다. “당시 그(사오밍즈)와 루쉰 선생은 같은 집에서 살았는데, 집주인의 딸이었던 노부코가 시종 그들에게 밥을 가져다주고 집안 청소를 해주는 등 이른바 하녀 역할을 해주었다." 그래서 루쉰은 노부코와 처녀 시절부터 알고 지내는 사이였는데, 나중에 그녀가 저우쭤런의 부인이 되어 베이징의 바다오완八道灣에서 같은 집에 살게 되면서부터(라고 생각된다) 노부코는 형인 루쉰에 대해 기분 좋은 태도를 보이지 않았던 것 같고, 노부코가 개입함에 따라 저우쭤런과의 사이도 자연스럽게 틀어졌던 듯하다. 구체적인 원인 등에 관해서는 소상히 밝혀지지는 않았는데, 루쉰이 당시 노부코에게 불쾌한 일을 당했던 것에 관해서는 뒷날 나에게 말해 주었다. 또 그것에 관해서는 루쉰과 저우쭤런의 오랜 친구이기도 하고 유학 시절부터 노부코를 알고 있었던 쉬서우창의 최근 출판된 《망우 루쉰 인상기》 속에 다음과 같이 기록되어 있다. "쭤런의 처 하부토 노부코는 히스테릭한 여자로 루쉰에게 겉으로는 공손한 척했으나 내심으로는 싫어했다. 쭤런은 본바탕이 어리석어 경솔하게 부인의 말을 듣고 여러 상황을 고려하지 않았기" 때문에 "형제는 사이가 나빠지고 말았다." 그리고 그가 어느 정도 "힘을 다해 풀어보려고 했지만 결국 효과가 없었다."

루쉰이 저우쭤런의 가족과 동거하고 있을 때 저우쭤런의 아이들, 곧 조카들을 위해 과자 등을 사 왔을 때도 노부코가 그것을 버리게 했다는 것을 그는 분노의 기색을 띠고 말했던 적도 있었다.

저우쭤런과의 불화는 그 원인을 천착할 만한 것이 있는지 모르겠지만, 노부코가 루쉰을 멀리하고 루쉰이 그녀에게 품었던 불만으로 인해 생긴 두 사람의 감정적인 거리감이 자연스럽게 쭤런에게도 영향을 주었고, 그것이 불화의 주된 원인이라는 견해를 갖고 있는 사람들이 많다. 나도 그 설에 동의한다. 처음에는 극히 사이가 좋았던 형제였다. 《역외소설집》을 공동으로 번역하고, 그 책의 재판 서문을 루쉰이 썼는데 저우쭤런의 이름으로 출판하고(《콰이지 군고사잡집會稽郡故事雜集》도 루쉰이 집성하고 1915년 저우쭤런의 이름으로 출판했다), 베이징대학에서 저우쭤런에게 배당되었던 중국 소설사 강의를 루쉰이 이전부터 연구했다는 이유를 들며 추천하여 명저 《중국소설사략》이 세상에 나오는 계기가 되게 하는 등 아무튼 부러워할 만한 형제였다. 그랬건만 뒷날 베이징 바다오완에서 동거한 이래로 소원해지고 사이가 나빠졌다고 전해진다. 형제의 불화는 인간적인 비극이라고 할 수 있기에 여기에 개입된 여성인 하부토 노부코는 루쉰과 특수한 관계를 갖는 일본인으로 들지 않을 수 없다.

민국 초기의 《루쉰 일기》를 보면, 당시 아직 사오싱의 본가에 있는 저우쭤런과 하부토 노부코(외에 저우쭤런과 노부코의 동생 요시코芳子도 동거)에게 루쉰은 매월 1백 위안의 생활비를 보냈다. 또 노부코의 도쿄 본가에도 매월 20위안(15위안일 때도 있었다)의 생활보조비(?)를 보냈다. 그 밖에 노부코의 동생 시게히사重久가 군대에 들어갈 때도 입영비를 보냈고, 여동생인 후쿠코福子에게는 학비를 보내 주었다. 《일기》를 보면 그 무렵 루쉰의 월봉은 260~70위안인데, 현금은 210위안이고 나머지는 국채로 지급된 적이 많았다. 상세한 사정에 관해서는 알 도리가 없지만, 아무튼 하부토 노부코와 그 일가에 대해 루쉰이 어지간히 마음과 돈을 썼다는 게 《일기》의 행간에 보인다. 그랬는데 나중에 그녀가 루쉰을 싫어하게 된 것이다. 그녀에게

'일본인'이라는 우월감이 늘 따라다녔기 때문이었을 수도 있다고 생각한다.

[추기] 1961년에 출판된 쉬광핑 여사의 《루쉰회억록》 속에 불화에 관한 일이 구체적으로 기술되어 있다.

하부토 노부코와는 정반대로 루쉰에게 플러스 역할을 했다고 말해도 좋은 일본인은 후지노 선생 외에 우치야마 간조 씨였다고 말할 수 있다. 우치야마 간조 씨의 이름은 '루쉰과 일본'을 생각할 경우(일본이라고 하는 '것'은 구체적으로 개인적인 인간 속에 있다고도 말할 수 있기 때문에), 아무래도 빠뜨릴 수 없다. 우치야마 씨는 루쉰의 만년 십 년간 친우인 동시에 패트론이었고 어떤 경우에는 생명의 보호자이기도 했다.

> "죽기 10여 년 전 루쉰 선생이 광둥의 중산대학에서 상하이로 돌아왔던 그 시점에, 마침 나는 푸민병원福民病院 바로 앞의 노지에 서점을 열었다. 그곳에 [루쉰이] 갑자기 혼자 나타났다. 나는 보자마자 조금 별난 사람이라고 생각했지만, 루쉰 선생이라고는 확신하지 못했다.
> 그 뒤 가끔 와서 책을 사 갔다. 때로는 너덧 명의 사람을 데리고 올 때도 있었다. 오면 반드시 책을 사 갔다. 일본어도 어지간히 잘했다. 어떤 날은 많은 책을 [서가에서] 꺼내 집에 보내달라고 했다. 어디냐고 물으니 둥헝방루東橫浜路 징윈리景雲里의 노지

가운데라고 했다.(중략) '이름은 어떻게 됩니까?'라고 물으니 '저우수런'이라고 써 주었다. '어허, 이녁이 루쉰 선생입니까?'라고 비로소 알아보았다. 그 뒤 차차 이야기를 나누게 되었다. 그 뒤라는 것은 여러 사람을 끌고 와서 걸터앉아 논의했다."

이것은 우치야마 씨의 《루쉰 추억》이라는 글의 첫머리인데, 그런 식으로 루쉰과 우치야마의 교우가 시작된 것은 1927년의 일이었다. 그 뒤 1936년에 죽을 때까지 10년간의 깊은 교분이 이어졌다. 그리고 루쉰이 죽기 전날 우치야마 씨에게 보낸 편지(절필)는 다음과 같다.

주인장
뜻밖에도 한밤중부터 다시 기침이 시작되었소. 그래서 10시의 약속(우치야마 서점에서 사람을 만나는 약속)은 지킬 수 없을 듯하니 몹시 미안하오. 부탁이 하나 있는데, 전화로 스토 선생을 불러 줄 수 있겠소? 빨리 좀 부탁하오.
그럼 이만

10월 18일 L 배상

루쉰은 마지막까지 우치야마 씨의 도움을 청했던 것이다.

우치야마 씨는 그때까지도 정치적 압박을 받았던 그의 신변에 관해 신경을 썼고, 음으로 양으로 도움을 주었으며, 루쉰도 그를 전폭적으로 신뢰했다. 우치야마 씨가 그의 신변 위험을 어떻게 지켜주었는지 《루쉰 추억》에서 다시 인용해 본다.

> "그 무렵 급히 징원리에서 숙소를 옮겼는데, 그 배후에는 루쉰 주변에 점차 닥쳐오는 위험이라는 사정이 있었다.
> 집을 옮기고 싶다고 해서 '어디로 알아볼까요?'라고 물었더니 '알아보고 자시고 할 여유가 없어요.'라고 했다. '그러면 [우리] 집에 계세요.'라고 권유했는데, '이녁의 집은 사람들 출입이 너무 많아 안 되겠소.'라고 했다. 그래서 라모스 아파트에 사는 내 친구가 세관에 나가고 있는데, 칭다오로 옮겨서 집이 비어 있으니 거기에 머무는 건 어떠냐고 물었다. 거기가 좋겠다고 해서 내 이름으로 아파트를 빌려 바로 그날 몸만 옮겼다. 내 명함을 붙이고 들어간 데다가 옆방은 영국인으로 루쉰의 기거를 전혀 몰랐다. 그럭저럭 지내는 사이에 루쉰의 학생이 쫓겨 거기로 도망쳐 들어왔다. 어떤 사건이었을까? 위험하다고 해서 그 집을 그대로 두고는 화위안좡花園莊(일본인이 경영하는 숙소로, 주인은 우치야마 씨의 친구였고 숙박객은 일본인뿐이었다)으로 옮겼다. 빈방이 없다고 해서 안쪽의 종업원 방에 들어갔다. 세 식구가 코가 맞닿을 정도로 좁은 방에서 기거했다. 거기에서도 루쉰이라는 걸 아는 사람이 전혀 없었고, 완전히 지하로 잠입한 일상을 보냈다.
> 그 뒤에도 그런 일이 두세 번 더 일어나 어쩔 수 없어 우리 집 3층으로 도망쳐 왔는데, 좁은 곳에 있다 보니 연금 상태나 마찬가지라 할 수 있는 감시를 받았다."

이것으로도 알 수 있듯이 우치야마 씨는 루쉰 생명의 보호자였다. 우치야마씨가 없었다면 만년 루쉰의 활동(문필 활동뿐이긴 했지만)은 아마도 정지 상태까지는 아니었어도 신변의 위험으로 많은 구속을 당하여 어떻게 형태가 바뀌었을지 모른다. 적어도 그가 그런 활동을 이어갈 수 있었던 이면에는 우치야마 씨의 유무형의 도움과 보호가 있었다는 것을 간과할 수 없다.

당시 그와 정치적인 의견이 다른 입장에 있던 권력으로부터 루쉰이 압박을 받았던 것은 어쩔 수 없는 것이었는데, 위정자 입장에서는 [루쉰이] 발칙하고 괘씸하게 보였을 것이고 거추장스러운 존재였던 것은 틀림없다. 그러나 루쉰은 가장 열렬한 애국자였고, 그의 붓은 항상 중국 전체 인민과 특히 미래를 지향했다. 그것은 어린이같이 순진한 그의 성실에서 나온 것으로 일당 일파의 정치적 견해에 의한 압박은 그대로 승복 되어서는 안 되는 것이었다. 그런 것을 기독교도인 우치야마 씨는 마음속 깊이 새기고 있었다. 이와 함께 일본인인 그는 중국의 국내 정치로부터 직접적인 제재를 받지 않는 일종의 치외법권적인 입장에 있었기 때문에 국내 정치의 관계로부터 압박받았던 루쉰을 보호하고 도와주는 것이 가능했다는 편리한 점도 있었다.

루쉰이 청년기의 면학 시절을 일본에서 보내면서 이후의 여러 가지 활동을 제대로 할 수 있게 준비했고, 만년의 가장 열정적인 활동기에 자신의 생명을 일본인에 의해 지킬 수 있었던 것을 생각하면, 일본이 적어도 그 개인의 생애에서는 플러스의 의미를 가졌다는 것은 부정할 수 없다.

9

일본 땅은 바야흐로 가을빛이 완연할 제扶桑正是秋光好
붉은 단풍잎 초겨울을 비추고 있겠네. 楓葉如丹照嫩寒
늘어진 버드나무 꺾어 돌아가는 길손 전송하니却折垂楊送歸客
이 마음 동쪽으로 떠나는 배를 따라 지난 시절 그리네.心隨東棹憶華年

이것은 내가 일본으로 돌아갈 때 루쉰이 써준 송별시(이 시는 그의 《집외집습유》에 〈마스다 와타루 군의 귀국을 송별하며〉라는 제목으로 수록되어 있다)이다. 일본의 풍광을 그리워하며 내가 동쪽으로 돌아가는 것을 보면서 자신의 젊은 날을 추억한다는 의미인데, 지난 시절華年 젊은 날의 일본에 대한 추억은 그에게는 언제까지나 그리운 듯하다. 그는 당시 일본에 한 번 더 가보고 싶다는 의향을 갖고 있었다. 그래서인지 생각나는 것은 그가 내게 규슈대학九州大學의 강사로 1년 정도 부임해도 괜찮겠다고 말한 것이었다.

그가 이렇게 말하는 것은 우리 학교 후배인 모 군이 상하이에 여행하러 왔을 때 규슈대학에 중국 문학을 강의할 교수가 없어서 사람을 찾고 있다는 말을 했던 터라, 나는 루쉰이 가면 좋겠다고 생각해 그의 의향을 물었기 때문이다. 그랬더니 그가 일 년 정도면 가는 것도 괜찮겠다고 말한 것이다. 나는 도쿄의 시오노야 온鹽谷溫 박사(나의 학생 시절 은사)에게 편지를 써서 그 일을 주선해 줄 것을 부탁했다. 시오노야 박사는 루쉰과 일면식도 있고 《중국소설사략》을 통해 루쉰이 이 방면의 권위자라는 것도 알고 있었기에, 실현될 거라 기대했다. 그러나 시오노야 박사는 아무런 회답을 보내지 않았고 계획 역시 흐지부지되었다. 지금까지도 나는 이것을 안타깝게 여기고 있다. 당시의 루쉰은 항상 주위를 경계해야 하는 답답한 생활을 했기에, 차라리 일본에라도 가서 느긋한 생활을 하게 하면 어떨까 생각했기 때문이다. 루쉰은 심신을 정양하기 위해서, 나는 추억 어린 일본에 한 번 더 가보고 싶어 하는 [그의] 희망을 실현시키기 위해서 일본에 초대하고 싶은 꿈이 있었다. 이것은 꼭 개인적인 정 때문만은 아니었다. 나는 학생 때 중국 문학을 전공했는데, 상하이에서 날마다 접하면서 본 그의 학문은 원래부터 뛰어났다. 무엇보다도 중국의 역사와 현실에 대한 깊은 통찰과 예리한 비판의 안목이 있었다. 그리고 그 자신이 중국 문학 또는 문화를 몸소 살아온 사람이었고 지금 그것을 살아가는 실재라는 것을 생각하면, 그런 사람을 일본에 모셔다 중국 문학과 문화에 관해 알고자 하고 연구하고자 하는 청년 학생을 지도한다면 학생들뿐만 아니라 일본의 일반 지식인에게도 얼마나 큰 의의가 있을까? 나 자신의 학창 시절, 책 말고는 아무것도 몰랐던 당시를 되돌아보고 절실하게 생각했지만, 나의 꿈은 실현되지 못했다. 중국 입장에서 보자면 루쉰이 겨우 일 년일지라도 중국 땅을 벗어나지 않고 문필 활동을 이어 가는 것이 좀 더 의미 있는 것이었고, 일본에 모셔오겠다고 생각한 것은 나의 하찮고 사사로운 정에 지나지 않았다. 오히려 주제넘은 희망이었다고는 생각하지만, 지금도 내 마음 한구석에는 변함없이 아쉬움이 남아 있다. 어찌되었든 모처럼 그가 1년 정도라면 가는 것도 좋겠다고 허락까지 했음에랴.

하나 더 아쉬운 게 있다. 만년에 폐병이 위중해져 우치야마 씨와 주치의인 스토 의사가 전지 요양을 고려했는데, 스토 씨는 가마쿠라鎌倉를, 우치야마 씨는 운젠雲仙을 각기 적당한 곳이라고 골라 권유했다. 루쉰 자신도 그들의 권유에 따라 일본으로의 전지 요양을 고려해 어느 정도는 가는 것이 괜찮겠다는 생각을 한 듯하다. 가마쿠라에는 스토 씨의 별장이 있어 거기로 갈 것이라 결정한다면 미리 맞이할 준비를 해 두라고 상하이의 우치야마 씨에게서 언질이 왔다. 그 뒤 루쉰의 병세가 점점 더 위중해져서 상하이로 병문안을 가겠다는 편지를 우치야마 씨에게 보냈더니, 내가 귀국할 때 루쉰과 함께 가 달라고 할지도 모른다고 했다. 그렇지만 내가 상하이에 갔을 때는(그가 죽기 삼 개월 전) 이미 병세가 많이 진행되어 일본으로의 전지 요양은 무리라서 홍콩으로 가야 할지도 모르겠다는 말이 오갔다. 그때 나는 상하이에서 한 달 정도 머물렀는데, 엑스선 촬영에 의하면 루쉰의 폐가 이미 90퍼센트 정도 손상되었다는 것을 알 수 있어 회복은 절망적이었다. 그러나 어쩌다가 소강상태가 되면 일본에 방문할 수 없는 건 아니라는 부질없는 희망을 품고 귀국했는데, 사실 그 뒤 그는 아무 곳도 가지 못하고 세상을 떠났다. 스물아홉에 일본을 떠난 이래로 다시 일본 땅을 밟지 못하고 작고한 것이다. 그것은 그의 생애와 일에 있어서 아무런 의미가 없는 일이긴 하지만, "이 마음 동쪽으로 떠나는 배를 따라 지난 시절 그리네."라며 일본을 향한 마음을 남기고는 다시 갈 수 없었던 것이 내 개인적으로는 아쉬움이 남는다. 그런데도 생전에 그의 작품이 일본에서 제법 번역되었고, 대표작인 〈아큐정전〉 같은 경우는 4종이나 출판되었으며, 사후에 바로 일본에서(중국에서보다 빨리) 가이조샤改造社의 《대루쉰전집》([전체의] 80퍼센트 정도의 전집이긴 하지만)이 출판된 것은 그 자체로 보아도 그와 일본의 관계가 일천한 게 아니라는 것을 보여 준다. 루쉰이 일본에서도 통하는 뭔가를 갖고 있었다는 것을 증명하는 것이라 할 수 있으리라.

그러나 일본에서 루쉰의 작품을 읽어야 하는 것은 오히려 지금부터일지도 모른다. 이렇게 말하는 것은 일본의 금후 현실과 연관이 있는데(그의 문학이나 문필적인 일은 그런 성질의 것이었기에), 패전 이래로 일본의 현실과 인심은 완전히 변모해 혼란스러워졌다. 이전의 중국, 곧 루쉰이 그의 문필 활동을 해 나가야 했던 당시의 중국과 어딘지 닮아가는 것 같다. 이를테면 〈아큐정전〉의 '아큐'가 당시 중국적인 성격 가운데 하나의 전형을 취한 걸작이라고 말한다면, 오늘날의 일본에서도 우리 주변에, 묘하게 우리 자신 속에도 '아큐'가 있는 것을 새삼스럽게 깨닫게 되는 경우가 많지 않은가? 그런 것을 보아도 루쉰과 일본의 관계는 오늘날이나 지금부터의 문제로서도 밀접하게 연결된 것이 있다고 생각된다.

(1947년 11월)

루쉰의 죽음-세 통의 편지

루쉰이 세상을 떠난 지 벌써 20년이 되었다. 그가 죽었을 때 나는 향리인 시마네에 있었는데, 아버지에게서 "방금 라디오 뉴스에서 루쉰 선생이 돌아가셨다고 했다."라는 말을 들었다. 하지만 나는 그것이 사실이라고 믿을 수는 없다는 생각이 들었다. 그럴 만도 한 것이 그 무렵 편지를 자주 주고받았고, 이삼일 전에도 루쉰으로부터 편지가 왔고, 나 역시도 며칠 전 보냈기 때문이다. 그랬는데 갑자기 죽었다니 반신반의하는 기분이 들지 않을 수 없었다.

마침 《중국문학월보》에서 루쉰 특집호를 내게 되었다며, 편집자인 다케우치 요시미竹內好가 편지로 나에게 루쉰의 저역서 목록을 만들어달라고 했다. 《중국문학월보》는 중국문학연구회의 기관지이다. 중국문학연구회는 지금 《루쉰선집》(이와나미판)의 편집 편역자로 이름을 내걸었던 다케우치 요시미, 마쓰에다 시게오松枝茂夫, 나 이

외에도 다케다 다이준武田泰淳[87], 오카자키 도시오岡崎俊夫[88], 사네토 게슈實藤惠秀[89], 오노 시노부小野忍[90], 이이즈카 아키라飯塚朗[91], 지다 구이치千田九一[92] 등 대학에서 중국 문학을 전공한 이들이 꾸

87 다케다 다이준武田泰淳(1912~1976)은 일본의 소설가이다. 제1차 세계대전 전후파 작가로 활약했다. 주요 작품으로《사마천司馬遷》,《독사의 자식蝮のすゑ》,《풍매화風媒花》,《반짝 이끼ひかりごけ》,《후지富士》,《귀족의 계단貴族の階段》,《쾌락》 등이 있다.

88 오카자키 도시오岡崎俊夫(1909~1959)는 중국 문학자로 아오모리현青森県 출신이다. 도쿄제국대학을 졸업하고 아사히신문 기자를 지냈다.

89 사네토 게이슈實藤惠秀(1896~1985)는 일본의 중국 문학자이자 중일 관계 연구가이다. 와세다대학에서 중국유학생사로 문학박사 학위를 취득한 뒤 모교에서 교수로 임직했다. 주로 중일 문화교류 연구에 종사했다.

90 오노 시노부小野忍(1906~1980)는 일본의 저명한 중국 문학자로, 도쿄대학 명예교수를 역임했다. 도쿄에서 태어났으며, 1926년 도쿄제국대학 문학부 중국문학과에 입학해 시오노야 온에게 배웠다. 1929년 졸업한 뒤 1934년 후돈보冨山房출판사에 입사해 백과사전의 편찬에 종사했다. 중일전쟁 중에는 만철満鉄 조사부원으로 상하이에 주재하며 민족연구소의 촉탁으로 몽골의 서북연구소에 가서 현지에서 중국 무슬림 조사에 참여하기도 했다. 전후 1946년 이래로 고쿠카쿠인대학國學院大學, 도쿄대학, 규슈대학, 교토대학 등에서 비상근강사를 지내다 1952년 도쿄대학 동양문화연구소의 전임강사가 되었고, 1955년 도쿄대학 문학부 조교수, 1958년 교수가 되었다. 다수의 연구 저작을 남겼다.

91 이이즈카 아키라飯塚朗(1907~1989)는 일본의 중국 문학자이자 작가이다. 요코하마横浜 태생으로 제일고등학교를 졸업하고, 도쿄대학 문학부 중국철학문학과를 졸업했다. 재학 중 동인지《도다이파東大派》를 간행했다. 중국문학연구회에서 다케우치 요시미竹内好, 다케다 다이준武田泰淳, 마쓰에다 시게오松枝茂夫 등과 교류했다. 1938년 베이징으로 건너가 중화민국 신민회 조사부에서 근무했다. 1943년에는 화북영화공사華北映画公司에서 근무하였다. 그러던 중 헌병대에 체포되어 구류당했다가 귀국했다. 1951년 홋카이도대학 교수가 되었다.

92 지다 구이치千田九一(1912~1965)는 일본의 한문학자이다. 야마구치현山口県 출신으로 1936년 도쿄제국대학 문학부 중국문학과를 졸업했다. 다케우치 요시미竹内好, 다케다 다이준武田泰淳 등과 중국문학연구회에 참가했다. 전후에는 기관지《중국문학》의 편집을 맡았다. 오노 시노부小野忍와 함께《금병매》를 번역했다.

렸던 연구회였는데, 매월 《중국문학월보》라는 얄팍한 잡지를 냈다. 이 《월보》의 루쉰 특집호에 실으려고 다케우치 요시미는 루쉰 평론을 20매 썼는데, 대단한 의지로 향리인 신슈信州에 틀어박혀 쓴 뒤 루쉰에게 꼭 보여줄 생각이었다(그런 편지를 당시 받았던 것을 기억하고 있다). 다만 그것을 편집하는 도중에 루쉰이 죽었기 때문에 특집호는 그대로 추도호가 되어버렸다.

뭐가 됐든 나는 루쉰의 저역서 목록을 만들지 않으면 안 되는 상황이었다. 물론 그 무렵은 중국에도 완전한 목록이 없었다. 다만 이삼 년 전에 나온 《삼한집》의 부록에 쉬광핑 여사가 만든 것이 있을 뿐이었는데, 그것도 충분한 것이라고 말할 수 없어서 상당 부분 추가하지 않으면 안 되었다. 나는 그것을 기초로 만들었는데, 여러 가지 의문스러운 점도 나왔다. 그래서 [그 작업을 했던] 쉬광핑 여사에게 문의하는 편지를 보냈다. 그랬더니 쉬징쑹許景松(광핑) 대신 답한다면서 루쉰에게서 답장이 왔다. 그것이 라디오에서 죽음을 알기 이삼일 전에 내 손에 들어온 편지였고, 그 뒤에도 명확하지 않은 것이 나와서 추가적인 질문을 하는 편지를 보냈었다.

루쉰이 죽었다는 것은 뭔가 잘못된 게 아닐까 생각했는데, 다음날 신문에도 나왔기에 쉬광핑 여사에게 편지를 보내기로 했다. 일본의 라디오와 신문에서 선생의 부고를 전하는데, 정말 죽은 것인지 알고 싶었다. 만약 정말이라면 심심한 애도를 금할 수 없다는 의미의 조문 말을 덧붙여 편지를 보냈다. 쉬광핑 여사로부터 답장이 왔는데, 루쉰은 정말로 죽었고 죽음은 아주 갑작스러웠기에 지금은 혼란스러워 아무것도 상세하게 쓸 수 없다는 내용이었다. 듣기로는 내가 보낸 그때의 편지가 지금 상하이 루쉰 기념관 진열 케이스에 나와 있다고 한다.

그해(1936) 5월 나는 루쉰의 병세가 상당히 진행되었다는 것을 알았다. 그의 병세에 관해 일본인에게서 온 편지도 있었는데, 그것으로 상당히 우려할 만한 상태라는 것을 알았다. 그것은 우치야마 간조 씨가 알려 준 게 아닌가 생각한다. 그래서 6월부터 7월에 걸쳐 작심하고 문병하러 갔다. 죽기 전에 한 번 더 만나려고 생각했던 건데, 그 '한 번 더'에는 마오둔茅盾 씨의 소설 《한밤중子夜》을 번역하고 싶다는 생각이 있었기에 마오둔 씨를 직접 만나 허락받아두려는 의도도 있었다.

내가 갔을 때는 병세가 상당히 진행되어 루쉰 폐의 엑스선 사진을 보니, 이미 폐가 80퍼센트 정도 손상되어 있었다. 루쉰은 병상 옆에서 마오둔 씨와 나에게 그것을 보여 주며 여러 가지 설명을 했다. 우치야마 씨는 병세에 지장이 있으니 방문하지 않지 않는 게 좋겠다고 주의를 주었다. [하지만] 모처럼 상하이까지 병문안 온 김에 여러 가지 것들을 들으려고 했던 터라 병문안만 하고 일본으로 돌아가기엔 아쉬움이 있어 머무는 동안 가끔씩 외출했다. 우치야마 씨에게 '어제는 이야기를 길게 해서 루쉰이 또 열이 났다'는 지청구를 들었던 적도 있다. 그 무렵은 '국방 문학'와 '민족해방전쟁의 대중문학'이라는 두 가지 슬로건을 둘러싸고 국내 문학계에 대립이 있었던 때로, '국방 문학' 쪽 사람들의 작태에 대해 루쉰이 분개해 흥분하기 쉬운 상태로 말했던 탓도 있지 않았을까 생각한다.

7월이 되어서 귀국했는데, 그의 병세가 소강상태가 되었다는 소식을 듣고 위험한 상황은 벗어났다고 생각했던 터에 갑자기 죽었다는 뉴스라니. 왠지 맥이 풀리고 말았다. 그러나 내 앞으로 온 마지막 편지(루쉰 저역서 목록에 관한 질문에 답하는)는 죽었다는 뉴스가 나온 뒤 이삼일이 지나 도착했다. 이미 죽은 사람에게서 편지가 왔기에 묘한 기분이 들었다.

《루쉰선집》(이와나미판)이 나왔기에 내 수중에 남아 있는 참고자료가 될 만한 것을 찾아보았는데, 당사자가 직접 쓴 편지 종류 외에는 흩어져 사라지고 말아 별로 남은 게 없었다. 그런데 당시 상하이의 우치야마 씨와 히다카日高 씨(일본어 신문 《상하이일보》 주필)로부터 루쉰이 서거했을 때의 상황을 알려온 편지가 있었다. 작고 당시의 생생한 느낌을 읽을 수 있었고 기록으로도 남겨두고 싶다는 생각이 들어 여기에 소개한다.(이하 원문 그대로)

마스다 선생

루쉰 선생의 죽음은 마치 꿈만 같습니다. 18일 미명에 부인이 오셨는데, 예의 메모를 들고 오셨길래 보았더니 글자가 어지러워 읽을 수 없었습니다. 뜻밖의 일로 또 기침이 나서 내일 약속을 맞출 수 없으니 양해해 달라면서, 스토 의사에게 즉시 와서 봐주기를 부탁한다고 씌어 있었습니다.

나는 가슴이 아주 두근거려 먼저 의사에게 전화해두고 바로 달려갔습니다. 선생은 호흡이 몹시 곤란해 의자에 걸터앉아 때로 몸을 흔들며 상반신을 똑바로 젖혔습니다. 머지않아 의사가 와서 주사를 놓았지만, 전혀 효과가 없었습니다. 다시 또 주사를 놓으니 그런대로 효험이 있는 듯하고 진정이 되어 호흡도 나아졌습니다. 그러고 나서는 심장이 계속 압박받아 늑막이 커지는 것이 그치지 않았습니다. 아무래도 폐에서 늑막으로 공기가 들어간 것 같다고 하더니, 결국 19일 오전 5시 25분에 돌아가셨습니다. 중국의 신문에서는 실제로 예전에 없던 소동이 났습니다. 22일 발인하고 매장할 때는 무려 6천 명의 청년들이 장례식을 찾아 실로 위대한 인물의 죽음이라는 걸 수긍케 했습니다.
장례위원회가 꾸려졌고 나도 그 일원이 되어 장례는 무사히 마쳤습니다. 그 뒤 여러 가지로 토론한 결과 아무래도 기념위원회를 만들어야 한다고 해서 그 주 비회가 꾸려졌습니다. 그래서 전 세계로 위원을 의뢰하게 되었습니다. 일본 쪽 위원을 의뢰하는 일은 나에게 돌아왔습니다. 그런데 나도 일본의 여러 사람 사이에서 그런 일을 모르기 때문에 귀하에게 한 가지 부탁을 드립니다. 바쁘신 와중에 죄송합니다만, 도쿄까지 한 번 와 주셔서 사토 선생, 기타 후지모리 선생 같은 분들과 상의하여 몇 분의 이름을 위원으로 올리도록 한 번만 힘써 주시기 바랍니다. 부탁드립니다.
비용은 제가 부담할 것이니 귀하가 힘써 주실 것을 간곡히 부탁드립니다.
루쉰 선생과 직접 면식이 있는 분들은 니이 이타루新居格[93] 선

93 니이 이타루新居格(1888~1951)는 일본의 문필가로, 주로 평론과 번역 등을 했다.

생, 무로후세 고신室伏高信[94] 선생, 하세가와 뇨제칸長谷川如是閑[95] 선생, 요코미츠 리이치横光利一[96] 선생, 쇼우바라 도오루莊原達[97] 선생(도메이통신同盟通信), 야마모토 사네히코山本實彦[98] 선생(가이조샤 사장), 카가와 도요히코賀川豊彦[99] 선생 정도라 생각합니다. 요미우리 경제부장이었던 야마자키 세이준山崎靖純[100] 선생, 야마모토 하츠에山本初枝 여사도 있습니다. 노구치 요네지

94 무로후세 고신室伏高信(1892~1970)은 일본의 평론가, 저술가로 가나가와현神奈川県 출신이다.

95 하세가와 뇨제칸長谷川如是閑(1875~1969)은 일본의 저널리스트이자 문명비평가, 평론가, 작가이다. 메이지와 다이쇼, 쇼와 3대에 걸쳐 신문 기사, 평론, 에세이, 희곡, 소설, 기행문 등 다수의 작품을 저술했다. 다이쇼 데모크라시 시기의 논객 중 한 사람으로, 뇨제칸은 호이고 본명은 만지로萬次郎이다.

96 요코미츠 리이치(1898~1947)는 일본의 소설가, 문학 비평가이다. 기쿠치 간의 제자로 가와바타 야스나리와 함께 다이쇼 시대와 쇼와 시대의 신감각파로 분류되는 주요 소설가로 활동했다. 소설 《태양日輪》과 《파리蠅》로 등단했으며, 1931년에 발표한 소설 《기계》는 일본 모더니즘 문학의 정점에 올랐다고 평가받았다. 또 1935년에는 형식주의를 비판한 논문인 《순수소설론》을 발표하여 문학 평론 활동을 벌였다. 1937년에는 서양과 동양 문명의 갈등을 표현한 장편 소설 《여수旅愁》의 집필을 시작했으나, 도중에 집필을 중단하는 등 완성하지 못하고 미완으로 남았다. 제2차 세계대전 종전 후에는 일본의 패전 직후 사회에서 느낀 단상을 표현한 《밤의 구두夜の靴》를 집필했다.

97 쇼우바라 도오루莊原達(1893~1977)는 다이쇼와 쇼와 시대의 노동운동가이다. 도쿄제국대학 입학 후 노동총동맹의 기관지 《노동동맹》의 편집을 맡았다. 1922년 일본농민조합 간토동맹 결성에 참여하고 1926년 창립된 노동농민당 중앙위원이 되었다. 1950년 사회당 본부 서기를 지냈다.

98 야마모토 사네히코山本実彦(1885~1952)는 일본의 저널리스트로 가이조샤改造社 사장을 지냈다.

99 카가와 도요히코(1888~1960)는 일본의 장로교 목사이자 기독교 사회주의자이다.

100 야마자키 세이준山崎靖純(1894~1966)은 《시사신보時事新報》, 《요미우리신문》 기자였다.

로野口米次郎[101] 선생도 있습니다.

부디 잘 부탁드립니다. 다시 한번 상세한 것을 말씀드릴 테니 아무쪼록 이 일을 승인해 주시기를 간곡히 부탁드립니다.

쉬 여사께서 안부 전해 달라고 하셨습니다.

11월 3일

상하이에서 우치야마 간조 배

그다음 날 우치야마 씨로부터 편지가 왔다. 그것은 내가 루쉰의 죽음에 관해 문의한 것에 대한 답장이었던 듯한데, [그것에 대해서는] 앞의 편지에 쓰여 있다고 하면서 새롭게 장례에 관한 것만 상세하게 알려 주었다. (이하 원문 그대로)

마스다 선생

오늘 귀하의 편지가 왔습니다. 어딘가 여행하고 있는 것으로 보입니다.

어제 제가 편지 보냈기 때문에 [루쉰의 죽음에 대해서는] 달리 답장을 드리지 않겠습니다만, 말이 나온 김에 장례에 대해 알려드립

101 노구치 요네지로野口米次郎(1875~1947)는 메이지, 다이쇼, 쇼와 시대의 영시인英詩人, 소설가, 평론가, 하이쿠 연구가로, 해외의 문예사조를 들여오고 해외에 일본문화를 알리는 일을 했다.

니다. 5천여 명의 장례 참석자들은 모두 청소년과 노동자였습니다. 물론 남녀 불문입니다. 백 수십 개의 깃발은 전부 무명 깃발이었습니다. 몇백 개의 화환 등은 전부 장례 참석자들이 들었습니다. 한 푼의 일당도 지불하지 않았습니다. 자동차는 9대를 빌렸을 뿐이고 그밖에는 주치의 스토 씨가 자가용으로 배웅했습니다. 2시간 반에 걸친 대행진은 실로 정연했습니다.

장례는 만국공묘萬國公墓의 강당 앞에서 행해졌습니다.

차이위안페이의 개회사, 선쥔루沈鈞儒의 약력(보고), 후위즈胡愈之의 애도사 낭독이 있었고, 쑹칭링 여사의 추도 연설에 이어서 우치산鄔其山(우치야마의 중국식 이름)의 추도 연설이 있었고, 그 밖에 가외로 들어간 세 사람이 있었습니다. 1분간 침묵한 뒤 매장했습니다. 승려나 도사, 목사는 한 사람도 없었고, 모두 친구들의 손으로 매장했습니다. 실로 통쾌했습니다.

우치산의 추도사는 다음과 같습니다.

"루쉰 선생은 세계적으로 위대한 존재였습니다. 그런 까닭에 우리가 받았던 인상이나 영향도 매우 다방면이었습니다. 하지만 한 마디로 그는 예언자였습니다. 선생의 말 한마디 글 한 구절은 실로 들판에서 부르짖는 사람의 소리라는 느낌이 들었습니다. 선생은 때로 내 머리에 낙인을 찍었습니다.

'길은 처음에는 있지 않았고, 사람이 다닌 뒤에 생긴 것이다.'

(선생의 말)

나는 이 말을 생각할 때마다 끝없는 광야 속을 홀로 외롭지만, 선명한 족적을 남기며 조용히 걸어가는 선생의 모습을 보는 듯합니다.

바라건대 여러분, 그 족적이 잡초에 덮이지 않기를…….

바라건대 여러분, 그 족적을 큰길로 만들기 위해 분투해서 노력합시다.

이런 식으로 멋진 동작으로 큰 소리로 외쳐 큰 갈채를 받았습니다. 5천 명의 중국 민중을 향해 연설한 일본인은 근년에는 없었다고 말하며 치켜세우는 사람이 있었고, 훌륭하다고 칭찬한 사람도 있었습니다. 하하

11월 4일

상하이에서 우치야마 간조 배

루쉰의 위대한 시신 앞에서 5천 명의 중국 민중을 향해 연설을 한 일본인 우치야마 간조는 역시 중국과 일본의 새로운 관계에 있어서 특기할만하다.

한 통 더 내 수중에 남아 있는 것은 히다카 교마로日高清磨 씨에게서 온 편지다. 그는 신문사 사람으로 죽음과 장례에 관한 일을 구체적으로 기술했는데(그중에는 약간 중요한 뉴스, 이렇게 말하는 것은 당시 일반적으로는 발표되지 않았던 마오쩌둥毛澤東이 장례위원에 들어 있었다는 뉴스도 있기 때문이다), 그것은 루쉰의 죽음에 관하여 일본의 잡지에 상세하게 써준 자료에도 보냈던 것이었다. 하지만 20년 전의 일본에서는 루쉰에 대한 관심이 그 정도까지는 아니어서 상세하게 게재해 준 곳

이 없었기에 이제 본지에 싣기로 한 것이다. (이하 원문 그대로)

마스다 선생

루쉰 선생의 서거는 깜짝 놀랄 만하다고 생각합니다. 정말 아쉽습니다. 동봉한 《대공보大公報》로 대체적인 상황은 아실 거로 생각합니다만, 느꼈던 점을 조목조목 써서 알려드리고자 합니다. 일본의 어떤 잡지에든 아무쪼록 루쉰 선생의 서거 상황을 상세하게 써 주세요.

(1) 소강상태를 유지하던 병세(근본적으로는 결핵, 최근은 심장 천식)가 급변한 것은 10월 17일 오후, 기분 좋은 대로 아무렇지도 않게 스가오타루 다루신춘 9호의 우거로부터 신공원으로 산책하러 갔다가 돌아오는 길에 우치야마 서점에 와서 한담을 나누고 오후 6시경 귀가(우치야마에서 잠깐 만남), 그날은 기온이 급작스럽게 떨어져 보통 사람도 가을의 냉기를 느낄 정도였는데, 이것이 루쉰 선생의 몸에 타격을 주어 그날 밤부터 천식이 일어 18일 더욱 심해졌음. 우치야마 씨에게 자필 편지로 주치의 스토 이오조 씨의 왕진을 부탁함.

(2) 18일 저녁 병세가 악화하여 스토 의사와 마츠이松井(박사, 푸민병원福民病院), 이시이石井 두 의사의 입회하에 진찰, 천식이 그치지 않음. 그날 밤 중국어를 아는 일본인 간호사를 고용해서 우치야마 부부와 막냇동생 저우젠런 씨가 병실에서 대기.

(3) 19일 오전 1시경 우치야마 부부는 루쉰 선생의 권유로 일단

귀가, 오전 5시경 부인으로부터 심부름꾼이 우치야마 씨의 댁에 황급히 달려가서 급변을 알리고, 우치야마 씨가 스토 의사에게 전화해서 황급히 왕진 와달라고 함. 병상에 급히 달려감. 간발의 차라 맞지 않았음. 서거 시간은 5시 25분, 임종인은 부인과 저우젠런뿐. 부인의 말로는 서거 전 기침으로 무척 고통스러운 듯했지만, 획 돌아누웠다고 생각했는데 그대로 영면했음. 대왕생

(4) 천식 때문에 폐가 찢어져 심장을 압박하게 된 것이 원인

(5) 후펑胡風 6시경 급히 달려옴. 7시경 가지鹿地 군과 함께 나도 급히 달려왔음. 8시경부터 제자들과 문단 사람 등 조문객이 쇄도. 고 쑨원의 미망인 쑹칭링 여사도 옴.

(6) 목판화가 청년 세 명이 고인의 얼굴을 사생寫生함. 오쿠다 교카奧田杏花(치과의사) 씨의 손으로 데스마스크를 뜸(완전한 것이 떠졌음).

(7) 같은 19일 오후 2시 사체를 쟈오저우루膠州路의 만국빈의관萬國殯儀館으로 옮기고 방부제를 주사한 뒤 20, 21 양일간 입관하지 않고 시신에 대한 조문객의 작별 인사를 받음.

(8) 21일 오후 3시 입관.

(9) 22일 오후 2시 발인. 동아동문서원東亞同文書院의 서쪽, 훙챠오로虹橋路의 만국공묘萬國公墓에 매장. 묘지 넓이 24제곱피트, 지대地代 1천2백80 위안, 관 값 9백80 위안, 모두 장례위원회(일본인은 우치야마 씨가 유일)에 이름을 올린 이들이 갹출.

대체로 이상과 같이 사실과 틀림없음. 저우쭤런으로부터는 부

고에 대한 답전答電이 없음.

장례위원회에는 마오쩌둥까지 이름을 올렸는데, 중국의 지면에는 발표되지 않았습니다. 일본에서도 이 점만은 덮어두는 게 좋을 거로 생각합니다.(당시 공산당은 일본에서도 중국에서도 비합법적인 존재였다.—마스다 주)

장례에는 학생과 문단 사람 등 참여자가 7, 8천 명으로 미증유의 대 장례로 매우 엄숙하게 행해졌습니다. 푸저우福州에서 온 위다푸郁達夫도 문인으로 이 정도 큰 장례는 없었다고 말했습니다. 위 선생은 11월 10일경에는 도쿄에 도착하도록 도일했습니다. 그럼 이만.

10월 27일

히다카 교마로 조문

마스다 와타루 님 앞

루쉰의 서거와 장례 상황, 세계 각국에서 답지한 조문, 조사, 조전과 당시 추도식 상황 등은 기념위원회에 의해 편집되어 서거 1주년 기념일에 출판된 두터운 《루쉰 선생 기념집》에 상세하게 남아 있다(필자가 쉬광핑 여사 앞으로 보냈던 편지도 채록되어 있다). 그러나 일본인의 손에 의해 쓰인 것으로 이제 20년 전의 두 사람 편지를 남겨두고자 한다. 이 편지를 쓴 사람들도 있지만, 여기에 쓰여 있는 주치의,

입회 의사, 간호사, 데스마스크를 만들었던 사람 등을 보더라도 루쉰이라는 사람은 청년 시절 유학을 시작한 이래로 마지막까지 일본 혹은 일본인과 여러 가지 방면에서 관계가 깊었다고 생각한다.

(1956년 4월《도쇼圖書》)

루쉰 잡기

루쉰을 추억한다

이것은 루쉰 사후, 의뢰받아 2주 만에 쓴 것으로 《루쉰의 인상》 중의 기술과 다소 중복되는 부분도 있지만 그대로 두었다. 다만 문자와 표현에 너무 딱딱하고 어색한 곳이 보여서 조금 수정해 읽기 쉽게 만들었다. (1970년 6월 기록)

10월 19일(1936) 낮에 라디오에서 루쉰의 죽음을 보도했다. 나는 망연해졌다. 17일에 그의 편지가 도착했고, 18일에 또 내가 편지를 보낸 참이었기 때문이다. 그 무렵 나는 《중국문학월보》를 위해 〈루쉰 저역서 목록〉을 만들었는데, 번역서 두세 권의 출판 연도 등에 관해 직접 본인에게 탐문할 필요가 있어 두 차례 편지를 보내 문의했다. 첫 번째 답장이 그의 죽음 이틀 전, 곧 17일에 내 손에 들어왔던 것이다. 항상 그렇듯이 정중한 필체로 써서 병약한 기미는 보이지 않았고 건강한 글씨였거늘.

그보다 조금 앞서 9월 15일 자 편지에 "나는 변함없이 열에 주사에 스토 선생(의사)—"이라 했고, "그러나 몸은 전보다 살이 올랐소."라고 했는데, 갑작스러운 부고는 망연할 따름이었다. 그래서 라디오에서 보도했다고는 하나 반신반의하는 기분이 들었다. 지체없이 부인 앞으로 편지를 보내 진상을 물어볼 수밖에 없었다. 뒤에 부인이 알려 온 것에 의하면, "선생은 병세가 돌변해 하루하고도 두 시간 만에 세상을 떠났는데, 아마도 본인으로서도 생각하지 못했을 것"이라고 했다.

내가 루쉰을 마지막으로 만난 것은 올해 7월 9일 오후였다. 다음날은 일본에 돌아가야 했기에 상하이 스가오타루施高塔路 다루신춘大陸新村의 집에 인사하러 갔더니만, 그는 계단 아래 침상에 비스듬히 누워 책을 보고 있었다. 2층은 더워서 아래에 있는데, "여기는 온도가 2도 정도 낮다."라고 하면서 일어났다. 2층에는 침대가 있어 여느 때는 거기에 누워 있었고, 또 그곳은 거실과 서재도 겸했다. 계단 아래는 바로 응접실이 되어(그렇다고 해도 허름한 탁자와 등나무 의자가 서너 개 놓여 있을 따름인데), 칸막이 같은 것으로 안쪽 식당과 분리되어 있었다. 당시에는 칸막이와 탁자, 의자를 옆으로 치워서 넓어졌고, 침상에 직접 자리를 깔고 뒹굴뒹굴하며 '피서'하기에 딱 좋았다. 고무나무 화분도 있었는데, 그런 것을 두면 얼마간 시원한 느낌이 든다고 했다. 내 모습을 보고 곧바로 전부터 준비해두었던 듯 중국차와 과자, 통조림 두부 등을 선물로 꺼내 대충 먹는 방법을 설명한 뒤, 부인이 포장하려던 것을 자신이 낚아채듯이 포장지를 집어 들고는 야무지게 싸고 끈으로 묶어 주었다.

루쉰은 소포 같은 것을 꾸리는 데 상당한 고수로 [여기에] 꼼꼼하고 대충 넘기지 않는 성격이 잘 드러나 있다. 포장하면서 그가 말했다. "이번에는 내가 병 때문에 아무것도 대접을 못 했소이다. 병이 나으면 다시 오시구려." 말은 그렇게 했지만, 한 달 정도 상하이와 난징에 머무는 동안 몇 차례 그의 집을 방문했고, 또 초대받아 식당에서 저녁 대접을 받은 적도 있었다. 하지만 방문객이 있으면 열이 났기 때문에 방문을 조심했던 것이 사실이다.

잠시 잡담을 나누고 나서 단지 작별 인사를 할 요량으로 찾아온 것이니 오래 머무르지 않고 돌아가기로 했다. 그는 부인과 함께 문 앞까지 나왔다. 거기서 잠시 서서 이야기하고 일본에서 다시 만나자며 헤어졌다. 밖으로 나와 뒤돌아보니 철문 옆에서 하얀 옷을 입은 루쉰이 멈춰 서서 배웅해 주는 게 보였다. 그 모습은 지금도 내 눈에 또렷이 남아 있다.

루쉰의 이름이 일본에서 어지간히 알려지게 된 것은 근년이 되어서라고 생각한다. 그의 《중국소설사략》은 내가 학생 때인 다이쇼(1912~1926) 말년에 도쿄에 들어와 중국 문학과 관계있는 사람들에게 큰 자극을 주었다. 나도 이 《중국소설사략》으로 인해 학자로서의 루쉰을 주목했다. 그때까지 작가로서의 이름을 들어보지 않은 것은 아니지만, 당시만 해도 그를 일본에 소개한 사람이 별로 없었고 약간 있었다 하더라도 좁은 범위 내에서의 소개로 일반 사람들의 주의는 거의 끌지 못했다고 할 수 있다. 문학가(작가)로서, 중국 문화계에서 지도적인 역할을 했던 사람으로서 그의 존재가 일본에서 알려지게 된 것은 1931년경이다. 사토 하루오 씨가 소개하고(당시 상하이에 있던 나는 루쉰에 관한 일을 사토 씨에게 여러 가지로 전했다), 또 그의 수고로 나의 〈루쉰전〉이 《가이조》 잡지에 게재되었던 것의 영향 때문일지도 모른다. 또 그 무렵 마츠우라 게이조松浦圭三가 번역하고, 하야시 모리히토林守仁(야마가미 마사요시山上正義)가 번역한 〈아큐정전〉도 출판되었다.

1931년 3월, 상하이를 여행했던 나는 그곳에서 서점을 경영하는 우치야마 간조 씨의 소개로 루쉰을 알게 되었고, 얼마 안 되어 그의 집에 드나들며 중국 소설사 강의를 듣게 되었다. 학생 시절부터 친숙했던 《중국소설사략》을 저자로부터 직접 강의를 듣게 된 것은 거창하게 말하자면 전적으로 천재일우[의 기회]였다고 생각한다. 잠시 여행할 작정으로 상하이에 왔던 나는 그대로 상하이에 머무르면서 매일 루쉰의 서재에 드나드는 것을 낙으로 삼았다. 마침 그도 집에만 틀어박혀 있을 때였다. 1년 전인 1930년 말부터 그해 초에 걸쳐 반정부적인 문학가들에 대대적인 탄압이 내려져 체포되고 비밀리에 처형된 사람도 있어 루쉰의 신변이 위험했다(이미 루쉰도 체포되어 살해당했다는 소문도 있었다). 그래서 그는 경계하고 집에 꼼짝하지 않고 틀어박혀 있어야 했다. 당시 그의 집은 우치야마 간조 씨의 명의로 빌린 것으로, 비밀로 되어 있어서 방문객이 거의 없었다. 막냇동생인 저우젠런과 그 가족, 같은 건물에 살았던 제자 격인 청년문학가(펑쉐펑馮雪峰)와 그 가족이 가끔 찾았을 뿐이다. 집은 큰길에 면한 아파트의 3층에 있었는데, 한낮에도 안에서 자물쇠가 채워져 있었고, 오후 2시나 3시경 내가 입구의 문을 똑똑 두드리면 한 손에 담배를 들고 있던 그가 "야"라고 하면서 문을 열어 주었다.

침실 겸 거실 겸 서재로 쓰고 있는 넓은 방은 왕래하는 길을 향해 창이 열려 있었는데(그렇다고는 해도 3층이었다), 루쉰은 그 창가로부터 서너 척 떨어진 곳에 커다란 탁자를 두고 항상 그 앞쪽에만 앉았다. 나는 '이 무슨 옹색한 생활인가'라는 생각을 하지 않을 수 없었다. 특히 여름에 한창 더울 때 나는 창밖의 좁은 베란다 같은 곳에 나가 잠깐 시원한 바람을 맞았다. 옆집에 사는 영국인 가족 등도 그렇게 했건만, 그는 한 번도 거기로 나가지 않았다. 자기 모습이 아래쪽 거리에서 보이는 것을 경계했기 때문이었다. 루쉰은 말했다. "나는 신변에 무척 신경을 쓰는데, 만약 신경을 쓰지 않았다면 벌써 오래전에 [내] 목숨은 없어졌을 것이라네."

매일 루쉰과 접하면서 그의 경력에 대해 이것저것 들었다. 그가 때때로 사회나 인생, 문학에 관한 의견을 입 밖에 내는 것을 듣노라면 루쉰은 단순한 문학가나 소설가가 아닌 아주 훌륭한 인물이라는 생각이 들었다. [그래서] 여기에 루쉰에 관한 것을 써서, 일본에서는 거의 알려지지 않은 그와 같은 사람이 우리 이웃 나라인 중국에 있다는 것을 소개하고 아울러 그가 살았던 근대 중국을 생각해 보고 싶었다. 이에 우선 그의 전기만이라도 써서 사토 하루오 씨에게 보내 잡지에 소개해 달라고 부탁했다. 하지만 원고는 홀대받아 90여 매가 60매로 줄어든 데다가 반년이나 걸려서야 게재되었다. 어쨌든 상세한 루쉰의 전기는 중국에서도 나오지 않았기 때문에 그에게 이것저것 물어가며 쓴 원고였다. 그런데 당시 나는 아직 학교를 졸업하지 않아 세상 물정을 제대로 살피지도 못하면서 무턱대고 열정만 가지고 있었다.

그때, 아니 지금도 그렇게 생각하고 있는데, 천두슈陳獨秀와 루쉰은 사상과 행동에 있어서 약간 다른 점이 있지만 근대 중국의 문화 형성에 척추와 같은 역할을 해냈던 사람들이었다. 천두슈는 나중에 정치적으로 실패해 사람들이 별로 돌아보지 않게 되었으며 지금은 감옥(반성원)에 있다고 들었다.[102] 반면 루쉰은 천두슈같이 실제 행동에 종사하지 않았기에 생명이 길었고 죽을 때까지 활동(문필 활동이긴 하지만)을 이어 갈 수 있었다. (당시 나는 《루쉰전》을 쓴 뒤에 《천두슈전》을 쓰려고 생각했다. 하지만 당사자와 직접 만나본 것이 없어 그의 이미지가 포착되지 않았다. 천두슈와 만나 보고 싶어 어떤 방법이 없겠냐고 루쉰에게 물어본 적이 있다. 그러나 루쉰은 천두슈가 어디에 있는지 주소를 비밀로 하고 있어서 만날 방법이 없다고 답했다. 이 말을 듣고 단념할 수밖에 없었다.)

루쉰이 일본에서도 알려지게 된 것은 물론 그 자신이 뛰어난 인물이었기 때문이기도 하지만, 상하이의 서점 주인인 우치야마 간조 씨가 서점에 들른 일본의 학자, 문필가 등에게 루쉰에 대한 여러 가지를 이야기하고 그들에게 루쉰을 소개해 준 것이 큰 힘이 되었다고 생각한다. 우치야마 씨는 루쉰의 사람됨을 대단히 존경해서, 1927년 이래 상하이에 머물며 산 루쉰을 중국 관헌의 압박으로부터 보호하고 활동을 이어 갈 수 있게 힘을 다하였다. 그래서 그 몇

102 천두슈(1879~1942)는 중국 공산당의 창당에 관여하고 초기 중국 공산당의 지도자 역할을 했으나, 뒤에 우경 기회주의자라는 낙인이 찍혀 중국 공산당에서 축출되었다. 이후 트로츠키주의자로 전향해 활동하다가 1932년 정부 기관에 의해 체포되어 1937년까지 감옥에 있었다. 이후 눈에 띄는 활동을 하지 못하다가 1942년 심장병으로 죽었다.

년 이래 루쉰은 우치야마 씨를 유일한 친구로 여겨 생활의 여러 가지 방면을 상담하는 상대로 삼았던 듯하다. 그의 금전도 모두 우치야마 씨에게 보관을 맡기고 있었다고 들었다. 루쉰의 생활면에 관한 것도 언급하자면, 그 무렵(1931)에는 매월 4백 위안(당시 일본 엔으로 환산하면 약 250엔 남짓)가량이 들었는데, 집세와 식비, 식모 급여 등으로 2백 위안, 책값으로 1백 위안, 베이징에 있는 어머니에게 송금하는 게 1백 위안이었다. 수입은 모두 저역서의 인세였는데, 중국의 작가로서는 책이 잘 팔렸고(그는 중국의 작가로 원고료와 인세만으로 생활하는 사람은 몇 명 되지 않는다고 말했다) 인세는 책값의 25퍼센트라고 했다. 잡지 등에 쓰는 짧은 글은 거의 돈이 되지 않았고(1,000자에 2위안 정도라고 들었다), 얼마간 돈이 되더라도 중개한 청년이 가져가서 따로 그들이 잡지 만드는 비용에 충당하도록 했다. 그는 청년들을 사랑해서 항상 청년의 편을 들고 도움을 아끼지 않았다. 그는 그때보다 조금 앞선 시기에 정부로부터 압박받은 청년이 도망칠 때처럼 돈을 융통하러 오면 돈을 건네주었던 사람이었다. "지금까지 대체로 8천 위안 아니면 1만 위안가량을 내주었던 것 같다."라고 나에게 말한 적이 있다.

그러나 그것은 문학을 하는 청년에 한한 것으로, 자신이 문학 쪽 일을 하는 선배로서 이 방면에 뜻을 둔 청년을 도와주는 것은 의무라고 생각했다. 그러나 그 이외의 방면까지 떠맡는 것은 감내할 수 없고, 자신이 청년보다 약간의 돈이 더 있다고 해도 실업가 등 더 많이 가지고 있는 사람들이 많기에 단순히 돈을 달라고 하면 "더 많은 곳으로 가 보라."라고 말했다고 한 것이 기억난다. 루쉰의 《중국소설사략》은 일본에서도 꽤 잘 팔렸던 책이다. 한번은 그의 학생이 체포되어 옥에 갇혔는데, 그 체포된 학생의 친구가 상담하러 와서 1천 위안의 몸값을 내면 방면이 된다고 알렸다. 그는《중국소설사략》의 판권을 1천 위안에 팔기로 했다. 그런데 교섭이 이루어지는 중에 당사자가 살해되었다는 사실을 알게 되어, 판권은 아직 자신에게 남아 있다는 말도 들었다.

하지만 근년 그의 생활은 상당히 나빠졌다. 그 무렵부터 최근까지 쭉 그의 저역서가 관헌으로부터 줄곧 압박을 받았기 때문이다. 그는 1933년 11월 나에게 보낸 편지에 "요즘 나의 모든 작품이 옛날 것이든 새것이든 불문하고 모두 비밀리에 금지되어 우체국에서 몰수되었다네. 내 일가를 굶겨 죽일 계획인 게지."라고 했다. 그다음 해 3월 편지에는 "1924년 이후 내 모든 역서가 금지되었다."라고 했고, 작년 6월의 편지에는 "근래 압박의 심화로 생활이 곤란해져서 그런지 아니면 나이를 먹어 체력 감퇴해서 그런지 몰라도 전보다도 훨씬 바쁘게 느껴진다오. 재미도 없고 4, 5년 전의 태평한 생활은 꿈같았다는 생각만 든다오."라고 했다.

올여름에 그런 말을 접했을 때는 "반년 정도는 놀고 있어도 괜찮아, 먹고 살 수 있다."라고 했다. 루쉰은 낭비하지는 않았고(돈을 쓰는 것은 서적과 판화를 사는 정도), "나는 정부에 반항하기 위해서는 압박받아 아무것도 할 수 없게 되어도 먹고 살 수 있도록 성실하게 돈을 모아 준비해 둔 다음에 해야 한다고 생각한다. 대체로 준비도 없이 반항하기에 압박받으면 곧바로 버티지 못하는 것"이라고 말한 적이 있다. 그래서 그는 열심히 일했다. 저서와 번역서가 매우 많았다. 근년에는 대체로 번역했는데, 작년 여름 무렵의 편지에서도 "땀띠를

영광스러운 반항의 간판으로 삼으면서 …… 고골의 《죽은 혼》을 번역하고 있다. 운운"[103]이라고 했다. 하지만 긴 것을 번역하는 한편으로 매주 신문에 익명으로 예리한 단평을 써서 국민당 정부가 하는 짓을 계속 비난했다.

루쉰은 언젠가 정부가 자신을 괴롭혀서 그도 정부를 공격한 것이라고 말했다. 그런데 올여름이 되어서는 국민당 정부 내에 우인이 생겼는데, 그 사람이 '이녁도 상당한 연배라 이제 그만 적당히 은퇴하면 어떨까'라면서 요즘 들어 은퇴를 권해 온다고 했다. 그래서 그 사람에게 은퇴할 것 같지는 않지만, 요양을 위해 1년 정도 쉴까 생각했다고 말했다. 또한 루쉰은 상하이에서는 쉴 수 없기에 베이징에 갈까도 생각했다. '그래서 시작했다가 그만둔 《십죽재전보十竹齋箋譜》의 복각이 길게 정체되어 있으므로, 내가 가서 감독해(조각공이 베이징에 있다) 완성하고 싶다'라고 생각했다고 말했다. 그보다 앞서 먼저 일본에 전지 요양하고 싶다(의사가 그것을 권했다)는 뜻을 비치기도 해서 그 자신이 일본행을 즐거움으로 삼고 있는 듯한 모습을 보이기도 했다. 진즉부터 친한 사이로, 그 무렵 매일 진료하러 왔던 스토 의사 소유의 집이 가마쿠라에 있었기에 그의 권유로 가마쿠라를 목적지로 하려고 했다. 도쿄에도 한번 가봐야겠다고 하길래 도쿄가 많이 변해서 깜짝 놀랄 거라고 했더니, 다른 곳은 아무래도 좋지만 '마루젠丸善'만은 가보고 싶다고 했다. '마루젠'이 유학 시절의 인상에 깊이 남아 있는 듯했다. 루쉰이 읽은 외국 서적은 주로 독일어책

103 1934년 8월 7일과 1935년 8월 1일 편지다.

으로, 그는 상하이에 있는 독일 책을 파는 작은 서점을 가끔 들렀다. 이 서점은 대체로 도쿄의 '마루젠'에서 독일 책을 가져왔다. 금년 여름 그의 집을 방문했을 때도 아주 신품인 하이네 전집이 늘어서 있는 것을 보았다. 그는 가능하다면 센다이도 가고 싶다고 했다. 하지만 그 뒤 다시 방문했을 때, 우치야마 씨가 도쿄 근방에서는 사람이 찾아올 것 같아서 요양이 되지 않을 것이기에 규슈가 좋겠다는 의견을 말했고, 그로 인해 일본 어디로 갈지는 내가 귀국할 때까지 결정되지 않았다. 확실히 다짐해두기 위해 일본에 돌아오기 전 우치야마 씨에게 이에 관해 물어보니, 자신은 규슈의 운젠 근방이 좋다고 생각하는데 아직 확실히 결정된 것은 아니고 어쨌든 일본에 가게 되면 연락할 테니 나가사키까지 마중을 나와 달라고 했다. 나는 아무 때라도 가겠다고 약속하고 돌아왔는데, 그 뒤 아무런 연락이 없었다. 루쉰의 병세가 상당히 악화하여 움직일 수 없었던 것으로 생각한다.

몇 년 전에도 올여름은 나가사키 부근에 가보려고 생각한다는 편지를 받은 적이 있는데, 그것도 실현되지 못하고 결국 루쉰은 청년 시절에 다녀온 뒤 다시 일본 땅을 밟을 기회를 얻지 못하고 세상을 떴다.

루쉰은 일본을 잘 알고, 친구 중에서도 우치야마 씨 같은 일본인이 많았다. 그리고 중국 정부에 대한 욕을 잘 했기 때문에 한때 정부 측 사람들로부터 '일본 스파이'로까지 불렸다. '《남강북조집》이라는 단평 수필집은 일본 정부의 정보부에 1만 위안에 판 것이다' 등등의 유언비어가 돌았을 정도였다. 그가 유일한 은사로 떠받들었던 사람은 센다이의학전문학교에서 공부했을 때의 선생인 후지노 겐쿠로 씨로 서재에 후지노 씨의 사진을 걸어두고 그것을 바라보면서 이른바 '정인군자'에게 붓으로 징벌을 가했다는 것이 《아침 꽃 저녁에 줍다》 중의 〈후지노 선생〉에 수록되어 있다. 이번 여름 오랜만에 방문한 나에게 후지노 선생은 이미 돌아가신 것 같다며 "후지노 선생의 가족이 되는 사람도 없는 것일까?"라고 말했다. 내가 1936년 사토 하루오 씨와 함께 이와나미 문고에서 《루쉰선집》을 번역 출판할 때 저자의 희망으로 〈후지노 선생〉을 집어넣었는데, 그때 나는 '만약 후지노 선생이나 가족이 이것을 읽으면 어떻게든 선생의 소식에 관해 알 수 있지 않을까'라고 루쉰이 기대했었다는 것을 느꼈다.

루쉰의 일생을 생각해 보면 그는 싸우기 위해 살았다고 말할 수 있다. 성격적으로도 강직하고 굴하지 않았는데, 광둥을 탈출해 상하이에 왔을 당시는 '혁명문학'에 대한 태도가 확실하지 않았기에 거의 총공세를 당했다. 그렇지만 소아병적이고 성급한 그들과 끝까지 싸워가며, 중국 문학의 선진적인 지위를 잘 지켜냈다. 루쉰은 최근 병이 들었는데, 그를 진료한 결핵 전문의 미국인 의사는 박테리아에 의해 대부분 손상된 그의 폐를 보고 "서양인이라면 벌써 5년 전에 죽었을 것"이라고 말했다고 한다. 그의 검질긴 저력을 육체적으로도 말해 주는 것이라 생각한다. 하지만 그때 남은 생이 얼마 남지 않았음을 그 자신이 자각했다는 것은 최근의 단문 〈죽음〉에 보인다.

"첫째로 생존, 둘째로 의식衣食, 셋째로 발전. 만약 이러한 앞길을 방해하는 것은 옛것이든 지금의 것이든, 사람이든 귀신이든, 《삼분三墳》과 《오전五典》이든, 백송과 천원이든, 천구와 하도이든, 금인金人이든 옥불玉佛이든, 대대로 비전되어 온 환약이든 가루약이든, 비법으로 만든 고약이든 단 약이든 모조리 짓밟아 버려야 한다."

또 이렇게도 말했다.

"진지하게 세상을 살아가려는 사람들은 먼저 감히 말하고, 감히 웃고, 감히 울고, 감히 화내고, 감히 욕하고, 감히 때리면서 그리하여 이 저주스러운 땅에서 저주스러운 시대를 격퇴해야 한다."

그는 스스로 이렇듯 과감한 정신으로 살았고, 앞길을 방해하는 것을 짓밟으며 탄압하는 강력한 권력을 계속 타파했다.

루쉰은 혁명과 혼란한 사회에서 우뚝 서서 살았는데, 그 싸움 방법은 가차 없는 준엄함으로 온정이나 관용이라는 기성의 도덕적 미명에 속아 넘어가지 않았다. "다른 사람의 이빨과 눈을 손상해놓고 오히려 보복에 반대하고 관용을 주장하는 사람과는 절대로 가까이하지 말라."(〈죽음〉)라고 자기 사후의 처세에 관해 가족에게 가르쳤듯이 애증을 적당히 얼버무리고 넘어가지 않았다. 그것은 감정적이라기보다는 이지적이었던 듯하다. 소설 〈주검鑄劍〉 중에서도 복수를 위해 복수하는 인간, 자기 머리를 잘라 그대로 상대방의 머리를 물어뜯는 지독한 놈을 썼는데, 그것은 필시 그 자신의(특히 어떤 시기의) 격한 심리의 일면을 이야기하는 듯하다.

중국에 '물에 빠진 개는 때리지 말라'라는 속담이 있다. 일본의 시대물 문학[104]으로 말하자면 '사무라이의 온정武士の情け'[105]이고, 서양식으로는 '페어플레이'라는 것이다(린위탕林語堂이 말한 것). 그러나 루쉰은 물에 빠진 개는 때려야 한다고 하면서 페어플레이를 주장하는 린위탕을 반대했다. 루쉰은 물에 빠진 개라도 왜 떨어졌는지에 따라 여러 경우가 있는데, 나 자신과 싸우다 떨어진 놈이라면 떨어졌다는 이유로 관용을 보이고 용서하면 안 된다고 했다. 왜냐하면 배려를 받기는커녕 방심하고 있을 때 틈을 보아 불시에 격하게 대들어 그때가 되면 큰코다칠 것이기에, 만약 해치운다면 철저하게 다시는 적대할 수 없을 때까지 때려눕히지 않으면 안 된다고 말했다. 그것은 루쉰 자신의 씁쓸한 경험으로부터 나온 것이다. 상대방이 졌다고 손을 늦추고 있었더니만, 곧바로 강력한 권력과 결탁해 기어올라 심각한 상황에 놓이게 만들었고 심지어 살해당하기도 했다. 그래서 '물에 빠진 개는 때려야 한다'라는 문장을 스스로 설명하며 그것은 자기 피로 쓴 것은 아니지만, 자기 동료와 자신보다 어린 청년들

104 원문은 '髷物まげもの'문학으로, 옛날 상투 틀고 있던 시대의 일을 소재로 한 소설, 영화, 연극 따위를 가리킨다. 역사물이라고도 한다.

105 사무라이의 온정은 사무라이가 자신보다 약자에게 베푸는 은혜로, 강한 자가 약한 자에게 품고 있는 연민의 마음을 말한다. 그런데 여기서 말하는 온정은 다른 유래가 있다. 사무라이가 할복을 할 때 할복을 한 직후 금방 죽지 않기에 고통을 길게 느끼게 되므로, 한 사람이 뒤에 대기하다가 할복한 사람의 목을 쳐 고통을 줄여준다. 이것을 사무라이의 온정이라 한다.

의 피를 보고 쓴 것이라고 말했다. (〈《무덤》 뒤에 쓰다〉)

루쉰이 당면한 적이 무엇인지를 생각해 보면 그것은 허위, 책모, 그리고 살육으로, 한마디로 말하자면 당시 암흑의 정치 수단이었다. 경험적으로는 루쉰과 그의 친구 및 학생을 그 피해자로 받아들일 수 있다. 그래서 그의 싸움을 지탱했던 것은 말하자면 인도주의였다. 그러나 그의 인도주의는 문학적 방법으로는 풍자와 폭로였기에 루쉰 문학의 인상은 표면적으로는 '사랑'이 아니고 '증오'였다. 저우쭤런은 〈아큐정전〉을 평하면서 '증오의 문학'이라고 했는데, 그의 예리한 풍자나 폭로는 항상 옛 중국의 병폐, 저우쭤런이 말하는 '부負'의 부분을 찔렀다. 그는 '비수'나 '투창'이 되는 것이 문학, 특히 소품 수필의 역할이라 기대하고 그와 같은 기능적인 임무를 주장했다. 그는 그런 종류의 '무기'로 중국의 봉건적 사회가 역사적으로 안고 있는 마이너스적인 면을 상징하는 '적'과 싸웠다. 중국의 소품 수필을 영국식 에세이처럼 쓰는 것에 반대했던 그의 이른바 '잡감'은 모두 그와 같은 것이었다고 말해도 좋다.

한번은 현재 중국의 한 작가에 관한 감상을 그에게 물었더니 그는 "지나치게 객관적이다. 나는 객관적인 것은 싫어한다. 사랑이든 증오든 감정을 분명히 드러내지 않는 것은 싫어한다."라고 말했다. 그렇다. 그의 문학, 곧 소설과 수많은 소품 수필은 거의 욕 문학이라고 할 수 있다. 그리고 공격 목표가 후년으로 갈수록 점점 더 파쇼화된 통치 권력을 향했다. 그래서 '일본 스파이'라는 말도 들은 것이다. 우리 일본인에게도 그는 중국에 관한 욕을 했다. 자기 나라의 욕을 잘하는 것이 기이하게 들렸는지, 일본의 모 씨가 "그렇다면 그대는 중국에서 태어난 것을 후회하느냐."라고 물었더니 그는 자신은 다른 어떤 나라에서 태어난 것보다 중국에서 태어난 것을 아주 다행으로 생각한다고 답했다. 동석했던 나는 그 말에 감동했다. 루쉰이 말한 것을 단지 표면적으로 받아들이는 것은 어쩔 수 없지만, 자국에 대한 그의 증오의 '뜨거운 눈물'은 통치 권력에는 골칫거리였다. 나는 압박 속에서 죽은 루쉰을 기억한다. 그러나 그의 장례에 늘어선 사람이 약 6천 명에 이르렀다는 말을 듣고 역시 대다수의 중국 사람들은 그의 증오를 사랑했다고 생각했다.

결론 같은 건 아무래도 상관없는 일인지도 모른다. 루쉰은 "일본인만큼 결론을 좋아하는 인종은 없다."라고 말했다. 중국같이 방대하고 복잡다단한 사회에서 살았던 인간의 경험으로 보면 일을 멋대로 결론 내는 것은 곤란하다거나 또는 불가능하다고 생각할 것이다. 그러나 다만 루쉰은 싸우며 살았다. '불굴의 정신을 가지고 압박하는 것에 반항하며 살았다고 할 수 있지 않을까'라고 생각한다. 사회인으로서의 공작과 성적에 관해서는 그 자신의 나라 사람들 사이에서 여러 가지 평가가 있을 것이지만, 개인적으로 적어도 나에게는 아저씨같이 친절하고 이해심이 있는 그가 누차 위협받았던 테러리스트의 총이 아니라 폐병으로 작고했다는 것은 애도하는 중에도 일말의 안도를 느끼게 된다. (11월 4일)

위의 글을 탈고한 날 《작가》 잡지 제7호(10월호)가 중국에서 도착했다. 이 잡지의 처음 3호까지는 루쉰의 병상 옆 사무용 탁자에 있던 것을 갖고 왔는데, 그 뒤의 잡지들은 매월 그에게 기증된 두 부가운데 하나를 보내주어 받을 수 있었다. 그러나 이번 달부터는 루쉰이 세상을 떴기에 그의 죽음을 추억하면서 《작가》는 이제 안 올 것이라고 생각했다. 이것이 오늘 또, 이번에는 잡지사에서 직접 보내왔다. 아마도 그가 죽기 전에 수속을 해 주었던 것이리라. 이 잡지의 권두에 그의 소품 수필 〈반하소집〉이 있다. 그 가운데 한 절을 번역해 기념으로 삼고 싶다.

> 장자는 '위에서는 새에게 먹히고 아래에서는 벌레에게 먹힌다'라고 하였다. 사후의 신체는 어떻게 처리되든 상관없는데, 어찌됐든 결국은 모두 똑같기에 하는 말이다.
>
> 하지만 나는 그 정도로 깨달음이 있는 넓은 마음이 아니다. 만약 내 피와 살을 동물에게 먹여야 한다면 사자, 호랑이, 매, 수리에게 먹히고 싶다. 비루먹은 개에게는 조금도 먹히고 싶지 않다.
>
> 사자, 호랑이, 매, 수리를 살찌우면 그들은 허공이나 바위 모서리, 대사막, 수풀에서 어마어마하게 아름다운 장관을 이룰 것이고, 포획되어 동물원에 풀어놓거나 맞아 죽어 박제가 되더라도 보는 이들의 기분을 어루만져 비루한 마음을 지워 줄 것이다.
>
> 하지만 비루한 개떼를 살찌운다면 이놈들은 그저 무턱대고 남들 비위나 맞추고 울부짖기나 할 뿐이니 얼마나 시끄럽겠는가!

(1936년 12월 《일본평론》)

루쉰 사후 20년을 맞으며

루쉰이 사망한 지 20주년에 즈음하여, 중국에서는 여러 기념 사업이 행해지고 있다고 한다. 그는 20년 전인 1936년 10월 19일에 죽었는데, 그때 병세와 장례 상황에 관해 우치야마 간조 씨와 히다카 교마로 씨(《상하이일보》 주필)로부터 상세한 통지를 받았다. 그때의 편지는 지금도 남아 있는데, 학생과 노동자도 많이 참가해 5, 6천 명의 조문객이 있었다고 한다. 승려와 목사 그리고 중국 특유의 장의사도 청하지 않고 친우와 지지자들로만 성대한 장례를 치렀다. 장례위원 중에는 쑨원의 미망인 쑹칭링 여사와 국민당 원로인 차이위안페이, 우치야마 간조 씨가 있었다. 마오쩌둥도 거론되었는데, 당시 사정으로 꺼리는 부분이 있어 그 대신 시인인 샤오싼蕭三이 이름을 올렸다고 한다. 이것으로 알 수 있듯이 그는 온갖 방면의 지지를 받았던 문학가였다. 민족적, 국민적인 문학가였다고 말할 수 있다.

마오쩌둥은 “루쉰은 가장 강직한 성품으로 그에게는 노예근성이나 아첨하는 태도가 추호도 없었다.”라고 했는데, 그것은 “식민지, 반식민지 인민에게 가장 고귀한 성격”으로, “루쉰의 방향이 바로 중국 민족 신문화의 방향”이라고 말했다. 루쉰이 오늘날에도 여전히 중국 인민에게 사랑받고 존경받는 것은 앞날이 어두운 혼란의 시대에 중국을 끌어내는 방향을 제시하고 ‘어둠은 결국 광명에 의해 소멸한다’라는 것을 믿고 노력하며 또 싸웠던 사람이었기 때문이리라. 그리고 그 노력과 싸움이 예사롭지 않은 완강함으로 일관되었기 때문이리라.

그는 “길은 천상에서 내려오는 것이 아니라 사람이 스스로 만든 것이다.”라고 말했다. 또 “길은 처음부터 있는 게 아니라 사람들이 많이 걷는 곳이 길이 된다.”라고도 했다. 그러나 그것은 가시밭을 헤쳐 나가는 노력과 희생 없이는 할 수 없는 것이다.

그의 저서는 폭이 넓은데, 특히 지식 청년들 사이에서 읽히고 있다. 하지만 그의 저서를 읽은 덕에 실천 활동으로 들어가 비참한 꼴을 보게 되었다고 호소한 청년도 있었다. 그때 그는 어찌 되었든 자신이 받았던 상처의 총계로부터 일부를 갈라서 변상할 생각이었다고 답했다.

루쉰은 중국의 국력이 가장 쇠퇴했던 시대에 태어났다. 철이 들었을 때 그가 보기 시작한 자신과 자기 주변은 직접적으로는 이민족(만주족)에 의해 통치받고 있었고, 간접적으로는 강대한 외국의 지배를 받고 있는 처지였다. 자신과 자기 민족이 이중의 질곡을 당하고 있는 사실이 그 어떤 것보다 그의 관심을 끌었고, 그것에게서 벗어나기보다는 타파하는 것이 급선무였다. 그것은 민족적인 '멸망의 공포'와 '재생의 희망'이 미묘하게 얽혀 있는 인생의 인식이었다. 그의 사상이나 행동은 모두 이것으로부터 출발하고 여기에 휘감겨 있다. 나중에 이민족의 지배는 뒤집어졌고 '민국'이 탄생했지만, 대신 나타난 것이 군벌이었다. 깊은 비애와 분노가 뒤섞인 풍자의 붓은 사랑하는 자국의 약점을 찾아 사정없이 도려냈다.

그의 눈은 항상 미래로 향했는데, 미래로의 해방을 위해서는 현재가 문제였기에 그 무엇보다 현재의 자국을 직시하였다. 그의 문학도 여기에 정착했다. 현재의 자국을 위해 절실하게 관련이 없는 그 어떤 문학에도 그는 아무런 관심을 보이지 않았다. 세계문학사 책에 나오는 모든 일류의 작품보다도 자신들과 똑같은 처지에 있는 약소국의 민족이 어떤 문학을 만들었는가 하는 것을 자국민에게 소개했다. '선진국'의 과학이나 기술은 될 수 있는 대로 배우려고 했던 그였지만, '선진국'의 문학은 '후진국'의 현실 생활과는 동떨어진 곳에서 태어났기 때문이다. 인생 일반보다도 자신들, 곧 현재의 중국인이 그에게는 무엇보다도 당면한 현실의 문제였다.

(1956년 11월 《아사히신문》)

루쉰 사후 30년에 부쳐

루쉰이 죽은 지 올해로 30년이 되었다. 이 30년 사이에 중국은 큰 변혁을 이루었지만, 지금도 루쉰의 이름은 거대하며 사람들로부터 추억되고 있다. 그것은 그가 자국의 그 시대, 곧 인민 혁명 전야의 민족적인 혼란의 시대를 작가로서 진지하고 애국적으로 살았기 때문이라고 할 수 있다.

그는 작가였지만 단순한 직업적인 소설가가 아니고 넓은 의미에서의 작가였다. 그렇다면 어떤 종류의 작가였는가?

"이삼 년 전의 일인데, 내 저서를 사러 왔던 학생 하나가 주머니에서 돈을 꺼내 내 손에 놓았다. 돈에는 아직 그의 체온이 있었다. 그 체온은 내 마음에 낙인을 찍어놓았다. 지금까지도 글을 쓰려고 할 때 나는 항상 그런 청년에게 상처를 주지 않을까

하는 걱정에 붓을 주저한다."

초기의 평론 수필집《무덤》의 후기에서 그는 이렇게 썼다. 자기 저서를 사는 청년이 내민 돈에 남아 있는 체온, 그 돈을 받았다는 것은 달리 말해서 그 청년의 체온을 받은 것이다. 나는 여기에서 작가로서의 루쉰의 진수를 본다.

그러나 루쉰의 문필 활동은 싸움이었다. 그의 조카가 백부인 루쉰의 추억을 다음과 같이 말한 바 있다. 그녀가 아이였을 때 백부와 아버지(저우젠런)의 코를 비교하면서 백부의 코가 아버지의 코보다 낮기 때문에 "큰아버님과 아버지 얼굴은 아주 많이 닮았는데, 코만은 닮지 않았다."라고 말했다. 이에 루쉰은 "네가 몰라서 그런 건데, 어렸을 때는 큰아버지의 코도 아버지와 똑같았지만 큰아버지는 몇 차례 벽에 부딪혀서 낮아진 것이란다."라고 대답하고는, "큰아버지의 주위는 진짜 어두운 동굴이었다. 너무 어두워서 금방 벽에 부딪혀 버리는 거야."라고 했다고 한다.

주위는 항상 어두운 동굴이었다. 어두운 동굴 속을 코를 부딪쳐 가며 걸었다. 이것은 그의 생애를 비유적으로 잘 말해준다. 그 어두운 동굴을 어찌어찌 빠져나가 벗어나지 않고, 몇 번이고 벽에 코를 부딪쳐 가며 동굴을 안쪽으로부터 두드려 깨부수어 빛을 인도하는 것에 집요할 정도로 온 마음을 다했던 것이 바로 루쉰의 일생이었다.

동굴의 암흑, 마취와 퇴락 가운데서 새로운 빛을 찾고 두터운 역사의 벽을 안쪽으로부터 깨부수는 것은 물론 쉬운 일은 아니었다. 한때는 《외치고吶喊》(첫 번째 창작집의 제목), 어떤 때는 《방황》(두 번째 창작집 제목)했다. 외치고 방황했던 것은 역사라는 파도의 너울거림을 상징하고 혁명의 노도와 퇴조와 연관 있다. 과도기의 사상적 분열 상황의 반영으로, 이 경우 앞에 있는 적으로부터의 공격은 말할 것도 없고 배후에서 날아오는 같은 진영의 화살도 위험했다. 그래서 그는 지구전 성격의 참호전을 제창하지 않으면 안 되었다.

그때 그를 지탱해 준 것은 '길은 처음부터 있는 게 아니라 사람들이 많이 다니는 곳에 길이 난다'라는 인민적인 격언이다. '처음부터 길이 있다'는 통치자적인 사상 체계에 대한 반역이다. 그러기 위해서 가시밭을 헤쳐 나가는 상처투성이의 싸움을 해야 했다.

이와 함께 한 가지 더 루쉰이 자국의 역사와 대결하는 자세를 지탱해 준 것에는 생물학적 진화론이 있다. 그가 청년기에 들어설 무렵에 처음으로 헉슬리의 《진화와 윤리》가 번역되어 갓 깨달은 많은 청년과 함께 그 역시도 깊은 감동을 받았다. 그렇기에 루쉰 자신 또한 1907년 스물일곱의 나이에 〈인간의 역사〉라는 제목으로 헤켈의 《종족 발생학에 대한 일원적 연구》를 상세하게 해설하고 소개했다.

진화론의 학설은 어찌 되었든 전통적인 중국적 세계관을 부정하는 과학으로 강하게 그를 사로잡았다. 루쉰은 인류는 진보하고 노인은 청소년에게 길을 양보해야 한다고 하면서, 노인이 죽으면 중국에 활기가 돈다고 하는 내용을 초기 수필에서 여러 차례 언급했다. 그래서 다음 세대를 짊어질 청소년에 대한 그의 배려와 기대가 컸던 것이고, 최초의 소설 〈광인일기〉도 "아이들을 구하라."라는 말로 끝맺었다(이 진화론적인 휴머니즘도 나중에 1927년의 국공분열 쿠데타로 '청년을 죽이는 것은 대체로 청년'이라는 '공포'와 직면한 뒤에는 공허한 것이라고 하였고 이후 계급관으로 이행하긴 했지만).

그의 태도가 진화론적인 도식에 의해 지탱되었던 것은 사실 루쉰의 관심이나 우려가 항상 중국 민족의 먼 미래에 있었기 때문이었다. 이 경우 진화론적인 사고방식은 어찌 됐든 그에게 '희망'을 주었다. 이렇게 말하는 것은 그런 미래에 대한 진보의 희망을 품지 않고서는 당시 중국 민족이 처한 빈사 상태의 쇠약 증상(식민지화)도 차마 볼 수 없었으며 구원받을 데도 없었기 때문이다. 그래서 그 코스를 가로막는 국수주의나 중용주의는 "옛것이든 지금의 것이든, 사람이든 귀신이든, …… 조상 전래의 비약이든 개의치 않고 모조리 짓밟아 버려야 한다."라고 말했다.

루쉰의 진화론적인 낙천적 도식은 그 자신을 뛰어넘어 단지 [다른 어떤] 매개도 없이 학설로 그대로 받아들여져서 그에게 정착된 단조롭고 단선적인 도식이 아니었다. "절망이 허망한 것은 바로 희망과 똑같다."라는 자선집 서문 중의 요약적인 한 구절이 그것을 뒷받침하고 있다. 이에 앞서 1925년 1월 1일 〈희망〉이라는 제목의 산문시에서 좀 더 구체적으로 그것을 보여 주었다. "그전에는 내 마음에도 피비린내 나는 노랫소리, 피와 쇠붙이, 화염과 독기, 회복恢復과 복수로 가득했다."라고 1911년 신해혁명 전야, 혁명운동에 참가했을 때의 자신을 이야기하고, "그러나 금방 이것들이 공허해졌다."라고 혁명 후 민국이 되고 난 뒤의 상황 속에서 자신을 뒤돌아보았다. "하지만 때로는 일부러 어쩔 도리 없이 자기기만의 희망으로(공허를) 메웠다."라고 고백했다. 그리고 "희망, 희망, 이 희망의 방패를 들고 철의 공허 속 어두운 밤의 내습에 항거했다. 방패 뒤는 역시 공허 속의 어두운 밤이었지만…….”이라고 말하고는 기댈 데 없는 희망이라는 것을 알면서도 공허함을 거부하는 방패막이로 갖고 있을 수밖에 없었다고 했다. 하지만 “그렇게 해서 차차 내 청춘은 소모되었다.”라고 탄식하고 결국 ‘희망’의 창을 버린 그는 ‘자기 육체로 공허의 어두운 밤에 맞서지 않으면 안 되었’는데, “내가 희망의 방패를 버렸을 때 내게 페퇴피 샤도르의 〈희망〉의 노래가 들려왔다.”

희망이라는 것은 무엇인가? 그것은 창부다.
그녀는 누구에게나 고혹적이고 모든 것을 준다.
그대가 극히 많은 보물,—
그대의 청춘—
을 희생했을 때, 그녀는 그대를 버린다.

그것은 루쉰 자신에게 신해혁명 후의 공허한 좌절감, 허망한 느낌이 겹치는 것이다. 하지만 “이 위대한 헝가리의 서정시인도 조국을 위해 코사크 병사의 창끝에 죽었다.”라면서 하면서, “그런 사람도 마찬가지로 어두운 밤을 마주해 걸음을 멈추고, 망망한 동방(날이 새는 방향)을 뒤돌아보지 않을 수 없었다는 것은 슬프다.”라면서 페퇴피의 “절망이 허망한 것은 바로 희망과 똑같다.”라는 말로 산문시 〈희망〉의 마지막을 맺었다. 그는 절망도 허망함으로 극복하고 역사의 다음 계단에서 망망한 동쪽을 바라보면서 대결했다. 그의 낙천적으로까지 보이는 진화론적 도식도 어둡고 깊게 새겨진 그 자신의 그림자가 수반된 것이었음을 알 수 있다. 청 말부터 민국 30년대까지 혁명과 분열의 역사가 갈마드는 대결이 루쉰의 사람됨과 문학을 형성했다고 할 수 있는데, 그것은 이미 그의 짧은 산문시 안에서도 전형화되었다.

불굴의 전진 자세를 무너뜨리지 않았지만, 현실적으로는 싸움의 연속이어서 "성 위에는 대왕의 깃발이 나부끼고" 앞날을 위협하는 탄압의 말기적인 테러리즘에 그는 몇 번이고 몸을 숨겼다. 하지만 압박받으면 받는 대로, 역으로 복수의 집요함으로 계속 저항하여 익명으로 쓴 뼈를 에는 단평短評 수필은 만년이 되어감에 따라 점점 더 예리하게 날이 섰다.

혁명 전야의 말기적인 대왕 권력과의 싸움 속에서 루쉰은 심신을 소모하고 폐가 침식되어 1936년 10월 쉰여섯의 나이로 세상을 떠났다. 30년 전 그가 죽기 삼 개월 전에 그의 병상을 위문하러 갔던 내게 5년 만에 가까이에서 본 핼쑥해진 그의 육체와 의외로 빛나던 눈빛은 지금까지도 인상적이다. "기꺼이 아이들의 소가 되기를甘爲孺子牛" 원하고, "먹는 것은 풀이고, 짜내는 것은 우유"라고 말했던 그는 눈빛이 번뜩이고 우유를 짜내는 붓은 숨 쉬고 있으되 폐가 먼저 다했던 것이다. 그가 죽기 일 개월 전에 쓴 〈죽음〉이라는 소품이 있다. 그 가운데 가족들에게 남긴 유언이 있는데, 한 조목은 다음과 같다.

> "아이가 자라서 재능이 없으면 작은 일을 찾아 살아가도록 하라. 절대 허망한 문학가, 예술가 따위는 하지 말라."

루쉰은 '청년이 나아가야 할 목표'에 "사람은 생존하지 않으면 안 되고, 먹고 입지 않으면 안 되고, 발전하지 않으면 안 된다."라고 말하고, "이 세 가지를 방해하는 것은 그것이 누구든지 우리는 반항하고 박멸해야 한다."라고 했다. 이것은 그 자신 삶의 기본 강령이었던 듯하다. 개인적으로도 민족적으로도 '생존'이 보장되지 않았던 시대(그는 국민당의 테러에 대항하는 '인권보장동맹'의 집행위원을 맡았다)에는 먼저 무엇보다도 생존권의 확보가 주장되어야 한다.

여기에는 말할 필요도 없이 '먹고 입는다'는 기본 조건이 충족되어야 한다. 그러나 정체는 허락되지 않는다. 민족적인 쇠망에 이르는 퇴폐가 기다리고 있기 때문이다. 항상 발전을 지향하지 않으면 안 된다. 그런 경우 그는 현명한 듯한 인생론과 껍데기로의 도덕설을 끌어내어 기대되는 인간상 등을 까다롭게 규제하는 것을 하지 않았다. 그런 여유는 없었다. 그는 항상 민족의 대지에 뿌리를 단단히 내리고 서서 직절하게 내용을 파악해서 말했다. 극심한 변동이 이어지는 오늘날의 중국에서 루쉰은 이미 고전이 되었다고도 할 수 있으나, 그가 여전히 사람들 마음에 직접 와닿고 사람들에게 기여하는 것은 아마도 그 때문일 것이다.

(1966년 11월 25일《오사카시립대학 신문》)

루쉰을 번역하기 시작할 무렵

루쉰의 작품을 내가 처음 번역한 것이 〈오리의 희극〉이었던가, 그렇지 않으면 〈상하이 문예계의 일별〉이었던가? 지금은 잊어버렸지만, 아무튼 이 두 개 가운데 어느 것이었다. 이것을 실은 《고토다마古東多萬》 잡지가 나한테 없어 확실히 하려고 이다 요시로飯田吉郎 편 《현대 중국 문학 연구 문헌목록》(1959년 중국문화연구회)을 찾아보니 1931년 11월의 《고토다마》 제2호에 이 두 편이 동시에 게재되어 있었다. 1931년이라면 내가 상하이에서 매일 루쉰의 집에 다니며 《중국소설사략》 강해를 받고 있을 때였다. 그 무렵 사토 하루오 씨가 《고토다마》 잡지를 이소자와 지로五十澤二郎 씨와 함께하고 있었는데, 상하이에 있는 나에게 다음과 같은 편지를 보낸 게 남아 있다.

……마침 소생이 그 무렵 동봉한 취의서趣意書와 같이 잡지를

> 발행하여 창간호 편집이 끝났습니다. 그래서 제2호 혹은 제3호를 위해 중국 현대의 문예계나 일반 학예계의 화젯거리, 잡지에 싣는 기사라는 걸 유념해 주시고, 아무튼 잡지라 지면이 부족하니 10매 전후가 적당하다고 생각합니다. 중국 현대 문예계 소식 등이라는 제목으로 한 내용의 저널리즘적인 것을 원합니다.
>
> (하략)

날짜는 편지에는 기록되지 않았는데, 8월 27일 부의 봉투로 봐서 아마도 그쯤이 아닐까 생각한다. 저널리즘적인 것이기에 9월 18일에 일어난 만주사변에 대한 중국 작가들의 의견을 특집으로 다룬《문예신문》이라는 신문 기사를 번역해 〈중국의 저작가는 만주사변을 어떻게 보고 어떻게 생각하는가?〉라는 제목으로 보내려고 생각했다. 상하이에서 내가 몸소 느꼈던 갑작스러운 '만주사변'은 아주 쇼킹했는데, 그것을 받아들인 중국 저작가들의 반응은 극히 격렬했다. 하지만 그것은《고토다마》잡지와 경향과 그다지 맞지 않았던 것일까?《중앙공론》으로 돌려서(혹은 내가 직접 투고한 듯한 생각도 들지만) ○○이나 ××의 복자伏字투성이로 의미도 파악하기 어려운 문장이 되어 실렸다. 게다가 난외의 지면에 작은 글자로 조판한 것은 일본 관헌의 자극을 고려했던 것일까? 혹은 당시 일본 저널리즘은 '만주사변'에 대한 중국의 이의 등에 대해서는 거의 하찮은 문제로 취급했던 것일까? 그때 나는 불만이었다.

그다음으로는 사토 씨에게서 온 '9월 18일 4시경'이라는 월, 일, 시가 기입된 편지가 남아 있다. 그 무렵 하쿠요샤白楊社에서 마츠우라松浦 씨 번역으로 출판된 〈아큐정전〉(그 밖에 〈광인일기〉와 〈쿵이지〉를 추가한 소책자로 있다)을 일독하고 "최대의 감탄을 했다."라고 말하면서 "그래서 한번 귀 군에게 수고를 끼쳐 20매 전후 정도의 선생(루쉰)의 작품을 《고토다마》에 싣고 싶은데, 선생의 구역口譯을 얻어서 귀 군이 필기한 것이라면 선생의 일본어 문장 견본으로서도 도움이 되지 않을까 등등 생각하고 있습니다.(하략)"라고 했다. 그래서 〈상하이 문예계의 일별〉을 현대 중국 문학계의 상황을 전하는 것으로 생각해 번역해 보내게 되었다.

〈상하이 문예계의 일별〉은 당시 상하이의 '사회과학연구회'라는 회합(이라고는 해도 당시 상황도 그렇고, 비공개 회합이었다고 생각된다. 루쉰이 나에게 비밀 장소에서 강연했다고 말했던 것을 기억하고 있다)에서 말했던 것으로, 그 강연 필기가 앞에서 언급했던 《문예신문》이라는 상당히 첨예하지만 얄팍한 8페이지 정도의 소형 신문에 나왔다. 나는 그 신문을 항상(이라고는 해도 주간이었다고 생각한다) 보았기 때문에 이를 번역하고 싶다고 말했더니, 루쉰이 신문에 난 것에 자신이 손을 더해 상당히 가필한 원고를 넘겨주었다. 그가 항상 사용했던 녹색 칸이 쳐진 원고지에 붓으로 쓴 것이었다. 그에게 군데군데 이해하기 어려운 자구의 의미를 질문해 가며 번역한 뒤 사토 하루오 씨에게 보냈다. 그때의 원고가 곧 연차적으로 편집된 그의 《이심집》에 수록된 〈상하이 문예계의 일별〉이었던 것이다. 다만 《이심집》에는 이 표제 아래 〈8월 12일 사회과학연구회에서의 강연〉이라는 설명이 붙어 있는데, 인민문학출판사의 《루쉰전집》 제4책의 주석에 "《루쉰 일기》에 의하면 이것은 1931년 7월 20일이라 해야 하며 표제에 부기된 8월

12일은 잘못이다."라고 되어 있는데, 강연은 7월 20일이었어도 필기를 정리해 원고로 만든 것은 8월 12일이었던 것은 아니었을까?

내가 이 〈상하이 문예계의 일별〉을 번역한 것으로 인해 뜻밖의 후일담이 나왔다. 이 〈일별〉 중에서 루쉰은 '창조사'를 아주 호되게 비판했고 궈모뤄 등을 불쾌할 정도의 필치로 매도했는데('재자+건달'이라고 말하기도 했다), 《고토다마》지에서 이 번역문을 본 궈 씨가 루쉰의 매도에 자극받아 그들의 '창조사'와 '창조사'를 중심으로 한 그 자신의 문학적 생활을 기록한 《창조 10년》(1932년 상하이 현대서국現代書局)이라는 자전소설을 썼기 때문이다. 일의 전말은 《창조 10년》의 〈발단〉에서 했던 말로, 〈발단〉에서 먼저 《고토다마》의 욕을 한 다음 〈상하이 문예계의 일별〉을 헐뜯어서 루쉰에게 욕을 되갚아 주었다. 그리고 그때는 아직 루쉰의 원문을 보지 않았기에 내 번역문(내가 쓴 전문前文과 창조사와 연관된 번역문 부분)을 정중하게도 한 번 더 중국어로 번역해서 소개하고 자잘한 것까지 논쟁하면서, 루쉰에 대해 어느 때보다 심하게 비판했다. 두 사람이 몹시도 추한 모습을 주고받은 것은 당사자들이 어떻게든 알아서 할 것이므로, 적어도 그 번역문이 《창조 10년》이라는 창조사 시대의 자전소설을 궈모뤄로 하여금 쓰게 만든 계기가 되었다. 그렇기에 이 자전소설이 문학사 연구가에게 하나의 사료를 제공하고 있는 한 나로서는 의외의 수확을 얻은 것으로 생각한다.

제1차 '상하이사변'[1932년 1월 28일; 옮긴이]이 일어나고 나는 일본에 돌아갔는데[마스다 와타루는 바로 전해인 1931년 12월에 일본에 돌아갔다; 옮긴이], 하루는 혼고本鄕[도쿄도東京都 분쿄구文京区 남동부의 지명으로 도쿄대학

이 있다; 옮긴이]의 분규도文求堂에서 우연히 궈모뤄 씨와 처음으로 얼굴을 마주했다. 분규도는 중국 서적을 판매하여 학생 때부터 그곳의 주인인 다나카 씨와 친했는데, 그 무렵 다나카 씨는 망명 중이던 궈 씨의 금석문 연구 서적을 출판해 생활을 도와주었다. 말하자면 궈 씨의 패트론 같은 사람이었다. 나중에 궈 씨가 일본을 탈출할 때 다나카 씨도 연루되어 체포되었다. 어느 날인가 히사마츠 경찰서(?)의 돼지우리 같은 유치장에 처넣어졌다는 이야기를 들었던 적이 있는데, 그것은 나중 일이다. 내가 처음 궈 씨와 만났을 날에는 다나카 씨가 소개해주겠다고 말하고, [우리] 두 사람을 혼고의 하치노키鉢ノ木에 데리고 가서 인사시켜 주었다. 궈 씨는 〈상하이 문예계의 일별〉로 어지간히 감정이 상했던 것으로 보였고, 끊임없이 루쉰에 대해 비아냥거리는 말을 나에게 던졌던 게 기억난다. 안타깝게도 그는 귀가 멀어 이쪽의 말은 듣지 않고, 자기가 하고 싶은 말만 일방적으로 소리 높여 지껄여댔다.

〈오리의 희극〉은 에로센코의 일을 쓴 소품으로 처음 읽었을 때 훌륭하다고 감탄했기에 그 번역을 《고토다마》에 보냈는데, 〈상하이 문예계의 일별〉보다 어쩌면 이쪽을 먼저 보내려고 하는 생각도 들었다. 귀국하고 나서 이것을 도가와 슈고츠戸川秋骨 씨가 칭찬했다는 것을 사토 씨에게서 들었다.

〈아큐정전〉을 처음 번역한 것은 가이조샤의 《세계유머전집》의 《중국편》(이것도 이다편 《현대 중국 문학 연구 문헌 목록》에 의하면 1932년 3월 출판)에 넣기 위해였는데, 1932년 상하이에서 귀국하고 난 뒤였다. 이 《중국편》은 사토 하루오 역으로 되어 있는데, 사실 모두 내가 편역한 것으로 사토 씨가 '후기'에서 쓴 대로다. 편역에 관해 나는 편지로 루쉰과 상담했다. 그러자 루쉰은 "현대 작가의 작품이 내 것만으로는 허전하니까 그 밖에도 위다푸와 장톈이張天翼의 작품으로 취해야 할 것이 있다면 조금 번역해서는"이라는 답장을 주었고, 동시에 위다푸와 장톈이의 작품집을 보내왔다.

이 《유머전집》에 〈아큐정전〉을 넣었던 것에 관해, 곧 〈아큐정전〉을 유머소설이라고 한 것에 대해 훨씬 뒤에 누군가 비난하는 글을 쓴 것을 읽었다. 그런데 〈아큐정전〉은 원래 《신보晨報》 부간의 '즐거운 이야기開心話'란에 쓴 것으로, '즐거운 이야기'라 하면 '유머소설'로 번역해도 적절하지 않을 건 없어 '유머소설' 속에 넣어도 괜찮지 않을까 하는 생각이 들었다. 유머라는 영어의 개념과 〈아큐정전〉은 조금 다른 듯하다. 오히려 풍자라고 말해야 할 것이다. 하지만 그런 것보다 당시의 나는 중국 현대 작가의 글을 기회만 있으면 소개하고 싶다는 일념이 있었기에 그때도 [그런] 기회를 이용했다는 게 솔직한 심정이다. 루쉰 자신도 그것에 관해 달리 아무런 반대도 항의도 표하지 않았을뿐더러 "내 작품 두 개(〈아큐〉와 〈비누〉)를 넣은 일, 문제없고 물론 승낙합니다."라고 말했고, 또 도움을 아끼지 않고 위다푸와 장톈이의 책도 보내주었던 것이다.

그러나 《세계유머전집》의 《중국》은 사토 하루오를 도와준 것일 뿐, 이와는 별도로 상하이에서 돌아온 나는 강해 받은 《중국소설사략》의 번역을 정리하는 일에 힘을 기울였다. 의미를 알기 어려운 곳이 자주 나왔기에 대체로 한 달에 두 번 정도 모아서 루쉰에게 편지로 질문을 이어 갔다. [당시] 아무 데도 근무하지 않았던 나는 참고서도 없는 시골 부모님 집에서 번역에 매달렸다. 번역 원고가 완성되었을 때 《유머 전집》으로 알게 된 가이조샤 출판부의 S씨에게 출판을 의뢰했다. 그러자 S씨는 이번에 가이조샤를 그만두고 미카미 오토키치三上於菟吉[106]와 함께 출판사를 만들었는데, 거기서 내자고 말했다. 그것이 1936년에 호화 장정으로 미카미 씨의 사이렌샤[107]에서 나온 《중국 소설사》 초판이다.[108] 그 당시 루쉰은 아직 건강할 때였는데, "《중국 소설사》의 호화 장정은 내 생전에 저작이 멋진 옷을 입은 최초일 것이다."라고 말하면서 "나는 호화본을 좋아한다."라는 편지를 보냈다. 이 번역본 《중국 소설사》에서는 원저의 인용문은 모두 그대로 수록하고 그 위에 번역문을 붙여서 교정이 상당히 까다로웠다. 좀처럼 나아가지 않는 교정 작업을 보다 못해 동창인 마쓰에다 시게오松枝茂夫가 도움을 자청하였고 내 하숙집에 와 도와줬다. 당시 미국 비행기의 공습에 대비해 등화관제 훈련이 가끔씩

106 미카미 오토키치三上於菟吉(1891~1944)는 일본의 소설가로 사이타마현埼玉縣 출신이고, 와세다대학을 중퇴했다. 극작가이자 소설가인 하세가와 시구레長谷川時雨(1879~1941)의 남편이며, 대중문학 작가로 활동했다. 저작으로는 〈백귀白鬼〉, 〈눈의 승변화雪之丞變化〉 등이 있다. 1933년 사이렌사를 설립했다.

107 사이렌샤賽棱社라는 이름은 그리스 신화에 나오는 반은 여자이고 반은 새인 바다의 마녀 '사이렌Siren'에서 따온 것이다. '사이렌'(혹은 사이렌들)은 바닷가 외딴섬에 살면서 매혹적인 노래를 불러 근처를 지나는 배들을 좌초시켰다. 트로이 전쟁을 끝내고 귀향하는 오디세우스를 유혹하는 데 실패한 뒤 분을 이기지 못하고 바다에 뛰어들어 스스로 목숨을 끊었다. 그래서 중국에서는 '사이렌사'를 '마녀사魔女社'라는 이름으로 표기하기도 한다.

108 이 책의 출판 등에 대한 자세한 것은 조관희, 〈루쉰의 중국 고대소설 연구 3—일본 학자 마스다 와타루增田涉와의 학문적 교류〉(《中國小說論叢》第61號, 서울:韓國中國小說學會, 2020.8.31.)를 참고할 것.

있어 캄캄하고 늦은 밤길을 니시오기쿠보西荻窪의 내 하숙집에서 아사사야阿佐佐谷의 집까지 걸어 돌아갔던 마쓰에다 시게오의 우정에 미안하고도 감사한 마음이 가득했던 것을 지금도 기억하고 있다. 결국 재교부터는 출장 교정이 되어 우시고메牛込의 다이닛폰인쇄大日本印刷에서 대기하고 있다가 일을 마무리했다. 그런데도 오류가 상당히 있다.

《소설사략》의 번역본 《중국 소설사》와 거의 동시에 이와나미 문고에서 《루쉰선집》(1책본)이 나왔다. 이 《루쉰선집》은 찾아보면 1935년 6월 출판으로 되어 있는데, 그 전해 8월 고향의 집에 있던 내게 보냈던 사토 하루오의 편지가 남아 있다. "그 뒤 어떻게 지내십니까? 이녁은 가을바람과 함께 도성 문에 들어오지 않았던가요?"라고 하면서, "……다음에 이와나미 서점 대충大蟲 선생이 명역한 루쉰의 두 편(〈고향〉과 〈고독자〉)을 모아 이와나미 문고 안에 넣으려는 기특한 뜻이 있어, 차제에 소충小蟲 선생의 명역인 〈야단법석風波〉(이것도 《고토다마》에 실렸다), 〈오리의 희극〉, 〈상하이 문예계의 일별〉 등의 명품, 기품奇品도 한데 합쳐서 대소양충大小兩蟲의 동저로 세상에 묻는 게 어떠한지요? 돈이 약간 될 겁니다. 이 건에 대한 답을 기다리겠습니다.……"라고 했다.

여담이긴 하지만 위의 문장 중에 '대충大蟲'은 사토 씨 자신을 말하고, '소충小蟲'은 [나 자신인] 마스다를 장난스럽게 말한 것이다. 원래 1930년 연말에 기슈紀州 시모자토쵸下里町에서 귀성 중의 사토 씨를 방문해 1박 했는데, 식사 때 술병을 담아 내놓은 칠기 쟁반에 '대충화상大蟲和尙'이라 쓰인 글자가 보였다. '대충'은 '호랑이'로

《수호전》 등의 소설에도 보이는 말인데, '대충'이라고 자처하는 화상에 두 사람 다 흥미를 느꼈다. 그 이래로 편지 등에서 우리는 '대충 선생'이랄까 '소충 선생'이랄까 장난삼아 부르는 일이 자주 있었다. 다만 '소충'이라는 것은 '대충'에 대한 사토 씨가 되는 대로 붙인 조어이다.

이와나미 문고에서는 사토 씨와 내가 공역한 것을 승낙한 것 같다. 나는 매수를 채우기 위해 새롭게 〈위진魏晉의 시대상과 문학〉을 번역해서 넣었는데, 이것은 평판이 좋았다. 앞에서 루쉰에게 편지를 보내 이와나미 문고에서 《루쉰선집》을 내는데, 어떤 작품을 넣으면 좋을지, 다른 의견이나 희망 같은 건 없는지 물어보았다. 그러자 "전권을 가지고 하게나. 나는 달리 넣어야 한다고 생각하는 것은 하나도 없다네. 그러나 〈후지노 선생〉만큼은 번역해 넣고 싶네."라는 답장이 왔다. 아마도 내가 이 작품을 넣었으면 하고 말한 것에 대한 답을 한 것이리라. 같은 편지 안에서 루쉰이 "〈판아이눙范愛農〉을 쓴 것은 별로니 빼는 것이 좋겠소."라고 말했기 때문이다. 이 《선집》이 나온 뒤 나는 병중이라는 말을 듣고 루쉰을 병문안하기 위해 5년 만에 다시 상하이로 건너갔는데, 한번은 병상의 루쉰이 〈후지노 선생〉을 문고에 넣었는데도 선생에 관한 반응이 없는 것을 보면 선생은 이미 돌아가신 것 같다고 말했다. 애당초 그가 이 작품만을 문고에 넣기를 희망했던 것은 센다이의전 시절의 은사인 후지노 선생의 소식을 알고 싶었기 때문이라는 것을 그때 알았다. 나중에 후지노 선생이 후쿠이현福井縣의 가타이나카片田舍에서 건재하며 진료소를 열었다는 것을 전한 것은 기시 야마지貴司山治[109] 씨의 《문학 안내》지였는데, 그때 루쉰은 이미 세상을 뜬 뒤였다. 나는 아쉬울 따름이었다.

(1969년 9월 《도쇼圖書》)

109 기시 야마지貴司山治(1899~1973)는 일본의 프롤레타리아문학의 소설가이자 극작가이다.

루쉰의 소설

루쉰이 생존했던 시기의 중국사 연대는 오늘날의 중화인민공화국이 탄생하기 전야로, 혼란과 유혈이 잇따르고 압제와 암흑이 지배했다. 그런 시대를 살아간 그는 문학가이긴 하지만, 출발부터 마지막 숨을 거둘 때까지 싸움의 연속이었다. 마오쩌둥은 "루쉰은 문화 전선에서 전 민족의 대다수를 대표하며,……루쉰의 방향이 바로 중국 민족 신문화의 방향이다."(《신민주주의론》)라고 말했는데, 루쉰의 문필 활동은 오늘날 신중국과 직결되는 것이었다.

루쉰의 문필 활동은 소설, 산문시, 평론성 수필, 번역, 문학사 연구 등 모든 분야에 걸쳐 있는데, 어찌 됐든 분량 면에서는 '잡감문'이라는 짧은 평론성 수필이 소설보다 훨씬 많다. 그가 정력을 기울여 민족의 역사에 맞닥뜨려 갔던 자세는 오히려 수필에서 한층 더 불꽃을 흩뿌리고 피보라를 뒤집어쓰며 발휘되었다.

그렇지만 그가 먼저 데뷔한 것은 소설이었다. 소설을 쓰기 전부터도 또 그것을 쓰면서도 다른 한편으로는 평론성의 수필인 '잡감문'을 끊임없이 써 나갔다. 그러나 애당초 많은 사람들에게 강한 반향을 불러일으키고 중국 문학에 새로운 시대를 그은 것으로 알려지게 된 것은 소설 작가로서였다. 그러나 소설가로서의 활동은 중도에 정지되었고, 이후는 오직 잡감문, 정치성이 강한 전투적인 사회비평적 에세이 등 그 자신의 표현에 의하면 '비수' 또는 '투창'에 필적하는 짧은 글에 집중되었다. 그것은 두말할 것도 없이 일반적으로 사회적, 정치적 혼란이 극에 달한 단계, 곧 혁명 단계에 이르러 항상 신변이 위태롭고 체포의 손길을 피해 도망치거나 몸을 숨기는 상황 속에서의 문필 활동이었기 때문이다.

루쉰이 소설을 썼던 시기는 그의 생애 가운데서 초기나 전기에 속하기에 혼란과 암흑 속에 있었다고는 해도 개인 생활이 아직은 비교적 안정된 시기였다. 따라서 후기의 평론성 수필에 비하면 상당히 여유가 있는 필치로, 그의 시인적인 혹은 서정적인 일면이 진화론적인 휴머니즘으로 떠받힌 예리한 풍자와 적당히 어우러져 생기발랄한 세계를 전개하고 있는 면모가 보인다. 그렇다면 소설가 루쉰은 어떤 시점에서 출발했고 거기에 어떤 의도를 담아냈던 것일까?

그 자신이 훗날 이야기한 〈나는 어떻게 소설을 쓰게 되었는가〉라는 수필에서는 다음과 같이 말했다.

> "내가 문학에 관심을 가졌던 시기는 상황이 현재와 아주 달랐다. 중국에서는 소설을 문학으로 생각하지 않았고, 소설을 쓰는

이는 문학가로 불리지 않았다. 그러니 이 길로 출세하려고 생각했던 사람은 아무도 없었다. 나 또한 소설을 '문단'에 들여올 생각은 없었고, 단지 그 힘을 이용해 사회를 개량하려고 생각했을 따름이다.

……중략

물론 소설을 쓰고 나서부터는 아무래도 얼마간 나 자신의 생각을 갖게 되었다. 이를테면 '무엇을 위해' 소설을 쓰는가? 나는 10여 년 전에 '계몽주의'를 품었기에 반드시 '인생을 위해서'여야만 했고, 그 밖에도 인생을 개량하지 않으면 안 된다고 생각했다."

루쉰의 문필 활동 중에서 소설이 어떤 위치를 점하고, 그것이 또 어떤 경향을 보이게 되었는가를 설명해 주고 있다고 생각한다. 요컨대 그는 소설에서 계몽적인 정치적 기능을 기대했으나, 그것이 문학으로 이루어지는 데 필요한 표현의 예술성을 무시하는 것에는 반대했다. 이것은 작품 그 자체가 증명하고 있다고 말할 수 있다.

이하의 작품 몇 편(가도가와角川 문고《아큐정전》중에 필자가 번역해 수록한 몇 편)에 관해 약간 해설을 가해 참고로 제공하고자 한다.

〈광인일기〉는 작자의 처녀작으로, 이 한 편으로 그는 작가로서 데뷔한 동시에 젊은 세대 청년 학생들 사이에서 비상한 반응을 불러일으켰다. 이 작품이 당시 어떻게 '신문학의 제일성'으로 신선한 감동을 불러일으켰던가? 표현 방법으로는 구어문이었다는 것, 사상적으로는 반 유교주의를 강하게 내세웠다는 것, 이 두 가지가 작품

자체의 감상에 앞서 먼저 독자, 특히 청년 독자들에게 많은 감동을 주었던 것은 부정할 수 없다. 당시 중국에서는 일반적으로 모든 분야에서 원래 전통을 절대화하는 보수적 경향이 지배적이었는데, 문학 방면에서도 문언문을 표현 방식의 정통으로 여겼고 구어 표현으로 된 것은 정식 문학으로 보지 않았으며 고전적 교양이 없는 독물讀物로 지식인으로부터 경시되었다. 문언문은 오늘을 살아가는 인간의 사상과 감정을 올바르고 적절하게 표현하는 기능을 잃어버렸고, [당시 일어났던] 오늘을 살아가는 인간의 사상과 감정은 오늘날 통용되는 말인 구어로 표현되어야 한다는 주장과도 어긋났다. [그런 까닭에] 1917년 이래로 유학생 출신의 대학교수들에 의한 언문일치 운동이 《신청년》 잡지를 중심으로 전개되었다. 그것은 동시에 문화를 언제까지나 고전적 교양을 과시하는 특권적 지식인만이 향유하는 것으로 치부해서는 안 되고, 일반 서민에게도 똑같이 개방되어야 한다는 중국 근대화(민주화)운동의 일환이나 다를 바 없었다. 그래서 구어문운동은 그대로 당시의 반봉건적인 사상해방운동과 결부되어 그 일익을 담당할 수 있었던 것이다. 다른 한편으로 당시 사상해방을 위한 최대의 암 덩어리는 이천 년 이래의 전통을 갖고 권위가 부여된 유교였다. 그것이 언제나 중국 사회의 모든 것의 중추에서 문화나 도덕을 규제하고 지배했다. 먼저 유교로부터 해방되지 않으면 중국은 영원히 근대사회로의 탈피가 불가능했기에, 유교를 타도하는 운동을 강하게 펴나갔던 것이 《신청년》이었다. 거기에 《신청년》 운동의 주축이 있었다. 그렇듯 《신청년》은 중국 근대화 계몽운동의 중심 무대였는데, 〈광인일기〉는 이 잡지의 동인 가운데 한 사람의 권유로 발표되었다. 따라서 이 작품은 기본적으로는 당시의 《신청년》운동을 밀고 나간 성격을 갖고 있다는 것을 이해하지 않으면 안 된다. 유교를 원리로 삼은 중국 봉건사회의 중핵을 이루는 가족제도를 "사람이 사람을 먹는다."라는 발상으로 비판하고, 그 근본에 있는 비인간적이고 전근대적인 윤리를 파헤친 것이 〈광인일기〉다. 그리고 서민적이고 싱싱한 새로운 구어 표현으로 작품화되었다. 양적으로 극히 짧은 단편이었던 것까지 이 한 편이 새로운 시대를 획劃했다고 말할 수 있는 까닭이다.

루쉰은 이 처녀작 〈광인일기〉에 관해 자신이 그때까지 읽은 백 편 정도의 외국 작품(그는 러시아, 폴란드 및 발칸의 여러 작은 나라 작가들의 것을 특히 많이 읽었다고 말했는데, 그중에서도 러시아의 고골과 폴란드의 센케비치를 애독했다고 한다)과 약간의 의학적인 지식(그는 센다이의학전문학교를 2년 다녔다)의 덕분이었다고 말했다. 제명인 〈광인일기〉 때문에 이 작품이 고골의 《광인일기》에서 힌트를 얻은 것이라는 사실을 바로 추측할 수 있다. 그러나 동생인 저우쭤런의 설에 의하면(《루쉰 소설 속의 인물》) 루쉰의 종형에 진짜 피해망상증 환자가 있었는데, 루쉰이 여러 가지로 돌봐준 일이 있어 그 생생한 경험을 충분히 살릴 수 있었기에 작품의 리얼리티를 포착할 수 있었다고 한다. 요컨대 이 작품의 주제는 유교의 인간 침해를 비판하는 것으로, 마지막 말인 "아이들을 구해야 한다."에서 보이듯이 중국에서 해방된 새로운 인간의 탄생을 고대했던 것이라고 할 수 있다. 그것은 루쉰이 일찍부터 품었던 진화론적 휴머니즘의 개혁 사상을 내세운 것이기도 하다.

〈쿵이지孔乙己〉는 이전 시대 인텔리의 무참한 말로를 묘사한 것인데, 과거를 애도하는 통렬한 풍자 속에서도 루쉰의 애수에 가득 찬 인간적인 눈길이 있다. 단편이면서도 꾸밈없는 맛이 있어 그의 전 작품 중에서도 예술적으로 깊은 감명이 있는 훌륭한 단편이라고 할 수 있다. 통렬하고 전투적인 기질과 동시에 미묘하게 뒤엉켜있는 루쉰의 따스하고 인간적 감정을 보여 주고 있는데, 이것이 감명을 깊게 해 주는 것은 아닐까 생각한다.

〈작은 사건〉은 소설이 아닌 소품이라고 해야 할 것인데, 이 작품은 언제까지나 마음에 남아 떠나지 않으면서 자신의 왜소함을 자책하는 루쉰의 고지식하고 인도주의적인 사람됨을 보여 주고 있다고 생각한다. 혹 그것을 유치하게 보는 사람이 있을지 모른다는 생각이 들기도 하지만, 나는 여기에 루쉰의 본령이 있다고 본다. 작법에 관해 솜씨 있게 잘 정리되어 있다고는 말할 수 없을 듯한데, 어쩌면 그것이 일부 사람들에게 유치한 인상을 주게 된 것으로 생각한다. 그렇지만 여기에서 루쉰 정신의 축도라기보다는 근원에 있는 핵이라고도 말할 수 있는 것을 보는 듯하다. 그 가운데서 엿보이는 그의 사상은 오늘날 중국에서 통하는 게 많은 것 같아, 자주 인용되고 평론되고 교과서에도 들어가 있다.

〈고향〉은 도회 생활에 익숙한 '내'가 집을 정리하기 위해 오랜만에 고향에 돌아왔을 때의 견문과 감개를 얽어내어 묘사한 것인데, 순박한 농촌의 소년이 주위의 정황이 악화함에 따라 생활에 시달려 지칠 대로 지친 모습과 부자 이대를 교묘하게 배합하고 교차시켜가며 포착했다. 전원의 풍광 속에는 어느 정도 영탄의 색조마저 감돌고 있는데, 필시 당시의 실제 상황과 작가의 실감을 그대로 작품화한 것이리라. 이 〈고향〉의 마지막 부분에서 [작자는] 희망에 대해 반문하며, 희망이라는 것은 원래부터 소위 "있지"도 않고 또 이른바 "없는 것"도 아닌데, 그것은 땅 위의 길과 마찬가지여서 땅 위에는 원래부터 길이 없지만 그곳을 다니는 사람들이 많아지면 길이 나는 것이라고 표현했다. 이런 사고방식은 루쉰의 사상과 행동의 근저에 있어 그의 부단하고 과감한 전진의 정신을 지탱하는 철학이었다. 이 말도 루쉰을 평론하고 해석하는 사람들이 자주 인용하는 것이다.

〈아큐정전〉은 루쉰의 작가적인 존재를 문학사에서 크게 자리 잡게 하고 확고하게 정착시킨 대표작이다. 루쉰은 앞의 글에서도 인용했던 〈나는 어떻게 소설을 쓰게 됐는가〉 중에서 "나의 취재는 병태적인 사회의 불행한 사람들로부터 많이 가져왔는데, 그 의도는 병고病苦를 드러내 보여 주어 치료에 대한 주의를 환기하는 데 있었다." 하고 말했다. 이것은 그의 작품 전체에 걸쳐 있다고 말할 수 있는 것인데, 그런 의도로 쓰인 문학은 특히 〈아큐정전〉에서 가장 집약적이고 전형적으로 묘사되었다고 할 수 있다. 이 소설은 원래 신문의 부록판에 매주 1회 1장씩 연재되었다. 당초에는 편집자로부터 기분 전환용 읽을거리라는 주문을 받아쓰게 된 것이라고 했는데, 서명도 루쉰이라 하지 않고 '바런巴人'(미개한 시골사람野人이라는 의미)이라고 했다(〈아큐정전〉을 쓰게 된 연유〉). 그래서 특히 써낸 부분 등은 골계적인 말투여서 익살스러운 필치가 보인다. 그러나 어느 사이 루쉰의 본바탕이 나와 민족의 마이너스적인 면에 담긴 비애를 담은 질타가 되어갔다. 약간은 익살스러운 말투도 루쉰이 말하는 병태적 사회에 대한 풍자의 정도를 더욱더 효과적으로 만들었다고 생각하는데, 그

안에서 조종되어 꿈틀거리는 민족의 마이너스적인 면으로 전형화된 아큐도 우리에게는 한 조각 동정을 금할 수 없는 인간상으로 [강한] 인상을 남겼다. 하지만 이 작품은 그가 몸소 경험하고 청춘의 정열을 쏟았던 '신해혁명'(1911)의 내장을 통렬하게 파헤치고, 그 실패를 교훈으로 삼아 다시 새로운 민족적 결의를 촉구한다는 주제로 일관되어 있다. 국민적인 마이너스적인 면을 호되게 찌른 것은 결국 다음 단계로의 계시라 할 수 있다.

〈오리의 희극〉은 스케치에 지나지 않지만, 정경이 인상적으로 포착된 꾸밈없는 문필의 움직임으로 다른 소설에서는 별로 볼 수 없다. 루쉰은 외국의 동화를 얼마간 번역했는데 중국에서도 새로운 동화문학이 발전하기를 기대했다. 이 작품에서 그가 갖고 있는 동화적 세계라고 할 수 있는 게 드러나 있지 않았나 생각한다.

이상의 여섯 편은 작자의 첫 번째 창작집인 《외침》(1923)에 수록된 것들로, [다음으로는] 두 번째 창작집 《방황》(1926)에 수록된 〈고독자〉, 회상기 《아침 꽃 저녁에 줍다》(1928) 중의 〈후지노 선생〉, 역사소설집 《새로 엮은 옛이야기》(1936) 중의 〈미간척眉間尺〉(이것들은 모두 내가 가도가와 문고 《아큐정전》 중에 번역해 넣은 것이다)에 관해 언급하고자 한다.

〈고독자〉는 대체로 루쉰의 친구(동시에 일본에서 유학했고 귀국한 뒤 사오싱사범학교에서 동료였던 판아이능范愛農)를 모델로 삼은 것인데, 동생인 저우쭤런은 할머니의 장례식 때 문중의 어른과 가까운 친척들 앞에서 기묘한 대성통곡을 하는 장면이 사실은 루쉰의 일을 쓴 것이라고 말했다(《루쉰 소설 속의 인물》). 낡은 관습을 무시하는 듯한 반속

反俗 정신은 본래 그가 갖고 있었던 것으로, 개혁자였던 루쉰의 일면을 알 수 있다고 생각한다. 하지만 그런 주인공도 당시 여러 어려운 상황 속에서 결국 가장 혐오하는 군벌에 의지해 생존을 유지하지 않으면 안 되었다(이것은 현실의 친구 판아이눙의 이력 그 자체와 약간 다르긴 하지만). 여기서 루쉰은 주인공을 매도하기보다는 생활에서 패배한 자로 대하고, 소극적이지만 약간의 동정을 보이는 듯하다. 그가 다른 에세이에서 인간의 조건으로 '사람은 먼저 생존해야 한다'라는 것을 첫 번째로 들고 있는 것과 결부시켜 생각할 수 있다. 그러나 이 작품에서는 무엇보다도 현실의 친구에 대한 우정이 토대에 자리 잡고 있어 작품에 대한 제약이 되고 있는 것은 아닐까? 똑같이 지식인의 말로를 다루었더라도 쿵이지를 보는 작자의 눈과 웨이롄수魏連殳를 보는 눈에는 상당한 차이가 있다. 쿵이지는 주인공을 뿌리치고 객관적으로 보고 있는 것 같은데, 여기서는 주인공과 지나치게 밀착된 느낌이 많이 든다. 그런 차이는 루쉰의 주관적인 정신 상황의 위상 차이로부터 온 것이라고 할 수 있다. 즉《외침》의 시대와《방황》의 시대의 차이다. 작품집에 붙은《방황》이라는 제목이 상징하듯이, 첫 번째 창작집에 붙어 있는 제목《외침》의 시기, 구체적으로 말하자면 '5.4 운동'(전국적인 반봉건적인 옛것들을 파괴하는 국민운동) 전기 질풍노도의 고비가 지나고 그 물마루가 조금 허물어졌던 때에 주저하는 상태(사실은 다음 단계로 비약하기 직전에 주저하는 방황이라고 할 수 있지만)가 그 시기의 루쉰을 제약하고 있다고 생각된다.

〈후지노 선생〉은 일본 유학(작자는 1902년 3월부터 1909년 8월까지 스물두 살부터 스물아홉 살까지 일본에서 유학했다)의 추억 한 토막으로, 작자가 필생의 은사로 떠받들었던 후지노 겐쿠로 씨의 일을 회상하며 사모의 마음을 불어넣은 것이다. 1935년에 내가 사토 하루오 씨와 공동으로 이와나미 문고에서 《루쉰선집》을 출판했을 때, 아직 생존해 있던 루쉰에게 어떤 작품을 선정해 번역하면 좋을지 문의했더니 마음대로 선정해도 괜찮지만 〈후지노 선생〉 만큼은 반드시 넣고 싶다고 했다. 오랫동안 소식이 끊긴 옛 스승이 지금도 생존해 있는지 확인하고 싶었기 때문이었을 것이다. 하지만 이 《선집》이 출판되었어도 후지노 선생에 관해서는 아무런 소식을 듣지 못했다. 그 뒤 내가 5년 만에 상하이를 찾아 병상에 있던 루쉰을 병문안했을 때도 그는 안타까운 얼굴로 《선집》이 나왔는데 아무런 소식을 듣지 못한 걸 보면 후지노 선생은 이미 돌아가셨을지도 모른다고 말했던 게 기억난다. 후지노 선생이 후쿠이현 가타이나카에 은거해 진료소를 열었다는 사실이 알려진 것은 루쉰 사후로, 그의 죽음을 당시 일본 언론계에서 상당히 크게 받아들였기 때문이었다. 어떻든 간에 이 작품은 국제적으로 따스하고 인간적인 유대를 쓴 것으로, 쉬광핑 여사가 연전에 일본에 왔을 때 중국 교과서에 실려 있다고 말했다.

〈미간척〉(나중에 〈주검鑄劍〉으로 제목을 바꿈)은 루쉰이 고대 역사에서 소재를 취해 쓴 몇 개의 단편 가운데 하나다. 이 작품은 고대의 야사라 할 《월절서越絶書》, 《오월춘추吳越春秋》, 또는 《열이전列異傳》 등에 보이는데, 이 옛이야기에 기대어 현대의 독재자를 저주하는 루쉰의 격정은 용솟음치고 청백의 차가운 검광에서도 비슷한 요기마저 감돌아 처참할 지경이다. 그 밑을 꿰뚫고 있는 것은 우리의 이해를 넘어설 정도로 집요하고 대담한 복수심이다. 나는 부단한 전투자로서의 루쉰을 육체의 내면으로부터 지탱해주고 있는 게 본능이라고도 할 수 있는 불굴의 복수심이 아니었을까 생각한다. 이 작품에서 그런 자연인으로서의 루쉰 내부에 있는 무언가가 독재자라는 개인 지배욕의 화신에 맞서고, 사회적 인간으로서의 자각과 분노와 증오가 내던져져 하나로 용화 되어 거무튀튀하고 기괴한 세계를 만들어 낸 것이다. 그것은 독재자가 지배하는 거무튀튀한 고대가 그대로 현대에서도 살아 있다고 본 통렬한 풍자이기도 한데, 결국 루쉰의 격한 분노와 증오가 저주를 담아 내세운 작품이 되었다.

루쉰을 정면으로 관찰하고 성실한 휴머니스트로 규정한 것은 이론이 없긴 하지만 단지 뿌리가 드러난 이상적인 관념으로만 파악하는 것으로 지나치게 단순한 것은 아닐까? 그는 〈‘페어플레이’는 아직 이르다〉라는 에세이를 썼는데, 이른바 ‘페어플레이’ 같은 것은 상대 나름이라 언제 어디서나 통용되는 것은 아니기에 그럴싸한 자기만족으로 추단하다가 상대로부터 두들겨 맞고 살해되는 사례를 혁명의 어수선한 과정에서 자주 보았다고 했다. 먹느냐 먹히느냐의 장에서 살았던 루쉰이 현실의 경험으로부터 얻은 살아남기 위한 교훈은 그렇게 쉬운 게 아니라는 것이다. 그는 복수를 나쁘다고 생각하지 않았을뿐더러, 그것이 닳아 지워져 버린 것이 당시 중국 민족이 쇠약해진 원인으로 보았다. 그의 조국과 민족은 이백수십 년 동안 정복자인 이민족(청 왕조)에게 지배받았다. 이 민족적 굴욕감은 오랜 세월 동안 마멸되었는데, 일부 자각자가 복수심에 불타서 민족혁명의 봉화를 올렸고, 그도 청춘을 여기에 걸었다. 그런 기운 속에서 루쉰은 성인이 되었다. 그리고 민족혁명은 성공해 청 왕조는 붕괴하고 중화민국이 탄생했지만(1912), 이민족 통치를 대신한 것은 열강의 제국주의에 조종되는 군벌 독재였다. 정치는 혼란했고, 압제와 유혈이 일상처럼 되어 사람들의 신변을 에워쌌다. 그런 시대를 살아가기 위해서는 뜨뜻미지근한 것은 용서할 수 없었다. 루쉰은 자신이 청춘의 나날에 꿈꾸었던 결과가 이런 식으로 보답이 되어 돌아왔다는 사실에 서글펐다. 혁명은 사기로 받아들여졌다. 그래서 대상은 변했지만, 혁명은 계속되어야만 했고 복수 역시 계속되어야만 했다. 이 작품은 그런 상황 속에서 작자의 폐부로부터 나온 것이라 할 수 있다.

(1961년 1월 가도가와 문고《아큐정전》 해설)

루쉰 베스트 쓰리

루쉰은 작가로서보다도 오히려 비평가, 그것도 문학보다는 사회비평가라고 해야 할 성질의 일을 더 많이 했다. 그래서 소설 작품의 숫자는 그다지 많지 않지만, 셋을 뽑아야 하는 경우 생각보다 그렇게 간단하게는 안 된다.

첫 번째는 역시 〈아큐정전〉이다. 나 자신의 취향만으로 말하자면, 이렇게 무덤덤하고 결이 거칠며 긴장감이 결여된 듯한 작품은 당시 시대 같아서, 일본에서라면 메이지 문학 같아서 별로 마음이 끌리지 않는다. 하지만 이 작품은 기술적인 면을 개인적인 취향만으로 딱 잘라 말할 수 없다. 작품 쪽에서 [보자면] 그런 호불호적인 평가를 거부하며 이를 뛰어넘는 적극적인 주장을 하는 듯하다. 민족의 침통한 신음 같은 것이 리얼리티를 갖고 역사적인 무게로 포착되어 있다. 작품의 폭이 개인의 감성적 기호를 단호히 거부하고 있는 것이다. 이러한 신음은 현실의 국민적인 약점을 가차 없이 도려내는 것에서 나오는 것이며, 동시에 미래로의 탈각(혁명)을 채찍질하는 강렬한 질타의 소리로 이어졌다. 차가운 풍자와 뜨거운 애정의 교차점에서 국민적 전형을 포착해서 분석해 보여주었다고 할 수 있을까?

이 작품은 우리 같은 외국인에게는 조금 이해하기 어려운 미묘한 풍자도 많고, 또 아큐 같은 인간은 정말이지 일본에서는 별로 볼 수 없는 듯해(과장되게 묘사했기 때문인지도 모르겠지만), 처음 읽었을 때 가까이 와닿는 흥미를 느끼지는 못했다. 하지만 종전 후 혼란기에 직면해(그 무렵 이 작품의 번역을 개정하고 있었는데), 일본에도 아큐는 많았고, 아니 나 자신 속에도 아큐가 있다는 것을 그제야 뼈저리게 깨달았다. 어떤 질서의 변혁기 또는 해방기에는 기성의 인간이 급격히 해체되고 기묘한 행위를 한다는 것을 경험했기 때문이다.

두 번째로는 〈쿵이지〉를 들고 싶다. 이것은 단편 작가인 루쉰의 작품 중에서도 짧은 편으로, 루쉰 작품들 가운데 가장 완성된 예술 작품이라고 생각한다. 시대에 뒤떨어진 쿵이지라는 인텔리의 모습, 열아홉 푼이라는 술값 외상을 술집 점포 앞 칠판 메모에 남겨두고 죽어 갔던 말로는 가련하다. 예리한 풍자가이며 외곬으로 사람을 미워했다고 생각되는 루쉰이었지만, 이 작품에서는 그런 것들과 정반대로 연결된 휴머니즘이 배어 나오고 일말의 애수가 느껴져 읽는 이에게 여운을 남긴다. 항상 뭔가에 분개하고 욕하면서도 눈은 항상 축축이 젖어 있는 루쉰의 얼굴이 클로즈업되어 떠오른다.

소설로서는 〈고독자〉와 〈주검〉, 소품으로서는 〈후지노 선생〉과 〈오리의 희극〉 등 내 취향의 작품들인데, 이 중 하나를 고른다면 상당히 망설여지지만 세 번째로 〈주검〉을 들겠다.

〈주검〉은 옛이야기에서 가져온 것으로, 유명한 칼 장인이 검을 만들어 왕에게 바쳤다. 독재자인 왕은 그런 명검을 자기 이외의 사람이 소지하는 것을 두려워한 나머지 그 칼의 장인을 죽여 버리고 만다. 왕, 아버지의 원수로 왕을 노리는 아들 그리고 그것을 도와주는 낯선 남자. 동정이나 의협심 때문이 아니고 단지 복수 화신 그 자체라 할 남자가 등장한다. 다소 괴기스러운 소설이다. 커다란 솥의 부글부글 끓어오르는 탕 속에서 그 남자에게 스스로 잘라 제공한 아들의 머리가 유영하며 춤을 춘다. 그 희한한 구경거리에 넋이 나가 있는 무료한 남자인 왕의 머리가 그 남자에 의해 솥 가운데로 잘려 떨어진다. 이를 아들의 머리가 물고 늘어진다. 그 남자 자신도 자기 머리를 잘라 탕 속에 떨어뜨려 아들의 머리에 가세한다. 세 개의 머리가 부글부글 끓는 탕 속에서 미친 듯이 춤을 추며 서로를 물어뜯는 처참한 광경, 귀기 어린 필치다. 여기에 존재하는 것은 원시적이고 어두컴컴하며 철저한 투쟁이다. 그것은 어떤 시기, 곧 반만反滿이라는 민족적인 복수를 떠받들고 있는 혁명운동 속에서 자라난 루쉰의 청춘 시기의 어두운 긴장과 추구를 재현한 것이리라. 그리고 지금 현실의 악정을 저주한 것이리라. 여기에 그의 비타협적이고 완강하며 끈기 있는 강한 성격이 드러나 있다고 생각한다. 또 냉엄하며 격할 정도로 철저한 민족적 성격의 일면을 드러내고 있다고 할 수 있다. 좋은 의미로든 나쁜 의미로든 중국을 얕잡아보려는 일본적 주관에 대한 경고가 될 수도 있을 것이다.

(1955년 9월 10일 《마이니치신문每日新聞》)

〈아큐정전〉의 무대 속

〈아큐정전〉은 루쉰이 1921년 10월부터 12월에 걸쳐 베이징의 신문 《신보晨報》의 일요 부록판에 매주 한 장씩 연재했던 것으로, 〈서〉에서 제9장 〈대단원〉까지 열 개의 장으로 이루어져 있다.

이 작품은 웨이좡未莊이라는 마을의 토지신 사당에서 사는 통명의 날품팔이 일꾼 아큐의 행장기行狀記로, 시대 배경은 청 왕조가 무너졌던 신해혁명(1911) 무렵이다.

아큐는 머리에 부스럼이 있는데 완력은 없어 사람들로부터 자주 놀림을 당하고 시달렸다. 하지만 그는 일종의 '정신 승리법'을 갖고 있어 '패배를 이겨낼' 수 있었다. '자식에게 맞았다'고 생각함으로써 맞은 자신을 일단 높은 곳에 두고 상대를 경멸하고 연민하며 남몰래 이겼다고 우쭐대는 방법이었다. 그러나 자기보다 힘이 약하다고 생각한 상대에게는 완력을 휘둘렀다. [이에] 약하다고 생각한 남자와 자신감을 갖고 맞섰는데, 역시나 당했지만 '정신 승리법'을 이용해 영원히 이겼다고 우쭐댔다.

쌀 찧는 것을 도우러 갔던 이전 주인집 하녀에게 손을 대려다가 소동이 나는 바람에 아큐는 마을에서 살 수 없게 되어 읍내로 나갔다. 오래되지 않아 [상당한] 현금과 옷을 갖고 마을로 돌아왔는데, '혁명당'이라는 말 등을 해서 마을 사람들은 그를 두려워하는 동시에 존경의 눈으로 바라보았다. 사실 그것이 도둑을 도와준 결과였다고 판명되어 마을 사람들이 그를 경계했고 동시에 대단한 인물이 아니라며 업신여겨 아큐는 원래의 위치로 돌아갔다. 경기가 나빠지자 그는 지방 유일의 명망가인 거인 나리조차 오그라들게 하는 '혁명'이라는 것을 '재미있다'고 생각해 '혁명당'과 한패가 되겠다고 생각한다. 그는 독단으로 혁명당이 된 듯한 모습을 보여 사람들로부터 경외심을 갖게 하고 [자신의] 이름에 '선생'이 붙게 되자 의기양양했다.

어느 날 밤, 마을의 유력자 조 나리의 집에 강도가 들어왔다. 이것은 '혁명'극의 한 토막일진대, 혁명당은 아큐를 부르러 오지 않았다. 아큐는 "내 몫은 없다."라면서, "자기들끼리만 하고, 나에게는 반란을 허락하지 않는다."라고 한탄했다. 그런데 아큐는 조 나리 집에 침입했던 강도의 일당이라는 혐의를 뒤집어쓰고 체포되어 마을의 혁명군 사령부에 끌려갔다. 영문도 모르는 채 범인으로 몰린 그는 '본보기'로 마을 한가운데 조리돌림을 당한 끝에 머리가 잘렸다. 그때 아큐는 '사람이 한세상 살아가다 보면 때로 목이 잘릴 수도 있다'라고 생각하며 살해되었다.

이 작품은 원본이 75쪽 정도의 단편 소설이다. 당시 대단한 평판을 불러일으켰고, [오늘날에는] 문학사상의 걸작이 되어 여러 사람에 의해 작품 분석과 비평이 잇따라 시도되고 있다. [그런 시도들이] 일치하는 것은 아큐라는 인물의 심리와 행동이 특수화되고 골계화 되었지만, 당시 민족적인 마이너스 측면의 일반적 성격을 교묘하게 형상화했다는 점이다. 또 그런 전형으로 아큐를 풍자적으로 묘사해 페이소스가 있고 예술적으로 뛰어나다. 이와 함께 신해혁명의 성격을 폭로하여 국민에게 반성을 촉구하고 채찍을 가하며 미래를 고무하는 것으로 여겨지고 있다.

이 작품에서 이야기하고 있는 것에 관해서는 작자 자신의 〈〈아큐정전〉을 쓰게 된 연유〉라는 에세이에 언급되어 있다. 또 작가의 동생인 저우쭤런의 〈루쉰 소설 속의 인물〉이라는 책에서도 여러 가지로 기술했다. 처음에도 언급했듯이, 이 작품은 신문 일요 부록판에 매주 한 장식 연재되었던 것인데, 〈아큐정전〉이라는 제목을 설명하는 〈서〉는 전체가 풍자적으로, 특히 장난스러운 말투가 많아 보인다. 루쉰은 신문 부록판의 '즐거운 이야기開心話'라는 난, 곧 '기분전환을 위한 이야기'란에 실을 거라는 주문에 맞춰 쓴 것이었기에 골계적인 말투가 되었다고 했다. 하지만 [담긴 내용이] 단지 기분전환만을 위한 이야기도 아닌 듯해서 편집자가 〈신문예〉 난 쪽으로 옮겼다고 했다.

이 작품은 신문에 연재될 때부터 여러 곳에서 물의를 빚었다. 가오이한高一涵은 "〈아큐정전〉이 한 단락씩 차례차례 발표되었을 때 많은 사람이 이번에는 자기 머리 위에 욕설이 쏟아질까 전전긍

긍했다."라고 썼다. 가오 씨는 "어제 〈아큐정전〉의 어느 한 대목은 아무래도 나에게 욕을 하는 것 같다."라고 말하는 사람도 있었다고 했다. 이런 에피소드를 통해 이 작품이 보편적이고 민족적 성격의 전형을 교묘하게 포착했다는 것을 알 수 있다.

내가 루쉰에게서 들은 말은 당시 그는 정부의 교육부 관리 노릇을 하고 있었는데, 〈아큐정전〉이 신문에 나오면 동료들이 그 모델 문제 등에 관해 이야기하는 것을 모르는 척하며 옆에서 듣고 있었다고 했다.

(1959년 4월 18일 《도서신문》)

루쉰 꿈 이야기

내가 상하이 유학을 마치고 귀국하려고 할 때, 루쉰은 다음과 같은 시를 써주었다.

일본 땅은 바야흐로 가을빛이 완연할 제扶桑正是秋光好
붉은 단풍잎 초겨울을 비추고 있겠네. 楓葉如丹照嫩寒
늘어진 버드나무 꺾어 돌아가는 길손 전송하니却折垂楊送歸客
이 마음 동쪽으로 떠나는 배를 따라 지난 시절 그리네.心隨東棹憶華年

메이지 42년(선통宣統 원년, 1909) 스물아홉 살 때 일본을 떠나온 이래로 루쉰은 일본 땅을 밟지 못했다. 이 시 말구의 "이 마음 동쪽으로 떠나는 배를 따라 지난 시절 그리네"에서는 젊은 날을 보냈던 일본 하늘을 그리워하는 마음이 배어 있는 듯하다. 내가 언젠가 루쉰에게 물어본 적이 있다. "이녁은 한 번 더 일본에 가보고 싶은 생각이 없습니까?" 그러자 "가보고 싶은 생각이 있다."라고 대답하였다. 그때는 1931년으로 루쉰은 이미 쉰한 살이었다. 20여 년을 못 본 일본이었다. 그가 일본에 가고 싶은 마음을 갖고 있다는 것을 알고 난 뒤 나는 어떻게든 부를 수 있지 않을까 하는 마음을 항상 품고 있었다.

그 무렵 규슈대학에서 중국 문학을 담당하는 교수의 결원이 났다는 이야기를 들었다. 누구에게 들었는지 지금은 확실하게 생각이 나지 않지만, 상하이에 있을 때 나를 찾아왔던 사람은 도쿄대학 중국문학과의 후배인 미즈노 가츠쿠니水野勝邦와 후지오카 하타藤岡端 두 사람(각각 따로따로)이었기에, 아마 이 두 사람 가운데 한 사람이었을 것이다. 후지오카 군은 이제 막 입학해서 옷깃이 있는 학생복을 입고 새파랗게 젊었기에, 미즈노 군이었을 확률이 높다. 미즈노 군은 이미 졸업하고 중국 여행 중이어서 만날 당시 중국옷을 입고 있었다. 필시 시오노야 온 선생의 소개장을 갖고 왔을 터인데, 나는 그를 루쉰의 처소에 데리고 갔던 적이 있다.

아무튼 규슈대학에 결원이 있다는 것을 들은 나는 "이녁은 규슈대학 강사로 일본에 갈 생각이 없습니까?"라고 루쉰의 의향을 물어보았다. 그랬더니 "일 년 정도면 가는 것도 좋겠다."라고 했다. 나는 바로 도쿄대학 은사인 시오노야 온 선생에게 편지를 써서 그에게 의향이 있으니 어떻게든 갈 수 있도록 주선해 달라고 부탁했다. 딱히 부탁할 지인이 없어 생각나는 대로 시오노야 선생에게 편지를 썼던 건데, 아무리 기다려도 답장이 없었다. 정말 부임했더라면 어떤 어려운 사정이 생겼을지 모르지만, 그 기회를 어찌해 볼 도리 없이 잃어버린 것은 두고두고 아쉬웠다.

일본으로 돌아온 뒤 루쉰에게 한 번 더 일본 땅을 밟게 하고 싶다는 바람을 사토 하루오 씨와 상의하였다. 사토 씨는 확실한 것은 아니지만, 여행 명목으로 일본에 오는 것은 어떨지 권유해 보라고 했다. 루쉰이 일본에 와서 원고를 쓰면 일본의 언론이 사줄 것이고, 자신도 잡지사 등에 주선해 볼 테니 한 번 오는 것은 어떨지, 꼭 그게 아니더라도 내유來遊하는 건 어떨지 권하라고 했다. 나는 사토 씨의 말을 루쉰에게 편지로 전했다. 그랬더니 여행을 가서까지 원고를 쓰는 것은 재미없다는 의미의 답장이 왔다. 과연 루쉰은 일본과 서양에서 흔하게 원고를 팔아 가며 여행하고, 여행하면서 그것을 매문거리로 삼는 저널리스트와는 다르다는 생각이 들었다.

다음은 나 혼자 찧고 까불며 끝낸 우스꽝스러운 이야기인데, 루쉰을 일본에 부르는 것을 단념하지 못하고 도쿄에서 중국 문학 강습회(또는 학원塾) 같은 것을 만들어 그를 일본으로 부르려고 하였다. 마침 그 무렵 이치가와市川에는 궈모뤄가 망명하고 있어서, 두 사람을 강사로 하여 주로 학생에게 강의하고 지도하는 것을 계획하였다. 그때 나는 직장을 갖고 있지 않아서 이 강습회의 사무적인 일을 담당하려고 했다. 우유부단하고 모든 일에 심드렁한 편인 나에게는 대단히 어려운 일이지만, 그것은 보람 있는 일이고 반드시 해야 한다고 스스로 질타해 결의하였다. 청강자로부터 청강료를 받으면 루쉰의 체재비는 나올 것이고, 궈 씨에게도 얼마라도 수입이 생기니 좋을 거로 생각했다. 규슈대 강사로 와도 좋다고 했기 때문에 이렇게 하면 루쉰이 틀림없이 와 줄 것이라고 생각했다.

여기에는 단순히 루쉰을 일본에 부르는 것 이외에 전부터 내가 꿈꾸었던 것을 실현한다는 바람도 있었다. 학생 때를 돌이켜 보면 나는 일본 대학에서의 중국 문학 수업 내용에 불만을 가졌었다. 젊은 학생은 좀 더 살아 있는 중국 문학을 접해야 한다는 생각이었는데, 그것은 상하이에서 느꼈던 중국의 움직임과 중국 문학에 강한 자극을 받았기 때문이다. 이를테면 고전을 공부하더라도 현실적인 시점이 없으면 유용성이 없는 놀음에 지나지 않는다고 생각했다. 전근대적인 사상과 방법으로 해석하고 강의하는 일본의 중국 문학에 좀 더 현대의식의 연관, 적어도 현대 감각과의 접촉을 [불어넣겠다는] 생각이 들어 어딘가에서 돌파구를 찾아야 한다고 나를 몰아가고 있었다. 그렇기에 루쉰과 궈모뤄를 강사로 모시는 강습회를 그려냄으로써 나의 기분은 크게 흡족하였고, 그것이야말로 반드시 해야 할 일이며 도쿄대학 중국문학과 따위를 압도해야 한다고 생각했다.

며칠 동안 이런저런 궁리를 하고나서 회장會場 이외에 궈 씨의 의중을 들어볼 필요를 느껴, 먼저 궈 씨와 절친한 분규도文求堂 다나카 게이타로田中慶太郎 씨에게 이 '안'을 상의해 보았다. 그러자 다나카 씨는 일언지하에 "그런 일은 경찰이 허락하지 않는다."라며 웃었다. 딴은 그렇겠군. 우리의 쿠데타는 단번에 무너졌다. 좌절감이라면 과장이 되겠지만 뭐가 됐던 절망적이었다. 생각해 보니 아직 스물일곱, 스물여덟 살 때였다.

"희망이 허망한 것은 바로 절망과 똑같다."

(1966년 10월 《대안大安》)

5월 6일에 사토 하루오 씨가 급서했는데, 여러 가지 회상이 떠오른다. 처음 사토 씨와 만난 것은 다이쇼大正(1912~1926) 말년이었다. 당시 그는 전 부인과 갓 결혼하여, 에도가와바시江戸川橋를 고코쿠사護國寺 쪽으로 건너 곧바로 우회전한 곳인 오토와音羽[110] 구쵸메九丁目에 신혼집을 마련하였다. 사십 년 정도 전의 일로, 당시 사토 씨는 서른 살을 막 넘겼고 나는 갓 스무 살을 넘겼다. 그 무렵 나는 도쿄대학에서 중국 문학을 전공하는(사실 별로 전공을 하지 않았지만) 학생이었다.

110 오토와音羽는 도쿄도東京都 분교구文京区 서부의 지명이다. 고코쿠지護国寺의 문전마을門前町(신사나 절 앞에 조성된 마을)로 발전했다. 오토와노 츠보네音羽局가 도쿠가와 가문으로부터 이 땅을 제공받아 이런 이름이 붙었다고 한다.

나는 중학생 때부터 문학청년이었다. 당시 중학생 정도의 문학 애호가가 읽는 잡지로는 신쵸샤新潮社에서 나온 《문학구락부》와 슌요도春陽堂에서 나온 《중앙문학》이라는 게 있었고, 그것보다 약간 어른스러운 것으로 하쿠분칸博文館의 《문장세계》, 신쵸샤의 《신조》가 있었다. 나는 그런 잡지를 닥치는 대로 읽었는데, 그때 잡지의 권두 사진으로 사토 씨와 그 밖의 신진 문학가의 풍모를 접했다. 또 중학생이 사기에 적당한 단행본으로 신쵸샤의 《명작전집》이라는 총서가 있었는데, 이 전집은 메이지 문학의 작품을 모아 놓았다. 이 전집에서 나는 돗뽀獨歩, 교카鏡花[111], 비잔眉山[112], 소세키漱石 등을 읽었다. 같은 신쵸샤에서 나온 《신진작가총서》도 있었는데, 무샤노고지武者小路, 시가志賀[113]를 필두로 신진의 작품이 수록되었다. 이 총서는 대부분 읽었다고 생각한다. 그중에서도 아쿠타가와 류노스케의 〈담배와 악마〉, 사토 하루오의 〈비단과 그 자매〉가 특히 인상에 남았다. 하지만 아쿠타가와 씨의 작품은 재미있다고는 생각했지만, 당시의 나에게는 잘 이해되지 않는 곳이 있었다. 반면 사토 씨의

111 이즈미 교카泉鏡花(1873~1939)는 일본의 소설가이다. 메이지 후기부터 쇼와 초기에 걸쳐 활약했다. 소설 외에도 희곡과 하이쿠도 손을 댔다. 본명은 교타로鏡太郎이다. 가나자와시 출생으로 오자키 고요에게 사사했다. 에도 문예의 영향을 깊이 받아 괴기한 취향과 특유의 로맨티시즘으로 알려졌다. 근대 환상문학의 선구자라는 평가를 받았다.

112 가와카미 비잔川上眉山(1869~1908)은 메이지 시대의 소설가이다. 오사카 출생으로 본명은 료亮이다. 미문으로 알려져 있으며 젊어서 인기 작가가 되었으나 마흔 살에 자살했다.

113 시가 나오야志賀直哉(1883~1971)는 다이쇼에서 쇼와 시기의 대표적인 소설가이다. 대표작으로 《시가 나오야 전집志賀直哉全集》 15권이 있다.

〈비단과 그 자매〉에는 탄복했다. 이해하기도 쉬운데다가 여운마저 있어 문학이라는 것을 접했다는 생각이 들었다.

고등학교에 가게 되면 아쿠타가와 씨의 작품도 알게 될 거라는 생각이 들었고, 기지 넘치는 문장이 당시 연령으로는 매력적이어서 그의 작품은 대부분 읽었다. 다만 그 무렵이라고 생각되는데, 이후쿠베伊福部 씨라는 비평가가 《신조》에서 아쿠타가와와 사토 씨를 비교해 사토 하루오를 논한 것을 읽었다. 그는 사토 하루오가 백 년에 한 명 나오는 시인이라면 아쿠타가와 류노스케는 이백 년에 한 명 나오는 마술사라는 식의 말투로 사토 씨를 칭찬하고 아쿠타가와 씨를 깎아내렸다. 그것을 읽은 나도 동감하는 바가 있어 사토 씨 작품을 한층 더 좋아할 마음이 강해져 간 것 같다. 오래되지 않아 《순정시집殉情詩集》과 《우리 1922년》이라는 작품이 나와 시인으로서의 그에게도 매료되었다. 또 《환등》의 권두에 있으며 중국에서 소재를 취한 〈별〉이라는 작품에 감탄하였고, 중국을 다룬 작품들을 모은 《옥잠화》와 샤먼厦門 부근의 풍광을 묘사한 《남방 기행》이라는 작품을 읽으면서 사토 하루오가 포착한 중국에 빨려 들어갔다. 한편으로는 〈추산도秋山島〉, 〈두자춘杜子春〉, 〈기우奇遇〉 등 아쿠타가와 씨가 포착한 중국 역시, 여기에서는 삐딱한 지적인 해석이 눈에 띄었지만, 원재료의 중국에 대한 나의 흥미를 불러일으키는 데는 도움이 되었다.

언젠가는 나 자신도 공부해 보려는 생각에 사로잡혀 결국 도쿄대학 중국문학과에 적을 두게 되었다. 그보다 앞서 고등학교 때 이미 중국과 중국 문학에 대한 호기심이 고질병이 되었고 상하이로부터 값싼 석인본 소설류와 사전史傳 등을 주문했다. 《태평광기》(이것은 석인본이 막 나왔을 때)와 《당대총서》, 《설고說庫》 등과 같은 총서류, 《금고기관》, 《요재지이》, 《동주열국지》 등을 필두로 문인의 수필류, 《화학심인畫學心印》, 《동음론화桐陰論畫》 등의 화론에 이르기까지 제대로 읽지도 않으면서 여러 가지를 사들이고는 즐거워했다. 나는 그때 아쿠타가와 씨에게 그가 쓴 중국의 일을 다룬 소설의 소재에 관해 문의하는 편지를 보냈다. 〈추산도〉의 저본은 여차여차하다고 하고, 〈기우〉는 어디서 따온 것이냐고 썼다고 기억한다. 그는 두루마리 종이卷紙에 쓴 장문의 답장을 보내주어 시골 고교생인 나를 아주 감격케 했다. 그것 역시 나중에 나를 중국 문학 공부로 이끈 유력한 원인이 되었다고 생각한다.

도쿄에 가서 중국 문학과 학생이 되었을 무렵에 아쿠타가와 씨는 생존해 있었으나 병약해 구게누마鵠沼[114]인지 어딘지에 가 있었고, 왠지 그를 만나는 것이 두렵다는 생각이 들어 결국 면담의 기회를 얻지 못했다. 사토 씨는 좀 더 인상이 좋은 사람처럼 생각되었기에(사실 그렇지도 않았지만), 만나 여러 가지 중국 문학에 관해 가르침을 받고 싶다는 편지를 보냈다. 대학의 교실은 비문학적이라기보다는 현대적이어서 내가 전부터 그리던 중국 문학의 꿈과는 도대체가 너무 다른 한학적인 세계여서 어떤 신선한 것도 주지 않았기 때문에 문학가로부터 좀 더 다르고 개성적인 감각으로 포착되는 생생한 무언가를 받고 싶었다. 사토 씨로부터는 무슨 요일이 방문 날로 되어

114 일본 가나가와현神奈川県 후지사와시藤沢市의 지명

있으니 그 날짜에 와달라는 엽서를 받았다. 그 이래로 방문 날마다 학교에서 대체로 채워지지 않는 것을 사토 씨의 응접실에서 받았다. 지식은 별로 얻지 못했지만, 감각적으로 포착되는 개성적인 관찰과 이해가 나에게는 신선했고 유익했다.

드디어 사토 씨의 중국 소설 번역을 초벌 번역하면서 필요한 자료를 찾아 제공하기에 이르렀다. 그가 《양저우 십일기揚州十日記》를 《중앙공론》에서 번역할 때는 아사쿠사淺草의 아사쿠사야淺倉屋로부터 화각본和刻本[115]을 사와서 제공했고, 《샤진슈車塵集》[116]를 낼 때도 원시가 나와 있는 책을 찾았으며, 그 권말의 작자 소전小傳의 자료가 되는 《청루소명록靑樓小名錄》이라는 것을 혼고本鄕의 린로가쿠琳瑯閣에서 찾기도 하였다.

번역으로 대작은 가이조샤의 《세계대중문학전집》에 들어 있는 《평요전平妖傳》으로, 원고지로 천 매 정도 되는 것을 매달 백 매 정도씩 번역해서 사토 씨 집에 갖고 갔다. 《호구전》도 번역했는데, 도입 부분만으로 끝냈다. 《고락苦樂》이라는 잡지에 낼 계획이 잡지가 망하는 바람에 그대로 멈추었다(이 작품은 훨씬 뒤에 다른 사람이 번역해 단행본으로 냈다).

115 외국(특히 중국)의 책을 일본에서 목판본으로 출판하는 것. 간에이 시기寬永期(1624~1644) 이후의 것은 일본에서 한문을 훈독할 때 한자 왼쪽에 붙여 아래에서 위로 올려 읽는 차례를 매기는 기호(이를테면, レ, 一, 二, 三, 上, 中, 下, 甲, 乙, 丙, 天, 地, 人 등)를 의미하는 가에리텐返り点과 한문을 훈독하기 위하여 한자의 오른쪽 아래에 다는 오쿠리가나送り仮名를 붙인 것이 많다.

116 사토 하루오가 1929년에 한시를 일본어로 번역해 펴낸 것.

그런 까닭에 사토 씨와 상당히 가까이 지내면서 학생 생활을 마쳤다. 때로는 그의 저녁식사에 초대받기도 하고, 지금도 있는지 모르겠지만 그 무렵 긴자에 있던 호시가오카사료星ヶ岡茶寮의 분점, 긴사료銀茶寮 등에 함께 가기도 했다. 근처에 용무 때문에 왔겠지만, 혼고本鄕 센다기쵸千駄木町의 내 지저분한 하숙에 들러 항상 깔린 이불[117] 위에 방석을 깔고 앉기도 했다. 그 하숙집 현관 앞의 모습 등은 제목은 잊었지만, 그의 소설 속에 나오곤 했다. 전 부인과의 사이에 분란이 일어났을 무렵, 내가 그의 집에 갔을 때 현관에서 전 부인이 "남편은 이녁의 집에 간다고 나갔는데……."라고 해서 당황했던 적도 있다.

길었던 《평요전》의 초벌 번역 일이 마무리되어(《가이조 문고改造文庫》에 넣기 위해서 《세계대중문학전집》에서 생략한 마지막 부분을 고치고 추가 번역한 것으로 생각된다), 나는 해방된 기분으로 중국에 갈 것을 결심했다. 아직 남아 있는 번역 대금을 받아야 했는데, 그 무렵 그는 전 부인과의 분란을 청산하고는 현 미망인과 간사이로 가버렸다. 잠시 만날 수 없었던 나는 얼마 뒤 신문에서 그가 다시 결혼하여 한큐 연선阪急沿線 오카모토岡本의 다니자키谷崎 씨 댁에 머무르고 있다는 것을 알게 되었다. 고베에서 배를 탈 일이 있었던 나는 오사카로 가서 오카모토의 다니자키 씨 댁을 방문했더니만, [그는 이미] 기슈의 본가로 돌아갔다고 했다. 나는 기슈에 편지를 보내 중국으로 가려고 하

117 원어는 '만넨도코万年床'로 밤낮으로 편 채로 있는 이부자리를 의미한다. 이것은 독신 남성 등의 무절제한 생활을 나타낸 말이기도 하다.

므로《평요전》의 번역 대금 가운데 남은 것을 받고 싶다고 했다. 그러자 그에게서 오사카에 있다면 기슈에 놀러 오라고 하면서, 명승지가 많아 구경하는 것이 좋을 것이라는 내용의 답장이 왔다. 1930년 연말 오사카의 덴뽀잔산바시天保山桟橋에서 기선으로 기슈의 가츠우라勝浦로 향했고, 거기서 버스를 타고 그의 고향 시모자토쵸下里町로 갔다. 그의 아버지인 교스이鏡水 선생[118] 처소에서 그는 새 부인, 새 부인 소생의 자녀 아유코鮎子와 함께 정양하고 있었다. 나는 사토가에서 일박했는데, 그는 겐센도懸泉堂[119]의 넓은 정원에 대해 이런 저런 설명을 하면서 안내해 주었다. 또 교스이 선생의 부탁이라면서 나에게 졸렬한 글자를 쓰게 했다. 그때 그는 상하이의 우치야마 간조 씨 앞으로 소개장을 써 주었다.

그 소개장 하나를 갖고 나는 중국에 대해 공부를 하고 있기에 일단 어떤 곳인지 내 눈으로 직접 보고자 하는 막연한 생각으로 훌쩍 상하이로 향했다. 상하이라는 땅이 나에게는 중국에서 가장 매력적인 곳이었기 때문이었다. 1931년 봄 아직 으스스 추웠다. 루쉰이 상하이에 있다는 것 등은 알지 못했다. 그 무렵은 아직 루쉰이라는

118 사토 하루오의 부친인 사토 도요타로佐藤豊太郎를 말하며 교스이鏡水는 그의 호이다.

119 사토 하루오의 〈겐센도懸泉堂〉는 와카야마현和歌山県 히가시무로군東牟婁郡 나치가츠우라쵸那智勝浦町 시모사토下里 야타가노八尺鏡野에 있다. 사토 가문이 대대로 영위해 온 의가醫家와 서당寺子屋의 옥호로, 뒷산에 폭포가 있어서 그 이름이 붙여졌다고 한다. 현재의 건물은 신구新宮에서 '구마노 병원'을 개업하던 도요타로가 1922년에 가독家督을 상속한 뒤 세워졌는데, 모던한 외관으로 미루어 니시무라 이사쿠西村伊作가 설계에 관여했다고 전해진다.

이름이 일본에서 거의 알려지지 않았다. 나 자신은 중국 문학을 전공하는 학생이기에 이름 정도는 알고 있었는데, 그것은《중국소설사략》의 저자이자 학자로서의 루쉰이었다. 작가인 줄은 알고 있었지만, 과연 어느 정도인지는 확실히 몰랐다.

내가 상하이에 도착한 것은 1931년 3월이었는데, 그해 1월에 러우스柔石 등 젊은 좌익작가들이 체포되어 살해되었고, 그들과 아는 사이였던 루쉰의 신변도 위험하였다. 그는 우치야마 씨의 배려로 가족과 함께 일본인이 경영하는 여관으로 피신했다가 2월 말에야 겨우 원래 집(아파트 3층)으로 돌아올 수 있었다. 내가 머물게 된 곳은 묘하게도 얼마 전까지 루쉰이 피신했던 곳이었고, 방 사정으로 루쉰이 가족과 함께 살았던 방에서 지내게 되었다.

어찌 되었든 나는 사토 씨의 소개장을 우치야마 씨에게 건넸고, 우치야마 씨는 나를 루쉰에게 소개해 주었다. 그때부터 12월 말까지, 곧 상하이사변 직전의 불온한 분위기로 인해 부득이하게 상하이를 떠날 때까지 나는 매일 루쉰의 집에 가서 중국 문학에 관해 개인교수를 받게 되었다. 루쉰이 신변을 경계하며 가까운 우치야마 서점에 가는 것 말고는 꼼짝없이 자기 집에 틀어박혀 있는 상태였던 것이 내 개인적으로는 호재였다.

그 무렵의 상하이는 '마도魔都'나 '국제도시'로 불렸는데, 세계 각국의 사람들이 몰려들어 상업과 혁명과 환락이 격렬하게 얽혀 소용돌이치고, 무언가가 무너져 내리고 밀고 올라오며, 왁자지껄하게 싸움하는 시끌벅적한 발소리가 끊임없이 들렸던 곳이었다. 외부로부터의 관찰일 뿐이긴 하지만, 나의 피부는 기이하고 무미건조한 중

압감을 느꼈다. 나는 압도되고 말았다. 내가 읽은 책들 속의 '중국'은 이질적이라는 듯 생생한 중국이 거기에 있었다. 그런 분위기 속에서 나는 매일 루쉰과 만나 그가 살아온 범상치 않은 경험과 그것과 연결된 고난으로 가득한 중국 현대사의 지식을 직접 체득함과 동시에, 항상 눈이 휘둥그레질 정도로 놀라운 루쉰과 그 주변의 추이를 탐색했다. 그리고 가시밭을 헤쳐 나가는 그의 사명감과 용기, 감행敢行에 감동했는데, 루쉰이야말로 보통 사람이 아닌 위대한 인간이라고 생각하게 되었다. 무엇보다도 속임수라고는 추호도 없다는 의미에서의 강렬한 인격에 감동받았다. 나는 지금의 중국에 이런 사람이 있다는 것과 이런 사람을 배출한 중국의 현실을 함께 일본에 알리고 싶었다. 그래서 〈루쉰전〉을 썼다. 백 매가량 쓴 원고를 사토 씨에게 보내 일본의 잡지에 발표를 부탁했다.

사토 씨는 원고를 읽고 다음과 같은 편지를 보내주었다. "〈루쉰전〉은 재빨리 일독했는데, 아주 재미있다고 생각하오. 재미가 아니라 루쉰 선생의 위대함에 감동했다고 말씀드리는 게 적절하겠소." 또 그 무렵 일본에서 나온 마츠우라 게이조松浦圭三 씨의 번역본(《아큐정전》 등)을 읽고 루쉰 문학에 깊이 감동했던 듯 다음과 같은 편지도 보내왔다. "소생은 얼른 일독하고 나서 최대의 감탄을 드리며, 다행히도 시대는 같이하는데 불행하게도 장소를 달리하여 구두끈을 풀 수 없기 때문에[여기서 구두끈을 푼다는 것은 장소를 같이 한다는 것, 곧 서로 다른 곳에 있어 구두끈 풀고 안으로 들어갈 수 없다는 의미; 옮긴이] 안타깝소이다. 귀 군의 [루쉰과 같은 이를 만날 수 있는] 행복을 선망하는 차제에……중략…… 선생에 대한 최대의 경의를 전해 주실 것을 부탁드립니다.” 그러나 루쉰이라는 이름이 아직 일본에서는 낯설다는 것과 필자인 내가 무명인 탓이겠지만, 일본의 종합잡지에서는 거들떠보지도 않았다. 애당초 《가이조改造》에 보여 주었지만 퇴짜 맞았고, 다음은 《쥬오고론中央公論》에 보여 주었지만 여기서도 채택되지 못했다. 여기서 사토 씨는 《가이조》 사장인 야마모토 사네히코山本實彦 씨에게 사원은 [루쉰에 대해] 모를 것이니, 군이 직접 읽어달라고 재차 말하고 그 원고를 넘겨주었다. 이와 같은 ‘미증유의 노력’을 했다는 편지를 받고 나는 고마움과 함께 황감했다. 사토 씨의 ‘미증유의 노력’에 의해 〈루쉰전〉이 간신히 《가이조》에 발표된 것은(60매로 고쳐 쓴다는 조건으로) 내가 중국에서 돌아온 뒤인 1932년 4월이었다. 사토 씨는 루쉰과 직접 만난 적은 없으나 〈루쉰전〉을 통해 루쉰을 존경하고 깊이 연결되었다고 할 수 있다.

이와나미 문고에서 루쉰의 작품을 넣고 싶다는 말이 이와나미로부터 사토 씨에게 들어온 것은 몇 년 뒤였다. 나 역시 사토 씨의 상담이 있어 문고의 《루쉰선집》을 만드는 것에 협력했는데, 이 문고가 조금이나마 루쉰을 일본에 널리 소개하는 데 도움이 되었다고 생각한다. 정확하게는 기억이 나지 않지만, 대체로 10만 부가량 팔렸다고 생각한다. 문고 《루쉰선집》에 해설 대신 〈루쉰전〉을 넣자고 제의한 것은 사토 씨였다.

루쉰이 사망한 후 사토 씨가 그의 집에서 가까운 에도가와江戶川 공원에 작은 것이라도 좋으니까 루쉰의 기념비를 세우고 싶다고 자주 이야기했던 게 생각난다. 루쉰은 일본에 와서 처음에 고분학원弘文學院(일본의 고등전문학교에 들어가기 전의 중국 유학생 전용 예비학교)에 들어갔는데, 그 학원이 에도가와 다리 부근에 있어 아마 그가 에도가와 공원 부근에서도 산보 등을 했을 것이라고 했다. 그러나 그런 것에 대해 그는 별로 실행력(?)이 없는 사람인 듯하고, 나 역시도 기념비 같은 것에 별로 흥미가 없어서(저서가 곧 기념비니까) 말만 앞세웠을 뿐이었다. 그러나 그것으로도 그가 루쉰에게 친밀감을 느끼고 존경했다는 것을 알 수 있었다.

[내가] 젊은 날에 경도되고 감화받고 사사했던 두 사람, 루쉰은 이십여 년 전에 서거했지만, 이제 또 사토 하루오를 잃었다. 회억만 남아 내 뼈는 늙어 간다.

(1964년 7월《도쇼圖書》)

아오키 마사루青木正兒 씨와 루쉰

아오키 씨와 나는 한 번도 만난 적이 없었기에 아오키 씨에 대한 이미지는 확실히 없다. 하지만 한 번 편지를 주고받은 적이 있어 붓으로 쓴 편지의 글자를 보았기에 아오키 씨의 이미지가 전혀 없다고는 말할 수 없다. 그러나 편지라고 해도 사무적인 문의와 그에 대한 답장에 지나지 않았다. 그때 아오키 씨는 센다이에 살고 있었고, 나는 가이조샤의 《대루쉰전집》 출판에 관계하고 있었던 시기로, 루쉰이 죽은 이듬해인 1937년 무렵이었다. 《대루쉰전집》의 〈서간〉 부분에 루쉰이 아오키 씨 앞으로 보낸 편지를 넣고 싶으니, 그것을 빌려 줄 수 있는지를 물어보는 편지를 보냈고 그에 대한 답장을 받았다.

이에 앞서 가이조샤 출판부의 오시마大島 군이 아오키 씨와 만났는데, 루쉰에게서 아오키 씨 앞으로 온 편지가 여럿 있다고 들었다(사실은 착각)면서 빌리는 방법을 나에게 다시 한번 부탁했던 것 같았다. 삼십여 년 전의 일이라 확실히 기억나지 않지만, 아오키 씨에게 온 답장을 보면 그렇게 생각된다. 아오키 씨의 답장은 지금 내 수중에 남아 있는데, 다음과 같은 내용이다.

삼가 답장해 드립니다. 문의하신 말씀에는 혼선과 착각이 있는 듯합니다. 루쉰의 편지를 빌려달라고 하신 것에 대해, 소생은 루쉰 선생에게는 한 통을 받았을 것뿐이고, 저우쭤런 씨에게는 두세 통 받은 일이 있습니다. 그 가운데 하나는 동군의 일본 현대문학 연구를 위해 소생에게 필요 없는《태양》임시증간 〈현대문학연구〉에 관한 것을 보내 준 것에 관한 답례장을 보내온 것으로, 오시마 군의 머리가 루쉰으로 가득 차 있는 터라 문의하신 바와 같이 착각을 일으킨 것이라 사료됩니다. 역시 루쉰 연구의 흐뭇한 난센스겠지요. 하하
답을 이와 같이 하옵니다. 이만 총총

아오키 마사루
5월 22일

마스다 와타루 님
硏右

루쉰이 아오키 씨에게 보낸 편지 한 통은《대루쉰전집》의 〈서

간〉 부분에 들어 있다(나중의 이와나미판 《루쉰전집》에도 그대로 들어가 있다). 루쉰의 이 편지는 당시 아오키 씨가 쓴 후스胡適를 중심으로 소용돌이치고 있는 문학혁명〉가 실린 잡지 《시나가쿠支那學》과 함께 보낸 편지에 대한 답장이다. 그 안에서 루쉰은 다음과 같이 말했다. "이녁이 쓴 중국의 문학혁명에 대한 논문을 읽어 보았습니다. 동정과 희망을 품고 거기에 공평한 평론을 진정으로 감사드립니다. 운운."

잡지 《시나가쿠》에 쓴 아오키 씨의 논문은 중국의 '문학혁명' 운동을 우리나라에 소개한 초기의 논문이자 거의 유일한 것이 아닐까 생각한다. 나는 당시 구제고등학교 학생이었는데, 《시나가쿠》에서 이 논문을 읽고 처음으로 중국의 '문학혁명'에 관해 구체적으로 알게 되었고, 후스와 루쉰의 이름도 알게 되었다. 반면 하시카와 도키오橋川時雄[120] 씨가 번역한 후스의 《50년래 중국의 문학》으로는 중국의 새로운 문학운동에 관심을 두게 되었다. 사실 후년 아오키 씨의 작품은 별로 읽지 않았는데, 최소한 이 논문 속에는 아오키 씨의 '젊음'이 있다. 그래서 젊은 학생이었던 나에게 호소하는 바가 있

120 하시카와 도키오橋川時雄(1894~1982)는 쇼와 시기의 중국 고전문학과 고대문언 연구가이다. 후쿠이현福井県 출신으로 후쿠이사범학교를 졸업했다. 1918년 베이징으로 건너가서 베이징대학에서 청강했다. 1922년부터 1927년까지 한자 신문인 《순천시보順天時報》의 기자로 학예를 담당했다. 이후 한문과 일본어를 병기한 《문자동맹文字同盟》을 발행하기도 했다. 1928년부터 1945년까지 중일 양국이 공동으로 운영한 동방문화사업총위원회에서 근무하며 총무위원서리로 베이징인문과학연구소의 운영을 맡아 《속수사고전서제요続修四庫全書提要》의 편찬을 주재했다. 1946년 귀국한 뒤로는 교토여자대학과 오사카시립대학, 니쇼가쿠샤대학二松学舎大学 등의 교수를 역임했다.

었다고 말할 수 있다. 그런 까닭에 아오키 씨에 대한 나의 이미지는 지금도 여기에 초점이 있다.

1931년 상하이에 있을 때 , 루쉰으로부터 여러 가지 그의 경력을 듣고 그에 관한 것을 일본에 소개하려고 〈루쉰전〉을 썼다. '문학혁명' 언저리를 쓸 때 일찍이 읽었던 아오키 씨의 논문이 생각나 참고하려고 이것을 루쉰에게 말했더니, 그가 자기 서가에서 이 논문이 들어 있는 아오키 씨의 《중국문예론수支那文藝論藪》를 꺼내 빌려주었던 게 기억난다.

(11월 2일 《아오키 마사루 전집 월보靑木正兒全集月報》)

쉬광핑 여사와의 재회

나는 《도쇼圖書》 5월호(1956)에 〈루쉰의 죽음〉에 관한 세 통의 편지를 소개했다. 그때 루쉰의 죽음을 확인하고, 만약 죽음이 정말이라면 애도해 마지않는다는 내용을 아울러 적은 편지를 쉬광핑 여사에게 보냈다는 것, 정말로 그가 작고했다는 답장을 받았다는 것을 약간 언급했다. 지금 쉬광핑 여사의 편지를 아래와 같이 소개한다.

마스다 선생
루쉰 선생이 그를 깊이 사랑하는 사람들을 버리고 세상을 뜬 것은 사실입니다. 갑자기 악화한 병으로 하루하고 두 시간을 넘기지 못했으니, 나는 진정 이 지경에 이른 것이 믿기지 않습니다. 그분도 전혀 예상치 못하고 한순간에 쇠약해져 돌아가셨습니다.……

이녁이 여러 상황을 알고자 한다면 신문 지상에 많은 기사가 있습니다. 지금 저는 너무 혼란스러워 더 이상 쓸 수 없는 것을 양해해 주시기 바랍니다.

건강을 빕니다!

쉬광핑 계상

10월 7일

전날 이와나미 서점에서 처음으로 일본을 방문한 쉬광핑 여사와 이십 년 만에 재회했을 때, 이 편지를 보여 주었더니 "이것은 내가 쓴 글자입니다."라고 말하고는 그 내용을 묵묵히 읽고 많은 말을 하지 않았다.

이와나미 서점에서 마츠에, 다케우치 두 사람도 함께 그녀를 만났는데, 루쉰에 관한 것을 여러 가지를 질문하고, 최근 중국에서의 대우를 물어보았다(구판 《루쉰선집》 별책 〈루쉰 안내〉에 필록筆錄). 그 만남을 끝내고 돌아올 때, 그녀는 나에게 "부인은 잘 계신가요?"라고 물었다. 쉬광핑 여사는 내 아내를 직접 알지는 못했다. 1931년 세밑 상하이에서 10개월 동안 매일 드나들며 신세 졌던 루쉰과 쉬광핑 여사에게 이별을 고하고 일본으로 돌아오려 할 때, 두 사람은 나의 양친과 아이들에게 몇 가지 선물을 주었다. 루쉰은 "부인에게도 뭔가 주지 않으면 안 된다고 미스 쉬가 말해서 이걸 사 왔다."라면서 중국의 망대網代(대나무를 얽어서 만든) 세공의 작은 손바구니를 아내 몫으로 챙겨 주었다. 그 바구니는 재봉 상자라고 설명해 주었다. 여심

女心이랄까 뭐랄까 알지 못하지만, 그때 루쉰의 말이 지금도 내 귀에 남아 있고 그 바구니 역시 집에 남아 있는데, 아내는 십 년도 전에 세상을 떴다. 직접 아는 사이도 아니고 설명하는 게 귀찮은 데다가 다행히 지금의 아내는 건강하니까 "네네, 건강합니다."라고 대답했다. 그러자 "아이는 많이 컸겠네요."라고 물었다. 루쉰과 쉬광핑 여사는 아들인 하이잉의 사진을 가끔 일본에 돌아온 나에게 보내왔고 내 아이의 사진도 가끔 그들의 가정에 보냈다. 또 편지로도 서로 아이에 대해서도 언급했기에(루쉰이 살아 있을 때이긴 하지만), 내 아이의 안부를 물었던 것이라 생각한다. 나는 대답했다. "많이 컸습니다." 마지막으로 그녀는 말했다. "이번에 너무 바빠 이녁의 집을 방문할 수 없는 게 아쉽습니다." 나는 송구해 하면서 말했다. "아닙니다. 아닙니다."

그때 곁에 있던 우치야마 간조 씨가 내 상황에 대해 "지금《루쉰선집》 번역으로 바빠서 방에 갇혀 있습니다."라고 설명했다. 이것을 통역이 쉬광핑 여사에게 전하자, "그러면 부인께서 좋아하시겠네요."라는 농담을 웃으며 했다. 아타미熱海의 한 칸짜리 방에서 한 달 이상 갇혀 있던 나를 왜 아내가 좋아한다는 건지 좀 이해하기 어려웠다. "그 반대입니다."라고 웃으며 농담했는데, 나중에 생각해 보고 이해했다. '방에 갇혀 있다'라는 것을 통역이 '문을 닫고'라고 써주어서 쉬광핑 여사는 내가 내 집에만 틀어박혀 있는 것으로 생각했던 것이리라.

1931년 상하이에 있을 때 루쉰과 함께 우리는 가끔 영화를 보러 가거나 그림 전람회에 가고, 댄스홀을 견학하러 가기도 했다. 어떤 때는 루쉰과 함께 불쑥 내 숙소를 찾아오기도 했다. 25년도 더 전의 일로 그녀는 서른을 갓 넘긴 젊고 건강하며 툭하면 얼굴이 빨개지는 수줍은 이였다.

내가 마지막으로 쉬광핑 여사와 만난 것은 1936년 여름으로, 루쉰이 죽었던 그해 병문안 목적으로 상하이에 갔을 때였기에 [이번에 만난 것은] 옹근 이십 년만의 재회였다. 이십 년이 되어 다시 만난 그녀는 머리가 거의 백발인 완전한 할머니가 되었다. 우치야마 씨의 말로 머리의 백발은 전쟁 중 일본 헌병에 체포되었던 《어두운 밤의 기록》(〈이와나미 신서〉에 있는) 이래로 갑자기 그렇게 되었다고 했다. 그러나 격심한 역사의 풍설에 시달리고 사람을 반쯤 죽이는 몇 차례의 전기고문을 견뎌낸 그녀의 얼굴은 생글생글 밝고 건강 그 자체였다.

(1956년 9월 《도쇼圖書》)

루쉰 미망인에게 '저우양周揚 문제'를 듣다

11월 23일(1966)부터 중국과학원의 초대로 한 달 남짓 방중학술단의 일원이 되어 30년 만에 중국에 다녀왔다. 베이징에 도착하자마자 중국 측 접대원에게 가능하다면 루쉰 미망인 쉬광핑 여사를 만나고 싶다고 청했다.

12월 2일 아침 그녀는 손자 하나를 데리고 우리 숙소인 베이징 호텔을 방문해 주었다. 10년 정도 전에 그녀가 일본에 왔을 때 만나긴 했지만, 상당히 나이 먹은 노부인이라는 인상을 받았다. 내가 처음 그녀를 알게 된 것은 30여 년 전인 1931년으로, 상하이에 있던 루쉰의 집에 약 1년간 매일 드나들며 공부를 하던 때였다. 그 무렵 나는 스물대여섯이었고, 그녀는 같은 나이 또래거나 기껏해야 서너 살 연상이었을 것이다. 그 당시 그녀의 풋풋한 인상이 지금도 강하게 남아 있기에 '꽤 늙었구나.'라는 생각이 들었다.

그녀와 루쉰 사이의 외아들인 하이잉이 서른일곱이 되었다면서 하이잉의 최근 사진을 보여 주고, 또 그의 아이들, 곧 그녀의 손자 네 명이 나란히 있는 사진도 같이 보여 주었다. 내가 하이잉을 본 것이 그가 세 살쯤 되었을 때였기에 지금 네 명의 아이 아빠라는 말에 헉하는 생각이 들었다. 데리고 온 손자는 일고여덟 살로 보여 소학교 3학년 정도인 것 같았는데, 소년 시절 루쉰의 사진과 똑 닮았다. 이 손자가 둘째고 첫 손자는 홍위병으로 어딘가를 이동하고 있다고 했다. 그 무렵 홍위병은 '장정'이라고 하면서(1935년의 공산군의 장정을 따른 것) 대오를 편성해 혁명의 성지를 도보여행하고 있었다.

가족의 근황과 30년 전의 옛날이야기 등 한바탕 잡담을 나눈 뒤, 나는 저우양의 문제에 관해 물어보았다. 저우양은 루쉰 만년의 대립자로 사후에도 고약한 방법으로 루쉰을 물고 늘어졌다. 그리고 얼마 전까지 당 중앙선전부 부부장으로 중국의 문학계에서 절대적인 권력을 휘둘렀다.

그녀는 저우양이 루쉰에 대해 어떤 짓을 했는지는 잡지 《홍기》에 쓰여 있기 때문에 그것을 읽어 보면 될 거라고 하면서 대체적인 것을 말해 주었다. 쉬광핑 여사의 문장은 전에도 읽기는 읽었는데 잘 이해되지 않는 곳이 있어, 그녀의 말 도중에 "이것은 왜 그렇습니까?"라는 질문을 했다. 그것에 관한 그녀의 답도 약간 메모해 왔다.

([이를테면] 삼가촌 그룹에 처음 불을 붙여 유명해진 야오원위안姚文元같이) 저우양 비판에 처음 불을 붙인 사람은 누구인가? 이에 관해서는 쉬광핑 여사에게서는 듣지 못했다. 그렇지만 상하이 '루쉰기념관'의 장샹둥張向東에게 물어본 바로는 벽신문 등으로 대중의 비판을 받았

기 때문에, 누가 최초라고 하는 개인적인 이름은 잘 알 수 없다고 말했다. 다만 저우양을 중심으로 한 1930년대의 문학을 왜 지금 크게 문제 삼는지 쉬광핑 여사에게 물어보았더니, 마오 주석이 그 무렵의 일을 기억하고 있어 당시 상황을 규명하라고 직접 지시했다고 말했다. 나는 그것이 상당한 뉴스거리라고 생각했다. 내가 보는 한 중국의 신문, 잡지 어디에도 씌어 있지 않았기 때문이다.

쉬광핑 여사에 의하면 마오 주석은 처음부터 저우양 등이 공격한 루쉰을 지지했다고 한다. 그래서 〈신민주주의론〉이나 〈옌안문예좌담회〉에 확실하게 저우양의 이름은 들지 않았는데(저우양이 당원이었기 때문에), 저우양을 비판하고 루쉰을 높이 평가했다고 했다. 과연 마오쩌둥은 〈신민주주의론〉에서 "루쉰의 방향이 중화민족 신문화의 방향"이라고 말했고, 〈옌안문예좌담회〉의 마지막 부분에서 루쉰의 "사람들 손가락질에 사나운 눈초리로 째려보고, 고개 숙여 기꺼이 아이들의 소가 되련다横眉冷对千夫指, 俯首甘爲孺子牛."라는 시구를 인용하면서 "모든 공산당원, 모든 혁명가, 모든 혁명적 문예 공작자는 루쉰을 모범으로 배우고, 무산계급과 인민대중의 '소'가 되어야 한다."라고 했다. 《홍기紅旗》 제9기(1966년 7월 1일)는 1942년의 〈옌안문예좌담회〉를 특별히 권두에 다시 싣고 〈무산계급 문화대혁명의 지남침〉이라는 제목을 달았다. 편집부는 여기에 '안어按語'를 붙여 "마오쩌둥 동지의 이런 말들은 바로 저우양 등에 대해 말한 것"이라고 했다. 그리고 "마오쩌둥 동지를 위시한 당 중앙이 발동하고 지휘한 최근 몇 개월간의 무산계급 문화대혁명은 건국 16년 이래의 문예계 검은 선의 통치 뚜껑을 벗겨냈다."라고 말함으로써, 저우양 일파는 검은 선으로 [매도되어] '문화대학명'의 고조高潮 중에서 공개적으로 마오 주석과 당 중앙으로부터 낙인이 찍힌 것이다.

저우양이 비판받은 것은 단순히 루쉰을 공격했다는 이유 때문만은 아니다. 그는 오랫동안 당 중앙 선전부에 있으면서 문학과 연극, 영화를 지배하고, 출판의 우두머리로 모든 출판물의 용지 배급을 한 손에 쥐고 있었다. 그래서 그에게 반대하는 이가 없었다. 그러나 노농병의 문화에 복무한다는 것은 표면일 뿐이었고, 실제로는 자의적으로 부르주아 문화의 선전에 노력하고 '수정주의'의 길을 걸었다고 알려져 있다. 쉬광핑 여사는 [저우양이] 그것을 지적받고 표면적으로는 반성하는 척했으나, 실제로는 조금도 바뀌지 않았다고 말하면서 그는 음모가라며 비판했다.

저우양이 당 중앙 선전부의 실권자로서 얼마나 지독한 짓을 했던가? 이를테면 《루쉰전집》의 주석에서는 사실을 날조하고, 저우양 일파에 대한 루쉰의 공격문 〈쉬마오융에게 답함, 아울러 항일 통일전선 문제에 관하여答徐懋庸并关于抗日统一战线问题〉를 펑쉐펑馮雪峰이 멋대로 쓴 것이라며 역사를 왜곡했다. 또 《루쉰전집》의 〈서간〉 부분에서 실린 자신들에게 불편한 편지는 편집자를 윽박해 삭제하게 했다. 그것에 관해서는 쉬광핑 여사와 그 밖의 사람들이 예증을 들어 폭로했는데, 저우양이 문학계에서 얼마나 검은 권력을 휘둘렀는지 알 수 있다.

저우양과 루쉰의 대립은 1936년 항일전쟁 때의 슬로건 문제에서 시작되었다. 저우양은 당시 '국방 문학'이라는 슬로건으로 각 계급과 계층의 문학가를 규합하려고 했고, 루쉰은 '민족혁명전쟁의 대중문학'이라는 슬로건으로 프롤레타리아의 지도성을 끝까지 중시하려고 했다. 그렇게 대립적인 슬로건으로 당시 문학계는 둘로 나뉘었는데, 얼마 안 있다가 루쉰이 병사해(쉬광핑 여사는 루쉰에 대한 음모 공격이 폐결핵을 앓던 그의 죽을 날이 앞당겼다고 말했다) 저우양이 권력자로 당 중앙의 선전부장이 되어 현대 문학사를 '국방 문학'을 정당화하는데 이용하였다. 문학적 실적도 없는 저우양이 어쩌다 큰 권력을 잡게 된 것인지 쉬광핑 여사에게 물으니, 그는 당원이고 루쉰은 당원이 아니었기 때문에 저우양에게 세력이 집중되었던 것이라고 했다.

쉬광핑 여사는 루쉰의 '민족혁명전쟁의 대중문학'이라는 슬로건은 펑쉐펑이 옌안으로부터 당 중앙과 마오 주석의 지령으로 받아(상하이에) 돌아올 때 가져온 것이라고 했다. 이것도 처음 들은 말로 어떤 문학사에서도 쓰여 있지 않은 것이다. 펑쉐펑은 당원이었지만, 루쉰과 친했기 때문에 루쉰의 거처로 그것을 갖고 온 것이다. 그러나 저우양은 끝까지 '국방 문학'을 밀어붙였다. 저우양의 '국방 문학'의 슬로건은 정치적으로는 당시 왕밍王明의 노선(1935년 8월 왕밍, 곧 천사오위陳紹禹는 코민테른 대회에서 <식민지 반식민지의 혁명운동과 공산당의 전술에 관하여>라는 보고를 했다)을 계승한 것이라는 말을 들었는데, 오늘날에는 이 슬로건이 프롤레타리아의 지도성을 방기한 기회주의라는 비난을 받고 있다. 그 무렵 왕밍은 코민테른의 집행위원회 서기국에 있었는데, 당 중앙에서 상당한 영향력을 갖고 있었는지도 모른다.

마오 주석의 당내 지도력은 장정 중에 구이저우성貴州省의 '쭌이遵義 회의'(1935년 1월)부터 확립되었다고 한다. 그러나 그때는 옌안에 도착한 지 얼마 안 되어 당 중앙위원들은 대체로 상하이에 있었기에 마오 주석의 힘은 아직 상하이에 미치지 못했다. 그에 관해 상하이 작가협회의 페이리원費禮文 씨에게 물어보았더니 그 역시도 그렇게 생각할 수 있다고 긍정했다. 페이 씨에게도 저우양 문제를 물었는데, 그는 1964년 마오 주석이 '중국문학예술계연합회'에 대해 정풍을 지시했지만, 저우양은 이에 부응하지 않았다고 말했다. 또 저우양은 상하이의 '작가협회'를 협박해 자신의 부하인 예이췬葉以群을 대리로 두었는데, [이것은] 예이췬이 저우양의 뜻을 받들어 루쉰을 공격한 것에 대한 보답이었다고 말했다. 그 남자가 저우양을 등에 업고 오랫동안 상하이의 문학 예술계를 주름잡아 전횡을 자행했는데, 이번에 비판받고 실각했다고 한다.

'문화대혁명'의 광풍은 각계에서 크게 휘몰아쳤는데, 문학계에서는 어디에서건 저우양 일파의 실권자가 걸러지고 있는 듯하다. 이번의 '무산계급 문화대혁명'은 기본적으로 당의 젊은 하부 세포가 당 상급의 '수정주의' 실권자를 일제히 비판하는 청소 운동이다.

(1967년 1월 9일《아사히신문》)

쉬광핑 여사를 기억하며

3월 3일(1968)에 쉬광핑 여사가 작고했다는 뉴스를 4일 아침 뉴스에서 보고 알게 되었다. 그때 내게는 텔레비전 화면에 나온 쉬광핑 여사의 사진 이미지와는 별도로 다른 영상이 겹쳤는데, 좀 더 확실하게 나에게 매우 깊은 인상으로 남아 있는 30여 년 전 그녀의 젊고 발랄한 얼굴과 모습이 되살아났다. 나이 먹은 뒤의 그녀, 일본에 왔을 때 만났던 그녀, 재작년 겨울 베이징에서 만났을 때의 그녀 얼굴과 모습도 동시에 삼중 사중으로 내 안에 스쳐 지나갔는데, 그것들은 모두 어렴풋하고 담담한 영상에 지나지 않았다.

쉬광핑 여사라고 말하면, 아무래도 30여 년 전 구체적으로 말하자면 1931년 서른을 조금 넘긴 무렵의 그녀 얼굴과 모습이 생생하게 내 안에 살아 있고, 여기에 추억의 초점이 모인다. 당시 그녀도 젊었지만 나 역시도 젊었기에 감수성이 선명했던 것도 있으리라. 거기에 나 자신 지금은 이미 나이를 먹어 이런저런 옛날 일만 확실하게 기억하고 있어 그것이 일종의 그리움의 감정으로 뒷받침되어 의미가 부여됐기 때문일 것이다. 그녀와 매일 같이 얼굴을 마주한 것은 1931년 3월 말부터 12월 말까지로 그 기간 중 얼굴을 보지 않은 것은 불과 며칠뿐이라 해도 좋을 것이다. 그래서 그 무렵 매일 받았던 그녀의 인상이 그대로 지금도 내 안에 각인되어 있는 것이다.

그 무렵 나는 상하이의 루쉰의 집(이라기보다도 아파트의 3층)에 매일 다니면서 《중국소설사략》의 강해를 받았다. 루쉰과 같은 탁자에 나란히 앉아 내가 《소설사략》을 일본어로 번역하면서 읽어 나가며, 내 앞에서 같은 책을 들여다보던 그에게 여기는 무슨 의미인지 어구나 내용에 관해 질문하고 가르침을 구하였고, 거기에 답해 루쉰이 여러 설명을 해 주는 것을 매일의 일과로 삼았었다. 대체로 낮 1시 반 경부터 저녁 5시경까지 그런 작업을 이어 갔었는데, 3시 무렵이 되면 한 차례 쉬면서 세상사에 관한 잡담을 하고 한숨을 돌렸다. 그때 쉬광핑 여사가 차를 곁들인 간식을 내왔다. 차는 홍차 찻잔에 담은 녹차였고, 간식은 과자나 마른 과일 같은 것, 연밥을 설탕에 졸인 것, 때로는 다른 사람에게서 받은 각지 토산의 간식으로 항상 달랐다.

그 방은 넓어서 서재 겸 응접실로 되어 있었는데, 모서리 쪽에는 침대가 놓여 있어 침실도 겸했다. 루쉰과 내가 같은 테이블에서 그런 작업을 하고 있을 때, 쉬광핑 여사는 같은 방의 조금 떨어진 곳에서 뜨개질하거나 작은 탁자에서 루쉰 저서의 교정이나 편집을 돕는 일을 했다. 그녀는 목덜미를 상당히 위에까지 잘라 올린 단발로

(일본에서는 아직 드문) 시원스러웠다. 몸집은 비교적 큰 편으로, 키가 컸고 늘그막같이 살이 찌지는 않았으며 오히려 남성적이랄 수 있게 몸놀림이 활발했다. 풍습이 달라 나는 기이하게 생각되었는데, 자신의 의자에 앉은 그녀는 통이 좁은 바지를 입고 한쪽 다리의 가랑이를 크게 벌리며 책상다리를 하듯 꼬고 있었다. 약간 어리광 부리는 듯한 콧소리의 발성, 미소가 끊이지 않는 입가, 왠지 모르게 밝고 건강해서 향기로운 젊음을 발산하고 있었다. 때로 수줍음을 타면 볼이 빨개졌다. 그 무렵 아직 두세 살 먹은 아들 하이잉(재작년 베이징에서 하이잉을 만났더니 서른일곱 살이라고 했지만)은 통통한 모습으로 침상 위를 굴러다녔다. 집이 아파트라서 대체로 보모 할멈이 하이잉을 집 밖으로 데리고 나가 놀렸다. 당시의 루쉰은 자기 주거가 사람들에게 알려지는 걸 원치 않아 조심스럽게 생활해서 손님이 별로 없었다. 내 기억으로는 가끔 일본 유학 시절의 옛친구 쉬서우창許壽裳 등이 찾아왔고(염치없게 돈 빌리러 오는 자도 있었다), 문학가로는 정전둬鄭振鐸나 위다푸郁達夫, 쉬친원許欽文 등 친한 사람들이 두세 번 왔지만, 오래 머물지 않고 돌아갔다. 그의 집에 자주 나타난 것은 아우인 저우젠런과 그의 가족 그리고 같은 아파트의 무도장 같은 곳에 살고 있다고 들었던 펑쉐펑과 그 부인이었다. 나중이 되어서 알게 된 것이지만 그때 펑쉐펑이 당과 루쉰(루쉰은 당원이 아니었다)을 연결하는 역할을 했던 듯하다. 펑쉐펑은 루쉰 사후에 《루쉰을 회억하며》를 썼다. 그러나 나중에 그가 《문예보》의 편집자 노릇을 하고 있을 때 후펑胡風 문제에 얽혀 저우양 일파로부터 비판을 받았고, 얼마 안 돼서 저우양에게 굴복하였다. 그래서 그는 《루쉰전집》을 편집하면서 저우

양 일파의 조종을 받아《전집》의 진실성을 왜곡하였고, 이에 쉬광핑 여사의 격분을 샀던 것은 후일담이다.

《루쉰 일기》를 보면 당시 방문객들은 야간에 주로 찾아왔고, 주간에는 대체로 조용했다. 아무튼 쉬광핑 여사는 뜨개질하거나 교정을 하며 루쉰의 일을 돕는 이외에 가끔 물건을 사러 외출하였다. 외출하면 갖고 간 돈을 다 쓰고 와야만 직성이 풀리는 듯하다는 루쉰의 농담에 그녀가 수줍은 얼굴로 변명하던 정경도 생각이 난다. 외견상으로 그녀는 중급 생활자의 가정주부 정도로 보였다.

1936년 여름, 나는 루쉰이 죽기 얼마 전에 상하이로 병문안을 갔다. 그때의 쉬광핑 여사는 1931년에 봤던 얼굴과 모습이 거의 변하지 않았다. 다만 한번 저녁 식사에 초대받아 계단 아래의 식탁에서 함께 식사를 한 뒤, 피곤하다고 말하며 바로 이층의 침실로 올라가는 루쉰에 바싹 붙어 그의 어깨를 부축하던 쉬광핑 여사의 뒷모습은 인상적이었다.

전후 1956년에 쉬광핑 여사가 일본에 왔다. 나는 그 무렵《루쉰선집》의 번역 때문에 아타미熱海의 이와나미 별장에 틀어박혀 있었는데, 하네다공항에 나가 쉬광핑 여사를 영접했다. 공항 로비에서 잠시 인사를 나누며 "하이잉은 건강합니까?"라는 말만 했을 뿐, 나는 군집한 민주단체의 환영 인파에서 밀려 [존재가] 사라졌다. 며칠 뒤 환영 스케줄에서 잠깐의 시간을 내서《루쉰선집》을 위한 좌담회가 이와나미 서점에서 있었다.《선집》의 역자인 마쓰에다 시게오松枝茂夫, 다케우치 요시미竹內好와 함께 나도 출석했는데, 그때의 쉬광핑 여사는 격식을 차린 평범한 이야기를 많이 했던 것으로 기억된다. 공적인 자격으로 온 그녀였기에 그다지 마음을 털어놓을 수 없는 상황이라서 어쩔 수 없었던 건지도 모른다. 몇 년 뒤에 쉬광핑 여사가 다시 일본에 왔다. 오사카에서는 신오사카호텔에서 묵었다는 것을 신문에서 보았기에, 내가 낸 루쉰의 번역본과 몇 가지 간단한 선물을 가지고 신오사카호텔로 찾아갔다. 쉬광핑 여사를 아는 사람이라며 명함을 주었더니 접수처에 나타난 민주단체의 부인 간부가 쉬광핑 여사는 지금 쉬고 있다고 하면서 면회 신청을 전해 주지 않았다. 환영과 일정 조율 등을 담당하고 있던 민주단체로서는 자신들의 책임상 불시의 손님에게는 그런 취급을 하는 것도 부득이한 일이었겠지만, 민주단체라는 것이 나에게는 거북한 존재였다. 민주단체에 둘러싸인 쉬광핑 여사는 이미 나 같은 존재 옆에는 없는 별세계 사람이 되어버렸다는 생각이 들었다.

재작년 11월 학술대표단에 참가해 나는 30여 년 만에 중국을 방문했다. 베이징에 갔을 때 이제 가볍게 만날 수 있을지 어떨지 짐작은 할 수 없었지만, 아무튼 중국 측 접대원에게 쉬광핑 여사와의 면회를 신청했다. [그 이야기를] 전해 준 접대원은 바로 연락을 취해, 지금 감기가 들었지만 일간 숙소(베이징호텔)를 방문하겠다는 쉬광핑 여사의 답을 전해주었다. 그로부터 며칠 되지 않은 어느 날 아침 그녀가 소학교 2학년 정도 된 손자를 한 명 데리고 방문했다. 병후였지만 머리는 이미 백발이고 안색은 윤기를 잃어 완연한 할머니가 되었다. 앞서 일본에 왔을 때 만났던 그녀와 비교해도 아주 나이가 들어 보였다. 항차 30여 년 전의 향기로운 젊음을 발산했던 그녀의 이미지와는 전혀 다른 사람이 되어버린 쉬광핑 여사를 눈앞에 두고,

삼십 년의 세월의 흐름이 이렇게나 그녀를 바꾸어놓은 것이라고 생각하지 않을 수 없었다.

루쉰이 죽은 다음 해 중일전쟁이 일어나고, 1941년 12월 태평양전쟁이 시작된 며칠 뒤 조계에 들어온 일본군 헌병대는 쉬광핑 여사의 프랑스 조계의 집을 수색하고 많은 책과 잡지 등을 압수했으며 그녀를 납치했다. 당시 그녀는 항일 지하공작을 하던 민중 조직과 깊은 관계를 맺고 있었다고 하는데, 정전둬는 감금되었던 그녀가 채찍으로 맞고 전기의자 고문을 당해도 "이를 악물고 한마디도 하지 않았으며, 그녀는 자신의 한 몸에 고통을 떠안고 조직과 무수한 벗들을 지켜냈다."라고 했다. 정전둬는 당시의 일을 쓴 쉬광핑 여사의 《조난 전후》(일본어 번역본 《어두운 밤의 기록》, 1957년 이와나미 신서)의 서문에서 자신이 안전하게 몸을 숨길 수 있었던 것도 그녀 덕분이라고 썼다. 그 일이 있고 나서 쉬광핑 여사는 이에 대해 정전둬가 편집했던 잡지 《민주》에 조금씩 원고를 썼고 나중에 이를 단행본(1947)으로 펴냈다. 나는 전후에 상하이에서 이 잡지를 몇 권 갖고 돌아온 친구 다케다 다이준武田泰淳에게서 이를 빌려와 《조난 전후》를 드문드문 읽었다. 그러다가 나중에 그것을 번역해 이와나미 신서에서 펴낸 《어두운 밤의 기록》(안도 히코타로安藤彦太郎 역)을 통독하고 감동했다. 조난의 기록은 이렇게 시작된다. "나는 평범하고 아무 쓸모도 없으며 변변치 못하고 무능한 중국의 여성 시민이자 한 사람이다. 나 자신이 그렇게 생각하는 것일 뿐만 아니라 친구들도 암묵적으로 인정한다." 쉬광핑 여사의 범상치 않은 체험 기록은 단순히 그녀 자신의 강인하면서도 꺾이지 않는 성격의 일단을 알 수 있는 자료일 뿐만 아니라 침략전쟁에 처한 일개 시민의 저항 기록으로도 후세에 전할 만한 것이라 할 수 있다. 정전뒤는 [서문에서] 두들겨 맞고 채찍질을 당하고 전기의자 고문을 받은 그녀가 2개월 뒤 석방되었을 때는 머리가 완전히 백발이 되었고 보행도 곤란해 반년 정도 매일 주사를 맞고서야 간신히 조금씩 건강을 회복했다고 썼는데, 그 이래로 쉬광핑 여사는 건강을 잃었다고 생각한다. 만년의 그녀에 관해서는 여하튼 병약하다는 소문을 들었다.

그와 관련해 《조난 전후》를 보면 체포되었던 그녀는 취조에 임했던 일본 헌병이 '네가 알고 있는 일본인 이름을 대라.'라고 해서 먼저 우치야마 간조를 들고, '그 밖에 좀 더 알고 있는 자를 대라.'라고 끈질기게 물어서 내 이름을 들었다고 한다.

다시 한번 쉬광핑 여사에게 오랫동안 남을 정신적인 굴욕을 준 것은 루쉰 사후 중국의 문학계를 주물렀던 저우양 일파의 루쉰에 대한 음모적인 배척이었다. 그녀가 권력을 쥐고 있던 이 일파의 처사에 대해 이를 악물고 분개하며 감내했다는 사실은 저우양 비판이 일어남과 동시에 그녀가 미워했던 저우양의 반 루쉰 행동, 처사가 조목조목 폭로되면서 알려졌다. 재작년 베이징에서 그녀를 만났을 때 [그녀는] 저우양과 그 일파의 반 루쉰 음모(그녀는 음모라고 말했다)에 대해 감정이 고조되어 가며 설명했다. 나는 그때 쉬광핑 여사의 격한 어조를 듣고는 그녀가 이 일에 대해 어지간히 참고 또 참았다고 생각했다. 루쉰과 저우양의 일은 일본에서도 많은 사람이 다루었기에 이만 생략한다.

인민 정부가 성립되자 쉬광핑 여사는 전국인민대표대회의 상무위원이 되었고, 또 전국부녀연합회의 부주석으로 국제무대에서 활동했다. 하지만 그녀 자신의 내면에서는 권력을 잡은 저우양과 그 일파의 루쉰에 대한 배격을 보면서 그를 지키기 위해 항상 뼈를 깎는 심정으로 살았을 것이다. 그녀를 피곤하게 하고 늙게 했던 가장 큰 원인은 거기에 있다고 생각한다.

쉬광핑 여사로부터 내가 받은 편지는 모두 루쉰 사후의 것으로, 네 통이 수중에 남아 있다. 용건 위주여서 달리 재미있는 것은 없다. 최초의 편지는 루쉰의 죽음을 알려온 것이고, 마지막 편지는 재작년 내가 부탁한 옛날 루쉰의 사진을 첨부한 것으로 베이징호텔에서 받아왔다.

(1969년 4월 《도쇼圖書》)

마오둔 인상기

어느 날인가 루쉰의 병문안을 가서 잡담하고 있는데, 머리를 깔끔하게 빗질하고 모자를 쓰지 않은 일견 서른쯤 되어 보이는 청년이 집으로 들어왔다. 계란색 바지에 짙은 갈색 상의를 입고 노타이의 가벼운 차림으로 상하이 인근에서 자주 볼 수 있는 모던한 청년 스타일이었다. 그때 마침 병상에서 내려와 옆에 있는 의자에 앉아 있던 루쉰과 뭔가 이야기를 나누었다. 병문안인 듯 루쉰은 엑스선 사진을 가져와 자기 몸 안의 일을 연신 설명했다.

그러고 나서 얼마 동안 청년과 이야기하던 루쉰은 내 쪽을 향해 말했다.

"이녁은 오늘 누군가와 만날 약속 있다고 하지 않았나요? 다섯 시에?"

그때는 이미 그럭저럭 네 시가 되었던가?

"마오둔茅盾과……"

내가 대답하자,

"바로 이 사람일세."

루쉰은 그 청년 신사를 내게 소개했다. 나는 약간 놀랐다. 마오둔의 이름을 처음 알게 된 것은 십 년도 전으로, 그가 《소설월보》에 〈환멸〉을 썼을 때였다. 하지만 〈환멸〉은 별 감흥이 없어서 작가로서의 마오둔을 경시했다(올해 처음으로 《문학》 잡지에서 〈다각관계〉를 읽고, 이어서 〈한밤중子夜〉을 읽을 때까지는). 그러나 비평가로서의 그는 [내가] 일찍이 《문학도보文學導報》에서 [그가] 빙선丙申이라는 필명으로 쓴 〈5.4 운동의 검토〉를 읽은 이래로 잊을 수 없었다. 그 무렵 상하이에 있던 나는 이 소논문을 번역하고, 그 가운데 일부를 〈루쉰전〉에 인용했다. 마오둔이나 빙선과 같은 필명을 사용하기 전부터 [그는] 본명인 선옌빙沈雁冰이라는 이름으로 《소설월보》 등에 글을 썼기에 나는 그가 상당한 연배의 사람인 것처럼 느껴졌다. 그런데 지금 목전에서 만난 그는 너무나도 [젊은] 청년이었다(아무래도 신기해서 나중에 나는 다른 사람에게 그의 나이에 대해 여러 번 물어보았다. 마흔쯤이라는 사람도 있었고, 마흔 아래라는 사람도 있었다).

아무튼 그때 나는 마오둔에 대한 나의 용건을 루쉰에게 전했다. 그리고 나서 재차 그는 루쉰과 이야기했는데, 잠시 후 다섯 시에 우치야마 서점에서 만날 것을 약속하고는 돌아갔다.

개명서점開明書店의 편집장인 샤가이쭌夏丏尊 씨가 그날 우치야마 서점에 마오둔 군을 데리고 와서 나에게 소개해 주기로 했었다. 그런데 한 시간 전에 그를 우연히 만났던 것이다. "내가 먼저 소개했지만, 이제 샤 군의 소개로 정식으로 만나게나."

루쉰은 농담조로 말했다. 나는 다섯 시까지 그와 잡담을 이어간 뒤 우치야마 서점에 갔다.

우치야마 서점에서 기다린 지 얼마 안 되어 샤 씨와 마오둔이 왔다. 루쉰에게 부탁해놓은 대로 그는 《한밤중》의 초판본을 가져와서 내게 주었다(재판부터는 삭제된 부분이 있다). 뭐가 됐든 나는 [중국어로] 대화가 안 되고 마오둔은 일본어를 못했다. 샤 씨의 통역으로 한 시간 반가량 이야기했는데, 남의 다리를 긁는 듯한 느낌을 떨칠 수 없었다. 나는 다른 사람, 특히 초면인 사람과 이야기하는 걸 지극히 어려워하는 편이고, 신문기자같이 재치 있는 질문 같은 건 할 수 없는 깜냥이었다. 주로 [그가 쓴 소설들인] 〈환멸〉, 〈동요〉, 〈추구〉 삼부작과 〈한밤중〉, 〈다각관계〉, 〈춘잠春蠶 〉등 내가 읽은 작품에 관해 독후감을 풀어냈을 뿐이다. 이에 대해서 그는 매우 간곡하게 설명하며 답을 해주었다. 그러나 통역 때문인지 아무래도 서로 핀트가 맞지 않는 게 많았던 것으로 기억된다.

마오둔는 그의 작품에서 받았던 일종의 투박하지만 억세고 힘 좀 쓸 것처럼 보이는 모습이 아니라, [막상] 만나 보니 맵시 있고 야윈 체형의 신경이 예민한 그러면서도 일을 척척 잘 해내는 모던 보이 같은 인상을 주었다. 작품에서 받은 것과 마찬가지로 전체적으로는 밝고 젊으며 거드름을 피우지 않았다. 언뜻 보면 은행원처럼 느껴지기까지 했다. 그러나 대화할 때의 말투나 표정의 변화에는 뭔가 병약해 보이는 그늘이 어려 있고 안면 근육이 경직되었다. 거무스레한 얼굴의 안쪽에서 눈동자가 반짝이며 빛이 났다. 그것은 그 자신의 과거 경험 그리고 국민적이고 시대적인 분투와 간난艱難의 흔적이 [우러나와] 뭔가를 이야기해 주는 것처럼 보이기도 했다. 그러나 결국 인간으로서 그는 위압적이고 기가 센 야인이 아니라 이지적이고 반성하는 신사였다. 두뇌적인 인간이었다. 아마 그의 육체적이고 생리적인 컨디션이 그 자신을 다그쳤던 것은 아니겠느냐고 생각했다.

내가 삼부작 중에서는 〈동요〉가 괜찮은 것 같다고 말하자, 자기도 그렇게 생각하지만 혁명 사업에 종사하고 경험했던 것을 쓴 것이라 비교적 잘 써진 것인지도 모른다며 겸손하게 설명했다(가장 마지막 부분의 묘한 환상이 나오는 곳은 충격이라고 말하려고 했는데, [그렇게 말하지 않은 것은] 내 쪽에서 겸손하게 말한 게 되어버렸다). 내가 〈춘잠〉은 '딱딱하다'라고 말하자(실은 밋밋하다고 말하려고 했는데, 순간 사교 심리가 발동해서 처음 보는 사람에게 실례가 되어서는 안 된다고 생각했다), 마오둔은 반대의 뜻을 표했다. 자기는 글을 쓸 때 지나치게 열심히 쓰기 때문에 자기 글은 많은 부분 생경하나, 〈춘잠〉은 그 가운데서도 가장 모가 난 편이라고 생각하고 일반적인 평도 그렇다고 했다.

나는 그 말을 들으며 반성했다. 항상 생각하는 것이지만, 우리 일본인이 중국의 소설을 읽어 봤자 겉모습만을 읽고 이야기나 문자의 뉘앙스를 읽어낼 수 없기에, 중국인이 별문제 없다고 생각하는 것을 생경하다고 느끼는 것은 아닌지. 그들에게는 그들만의 전통과 현실로부터 제약받는 정서와 사고방식, 표현 방식이 있고, 우리는 우리만의 전통과 현실로 인해 특수한(일본인적인) 정서와 사고방식 및 표현 방식을 취한다. 우리가 중국의 문학을 읽는 경우에 일본인으로서 우리의 전통적이고 현실적인 사상과 감정에 따라 번역하고(설사

음독音讀을 한다고 해도) 읽는 데 지나지 않은 것은 아닌지. 그렇게 평소 생각하고 있는 것을 다시 한번 통감했다. 그렇다 치더라도 〈춘잠〉은 평범하고 아무 맛이 없는 범작이라고 밖에 느껴지지 않는다고 혼자 생각했다.

그가 물었다. "〈자야〉를 읽고 어떤 생각이 드셨나요?" 나는 대답했다. "작자의 거대한 역량을 느꼈습니다. 깊이 있게 말씀드릴 수는 없지만, 폭넓게 온갖 현실적이고 문제가 있는 사회의 각 방면을 제대로 포착해낸 뒤 그것을 잘 빚어내었고, 게다가 전체적으로 시대적인 흐름의 방향으로 계속 밀어붙여 나갔습니다. 대담하게 밀어붙여 계획적인 완력이랄까 박력이랄까, 그 호탕한 작풍이 매끄럽지는 않습니다. 무리하게(혹은 투박하게) 삐걱거리는 마찰음이 있지만, 시야는 넓고 시대를 전체로 극명하게 그려낸 대륙적인 힘이 있습니다."

그와 같은 오래전의 인상을 풀어냈더니, 그 역시도 극히 겸손하게 다음과 같은 의미의 말을 했다.

"작자로서가 아닌 비평가로서 나 자신이 인제 와서 〈자야〉를 생각해 보면, 이 소설은 통속적인 재미를 노린 것인데 너무 진지하게 접근하다 보니 경직된 곳이 많습니다. 그러나 단순히 개인적인 문제와 관점에서 벗어나 사회를 넓은 시야로 그려낸 것으로서의 특징은 있다고 생각합니다."

이에 내가 말했다.

"나도 그렇게 생각합니다. 중국의 소설이라면 예전의 재자가인 부류의 것이나 단순한 이야기가 일본에 소개되어 있습니다. 오늘날의 일본에 오늘날의 중국 시대성을 포착해 그려낸 작품을 소개하고 싶은 생각을 하고 있고, 미흡하나마 그 방면에서 노력하고 싶습니다. 〈한밤중〉이 오늘날 중국 사회의 성격을 그려내고 있다는 점에서 나는 일본에 소개하고 싶은 생각을 갖고 있습니다. 운운"

이렇게 말하고는,

"그러나 오늘날의 중국 정세는 또 달라졌습니다. 재정개혁 이후 〈한밤중〉에서 그려냈던 것과 같은 공채시장 투기자들의 열광은 이전만큼 성하지 않습니다."

그리고 정부가 각종 공채를 통일했기 때문에 그 고저의 차가 근소해졌다는 의견을 냈다.

"하지만 〈한밤중〉에서 그려낸 사실은 1930년 상하이에서 있었던 일이고, 설사 오늘날의 정세와는 약간 다르다고 해도 현실의 중국이라 할 수 있습니다. 명, 청대의 소설 등에 비하면 역시나 오늘날의 중국인 셈이지요."

내가 농담조로 웃으며 말하자, 그도 웃으며 그건 그렇다고 말했다.

나는 문득 [중국] 문단의 템포가 아주 빠르다는 게 생각났다. 잡지가 아주 많아졌고, 매달 새로운 이름의 작가가 우후죽순 격으로 나오고 있다. 중국 사회는 정치적으로 점점 어려워져 가고 있는 듯한데, 문학계는 시시각각 변모하고 있어 새로운 작가가 뒤에서 치고 올라오고 있다. 마오둔도 종래의 작가적인 코스에 있어서는 정상에 올랐다는 느낌이 없는 것도 아니지만, 이 사람에게서 더 큰 역작이 기대되기에 어떤 전환점에 서 있는 것은 아닐까 싶어서 물어보았다.

"지금 어떤 글을 쓰고 있습니까? 또는 쓰려고 합니까?"

그는 이렇게 답했다.

“여러 잡지로부터 번잡하게 의뢰를 받아 거기에 부응해 짧은 글만 쓰느라 대작은 손을 못 대고 있습니다.”

그 말에 대해 나는 솔직하게 말했다.

“하지만 나는 이녁이 장편 작가로서 [더] 뛰어나기에 단편에는 적합하지 않다고 생각합니다.”

그리고 이녁이라면 일만 매의 대작도 가능한 사람이라고 생각해(〈한밤중〉 505페이지는 겨우 두 달짜리 일이었다) 정력을 쏟아부은 대작을 남기길 원한다는 말을 덧붙이려고 했다. [하지만] 이것도 쓸데없는 참견이고 통역을 시키는 것도 귀찮아져서 그 말을 묵묵히 삼켜버리고 말았다. 잠시 침묵이 이어지고 그는 다른 약속이라도 있는 듯 샤 씨를 재촉해 의자에서 일어났다. (1936년 6월 상하이에서)

(1936년 9월 《중국문학월보》)

[추기] 1936년 10월 루쉰이 죽고 난 뒤 바로 가이조샤에서 《대루쉰전집》의 출판이 기획되어 나도 그 기획과 편역에 참여했다. 그때 내용 견본의 광고 팸플릿을 만들었는데, 거기에 실으려고 서너 명의 유명 인사에게 루쉰에 대한 단문 기고를 요청했다. 그 가운데 한 사람으로 마오둔에게 의뢰하는 편지를 보냈다. 나는 마오둔이 루쉰에 관해 써서 보내온 단문을 번역해 팸플릿에 실었다. 하지만 그 원고와 팸플릿 둘 다 잃어버렸다. 다만 그때 보내온 그의 편지는 내 손에 남아 있다. 깔끔하면서도 여성적이라 할 만큼 섬세한 선의, 하지만 날카롭게 내달린 필치로 한 글자도 지워지지 않은 일필휘지로 내갈

긴 훌륭한 글의 내용은 다음과 같다.

마스다 선생:

편지가 개명서점을 통해 보내왔습니다. 날짜를 헤아려보니 이미 며칠을 허비했습니다. 일역본 (루쉰) 전집본을 위해 쓴 광고문은 편지와 함께 부칩니다. 삼가 읽어 주시길.

선생의 중국어 문장은 그다지 나쁘지 않습니다. 너무 겸손해하지 마시길. 이른바 실례 운운한 것도 중국 문언문에서는 자못 '예'를 중시합니다만, 구어체 문장에서는 의미를 전달하는 것으로 족하니 굳이 송구해 할 필요는 없습니다! 급한 대로 답장 올립니다.

1월 5일

마오둔 올림

이것은 1937년 1월 5일의 편지로, 마오둔은 일본어 문장은 모르기 때문에 중국어 문장으로 편지를 써서 부탁했다. 하지만 문장이 졸렬해 실례가 [되는 부분이] 있을까 몰라 그 점은 양해받고 싶다고 일본식으로 정중하게(정중한 의도로) 추기한 것 같다. 그러자 마오둔은 이녁의 중국어 문장은 나쁘지 않다고 듣기 좋은 말을 하면서, 중국의 문어문은 번잡하게 '예'를 차리지만 구어문은 의미가 전달되기만 하면 그걸로 괜찮기 때문에 별로 괘념치 않아도 된다고 말했던 것이다.

일본에서는 지금도 예사로이 별다른 뜻 없이 '실례'나 '송구[황송]'라는 말을 하거나 쓰며 옛 중국 문언문의 흔적을 계속 고수하고 있다, 그런데 가장 정통적인 본고장[중국]에서는 [오히려] 문장 형식상의 '예' 같은 건 불필요하다고 말하고 있다. 우리 안에 아직 얼마간 남아 있는 옛 중국의 '예'의 형해적인 체계는 현대 중국에서는 이미 파괴되고 말았다고 그때 이것을 읽으며 강한 인상을 받았던 게 지금도 기억난다.

그에게서 온 편지가 한 통 더 있다. 날짜를 보니 12월 20일로 1936년에 이것을 먼저 받은 것 같다. 〈한밤중〉을 번역한다고 약속하고 그 텍스트까지 받아서 돌아와서는, 지금 《대루쉰전집》을 편역하는 일에 쫓겨서 약속을 지키지 못하고 있는 것에 대해 사과한다는 내 편지에 대한 답장이었다.

마스다 선생:

보내주신 편지는 잘 받았습니다. 답장이 늦어 죄송합니다. 선생이 루쉰 선생의 유저를 번역하고 있다는 것은 나도 진즉 들은 바 있습니다. 선생의 능력으로는 반드시 맡은 바 임무를 유쾌하게 해내실 수 있을 겁니다. 나는 선생의 노력으로 인해 귀국의 민중이 중국 민중의 대변인이라 할 루쉰 선생의 사상과 예술을 더욱더 이해할 수 있기를 희망합니다. 〈한밤중〉의 번역은 중요하지 않습니다. 이런 졸작이 외국에까지 번역된다는 것이 생각만 해도 부끄러울 따름입니다. 그냥 내버려 둬도 괜찮습니다.

전에 오다小田 선생이 부쳐 주신 《대과도기》 2책은 일이 바빠 감사의 편지 보내는 걸 잊었습니다. 선생께서 우연히라도 그분을 만나게 되면 대신 감사 인사 전해 주시기를 바랍니다. 아울러 그의 번역도 감사드립니다. 이 책이 귀국에 아직 판로가 있다면 그거야말로 틀림없이 중국의 내정을 보고자 하는 열정에서 나온 것일 겁니다. 예술적으로 이 책은 언급할 만하지 않습니다. 틈나는 대로 많은 편지를 보내주시기 바랍니다. 급한 대로 몇 자 적습니다. 건강을 빕니다.

마오둔 12월 20일

〈한밤중〉의 번역 따위는 언제가 되어도 상관없으니, 귀국의 민중이 중국 민중의 대변인 루쉰의 사상과 예술을 잘 이해할 수 있도록 노력해줄 것을 희망한다고 말한 것이다.

그 무렵 마오둔의 삼부작 〈환멸〉, 〈동요〉, 〈추구〉 가운데 〈동요〉와 〈추구〉를 《대과도기》라는 제목으로 오다 다케오小田嶽夫[121] 씨가 번역했는데, 그것을 오다 씨가 마오둔에게 보내 주었던 듯하다. 바쁘다 보니 감사하단 편지를 보내지 못했는데, 오다 씨를 만날 때 나에게 감사 인사 대신 전해달라고 한 것이다. "그런 책이 귀국에서 만약 팔린다면 이것은 중국의 내정을 알고자 하는 열정이랄 수

121 오다 다케오小田嶽夫(1900~1979)는 소설가로 니가타新潟에서 태어났다. 본명은 다케오武夫이다. 외무성 서기로 중국 항저우杭州에 부임한 바 있고, 《성밖城外》이라는 작품으로 아쿠타가와芥川상을 받았다. 그 밖에 《루쉰전》, 《자금성紫禁城의 사람》 등이 있다.

밖에 없다. 예술적으로 그 책은 언급할 만한 게 없다."라고 겸양했다. 마지막으로 시간 나는 대로 편지를 보내 줄 것을 희망한다고 한 것이다.

하지만 나는 이후(《대루쉰전집》 팸플릿에 실을 단문을 부탁한 것 이외에) 그에게 편지를 보낸 기억이 없다. 그다음 해 즈음에 《대루쉰전집》 일이 대충 끝나 〈한밤중〉을 번역해 가이조샤의 《다이리쿠大陸》라는 잡지의 창간호(1938년 1월)에 〈상하이의 한밤중〉이라는 제목으로 첫 부분을 2회인가 실었다. 그런데 별로 환영받지 못해서 2회로 중단했다. 이 《다이리쿠》를 마오둔에게 보내려고 생각했는데, 전쟁이 진행되고 있는 상태에서 어디로 보내야 할지 몰라 보내지 않은 것으로 기억한다.

조사해 보니 마오둔은 1937년의 상하이전쟁 이후 홍콩으로 갔고, 또 창사長沙에서 우한武漢으로 갔기에 만약 보냈더라도(개명서점開明書店 전교轉交로 보낸다고 해도) 받을 수 없었을 거로 생각한다. 그래서 〈상하이의 한밤중〉에 관해 언급한 편지는 수중에 없다.

전쟁이 끝난 뒤 마오둔은 주목할 만한 작품(소설)은 쓰지 않은 듯한데, 평론성의 글은 잡지에서 자주 눈에 띄었고 단행본으로 나온 것도 몇 권 있다. 그리고 과거의 실적으로 '중국작가협회'의 주석 자리에 올랐고, 인민 정부의 '문화부장'에 임명되기도 했다. 국제적으로도 활동해서 1946년 말에는 소련을 방문하고 《소련 견문록》을 출판하기도 했다.

지금부터 6, 7년 전에 볼일이 있어 상경해 묵었던 혼고本鄉의 숙소에 우연히도 홋다 요시에堀田善衛[122] 씨가 있었다. 그는 다음날 카이로에서 열리는 아시아 아프리카 작가회의에 참석한다고 했다. 홋다 씨는 예전 뉴델리에서 열린 아시아 아프리카 작가회의에 참석했을 때 중국에서 온 마오둔과 만났는데, 그가 알고 있는 일본인 가운데 내 이름을 거명했다고 했다. 이번 카이로의 회의에도 마오둔이 참석할지 몰라 나는 홋다 씨에게 그에게 건네줄 명함(오랜만의 인사를 약간 전하는 이야기를 적은)을 부탁했다.

홋다 씨와는 그 뒤 만날 기회가 없었지만, 당시 카이로 회의에 참석했던 [내] 친구 다케다 다이준 씨를 만나 들은 바로는 마오둔은 참석하지 않았다고 한다.

1966년 말 '문화대혁명'이 중국 전역에서 들끓고 있을 무렵, 학술대표단의 한 사람으로 30년 만에 중국에 갔다. 그 얼마 전에 일찍이 루쉰과 대립했으며 중국 문학계의 실권을 오랫동안 장악했던 저우양이 실각했다는 소식이 일본에 전해졌는데, 무슨 이유 때문인지는 전혀 알 수 없었다. 중국에 간 김에 마오둔과 만나 그런 것들과 연관한 최근의 문학계 사정을 여러 가지로 물어볼 것을 첫 번째로 기대하고 나갔다. 그래서 베이징에 도착하자 중국 측 접대원에게 이전부터 마오둔을 알고 있어 그를 만나고 싶다는 의사를 표명하고 면회할 수 있도록 부탁했다. 그러나 마오둔은 병중이라 만날 수 없

122 홋다 요시에堀田善衛(1918~1998)는 소설가로 도야마 출생이다. 상하이로 건너갔다가 패전 후 중국 국민당 선전부에 징용되었다. 귀국 후 본격적으로 작가 활동을 해나갔는데,《광장의 고독》,《한간漢奸》으로 아쿠타가와상을 받았다.

다고 했다.

어느 날 저녁 환영연이 열리는 식당에 초대되었는데, '작가협회'의 대외문화연락위원 한 사람이 마침 내 옆자리에 앉았다. 그에게 나는 마오둔을 알고 지낸 사이로 이번에 그와 만나고 싶고 그는 지금 어떤 상황인지를 물어보았다. 그러자 그 사람은 모른다고 대답했다. 그 지난해에 마오둔은 '문화부장'의 직책에서 물러났는데, 어쩌면 '작가협회'의 주석직에서도 물러났는지 모른다. 마오둔의 옛날 소설 〈린 씨네 가게林家鋪子〉를 각색한 샤옌夏衍이 얼마 전에 비판받았던 것이 일본에도 전해졌지만, 원작자인 마오둔이 비판받았다는 것은 듣지 못했다. 그렇지만 그 언저리에 병중이라는 이유가 있을지도 모른다고 상상할 수도 있었다. 그래서 며칠 뒤 쉬광핑 여사와 만났을 때 마오둔과의 면회를 청했다. 그가 병중이기에 만날 수 없다는 얘기를 들었는데, 실제 그의 상황은 어떤지를 물어보았다. 그녀는 [그가] 원작자로서 관계가 없지 않기에 근신하는 중이라고 설명해 주었다.

결국 마오둔은 만나지 못하고 돌아왔다. 중국행의 목적 가운데 하나였던 마오둔과의 만남이 어그러진 것은 지금까지도 내 마음에 [아쉬움으로] 남아 있다.

마오둔은 1896년 태어났기에 올해로 73세다. 내가 처음 만났던 것은 34년 전으로, 그때 그는 39세 정도였을 것이다. (1970년 기록)

궈모뤄 소묘

집의 책장을 바꿨다. 내친김에 언제 샀는지도 모르고 꽂아 두었던 책을 정리했는데, [거기에] 《궈모뤄郭沫若[123]가 상하이를 떠나기

123 궈모뤄郭沫若(1892~1978)는 중국의 신문학 활동가, 극작가, 마르크스-레닌주의 혁명가, 마오쩌둥주의 문학 사상 공작자다. 본명은 카이전開貞이고, 호는 딩탕鼎堂이며 모뤄沫若는 자이다. 하카客家계 출신이며, 쓰촨 쟈딩푸嘉定府의 중류 정도 지주의 셋째 아들로 출생하였다. 쓰촨성에서 고등학교를 나왔으며 1914년 일본 제국의 규슈대 의학부에 입학하여 근대적 연구 방법을 익혔다. 이 시기에 시작詩作을 시작했고 1921년에는 혁명 문학 단체 창조사創造社를 결성하였으며, 중국에서 반봉건 혁명 낭만주의 운동을 일으킨 초기 활동가 중 하나였다. 그는 일본 여자 사토 도미코와 결혼하고 극작가로 여성 해방을 혁명 테마로 한 《3인의 반역적 여성》을 발표하기도 했다. 이 작품은 중국 공산당의 신문학 운동 시기의 본격적 사극의 하나로 평가되기도 한다.
중국 국내에서 혁명의 기운이 고조된 후 1926년 국민 혁명군이 북벌을 개시하자 리다자오 등의 마르크스-레닌주의 진영에 참가하여 우한, 상하이 등지에서 여러 직책으로 활동하다가, 1927년 난창 봉기에 가담한 후 중국 공산당에 입당하였다. 그 후 공산주의자에 대한 탄압을 피해서 일본에 망명하였고, 그 기간에 유물사관

전》이라는 얄팍한 80페이지짜리 책이 있었다. 그 책을 샀었다는 것은 기억나지 않았지만, 들여다보고 있는 사이에 다 읽어버렸다. 〈자연의 추억〉이라는 20페이지 정도의 글도 실려 있었는데, 흥미를 끄는 것은 〈상하이를 떠나기 전〉이었다.

《궈모뤄가 상하이를 떠나기 전》은 책의 표지 한 가운데 쓰인 제목으로, 다른 사람이 궈모뤄가 상하이를 떠나기 전이라는 글을 쓴 게 아니라 궈모뤄 자신이 썼다. 표지의 오른쪽 윗부분에 '궈모뤄 저'라 되어 있고, 왼쪽 아래에는 '상하이 신흥서점新興書店 인행'이라 되어 있다. 간기刊記를 보면 '민국 26년(1937) 4월 초판'으로 발행자와 인쇄자는 모두 '상하이 신흥서국'으로 되어 있다. 신기하게도 표지에는 '서점'으로, 간기에는 '서국'으로 되어 있다. 주소는 기록되

으로 중국 고대 사회를 연구하는 작업을 진행했다. 1937년 중일전쟁 때 충칭으로 귀국해서 중국 공산당 측의 문학 평론 공작에 대한 책임을 맡고 공산당 혁명의 항일 전선에 참가하여 선전 활동에 종사하면서 극작劇作이나 평론 등도 많이 발표하였다. 그때 발표된 희곡《굴원屈原》(1942)의 내용은 굴원을 항쟁의 주인공으로 등장시킨 것으로, 중국 고대 애국 시인의 말을 따서 국민당의 부패 양상을 들춰내기도 하였다.
1949년, 1950년 파리와 바르샤바에서 열린 세계평화회의에 마오쩌둥 측의 문인 대표로 참가하였고, 중국 공산당 정권 성립 이후로 정무원 부총리 겸 과학원장, 중앙인민정부 위원, 중국과기대 학장, 중국 공산당 문학예술계연합회 주석, 중국 정무원 문화교육위원회 주임 등을 맡았으며, 마오둔, 저우양, 천보다 등과 함께 마오쩌둥과 저우언라이 정권에서 마오쩌둥주의 문학 사상 노선의 조타수가 되었다. 그는 마오쩌둥의 중국 공산당 정권에서 크게 권력을 행사했던 마르크스-레닌주의 문학, 사상 방면의 공직자 중의 하나였다. 문혁 초기에는 사인방의 부상으로 어려움을 겪기도 하였지만, 얼마 후 마오쩌둥은 그의 보호를 사인방과 저우언라이에게 요구하였다. 문혁이 끝난 뒤는 화궈펑에 의해서 당내 정치적 지위를 회복하였다. 마오쩌둥이 죽었을 때 화궈펑 정권에서 마오의 장례식에 참석하였고, 마오쩌둥이 죽은 뒤 얼마 후 사망하였다.

어 있지 않았다. 간기에 또 바뀐 게 있는데, '정가 1위안'으로 쓰인 것 옆에 나란히 '실가 1마오'가 쓰여 있다. 실가는 정가의 십분의 일이라는 것인데, 이것을 간기에 당당히 써놓은 것은 어지간히도 사람을 무시하는 처사라는 생각이 들었다. 다만 속표지의 한쪽 구석에는 '실가 국폐國幣 1마오'로 되어 있다. 출판된 해, 곧 1937년에 궈 씨가 일본을 탈출했는데, 출판은 4월이고 탈출은 7월이니 저자의 눈길이 닿지 않는 곳에서 책이 만들어졌기 때문이겠지만, 이 간기만 놓고 보더라도 당시 중국 상황의 어수선함과 불안정을 상상할 수 있다.

[이보다 앞서] '우한 혁명정부'가 우경화하고 좌파 인사들은 도망쳤는데[1927년 '4.12 쿠데타'], 그때 정치부 부주임이었던 궈 씨도 도망쳤다. 1927년 말 광둥성 시골의 작은 포구에서 홍콩을 거쳐 상하이의 조계로 숨어들었다. 2개월 정도 상하이에 있다가 일본으로 망명했는데, 상하이에 오자마자 장티푸스(나중에 발진티푸스로 바뀜)에 걸려 12월 12일에 입원했고 다음 해 1월 4일에 퇴원했다. 어느 정도 상태를 회복한 1월 15일부터 2월 23일, 곧 일본으로 망명하기 위해 상하이를 떠난 바로 전날까지 공책에 써 내려간 일기가 이 책의 내용이다.

전후인 1958년에 '인민문학출판사'에서 나온《모뤄문집沫若文集》 제8권에 이 〈상하이를 떠나기 전〉이 들어 있는데, 내용적으로 오식을 정정하고 외국 인명과 서명, 외래의 학술어(로 보이는) 등 서양 글자였던 것을 한자로 고쳐 쓴 것 말고는 거의 바뀐 게 없다.

그렇기에 좌절감으로 인한 분노나 비장감, 또는 다음 단계로의 분발 같은 것은 별로 보이지 않고, 단지 당시 신변을 둘러싼 잡사를 담담하게 써 내려간 것이 주 내용이다. '창조사 출판부'(책임자는 청팡우成仿吾)에 가거나 지인의 방문을 맞아들이는 등을 하면서 그사이에 이런저런 책을 읽고 비평 감상을 적은 것들이 많다. 지금 이 일기를 일독하고 흥미로운 곳을 몇 가지 추려 본다.

첫 부분 2페이지는 '서문'에 해당하는 문장이 있고, 그 말미에 1933년 9월 24일이라는 날짜가 있다. 말하자면 [이것은] 애당초 매일 공책에 써 내려간 그대로는 아니고, 1933년에 다시 베껴 쓴 것으로 그때 별로 긴요치 않은 부분이나 발표할 수 없는 내용은 삭제했다. '발표할 수 없는' 것이라 해도 자기 개인의 명예에 지장을 초래하는 종류는 아니라고 양해를 구했다. 정치적으로 지장을 초래하는 것이리라.

1월 15일—

아침부터 《회복恢復》을 베껴 쓰는 일을 마쳤다고 했는데, 《회복》은 그가 퇴원한 뒤 침상에 누워서 혹은 등나무 의자에 걸터앉아 연필로 쓴 20여 수의 시를 모아서 이름을 붙인 것이다. 오후 3시경에 청팡우가 와서 그것을 건네주었다고 했다. 그때 청팡우는 류마티스가 생겨 일본에 가서 온천욕을 하고 싶다는 의향을 전했다.

밤에는 허和, 보博, 포佛(그의 아이들 이름)와 등불 아래서 일본의 소년 과학 잡지 《어린이 과학》을 읽었다. 그 잡지에 "문어는 다리가 하나 또는 두 개가 잘려도 괜찮아서 때로 먹을 게 없으면 자기 다리를 먹는다. 간혹 다리가 없는 문어를 보게 되는데, 다리는 다시 생겨 대체로 1년이 지나면 원래대로 된다."라고 되어 있다. 그것을 보고 이렇게 말했다. "문예가가 사회인으로서의 경험이 부족할 때는 그저 자신의 극히 협애한 생활을 쓸 수밖에 없다. 그것은 문어가 자기 다리를 먹는 것과 비슷하다."

1월 16일—

오전에 안드레예프의 《검은 가면》을 읽었는데, 삼분의 일을 읽고 그만두었다. 또 데보린Abram Moiseevich Deborin[124]의 《칸트의 변증법》을 읽었는데, 10페이지도 읽지 못했다. 안나(궈 씨의 부인, 본명은 사토 토미코佐藤富子)[125]가 다카하다케高畠 역 《자본론》 2책을 사서 돌아왔다. 〈상품과 가치〉 장을 완독했다. 그것을 살 때 우치야마(상하이의 일본 서점 주) 씨가 안나에게 "몹시 어려운 책입니다. 문학가가 뭐 이런 걸 읽는 건 아니겠지요."라고 말한 것을 전하면서, 안나는 "나

124 아브람 모이세비치 데보린Abram Moiseevich Deborin(1881~1963)은 러시아의 철학자이다. 러시아혁명 이후 공산당에 입당했다. 〈마르크스주의의 깃발 아래〉 지를 주재했다. 1920년대의 소련 철학계의 중진이었는데, 뒤에 스탈린에 의해 관념론적 경향을 비판받았다. 《변증법적 유물론 철학 입문》과 《변증법과 자연과학》 등의 저서가 있다.

125 사토 도미코佐藤富子(1894~1995)는 궈모뤄의 사실혼 부인이었다. 중국식 이름은 궈안나郭安娜이다. 사토 도미코는 일본과 중국에서 궈와 함께 20년을 지냈다. 궈모뤄와의 사이에 다섯 아이를 두었다. 그러나 전후 궈모뤄는 그녀와 아이들을 철저히 외면하고 찾지 않았다. 사토 도미코는 나중에 중국에서 살았는데, 궈모뤄가 죽기 직전에 마지막으로 그를 만났다. 그의 아이들은 그런 환경에서도 훌륭하게 장성했다. 첫째 아들인 궈허푸郭和夫(1917~1994)는 중국과학원에서 근무했는데, 다롄大連에서 어머니를 모시고 살았다. 둘째인 궈보郭博(1920~)는 건축가이자 영화의 촬영감독으로 쑹칭링 기금회宋庆龄基金会 이사 등을 역임했다. 셋째인 궈푸성郭腹生(포성佛生; 1923~)은 중국과학원 회원이다. 딸인 궈수위郭淑瑀(1925~)는 린아이신林爱信과 결혼했는데, 그 딸인 린충林丛은 일본에서 공부하고 일본 국적을 취득해 후지다 리나藤田梨那라는 이름으로 살고 있다. 막내인 궈즈훙郭志鸿(1932~)은 중앙음악학원中央音乐学院 객좌교수이다.

는 역시 사람들로부터 문학가로 여겨지고 있다."라고 했다.

그리고는 오후에 피곤해서 《바쇼芭蕉[126] 7부집》[127]을 보았다고

126 마츠오 바쇼松尾芭蕉(1644~1694)는 일본의 하이쿠 작가이자 서민문화가 꽃을 피웠던 17세기 에도 막부 시대의 대표 시인으로, 아명은 긴사쿠金作이고, 본명은 무네후사宗房이며, 호는 처음에 도세이桃青였다가 후에 바쇼로 바꾸었다. 일본 에도 시대(1603~1868) 전기에 이가의 우에노에서 태어나 하이쿠를 대성한 인물로 유명하다.
그는 1644년 지금의 미에현 이가우에노에서 농민이나 다름없는 가난한 하급 무사 집안에서 태어났다. 제대로 된 교육을 받지 못한 바쇼는 하이쿠를 접하면서, 시문에 관심을 지닌 무사나 문인들과 교류할 기회를 가졌다. 1662년 무렵 기타무라 키긴의 데이몬 하이카이俳諧(하이쿠, 렌쿠의 총칭)를 배우고는 본명인 무네후사宗房라는 이름으로 활동하였다. 1666년 요시타다가 죽자, 교토에 가서 고전을 배우고 1672년에 에도로 가서 담림 하이카이를 배웠다. 스물아홉 살에 고향을 떠나 당시 새로운 도읍지였던 에도에 정착하였고, 인생의 전기를 맞아 하이쿠를 읊고 가르치면서 세상에 나오기 시작했다. 1680년 에도에 있는 후카가와의 바쇼암芭蕉庵에 살면서 호를 바쇼로 바꾸고, 독특한 풍의 하이카이를 만들었다. 1684년에는 에도에서 고향인 이가를 오고가며 기행문과 하이카이집을 편찬하였다. 서른일곱 살 젊은 나이에 돌연 모든 것을 내던지고 암자에 은거하며 고전을 탐독했다. 마흔한 살에 그때까지 고전에서 얻은 감동을 하이쿠에 담아내고자 방랑의 길에 나선다. 여행길에서 보고 느낀 것을 중심으로 소박한 서민들의 삶과 자연을 노래했으며, 최소한의 상징적인 언어와 여백으로 무한한 우주를 창조하였다. 1687년 가시마, 스마, 아카시, 1688년에는 사라시나, 1689년에는 호쿠리쿠를 여행하며 바쇼풍의 하이쿠를 완성하게 된다. 1694년 나가사키로 가던 중 "방랑에 병들어 꿈은 마른 들판을 헤매고 돈다."라는 마지막 시를 남기고 오사카에서 객사했다.
그는 한적하고 고담한 경치에서 자연과 일체가 되어 읊는 하이쿠를 즐겨 지었다. 또한 변화하는 것 속에서 시대에 따라 변하지 않는 것을 함께 읊는 '불역유행不易流行'을 근본이념으로 삼았다. 바쇼의 문학은 여정을 중시한 중세적인 상징미를 근세적인 서민성 속에 살린 것으로 평가된다. 지금도 많은 이들이 바쇼의 방랑 여정을 따라 그의 시를 음미하고 있으며, 세계적으로도 많은 사랑을 받고 있다. 에즈라 파운드, 옥타비오 파스 및 비트 제너레이션 작가들에게도 영향을 주었고, 하이쿠의 예술성을 높인 공적을 인정받고 있다.

127 에도 시대 중기 마츠오 바쇼와 그 일문의 하이카이俳諧 선집이다. 《하이카이俳諧칠부집》이라도 한다. 7부 12책으로 이루어져 있으며 1774년에 사쿠마 류쿄佐久間柳居에 의해 소형본 2책으로 정리된 것이 유행했다. 바쇼芭蕉 일대의 선집 중 《겨

하면서 다음과 같이 말했다. "중국의 시구를 시제로 삼은 것(《아라노집曠野集》의 노미즈野水 시제詩題 16; 원주)이 있다. 그것은 시첩시試帖詩[과거시험에서 옛사람의 시구를 명제로 하여 짓게 하던 시체; 옮긴이]의 부득체賦得體[128]이나 꽤 자연스럽다." 그 가운데 〈매화꽃 무수히 떨어져 시냇물에 떠다니네白片落梅浮澗水〉[129]의 구절을 읊으며,

물새 부리에 붙은 매화 희도다.水鳥のはしに付たる梅白し

를 들어 "이것을 중국어로 번역하면 '물새의 부리 위에 붙은 매화 꽃잎 눈처럼 희고녀'라고 하면서, 이 하이쿠俳句 표현의 구상화를 '아름답다漂亮'고 칭찬했다. 다음으로 하나 더 '한여름 가난한 집 어디에 있느뇨. 객이 와서 북쪽에 창을 내 바람을 맞네暑月[130]貧家何処

울의 날冬の日》, 《봄의 날春の日》, 《광야曠野》, 《호리병ひさご》, 《사루미노猿蓑》, 《숯가마니炭俵》, 《속 사루미노続猿蓑》의 7부를 대표로 뽑아 그 작풍의 변천 궤적을 보여주고 있다.

128 부득체賦得體는 원래 옛사람이 지은 구절을 제목으로 삼은 시를 말하며, 제목 앞에 '부득赋得'이라는 두 글자를 붙인 데서 유래한 것이다. 과거 시험 볼 때의 '시첩시试帖诗' 또한 시제를 기성의 시구에서 따온 게 많은데, 그때도 제목 앞에 '부득赋得' 두 글자를 붙인다.

129 이 구절은 당대 시인인 바이쥐이白居易의 〈춘지春至〉에 나온다. 시 전체는 다음과 같다.

若为南国春还至，争向东楼日又长。
白片落梅浮涧水，黄梢新柳出城墙。
闲拈蕉叶题诗咏，闷取藤枝引酒尝。
乐事渐無身渐老，从今始拟负风光。

130 '서월暑月'은 '하월夏月'이라고도 하며, 여름철 가장 무더운 음력 6월을 전후한 소서小暑·대서大暑의 때를 가리킨다.

有 客来唯贈北窓風'[131]를

시원한 바람을 쐬고 오솔길을 따라 북쪽 창문.涼めとて切ぬきにけり北のまど

이라는 하이쿠로 지었는데, 중국어로 번역하면 '시원한 바람 쐬게나, 북쪽 벽에 뚫어놓은 창문'이라고 했다.

궈 씨는 일본에 유학하고 일본인 처자를 아내로 맞아 일본의 사정을 상세히 알고 있는 사람으로 알려져 있다. 바쇼의 하이쿠집까지도 읽었는데, 번역문에서 보는 바와 같이 구절의 의미를 정확하게 포착하고 있다. 우리는 거꾸로 그 번역문으로부터 원래 구절의 의미를 이해하는 정도이다.

밤에는 레닌의 《종교에 대한 당의 태도》를 읽었다. 종교가 무산계급과 농민들 속에 가장 [큰] 세력을 점하고 있는 원인은 착취자에 대해 마음속으로 품은 공포가 신을 만들어 냈기 때문이라는 감상을 기술했다.

1월 18일—

131 이 구절 역시 당대 시인인 바이쥐이白居易의 〈신창한거, 양낭중 형제를 불러新昌闲居，招杨郎中兄弟〉에 나온다. 시 전체는 다음과 같다.
纱巾角枕病眠翁，忙少闲多谁與同。
但有双松當砌下，更無一事到心中。
金章紫绶堪如梦，皂盖朱轮别似空。
暑月贫家何所有，客来唯赠北窗风。

《자본론》을 되는대로 읽었다. 《자본론》 일본어 번역본 두 종을 비교하고 번역문의 적합성에 대해 고찰했다. 먼저 "중국과 탁자가 춤추기 시작했다China und die Tische fingen zu tanzen an."라는 독일어 문장을 들어 여기서의 China를 후쿠다 도쿠조福田德三[132]는 '시나支那'로 번역했고, 다카하다케 모토유키高畠素之[133]와 가와카미 하지메河上肇[134]의 번역본에서는 '도기陶器'로 번역했다고 했다. 그때 마침 온 청팡우와 함께 번역어에 관해 토론했다. 독일어 China에는 도기라는 의미는 없고, Tische 앞에는 관사 die가 있는데 반해, China 앞에는 관사가 없는 것으로 보아 아마도 역시 '시나'라고 번역하는 게 좋겠다고 했다.

궈모뤄는 그날 일기에 《천재병 치료》를 다 썼는데, 그것의 제목을 《탁자의 춤》으로 바꾸었다고 했다. 《자본론》 중 '중국과 탁자가 춤을 추었다'라는 문구에 흥미를 갖고 여기에서 제목을 따온 것이었다. 궈모뤄에게 《탁자의 춤》이라는 평론성의 문장이 있다는 것은 오래전부터 알고 있었지만, 묘하면서도 도무지 불가해한 제목이라

132 후쿠다 도쿠조福田德三(1874~1930)는 일본의 경제학을 개척한 경제학자이다. 사회정책학파, 신역사학파로서 경제이론과 경제사 등을 도입했다. 도쿄상과대학(현 히도츠바시대학一橋大学)의 교수와 게이오기주쿠慶應義塾 교수, 프랑스 학사원 문과부 외국회원 등을 역임했다. 레종도뇌르 훈장을 받았다.

133 다카하다케 모토유키高畠素之(1886~1928)는 일본의 사회사상가로, 국가사회주의를 제창했다.

134 가와카미 하지메河上肇(1879~1946)는 일본의 경제학자이다. 교토제국대학에서 마르크스경제학을 연구했는데, 교수직을 사임하고 공산주의 실천 활동을 했다. 일본 공산당 당원이 되었기에 검거되어 감옥에 갇힌 바 있다. 《자본론》을 번역하는 등 다양한 저작을 남겼다. 후쿠다 도쿠조와는 평생 라이벌이었다.

고 생각했었다. 그 책은 리허린李何林의 《근 20년 중국문예사조론》(1939)에 인용된 것을 보고 알았던 것 같은데, 《자본론》에서 제목을 가져온 것이라는 사실은 처음 알게 되었다.

그의 《문예론집 속집》(1931)을 보면 과연 《탁자의 춤》이 수록되어 있고, 그 서두에 〈해제〉로 위와 같은 독일어 문장이 인용되어 있고 중국어 번역문도 첨부되어 있다. 그러고는 "나는 《자본론》의 각주에 인용된 이 한 구절의 흥미로운 말을 발견했다." 운운하는 내용으로 써 내려갔다. 15장으로 나뉘어 있는 1편의 마지막은

> 중국은 이미 오래전부터 춤을 췄다.
> 탁자도 춤을 췄다.
> 벗들이여, 모두 일어나라! 춤을 춰라! 춤을 춰라! 춤을 춰라!

이렇게 맺고 있다.

1월 19일—

서두에 오늘은 아주 권태롭다. 정말이지 아무것도 할 게 없고, 책을 읽을 기분도 들지 않았다. 다만 《파우스트》, 《전모前茅》[척후대라는 의미; 옮긴이], 《회복恢復》이 빨리 출판되는 것만을 생각한다는 것이 씌어 있다.

그날 오후 역시 권태롭다고 하면서 에른스트 톨러[135]의 《군집

135 에른스트 톨러Ernst Toller(1893~1939)는 독일의 극작가다. 제1차 세계대전 후의 혁

인간Messe Mensch》를 읽고 "약간 재미없다."라고 하면서 "5, 6년 전의 톨러에게 심취해 표현주의를 맹목적으로 예찬한 것은 생각해 보면 정말 유치하다는 생각이 들었다."라고 했다.

자기 전에 스탈린의 《중국혁명의 현 단계》를 읽고 나니 이미 열두 시가 넘었다고도 썼다.

1월 20일—

서두에 '무위無爲'라고 쓰고 다음으로 수쉰叔薰의 부인이 병이 들어 의약비로 어려움을 겪고 있다는 말을 듣고는 창조사에 부탁해 자신의 인세 가운데서 50위안을 할애해서 보냈다고 쓰여 있다. 수쉰은 잘 알지 못하지만, 우한武漢 이래의 정치적 동지인 듯하다. 그 뒤에 "사마귀는 교미한 뒤 암컷이 수컷을 잡아먹는다."라고 딱 한 줄 써놓았다.

오후에 청팡우가 와서 《탁자의 춤》의 원고를 건네주었고, 그와 '문학의 영원성'에 관해 이야기했는데 결과는 없었다고 썼다.

다음으로 문학가는 산성酸性이라는 대화체의 문장이 있다.

—문학가는 왜 항상 창백한 얼굴을 하고 항상 허약한 모습을 하는 것일까?

명운동에 관련되어 복역 중에, 표현주의적인 반전극 《변전變轉》이 상연되었다. 청년이 전쟁 체험으로부터 혁명에 눈을 뜨는 과정을 서정적이며 열광적으로 그린 작품이다. 사회혁명가의 비극을 그린 《군집 인간》, 기계문명에다 인간성을 대결시킨 《기계파괴자》, 전상불구자戰傷不具者를 다룬 《힌케만》을 발표했다. 출옥한 후에 발표한 《힘차게 살고 있다》는 피스카토르에 의해 상연되어 센세이션을 불러일으켰다. 미국으로 망명 후 자살했다.

—그들은 일종의 기괴한 병자다. 혹은 인육을 먹는 인종이라고도 할 수 있다. 하지만 그들은 항상 스스로 자신을 먹을 뿐이다. 그래서 문학가의 산성은 아무래도 다른 사람보다 강하다. 육식 동물 오줌 속의 산성은 보통 초식 동물보다 강하다. 사람이 병이 들어 음식이 들어가지 않으면 오로지 자기 몸을 소비하는데, 그때는 순수한 육식 동물이 되어 오줌의 산성은 급격히 강해져 간다.

1월 22일—

오전 중에 돗보獨步의 〈호외〉, 〈봄의 새〉, 〈궁사窮死〉 세 편을 읽고 "확실히 시재詩才가 있다."라고 쓰고, "〈호외〉와 〈궁사〉는 특히 사회주의적인 경향이 있다. 안타깝게도 돗보는 요절 했는데, 일본 문학계로서는 확실히 손실이었다."라고 했다.

또 아쿠타가와(류노스케)의 〈늪沼〉과 〈가을〉을 오래된 《가이조改造》에서 읽고 "고의로 일종의 신비한 세계를 만들어내려 하여 사람을 불쾌하게 했다. 《검은 가면》을 읽었을 때의 느낌"이라고 썼다.

이날 또 톨러가 등장한다. "톨러의 《군집 인간Messe Mensch》은 대중과 인간을 대립시키고 있다. 하지만 선생은 인간 쪽에 서 있다. 프랑스 인도주의의 기형적인 태아胎兒여!"

1월 26일—

이날도 《자본론》을 읽었다고 썼다. 오후에 청팡우가 와서 밤까지 있었다. "별로 중요한 말은 없었다."라고 하면서, "그에게 〈문학혁명에서 혁명문학으로〉를 쓸 것을 재촉했다."라고 했다. 청팡우의

〈문학혁명에서 혁명문학으로〉는 오늘날에는 문학사적으로 고전적인 문헌인 듯이 회자되고 있다. 그 무렵 궈모뤄와의 담화로부터 나온 듯하다.

1월 29일—

온종일 번민. 서두에 오후에 《자본론》 제1권을 완독했다고 썼다. 저녁 식사 후 청팡우가 《파우스트》의 교정쇄를 갖고 와서 1시 넘어 까지 교정하고 나서야 겨우 잠들었다고 했다. 그 뒤는 《파우스트》와는 관계없는 감상이 이어진다.

바이틀링[136]과 프루동[137]은 모두 노동자 출신이나 둘 다 소자산계급의 진영으로 달려갔다. 마르크스와 엥겔스는 노동자 출신은 아니지만, 무산계급의 위대한 지도자가 되었다. 그러면서 "누가 무산[계급] 정당에 지식 계급이 필요 없다고 말할 수 있는가? 누가 노동자가 아니면 무산계급의 문예를 할 수 없다고 말할 수 있는가?" 등등 자기변호라고 생각할 수 있는 말을 했다.

다음으로 한 가지 더 감상이 기록되어 있다. "중국의 현 정세는 1848년 유럽과 아주 비슷하다. 프랑스의 2월 혁명은 전 유럽에 영향

136 빌헬름 바이틀링Wilhelm Weitling(1808~1871)은 독일 혁명가로, 19세기 전반 유럽의 여러 도시에서 수공업 직인의 결사 운동을 지도했고, 후반에는 뉴욕에서 이민노동자의 사회 건설을 제창했다.

137 피에르 조제프 프루동Pierre-Joseph Proudhon(1809~1865)은 프랑스의 상호주의 철학자이자 언론인이었다. 프루동은 자신을 '아나키스트'(프랑스어: anarchiste)라고 칭한 최초의 인물로 알려져 있다.

을 주었는데, 독일과 오스트리아, 벨기에, 프랑스에서 잇달아 실패했다. 백색테러가 만연해 마르크스와 엥겔스는 해외로 망명했다." 그 자신이 망명을 결의하게 된 감개를 여기에 기탁한 듯하다.

1월 30일—

마지막 부분에서 말했다. "청팡우와 함께 창조사에 가서《공헌》,《어사》의 편집자를 봤는데, 반동의 공기가 가득 차 견딜 수 없었다."

2월 2일—

서두에 어젯밤 도둑이 들어 가죽 외투와 가죽신을 도둑맞았다고 썼다. 그 가죽 외투는 아직 한 번도 입지 않은 것으로, 작년 연말 소련에 갈 준비 삼아 마련한 것이라면서 소련에는 가지도 못하고 준비해둔 여장旅裝마저 도둑맞았다고 했다.

소련에 가기 위해 없는 돈에 가죽 외투까지 마련해놓고 못 가게 된 이유에 관해서는 아무것도 쓰지 않았다. 〈상하이를 떠나기 전〉에 이어 쓴 자전인 〈동해를 건너다〉에 그 까닭이 쓰여 있다. 당시 상하이의 소련 영사관 직원이 습격받아 중소 간의 국교가 위기 상태에 빠졌고, 소련은 우쑹吳淞의 앞바다에 한 척만 남아 있던 최후의 연락선으로 영사관 직원 모두를 귀환시키려 했다. 궈모뤄의 가족은 그 배에 편승해 블라디보스토크로 간 다음 시베리아 철도로 모스크바에 가기로 했다. 당초 12월 6일에 승선하기로 했는데, 갑자기 출항일이 변경되는 바람에 "그 뒤 10년 내지 반평생 삶의 길이 결정되었다." 12월 8일부터 갑자기 40도의 고열이 나고 중병이 들어 입원하였기 때문이다. 소련 연락선이 12일에 출항한다는 통지를 받았는데, 그 무렵 그는 병원에서 생사를 오가며 "입원 후 2주간 완전히 실신해 때로는 헛소리하다 때로는 광포해지는" 상태가 되었던 것이다.

이날 또《가이조》2월호에 실린 이탈리아의 소설가 델레다[138]의 〈여우〉를 읽고 감상을 기술했다. "이 사람은 올해 노벨상을 받았다. 인상적인 자연 묘사, 암시적인 사건 추이는 매우 주목해야 한다." 그러면서도 단정적으로 말했다. "리얼리스트+기교가로 아무런 새로운 뜻도 없는 프티 부르주아의 문예다."

2월 4일—

창조사에 가서 일본 잡지《분게센센文藝戰線》을 갖고 돌아왔는데, "공허하니 아무것도 없다."라고 간단하게 비평했다.

2월 8일—

"자라투스트라의 옛 번역을 읽었다(그는 전에 이것을 번역한 바 있다). 군데군데 나 자신도 잘 모르는 곳이 있다. 착상과 조사措辭[글의 마디를 얽어서 만드는 것; 옮긴이]는 꽤 교묘한 곳이 있지만, 니체의 사상

138 그라치아 델레다Grazia Deledda(1871~1936)는 이탈리아의 여류 소설가이다. 사르데냐섬의 누오로에서 태어났다. 이탈리아의 서쪽 지중해에 위치한 섬으로 한적하고 조용한 도시의 소박하고 정직한 삶의 모습을 갖고 있어서 그라치아의 대부분 작품에 모태가 되었다. 처녀작은 〈동방의 별〉(1890)로, 출생지인 사르데냐의 자연과 인간을 사실적으로 묘사했다. 1926년 노벨문학상을 수상했다.

은 근본적으로 자본주의의 산물이며 그의 초인철학은 과장된 개인주의인 Bier-Bauch(맥주[를 마셔서 뚱뚱해진] 배)다." 이렇게 쓰고 다음에 행을 바꿔서 "힘이 있는 데도 쓸 곳이 없으면 정말 답답하다."라는 한 줄을 덧붙였다.

2월 11일—

왕두칭王獨清이 와서 단눈치오[139]의 희곡 《지오콘다》에 대해 이야기를 나누었다. "아내가 있는 조각가와 모델인 지오콘다 사이에 연애 감정이 일어 이 삼각관계로부터 여러 가지 갈등이 생겨났다."라고 하면서 "주요 테마는 예술과 가정, 자유와 책임, 헤브라이즘과 페거니즘paganism[이교異教신앙, 우상 숭배를 의미함; 옮긴이]이다."라고 썼다. 그리고 그 뒤에 "나는 새롭게 하나의 테마, 혁명과 가정을 얻었다." 그리고 자기 자신에 대해 언급하면서 다음과 같이 썼다. "옌쏸랴오鹽酸寮(지명)의 산중생활은 절호의 가키와리書割り[무대 장치로 배경의 한 가지, 곧 실내, 집, 산하 등을 그린 그림을 가리킨다; 옮긴이]다. 안린

139 가브리엘레 단눈치오Gabriele d'Annunzio(1863~1938)는 이탈리아의 시인, 소설가, 극작가이다. 아브루치의 페스카라에서 태어났다. 카르두치의 영향을 받은 1880년 시집 《조춘早春》으로 인정받았다. 정력적인 작가로 시집 13권, 단편집 4권, 소설 8권, 극작 17편, 그 밖에 평론, 산문집 등이 있다. 1893년에 《죄 없는 자》의 프랑스어 번역본이 나와 세계적인 명성을 떨쳤다. 1910년에 빚 때문에 프랑스로 도피하였다가 1915년 제1차 세계대전에 조국 이탈리아의 참전을 주장하고 귀국하였다. 그해 7월 의용군에 가담하여 전선에서 활약하였으나 그다음 해 비행 중 오른쪽 눈을 실명하였다. 종전 후 국제연맹의 결정에 항의하여 피우메시市를 점령하는 장거를 감행하였다. 1921년 시를 자국군에게 인계하고 귀국, 1924년 몬테 네보소 공公에 봉封해졌고 파쇼 정부로부터 예우받았다. 1938년 가루다 호반에서 사망하였다.

安琳이여, 나는 영원히 그대를 잊을 수 없을 것이다."

안린은 우한武漢 정부의 정치부(궈모뤄가 부주임)에서 일했던 젊은 여성이다. 난창南昌의 '8.1 사건'[140] 후 저우언라이周恩來와 궈모뤄는 허룽賀龍, 예팅葉挺의 부대와 함께 남하해 적진 각지를 전전했는데, 푸젠福建의 경내에서 광둥廣東의 산터우汕頭로 갔다. 거기서도 쫓겨난 부대는 하이루펑海陸豊 쪽으로 향했다. 궈모뤄와 안린 등 네 명이 유사流沙로 인해 길을 잃고 고생고생하며 도착한 마을이 옌쏸랴오였다. 그곳의 농회農會 주석의 도움으로 은신해 산중의 건초 보관 창고에서 며칠간 몸을 숨기고, 해안의 항구 도시 선취안神泉으로 탈출할 날을 기다렸다. 그때 안린도 함께 했는데, 그 무렵의 일들이 마음속에 아로새겨져 있었던 것으로 생각된다. 그들은 선취안으로 가서 잠시 어떤 집의 2층에 숨어 있다가 홍콩으로 가는 범선에 오르기 위해 바람이 좋은 날씨를 기다렸다. 그리고 작은 범선으로 홍콩에 도착해 잠시 머문 뒤 기선으로 상하이의 조계로 들어갔는데, 당시 안린도 상하이에 와 있었다. 그리고 때때로 그녀와 만났다.

주치화朱其華가 상당히 저널리스틱하게 쓴《1927년의 회억》(1932)이라는 4백 페이지가 넘는 책이 있다. 그는 궈모뤄처럼 광둥에서 북벌에 참가했고, 제몇군第?軍의 정치부에서 선전 업무를 했으며, 우한 정부가 우경화했을 때 난창으로 가서 '8.1 사건'을 거쳐 허룽과

140 1927년 '4.12 상하이 쿠데타'와 국공합작 결렬로 중국 국민당에서 축출된 중국 공산당이 같은 해 8월 1일, 쟝시성江西省 난창에서 중국 혁명을 위해 일으킨 봉기를 말한다. 난창 기의南昌起義, 난창 봉기라고도 한다. 현재 중화인민공화국 인민해방군은 난창 봉기일을 건군 기념일로 삼고 있다.

예팅의 부대에 배속되어 남하했다. 나는 궈 씨의 《북벌》(1937)이 나오기 전에 그것을 사서 읽었던 것 같다. 그 책 가운데 같이 남하하던 중 모 여성과 궈 씨의 연애 사건을 약간 희화화해서 쓴 대목이 있다. 그 여성이 여기서 말하는 안린인지는 알 수 없다. 다만 이 글에 '인간적'인 흥미를 느꼈던 것은 30년도 전의 이야기다.

약간 샛길로 빠지는데, 주치화의 《1927년의 회억》 중에서 나의 주의를 끌었던 것은 남하하는 중에 쟝시성江西省에서 그 전해부터 입당을 신청했지만 보류되었던 궈모뤄의 공산당 가입이 정식으로 승인되었다고 기록한 것이다. 그리고 주치화는 "모뤄는 공산당에 가입했기에 정신적으로 전보다 훨씬 나아진 듯했다."라는 관찰을 덧붙였다. 난창에서 철수해 허룽, 예팅 부대와 함께 남하했던 공산당 사람으로는 '8.1 사건'을 지휘했던 저우언라이를 필두로 장궈타오張國燾, 탄핑산譚平山, 류보청劉伯承, 윈다이잉惲代英, 리리싼李立三, 가오위한高語罕, 우위장吳玉章, 린쭈한林祖涵 등 많은 수뇌부 내지는 유력자들이 있었기에 그들이 일치해서 승인했다면 정식 가입이 된 것인지도 모른다. 나는 그 방면에 대한 것은 잘 모르는데, 만약 그때 그가 입당한 것이라면 전후의 '정치협상회의'에서 궈 씨가 무당파를 대표해 나왔던 것은 어떻게 된 일이냐는 의문을 품었었다. 혹은 명사였지만 당의 중추와 관계를 맺지 않아서 그랬던 것일까? 그렇지 않으면 정말로 무당파였던 것일까?

3년 전 나는 중국에 갔을 때, 징강산井岡山에 가는 도중에 난창에서 묵었던 적이 있어, '8·1 사건'의 사령부가 있었던 곳(혁명기념관이 되어 홍위병이 많이 견학하러 왔다. 또 당시의 상황을 파노라마식의 커다란 도면을 이용해 견학하러 온 사람들에게 웅변조로 상세하게 설명해 주었던 젊은 강해원講解員이 있었다)을 보았다. 아주 넓고 큰 훌륭한 건물로 이른바 '폭동'의 사령부에는 어울리지 않은 것 같아서 중국인에게 물어보았더니, 그곳은 원래 난창 제일의 호텔이었다고 한다. 저우언라이가 있던 방이나 탄핑산과 기타의 사람들이 있던 방 등 아주 훌륭한 방들이 그대로 남아 있었는데, 궈모뤄가 머물렀다는 방은 없었다. 8월 1일에 궈 씨는 뤼산廬山에 있었는데, 사변 소식을 듣고 급히 하산해 쥬장九江에서 출발해 난창에 도착한 것은 허룽 부대가 철수하기 전날, 곧 8월 4일 밤이었기 때문이다. 이것은 그의 《투쟈부涂家埠》와 《난창에서의 하룻밤》에 상세하게 나와 있다. 주치화의 《1927년의 회억》 중 〈쥬장과 난창〉에 의하면 주는 7월 31일에 난창에 도착해 폭동의 실제를 경험했는데, 궈 씨는 참가하지 않았다고 한다.

2월 16일—

밤. 안나가 아린과의 관계를 물어봐서 대강의 일을 그녀에게 말해주었다. 안나가 물었다. "당신은 그녀를 사랑합니까?" "물론 사랑하지. 우리는 동지이고 환난을 같이 해왔으니." "사랑한다면 왜 결혼하지 않습니까?" "그 재능을 사랑하기에 결혼은 하지 않지." 그가 이렇게 말하자, 안나는 혼잣말처럼 말했다. "내가 당신들을 방해하고 있는 게지요." "만약 이렇게 많은 아이가 없다면……" 그녀는 잠시 침묵했다가 일본식 다다미 위에 누워 있는 아들 셋과 딸 하나를 가리키면서 혼잣말처럼 말했다. "나는 언제나 당신을 자유롭게 해드리겠습니다……"

이상과 같이 그날 밤의 광경을 대화를 섞어 가며 기술하고는 다음과 같은 말로 끝맺었다. “나는 더 이상 아무 말도 하지 않았다. 이미 두 시가 넘었다. 마음은 방과 함께 침잠하고 뭔가 아주 센티멘털했다.”

로맨티스트 궈모뤄가 여기서도 활약하고 있었다. 그건 그렇고 그가 생각한 ‘혁명과 가정’이라는 테마의 희곡 또는 소설은 과연 쓰였을까?

2월 18일—

“《내 저작 생활의 회억》을 쓴다면” 이렇게 쓰고 다음과 같이 자신의 문학 편력을 되돌아보고 있는데, 그것은 문학가로서의 궈모뤄를 고려할 때 유력한 자료를 제공한 것이라 할 수 있다.

Ⅰ. 시의 수양 시대

당시唐詩, 왕웨이王維, 멍하오란孟浩然, 류쭝위안柳宗元, 리바이李白<두푸杜甫, 류쯔허우柳子厚(류쭝위안柳宗元), 한투이즈韓退之(한위韓愈), 바이쥐이白居易는 좋아하지 않는다. 《수호전水滸傳》, 《서유기西遊記》, 《석두기石頭記》, 《삼국지연의三國志演義》는 아무것도 독파하지 않았다. 독파하고 두 번씩이나 읽은 것은 《유림외사儒林外史》이다. 《서상西廂》을 좋아하고, 린수林紓가 번역한 소설을 좋아한다.

Ⅱ. 시의 각성기

타고르, 하이네

Ⅲ 시의 폭발

휘트먼, 셸리

Ⅳ. 희곡으로 발전

괴테, 바그너

Ⅴ. 소설로의 발전

플로베르, 투르게네프, 필립[141], 쥘 르나르[142]

Ⅵ. 사상의 전환

2월 22일—

이날 쉬쭈정徐祖正의 《바이런의 정신》을 읽었다. 바이런은 그리스에 간 뒤 열이 나는 상태에서 바다에 들어가 수영했는데, 그로 인해 골통병에 걸려 죽었다는 것을 알게 되었다. 그것에 관해 의학을 공부했던 그 자신의 추론을 기술했다. "일반적으로 바이런의 전기를 쓴 사람이 누구도 연구하지 않았다고 생각하는데, 내가 본 바로는 이것은 분명히 매독 제3기의 골통으로 바이런이 매독 환자였다는 사실은 의심의 여지가 없다." 그 뒤에 이어서 "나를 바이런 같다고 하는 사람이 있는데, 사실 바이런의 영향은 받은 바 없다. 나는 바이런의 시를 읽은 적이 없다고 말할 수 있다."

2월 23일—

최후의 일기다. "배표는 이미 샀고 내일 출발하기로 했다. 마음

141 샤를 루이 필립Charles Louis Philippe(1874~1909)은 프랑스의 소설가이다. 제화공의 아들로 태어나 서민의 생활을 애정을 가지고 묘사하였다. 대표작에 《뷔뷔 드 몽파르나스》, 《어머니와 아들》이 있다.

142 쥘 르나르Jules Renard(1864~1910)는 프랑스의 소설가이자 극작가이다.

이 이상하게 불안하다." "일본에 가게 되면 안나는 자유로워지는데, 나는 마치 감옥에 가는 것 같은 기분이다. 어차피 어디 간들 자유의 땅이 있을까마는……"이라고 썼다.

저녁에 정보치鄭伯奇가 왔는데, 민즈民治의 소식에 의하면 (궈의) 처소는 위수사령부가 냄새를 맡아 내일 아침 체포하러 오는 자들이 덮치기로 했다고 말했다. 청팡우, 왕두칭 두 사람과 함께 면을 먹고서 (그는) 왕두칭의 처소로 갔는데, 거기로 팡우, 보치가 와서 다 함께 '신야新雅'(베이스촨루北四川路에 있는 상당히 큰 요리집)에서 12시 넘어까지 회식했다. 집에는 돌아갈 수 없어 팡우와 함께 우치야마 씨가 잡아준 일본인이 경영하는 '야시로八代여관'에 묵었다.

일기는 여기까지로 끝이 났는데, 〈상하이를 떠나기 전〉의 다음 자전인 〈동해를 건너다〉를 보면 그다음 날인 24일 상하이 부두에서 그를 전송한 것은 우치야마 간조 한 사람뿐이었다고 한다(가족은 다른 배로 일본으로 향해 고베에서 만나기로 했다). "나는 완전히 외톨이로, 떠나고 싶지 않은 내 조국을 떠난다. 조국이 나를 필요로 하지 않은 것은 아니다. 다만 내가 떠나지 않을 수 없는 것이다. 배가 출발했을 때 나는 침묵으로 조국을 바라보며 말없이 눈물을 흘렸다."

궈 씨가 일본에 온 뒤의 사정과 생활에 관해서는 자전인 〈동해를 건너다〉, 〈나는 중국인〉 등등에 상세하게 쓰여 있는데, 그것들은 《해도海濤》(1951)에 수록되었고, 《모뤄 문집》 제8권(1958)에도 들어 있다. 나는 그것들 가운데에서 [그가] 상하이에서 돌아온 뒤 마지막으로 1937년 일본을 탈출할 때의 일을 쓴 〈일본에서 돌아오다〉가 특히 생각난다. [이것은] 원래 상하이의 잡지에 발표된 것으로 나중이 되어서야 읽었다고 생각하는데, 지금은 분명하게 기억나지 않는다. 그것보다는 이것을 처음 번역문으로 읽었을 때의 감명이 아직도 강하게 남아 있다.

그 무렵 나는 《가이조》의 편집부에 있었는데, M군이라는 사람이 상하이에서 급히 돌아와 〈일본에서 돌아오다〉의 번역 원고를 회사에 가져왔다(조사해 보니 1937년 11월의 《가이조》 임시 증간호에 〈일본을 떠나며〉라는 제목으로 게재되었다). 궈 씨의 일본 탈출은 루거우차오蘆溝橋 사건 직후의 일로, 당시 언론에서 크게 다루었고 당사자가 일본 탈출을 상세하게 기록했기에, 잡지[의 소재]로서는 충분히 매력적인 것이었다는 사실은 말할 필요도 없다. 나는 그에 앞서 궈 씨와 몇 번인가 만난 적이 있고, 함께 밥을 먹은 적도 있으며, 때로는 논쟁 비슷한 것을 했던 적도 있었는데, 그가 일본 관헌의 눈을 피해 대담하게 그러면서도 남몰래 탈출한 것에 꽤나 충격을 받았다. 그래서 이 〈일본을 떠나며〉라는 번역 원고를 인쇄소에서 교정하며 읽어 보았다. "헤어지고 싶지 않았던 조국, 그렇지만 헤어질 수밖에 없었던 조국"—항전을 벌이고 있는 조국을 깊이 생각하는 그의 기분과 행동에 제대로 한 방 먹어 감동했던 것이 마치 어제의 일처럼 생각된다.

궈 씨는 그 무렵 일본에서 풍부하게 수집한 자료를 바탕으로 중국 고대 갑골문과 금문을 연구했는데, 거의 미개척지였던 중국 고대사의 과학적인 고찰에 있어서 여러 가지 업적을 남겼다. 이 부분을 알기 시작한 초기였기는 하지만, 그의 《중국고대사회연구》를 탐독하고 새로운 시야에 눈을 떴던 기억이 있다(뒤에 그는 이 자료의 처리 오류에 관해 《고대 연구의 자기비판》을 썼다). 당시 그의 금문 연구 등이 사이온지 긴모치西園寺公望[143]에게 인정을 받았다(기보다는 사이온지가 칭찬했다)는 것을 궈 씨의 패트론이었던 분규도文求堂의 다나카 게이타로 씨에게 들은 바가 있다. 나중에 궈 씨는 일본의 학계에서는 별로 인정받지 못했던 듯하다고 썼는데, 중국에서는 그 업적이 높이 평가되어 주목받은 듯하다. 궈 씨가 일본에서 귀국해 국민정부의 수뇌들과 만났을 때, 그들로부터 그의 고대 연구에 관해 여러 가지 질문을 받았다. 장제스蔣介石로부터도 질문을 받았다. 또한 그의 〈일본에서 돌아오다〉를 정부 요인들이 읽었다는 것도 그가 면회할 때 말했다. 우리 일본인에게는 '문학적' 감명을 주었던 것과 달리, 중국인들에게는 당시의 상황 때문에 '민족적'이고 '정치적'인 감명을 좀 더 깊게 심어주었을 것으로 상상된다.

일본에 머물렀더라면 감시의 눈은 피할 수 없었겠지만, 학자로서의 생활은 이어 갈 수 있었을 것이다. 그러나 "조국이 나를 필요로 한다."라는 사명감이 훨씬 강렬해 그를 안전한 학자의 생활에서 내몰았다. 그것은 어쩔 수 없었던 것 같다. 아내와 다섯 명의 자식을 내버려 둔 채 그는 홀몸으로 탈출했다. 위급한 조국에 대한 어쩔 수 없는 사명감에 내몰렸다 하더라도, 정부의 체포령을 받은 몸이었기에 자신의 의지만으로는 중국에 돌아갈 수 없었다. 그가 귀국을 감행한 것은 장췬張群이 이야기해서 장제스의 양해를 얻었기 때문이

143 사이온지 긴모치西園寺公望(1849~1940)는 일본의 정치가이자 교육자이다. 프랑스 유학 이후 이토 히로부미伊藤博文의 심복이 되어 제2차 이토 내각에서 문부대신과 외무대신을 겸했다. 이후 여러 차례 관직을 맡았다. 또한 현재의 리츠메이칸대학立命館大学의 기초를 닦았다.

다. 그것은 항일전쟁 말기에 걸친 그의 《홍파곡洪波曲》(부제는 《항일전쟁회억록》)에서 볼 수 있는데, 귀국 허가는 푸젠성福建省 주석이었던 천이陳儀를 통해 위다푸郁達夫(당시 푸젠성 정부의 관리)로부터 그에게 통지되었다고 한다. 그것이 5월이었기에 7월 25일의 탈출까지 두 달 정도 은밀히 기회를 엿보고 있었는데, 7월 7일 루거우차오 사건으로 결의를 굳혔던 듯하다. 그는 여러 차례 "루거우차오 사건이 있어 귀국했다."라고 쓴 바 있다.

조국에 돌아올 결심을 했으면서도 그때까지 환난을 함께했던 아내나 자식들과 맺은 애정의 끈을 쉽게 끊을 수 없었을 것이다.

"화북 사건이 발생해서 십여 일이나 고심하여" 결국 7월 25일 아침 네 시 반에 일어나 서재에서 아내와 네 명의 아들과 한 명의 딸에게 편지를 썼다. 가장 어린 여섯 살의 홍얼鴻兒에게는 일본의 '가타카나'로 썼다. 부인인 안나와 큰 두 아들에게는 전날 저녁 암시적으로 말을 해두었기에 그가 도주할 의사가 있다는 걸 알고 있었다고 한다. 그러나 그날 바로 출행한다는 것은 알지 못했다고 했다. 그들에게 알린다면 어떻게든 [표정이나 목소리에서 감정이] 드러나지 않을 수 없기에, [그리고] 알게 한 뒤의 슬픔을 차마 볼 수 없어 마음을 다잡고 그는 감내했다.

편지를 쓰고 침실로 돌아오니, 안나는 눈을 떠서 전등을 켜고 누운 채로 책을 보고 있었다. 그가 일어나는 소리에 그녀도 눈을 뜬 것이다. 아이들은 모두 잘 자고 있었다. "자연스럽게 눈물이 나왔다. 모기장을 들추고 안나의 이마에 키스하며 이별의 인사를 했다. 그녀는 내 기분은 아랑곳하지 않고 책에서 눈을 떼지 않았다."

그러고 나서 일본 옷을 입고 게다를 신고 집을 나섰다. "만세, 만세!" 하면서 일장기를 흔들고 역에서 출정하는 병사들을 전송하는 일본 소학생과 중학생 무리, '환송 황군 출정'이라고 쓴 깃발을 세우고 전송하는 연도의 사람들. 그는 도카이도센東海道線[도쿄에서 출발해 나고야를 경유해 교토, 오사카, 고베에 이르는 간선 도로; 옮긴이]으로 고베에 도착했고, 기선으로 상하이로 향했다.

〈일본을 떠나며〉를 읽고 특히 인상적이었던 것은 누워 있던 안나 씨의 이마에 살짝 키스하고 이별의 인사를 했다는 대목이었다. 책을 보며 꼼짝도 안 했던 안나 씨의 모습도 가슴에 와닿는 게 있었지만, 옛날 교육을 받아 구닥다리인 내게는 그런 궈 씨의 행위가 하이칼라 같으면서도 낯간지럽기도 하지만 꽤나 호감이 가는 듯한 장면이었다고 생각되었다.

나중에 《홍파곡》을 통해, 궈 씨가 일본군의 침입으로 고도孤島가 되어버린 상하이를 떠나 홍콩으로 간 뒤 홍콩의 거리에서 역시 상하이를 버리고 홍콩에 와 있던 리췬立群[144]이라는 젊은 여성과

144 위리췬于立群(1916~1979.2.25.)은 광시성廣西省 허현贺县 사람으로, 5녀 1남 가운데 셋째이다. 맏언니인 위리천于立忱은 베이징사범대학을 졸업하고 《대공보大公报》에서 근무하다가 폐병에 걸려 요양 겸 일본으로 건너가 도쿄 특파원이 되었다. 그때 궈모뤄를 만나 그와 사랑에 빠졌다. 궈모뤄는 당시 일본인 아내인 사토 도미코와 동거 중이었다. 공교롭게도 《대공보》 사장 장지롼张季鑾 역시 위리천을 마음에 두고 있었기에, 궈모뤄에게 마음을 빼앗긴 위리천의 일본 체류 비용을 보내지 않아 어쩔 수 없이 위리천은 귀국할 수밖에 없었다. 귀국 후 우울증에 시달리던 위리천은 1937년 자살했다.
같은 해에 궈모뤄 역시 일본을 탈출해 상하이로 돌아왔는데, 시인인 린린林林 등의 소개로 위리췬于立群을 만났다. 처음에는 언니인 위리천에 대한 그리움을 담은 편지를 주고받다가 궈모뤄가 주도한 《구망일보救亡日报》의 일을 도와주면서

만났고, 얼마 안 되어 사랑에 빠져 결혼했다는 것을 알았다. 언제 끝날지도 모르는 전쟁의 혼란 속에서 일본에 남겨둔 가족과는 완전히 절연한 것으로, 물론 어쩔 수 없는 일이었다 하더라도 인상적이었던 〈일본의 떠나며〉의 안나 씨의 일은 남의 일이긴 하지만 신경이 쓰였다.

1945년 궈 씨가 소련에 갔을 때를 다룬 《소련 기행》에도 출발할 때 리췬 부인과 그녀 소생인 두 아이와의 이별을 아쉬워하며 눈물을 글썽이는 장면이 쓰여 있다. 그것을 읽으면서 문득 안나 씨는 어떻게 지내고 있을까 궁금해졌다. 나는 안나 씨를 직접 알지는 못한다. 다만 안나 씨의 동생과는 분규도에서 한 번 만난 적이 있다(그

둘 사이에 애정이 싹텄다. 1938년 궈모뤄는 우한으로 가서 국민정부 군사위원회 정치부 제3청 청장의 부임을 준비했고, 위리췬은 홍군 본부가 있는 산베이陝北로 가려 했다. 두 사람은 이별을 앞두고 궈모뤄의 처소에서 동거했다. 두 사람은 각자의 길을 떠나 헤어졌다가 일본군의 침략으로 우한이 함락되었을 때, 궈모뤄는 국민정부를 따라 충칭重庆으로 갔고, 위리췬도 산베이에서 충칭으로 옮겨 갔다. 1939년 저우언라이의 주례로 두 사람은 결혼식을 올렸다. 그 뒤 위리췬은 궈모뤄의 비서가 되었다. 신중국 수립 이후 위리췬은 중화전국부녀연합회 집행위원이 되었고 제4, 5기 전인대 대표가 되었다. 그러나 우울증에 신경 계통의 질환으로 잠시 가족과 헤어져 지내다가 몸 상태를 회복하고 베이징으로 다시 돌아왔다.
문화대혁명이 일어나자 궈모뤄는 심각한 비판을 받았다. 마오쩌둥이 궈모뤄를 보호하라는 명을 내렸지만, 두 사람의 처경은 날로 악화하였다. 두 사람 사이에는 모두 6명의 자녀가 있었는데, 1967년 중국음악학원中国音乐学院에서 공부하고 있던 아들 궈민잉郭民英이 자살하고, 1968년에는 베이징대학北京大学에서 공부하고 있던 아들 궈스잉郭世英이 베이징농업대학北京农业大学의 홍위병들에게 끌려가 맞아 죽었다. 두 아들의 죽음으로 위리췬은 정신적으로 큰 타격을 입었다. 1974년에는 궈모뤄가 타격을 입어 일곱 차례나 병원에 입원했고, 위리췬 역시 여러 차례 병원 신세를 졌다. 1978년 궈모뤄가 사망했고 다음 해인 1979년 위리췬은 목을 매 자살했다. 위리천, 위리췬 두 자매는 궈모뤄와 연루되어 모두 비참한 생을 마친 것이다.

때 그녀는 아오야마가쿠인青山學院에 재학 중이었는데, 남편, 곧 안나 씨의 제부인 타오징쑨陶晶孫과 함께 있었다고 생각된다).

동생으로부터 안나 씨에 대한 이미지가 떠올랐던 것인지도 모른다. 하지만 모든 것은 전란의 와중에 벌어진 일이다. 따지고 보면 일본 제국주의 때문에 일어난 일이라고 할 수 있는데, 전쟁이라는 거대한 파괴의 소용돌이는 인간과 인간관계를 떠오르게도 했다가 짓밟기도 하고 끌어당겼다가 갈라놓기도 했다. 평화로운 가운데서 일상적으로 바라는 윤리라는 것은 이미 일어난 전쟁이라는 파괴자에게는 어떤 말을 하더라도 아무 소용이 없는 것이다. 되돌아오는 것은 고작해야 감상의 잔해뿐이라고나 할까.

3년 전 중국에 갔을 때 베이징의 인민대회당에서 오랜만에 궈 씨를 만났다. [내가] 내민 나의 명함과 내 얼굴을 번갈아 보더니 그는 "나이를 먹었군요."라고 말했다. 처음 만난 것이 1932년이었다고 생각되는데, 이미 예순이 되었기에 그로부터 30년이나 나이를 먹었던 것이다.

궈 씨를 처음 본 것은 중국 서적을 취급하고 궈 씨의 글을 출판했던 혼고本鄕의 분규도였다. 당시 서점 주인인 다나카 씨는 [우리] 두 사람을 혼고의 양식점 '하치노키'에 데려가서 소개해 주었다. 그 전해에 상하이에 있었던 나는 루쉰의 〈상하이 문예계의 일별〉을 번역하여 사토 하루오가 출판하고 있던 《고토다마古東多萬》에 실었다. 그중에는 궈 씨에 관한 욕이 쓰여 있었는데, 그것을 읽고 몹시 분개하여"나는 읽지는 않았지만 《소설사략》은 시오노야 온 씨의 표절인 듯하다."라며 루쉰을 비난하는 말을 했다. 당시 중국에서 그렇게 말하는 사람이 있었기 때문이었지만, 자신이 읽지도 않았으면서 믿을 수 없는(전문가도 아닌) 사람의 무책임한 말을 그대로 가져다가 비난의 대용으로 삼는 것은 어른답지 않다고 생각했다. 그러나 그것도 〈상하이 문예계의 일별〉 중에서 루쉰에게 상당히 지독한 욕을 먹어 화가 났기 때문이리라. 어쨌든 당시는 궈 씨도 아직 젊었다고 생각한다.

그 뒤에 또 분규도에서 만난 적이 있다. 그때도 근처의 튀김 가게에 함께 갔다. 마침 분규도에서 묵고 있던 《서계연원書契淵源》의 저자 나카지마 쇼中島竦[145] 노인도 함께 있었다고 생각한다. 튀김을 먹으며 술을 약간 마신 뒤 나카지마 씨는 돌아갔는데, 궈 씨와 나는 분규도에 이끌려 아사쿠사淺草에 가서 후지 요코不二洋子[146]의 여검극을 보았던 기억이 있다.

지금 중국에 가면 공항 로비와 [규모가] 큰 호텔 연회장 등에 궈 씨가 쓴 글씨가 걸려 있다. 그는 중국의 대표적인 서예가이다. 내 처소에도 시키시가다色紙形[병풍, 장지에 '색종이' 모양의 종이를 발라 시가詩歌를 써놓은 것; 옮긴이]가 한 매 있다.

145 나카지마 쇼中島竦(1861~1940)는 일본의 한학자로, 이름인 '쇼竦'는 '다카시'라고도 읽는다. 유명한 한학자 집안에서 태어나 오랫동안 교직에서 근무했다. 1902년에는 중국으로 건너가 경사경무학당京師警務学堂에서 근무하며 번역 등을 담당하기도 했다. 십수년간의 베이징 생활을 마치고 귀국한 뒤에는 도쿄 고지마치麹町에 있던 젠린쇼인善隣書院[메이지 시대에 중국어와 서도를 가르치던 학교]에 초빙되어 몽골어와 중국어를 가르쳤다. 이후 연구와 저술에 전념하다 80세에 세상을 떠났다.

146 후지 요코不二洋子(1912~1980)는 일본의 여배우로, 여검극女劍劇을 창시하였다. 1930년대 이래로 오에 미치코大江美智子와 함께 여검극의 전성기를 구축했다. 본명은 사코 시즈코迫静子이다.

은하수는 하늘로부터 거꾸로 쏟아져 내리고
가을 소리 나무에 드니 나뭇잎 반이나 떨어졌네.
홀로 한산을 대하니 산빛에 검푸른 기색 돌고
깊은 연못 묵묵히 우레 소리 퍼져 가네.

銀河倒瀉自天來, 入木秋聲葉半摧.
獨對寒山轉蒼翠, 淵深默默走驚雷.

마스다增田 형에게
모뤄末若

이렇게 쓰여 있다. 글자는 초서체여서 모든 글자가 춤을 추는 듯하다. 그중에는 잘못 쓴 것도 있어 그것을 덧칠하고는 가로로 다시 작은 글씨를 써넣었다. 취한 상태에서 썼기 때문에 공항 로비와 호텔 연회장에서 본 차분하고 당당한 글자와는 전혀 달라서 판독하기 어려운 주필走筆이다. 그러나 생기발랄하고 재기 넘치는 흥취가 있다. 그것은 1936년 가을 연회석에서 써 준 것이다.

그 무렵은 루쉰이 죽은 직후로 가이조샤에서 《대루쉰전집》을 출판하였다. 그날 《전집》의 관계자를 불러 협의하는 모임이 있었는데, 모임이 끝나고 사장은 모든 사람을 아카사카赤阪의 요정으로 불렀다. 그 무렵 위다푸郁達夫가 일본에 와 있었는데, 무슨 까닭인지는 알 수 없었지만(사장이 부른 것인지도 모른다), 위 씨가 회사를 찾아 이치가와市川에서 망명 중이던 궈 씨를 만나고 싶다고 했던 모양이다. 사장 비서였던 S군이(S군은 전부터 원고 의뢰 등으로 이치가와의 궈 씨 집에 갔었기 때문에) 위 씨와 함께 이치가와에 가서 궈 씨를 데리고 회사로 돌아왔다. 두 사람은 협의 모임에 참가하고 요정의 회식 자리에도 참석했다. '창조사'의 내분으로 궈와 위 두 간부가 결별하고 서로 욕을 하고 언쟁을 벌였었는데, 십 년 만에 일본에서 다시 만나 화해했던 날이었기 때문이었겠지만, 그날 밤 궈 씨는 무척 취했었다. 그래서 글씨를 쓰되 춤을 추거나 틀리게 썼다. 그러고 보니 이 시는 일본의 중국 침략을 풍자한 것으로 생각할 수도 있는데, 글씨 자체가 달리는 것에는 가벼운 기쁨의 감정이 보이는 것 같기도 하다.

궈 씨는 자신의 성장으로부터 항일전쟁 언저리까지 자신과 주위를 극명하게 기록한 몇 가지 자전(또는 자전소설)을 썼다. 나도 대부분 훑어보았다고 생각하는데, 소년 시대를 쓴 것 중 그의 생가가 생각났다. 그의 집안은 지주였는데, 재산은 돈벌이에 비범한 재능을 갖고 있던 그의 아버지가 아편과 술을 잘 주물럭거려 그 일대에 조성한 것이라 한다. 지주였던 그가 있는 곳으로 매년 수확이 끝나면 소작인들이 온 가족을 동원해 쌀을 지고 왔다. 왜 온 가족이 오냐면 그의 집에서 소작인들에게 흰쌀밥을 대접했기 때문에 가족 모두 그걸 먹기 위해서였다고 한다. 소작인은 옥수수를 일상적으로 먹어 흰쌀밥은 입에도 못 댔기 때문에 아이들까지도 그날은 쌀을 지고 왔던 것이라고 썼다.

중국에서 공산주의 혁명의 풍조가 일어났을 때 문학가로서 그가 재빨리 좌경으로 돌아서고 북벌 혁명군에도 참가했던 것은 그런 농민의 비참한 모습을 소년 시대부터 보았던 것이 어느 정도 계기가 되었던 것은 아니었을까? 그것을 읽었을 때 나는 그런 생각이 들었다. 물론 나 혼자만의 추측에 지나지 않지만, 아무튼 그때 그런 생각이 들었던 게 지금도 기억난다.

하지만 그의 본질은 결국 정치가라기보다는 문학가였다고 생각한다. 이것에 관해 생각나는 것이 있다. 궈 씨가 전후에 일본에 왔을 때 교토를 안내하고 돌아온 모 씨에게서 들었던 것이다. 킨가쿠지金閣寺에 갔을 때 그 절의 승려가 여러 가지를 설명하고 킨가쿠지가 전에 불에 탔었다고 말을 했다. 그때 궈 씨는 살짝 등을 돌리고는 "타오를 때 멋있었겠다."라고 말했다고 한다.

[추기] 안나 씨(본명은 사토 도미코)가 다롄大連에서 일하고 있다는 것을 이 원고를 교정하는 중에 우치야마 가키치內山嘉吉 부부로부터 들었다. 우치야마 부부는 전후에 상하이에서 안나 씨와 만났다고 한다. 그녀는 호텔의 호화룸에서 묵고 있었는데, [아마도] 궈 씨가 주선한 것인 듯하여 안나 씨는 상당한 우대를 받고 있다는 것이 우치야마 부부의 관찰이다.

(1969년 《쥬고쿠中國》 4월호)

[옮긴이의 추기]

궈모뤄는 평생 안나와의 사실혼을 포함해 세 번의 결혼을 했다. 앞에서 살펴본 바와 같이 일본과 중국에 오가며 안나, 곧 사토 도미코와 사실혼 관계를 이어 오다 1937년 일본을 탈출한 뒤 안나와 그 자식들과는 연을 끊고 위리췬과 결혼했다. 그런데 이에 앞서 궈모뤄는 스무 살이 되던 1912년에 부모의 강권으로 고향인 쓰촨성 러산樂山에서 장춍화张琼华(1890~1980)라는 여인과 구식 결혼을 한 바 있다. 물론 두 사람 사이에는 아무런 감정도 없었기에 궈모뤄는 첫날밤도 치르지 않았고, 5일째 되는 날 배를 타고 청두成都로 가버렸다. 두 사람의 혼인은 그걸로 끝이었지만, 장춍화는 죽을 때까지 68년 동안 궈모뤄의 고향 집을 지키며 집에 남겨둔 그의 물건들을 소중히 간직했다. 1939년 궈모뤄가 잠시 고향에 갔을 때 그녀에게 미안한 감정을 표했다고 한다. 당연하게도 두 사람 사이에 자녀는 없으며, 장춍화는 1980년에 러산에서 병사했다.

구판 발跋(원문 그대로)

마스다 선생의 신저《루쉰의 인상》에 뭔가 써달라고 해서 '아아, 좋다, 좋아.'라고 별 생각 없이 답했는데, 그게 발문이라고 해서 참 곤란하다. 나 같은 사람은 발문을 쓸 수도 없고 결단코 써서는 안 된다는 것을 잘 알고 있다. 그렇지만 출판사로부터 정식 요청이 와서 도망갈 곳이 없기에 절체절명의 상태에서 뭔가 써야만 되었다. 서두에서 긴 양해를 구해 두고 말 그대로 뭔가 쓰기로 하고 펜을 들고 보았지만, 막상 무엇을 쓸 것인가? 나는 루쉰 선생과 십 년간 매일 같이 가르침도 받고 잡담도 해왔는데도 두려운 것은 머리의 차이인 것이다. 루쉰 선생에 관한 말을 하고 [무언가를] 쓴다고 생각해 보았을 때, 절실하게 나 자신의 저능함을 느끼게 되었다. 그것은 한마디로 말할 수 있다.

웬걸 루쉰 선생에 관해 아는 바가 적지 않는가?

이렇게 덧붙이는 한 마디가 나만이 아니라 상하이나 일본의 대부분 사람들도 알고 있는 것이라 생각된다. 이렇게 빈약한데도 중언부언 뭔가 알고 있듯이 말하고 써 왔지만, 앞으로도 나는 틀림없이 루쉰 선생을 제대로 알지 못할 것이다.

"주인장, 자네는 안 되네."

이런 선생의 목소리가 지금도 내 귀에 들리는 것이다. 대체 나는 루쉰 선생에게 몇십 명의 일본인을 소개했던 것일까? 생각해 보면 충분히 많은 죄를 지었으나 마스다 선생 같은 사람을 소개해 준 것은 또 다른 한편으로 죄업을 소멸한 것이라고 생각한다. 물론 나 혼자 자만하는 것인지도 모른다.

마스다 선생이 사토 하루오 선생의 소개장을 들고 상하이에 왔을 때 바로 루쉰 선생을 소개했다. 그러자 [두 사람은] 마치 십년지기라고 해도 될 정도로 좋은 친구가 되었다. 그리 멀지 않은 곳에 숙박을 해서 마스다 선생은 매일 루쉰 선생의 집 앞을 지나쳐 내 서점에 들렀다. 그러면 루쉰 선생이 찾아왔다. 때로는 루쉰 선생이 일찍 오고 마스다 선생이 나중에 오기도 했다. 간혹 마스다 선생이 와서 기다리는데, 루쉰 선생이 오지 않을 때도 있었다. 그런 때는 루쉰 선생에게 손님 방문이 있는 등의 일이 있는 것 같았다. 간혹 마스다 선생은 기다리다 지쳐 약간 언짢은 얼굴로 루쉰 선생의 집에 간 적도 있었다. 그러나 대부분은 같은 시간에 만나 한바탕 이야기를 나누고, 내가 탄 가리가네雁がね라는 차를 마시고서는 둘이 나란히 돌아갔다. '가리가네'는 내가 제일 좋아하는 차로, 실제로는 우지宇治 '야마마사山政'의 주인인 고야마小山 씨가 나를 위해 특별히 정선해 직접

보내 주었다. 장사와는 무관한 차이기에 상하이 우치야마 서점의 차는 맛있다는 평판을 들었는데, 루쉰 선생도 이 차를 무척 좋아했다. 일본에 대해 전혀 모르는 중국인 한 사람이 이 차를 마시고는 차에 밀가루가 들어 있냐고 묻기도 하였다. 그러자 이웃에 살고 있던 루쉰 선생이 정중하게 일본의 교쿠로玉露라는 차에 대해 설명해 주었는데, 실제로 상세하였다. 그때 선생이 이 차를 좋아하는 까닭을 처음 알았다.

몇 개월 사이 루쉰 선생으로부터 직접 가르침을 받은 사람 중 일본인은 내가 아는 한 마스다 선생과 가지鹿地 씨뿐이다. 마스다 선생은 만남 이상으로 많은 편지 왕래를 하며 공들여 루쉰 선생에게 배우고 문장을 자기 것으로 소화해 글로 쓴 것일 테니 한치의 문제도 없으리라고 생각한다. 게다가 전문적인 문학이 아니라 인간 루쉰의 조각이라는 두서너 문장을 보고, [부담에서 벗어나] 마음이 편해진 것과 동시에 조금은 원망스럽기도 했다. 내가 쓸 게 없어져 버렸기 때문이다. 하지만 나는 뭔가 써야만 했다. 아무 생각 없이 '좋아'라고 떠맡은 책임 때문에.

1948년 7월 19일

도쿄에서

우치야마 간조

참고 문헌

《魯迅年譜》第2~3卷, 人民文學出版社, 1984.

거바오취안戈寶權, 〈魯迅和增田涉〉,《中國現代文學研究叢刊》, 1979年 1期.

류링劉凌, 〈《魯迅增田涉師弟答問集》中譯本簡介〉,《魯迅研究動態》, 1989年 9期, 北京魯迅博物館.

리징李菁, 〈憶魯迅的日本朋友增田涉〉,《吉林師大學報》 1978年 1期, 1978年 3月 2日.

리후이밍李惠明, 〈一本多重價值的珍貴書籍〉,《中國圖書評論》 1991年, 3期, 遼寧人民出版社.

마스다 와타루增田涉,《魯迅的印象》, 北京師範大學中文系 譯印本.

마스다 와타루增田涉,《魯迅の印象》, 大日本雄弁会講談社 , 1948年; 角川書店, 1970年.

양궈화楊國華, 〈最珍貴的紀念一讀《魯迅增田涉師弟答問集》〉,《魯迅誕辰一百一十週年紀念論文集》, 百家出版社, 1991.

우치야마 간조內山完造, 〈回憶魯迅的一件小事〉, 1956年 10月 7日, 上海《勞動報》.

윤대석, 〈가라시마 다케시(辛島驍)의 중국 현대문학 연구와 조선〉, 《구보학보》 13, 2015.

이토 소헤이伊藤漱平, 나카지마 도시오中島利郎 編(양귀화楊國華 譯, 주원朱雯 校) 《魯迅·增田涉師弟答問集》華東師範大學出版社, 1988.

이토 소헤이伊藤漱平, 나카지마 도시오中島利郎 編, 《魯迅·增田涉師弟答問集》, 汲古書院, 1986.

자궈화查國華, 쟝신환蔣心煥, 〈魯迅和增田涉〉, 《破與立》 1978年4 2期, 曲埠師範大學.

홍석표, 〈루쉰(魯迅)과 신언준(申彥俊) 그리고 카라시마 타케시(辛島驍)〉, 《中國文學》, 第69輯, 서울, 韓國中國語文學會, 2011年 11月.